린위탕과 한국

냉전기 중국 문화 · 지식의 초국가적 이동과 교류

지은이

왕캉닝(王康寧, WANG Kangning)

고려대 국어국문학과에서 박사학위를 받았다. 주요 논문은 「한국에서의 장아이링 문학에 대한 수용·번역 양상 연구」(2015), 「한사오궁 심근소설(尋根小說)에 나타난 '무초(巫楚) 문화공간'과 낭만주의적 성격 연구」(2016), 「타이완의 「두 페인트공」과 한국의 〈칠수와 만수〉의 상호성 연구」(2016), 「〈뇌우〉를 다시 읽는다. 유치진과 차오위의 만남」(2017)이 있고, 저술로는 『한국 근대문학의 변경과 접촉지대』(공저, 2019)가 있다. 현재 중국 호남이공대학교에 재직 중이다.

린위탕과 한국 냉전기 중국 문화 · 지식의 초국가적 이동과 교류

초판인쇄 2022년 1월 25일 **초판발행** 2022년 2월 10일

지은이 왕캉닝 **펴낸이** 박성모 **펴낸곳** 소명출판 **출판등록** 제13-522호

주소 06643 서울시 서초구 서초중앙로6길 15, 2층

전화 02-585-7840 **팩스** 02-585-7848

전자우편 somyungbooks@daum.net **홈페이지** www.somyong.co.kr

값 28,000원 ⓒ 왕캉닝, 2022

ISBN 979-11-5905-670-3 93810

한국연구원
동아시아
심포지아
10
EAS 010

린위탕과 한국

냉전기 중국 문화·지식의 초국가적 이동과 교류

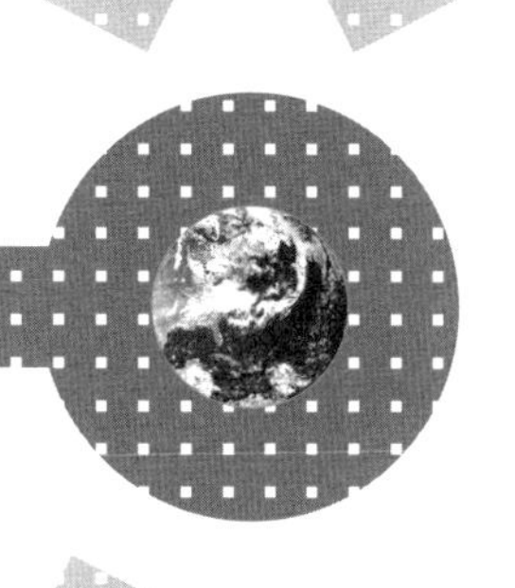

왕캉닝

책머리에

저는 석사 때부터 '린위탕林語堂, 임어당과 한국'이라는 주제에 관심을 갖고 있었고 졸업논문 주제로 삼고 싶었습니다. 도서관에서 김병철 선생님이 정리한 『한국 현대 번역문학사 연구』를 살펴보면서 린위탕의 작품이 냉전기의 한국에서 그렇게 많이 번역 출판되었다는 게 너무나도 인상적이었습니다. 그러나 자료의 양도 양이거니와 당시의 형편없는 실력으로는 도저히 감당하지 못할 것 같아 끝내 포기하고 말았습니다. 그리고 몇 년 후, 박사논문 주제를 찾아 헤매던 중에 다시 린위탕과 마주하게 되었습니다. 지도교수님으로부터 이 주제를 다뤄도 좋다고 승낙을 받은 날이 정확히 2018년 10월 15일이었습니다. 그날부터 저는 린위탕과 2년 넘게 매일같이 지냈습니다. 당시에는 간혹 삶이 무미건조하거나 힘들게도 느껴졌지만 지금 다시 돌이켜보면 인생에 다시없을 아름답고 소중한 시간이었습니다.

린위탕은 중국문학사와 한국의 중국문학 수용사 모두에 있어서 매우 이채로운 사례라고 할 수 있습니다. 쉬쉬徐訏는 린위탕을 중국문학사에서 가장 다루기 어려운 인물로 꼽기도 했습니다. 식민지 시기 한국에서 린위탕은 큰 주목을 받지 못했지만 *Moment in Peking*을 비롯한 여러 작품이 지식인 사이에서 많이 읽혔으리라 짐작되고, 또 몇몇 지식인에 의해 지면에서도 종종 언급되기도 했습니다. 해방기에 이르러 린위탕은 다양한 '명찰'을 걸고 대중 미디어를 통해 한국 대중과 '인사'했습니다. 그리고 1950년대부터는 본격적으로 '린위탕 읽기' 시대의 막이 열렸습니다. 냉전기 한국의 독서사를 논하는 데 있어서 린위탕은 결코 빼놓을 수 없는 기표입니다. 그리고 현재 중국에서 '중국 이야기를 올바로 말하기講好中國故事', '중화학술 외국어 번역中華學術外譯' 등의 분위기가 한창 고조되고 있는 것을 생각하면 린위탕이야말로 이러한 작업의 선구자라고 볼 수 있습니다.

다만 린위탕의 한국 수용사를 보다 더 입체적으로 그려내지 못했다는 사실에 아쉬움이 남습니다. 생각보다 더 방대한 자료들을 어떻게 흥미롭게 분석하고, 짜임새 있게 논술해 나가야 할지, 막연하게 한국 '사회'가 아니라 한국 '문학'과의 접점을 어떻게 보여주면 좋을까 같은 것들은 저에게 늘 난제였습니다. 제가 마련한 기초 작업을 바탕으로 후속 연구자들이 더 훌륭한 연구 성과를 이뤄내길 진심으로 바라고 응원합니다.

끝으로 제 박사논문을 지도해 주신 권보드래 교수님, 강헌국 교수님, 백영길 교수님, 이봉범 교수님, 박진영 교수님께 이 자리를 빌려 감사의 말씀을 드리고 싶습니다. 무려 8년 넘는 시간 동안 학술과 인성 모든 면에서 빛을 선사하며 인도해 주신 제 지도교수님인 권보드래 선생님에게 특히 더 감사드리고 싶습니다. 그리고 저에게 소중한 출판 기회를 주신 한국연구원·성균관대학교 비교문화연구소, 동아시아 총서 기획위원회와 소명출판 관계자 여러분께도 감사의 마음을 전합니다.

왕캉닝

2021년 12월 14일 후난 웨양湖南 岳阳에서

차례

제1장
린위탕과 한국의 접맥

1. 린위탕을 향한 물음

흔히 '세계의 지성', '동·서문명의 교량', '동양의 유머대사幽默大師'라고 불리는 린위탕林語堂, 1895~1976은 한때 루쉰, 후스를 비롯한 동시대 중국 지식인 그 누구보다도 세계적인 명망을 누렸을 뿐 아니라 발표하는 작품마다 대대적인 센세이션을 불러일으켰던 인물이다. 그는 중국 푸젠福建성 장저우漳州현 판자이阪仔의 기독교 목사 가정에서 태어나 미션계 초·중학교를 거쳐 당시 '동양의 하버드대학'으로 불린 상하이의 미션스쿨 세인트존스대학을 졸업한 후, 미국 하버드대학과 독일 라이프치히대학에서 각각 비교문학 석사학위, 언어학 박사학위를 받은 그야말로 당대 최고의 엘리트였다. 린위탕 연구자인 첸숴챠오錢鎖橋가 지적했듯이, 중국의 어느 산골 마을 소년이었던 린위탕은 국제적 위상을 지닌 유명 작가가 되면서 1930년대부터 1960년대까지 세계에서 가장 영향력 있고 다작한 아시아 작가이자 지식인으로 손꼽혔다.[1] 그는 중국과 중국인의 국민성을 중·서 비교 문화적 시야에서 재치 있게 그려낸 *My Country and My People*1935에 이어 *The Importance of Living*1937, *The Wisdom of Confucius*1938, *Moment in Peking* 1939, *A Leaf in the Storm*1940, *The Wisdom of China and India*1942, *Between Tears and Laugher*1943, *The Gay Genius : The Life and Times of Su Tungpo*1947, *The Wisdom of Laotse*1948 등 저서를 잇달아 내놓았다. 에세이, 소설, 시, 평론, 전기 등 여러 장르를 넘나들며 영어(또는 중국어)로 중국의 문화, 사상, 철학, 시국을 모두 아우르는 폭넓은 '동양·중국 지식'을 자신의 방식으로 재편하여(린위탕 자신의 말을 빌리자면 "retell"하여) 세계에 내놓으며 서양에서 열광적인 환영을 받았다. 그는 노벨문학상 후보에 두 차례나 올랐으며 가와바타 야스나리에 이어 아시아에서는 두 번째로 국제펜클럽 부회장 명예직을 맡기도 했다. 1939년에는 린위탕의 글이 미국 저명한 비평가이자 편집자인 클리프턴 패디먼이 엮은 *I Believe : The Personal Philosophies of Certain Eminent Men and Women of Our Time*[2]에 수록되었다. 이 책에는 아인슈타인, 존 듀이, 펄벅, 러셀, 토마스 만 등 세계적 석학 19명의 글이 실려 있다. 동양인 중에서 이 저작에 글을 실은 이는 린위탕과 후스가 전부였다. 저우즈핑周質平이 지적했듯이 중국 지식인이 서양에서 널리 인정받고, 서양의 위대한 사상가나 학자와 어깨를 나란히 한 것은 이 책에서가 처음이었다.[3] 뿐만 아니라 린위탕은 1960년대까지 미국의 *Picture Book of Famous*

1 Qian Suoqiao, *Liberal Cosmopolitan : Lin Yutang and Middling Chinese Modernity*, Leiden · Boston : Brill, 2011, p.161.

2 Clifton Fadiman, *I believe : The Personal Philosophies of Certain Eminent Men and Women of Our Time*, New York : Simon and Schuster, 1939.

3 周質平, 「胡適與林語堂」, 『魯迅研究月刊』 8, 2010, p.75.

*Immigrants*1962[4]에 포함된 유일한 아시아인이었다.

린위탕은 언어학자이자 영어교육가, 중국어 타자기 발명가로 활약했을 뿐 아니라, 유네스코 고어문자부 부장Director of Arts and Letters Division, 싱가포르의 남양대학교南洋大學校 초대 총장, 타이완 펜본부 회장, 국제펜클럽 부회장 등 중책을 맡기도 했다. 그는 '자유주의적 코즈모폴리턴'이라는 불변의 정체성을 견지하면서 '유머대사'로 활약하는 동시에, 반공 지식인, 그리고 훗날 중국 대륙이나 타이완 그 어디에도 온전히 귀속되지 않은(못한) 그야말로 '무국적자'라는 다양한 정체성을 갖고 있다. 이처럼 불변성不變性과 다변성多變性을 한몸에 겸비한 린위탕은 스스로를 "모순 덩어리一團矛盾"라고 평가했다.

지금까지 린위탕의 세계성과 국제적 영향력은 흔히 서양을 겨냥해서 논의되고 강조돼 왔다. 물론 그가 애초부터 의식적으로 서양 독자를 대상으로 작품 창작을 모색한 것은 사실이다. 하지만 중국 지식과 동양의 지혜를 끊임없이 세계에 선보인 린위탕이 동양에서 과연 어떻게 행동하고 어떠한 반향을 일으켰는가 하는 것 역시 쉽게 간과할 수 없는 문제이다. 동양에서의 린위탕의 위치와 그 의미를 같이 주목해야 비로소 천위란陳煜斕이 제기한 "위탕 세계, 세계 위탕語堂世界, 世界語堂"[5]이라는 슬로건이 가지고 있는 온전하고 진정한 의미를 정확히 그려낼 수 있다.

흥미로운 것은 린위탕이 한국과 깊은 인연을 맺었다는 사실이다. 우선 한국에서 '린위탕'이라는 이름을 처음 발견할 수 있는 것은 천태산인 김태준이 1931년에 『동아일보』에 발표한 「공자와 희극」이라는 글에서다.[6]

4 Evelyn Lowenstein, *Picture Book of Famous Immigrants*, New York : Sterling, 1962.

5 陳煜斕 编, 『語堂世界, 世界語堂』, 中國社會科學出版社, 2013.

린위탕은 평생 희곡을 단 한 편 남겼다. 그런데도 〈자견남자子見南子〉라는 이 유일한 희곡 작품을 통해 한국에 소개되었다는 사실은 참 아이러니하다. 그 후로도 린위탕은 정래동, 김광주 등 중국문학 전문가에 의해 종종 한국에 소개되었다. 그러나 이들의 눈에는 린위탕이 그저 중국 현대문단을 장식한 수많은 문인 중 한 사람에 지나지 않았다. 1940년이 되어서야 배호, 박태원, 한설야, 이석훈, 이효석 등 한국 지식인이 린위탕과 그의 작품에 관심을 보인 결과, 작품 비평이나 번역, 소개글이 몇 편 나왔다. 이들은 산발적이지만 비교적 다양한 각도에서 린위탕의 수필(소품문)과 소설 작품을 독해했다.

해방기에 접어들면서 린위탕은 한국의 언론지면에 보다 더 빈번하게 등장하기 시작했다. 어찌 보면 지금까지 통틀어 한국에서 출현한 린위탕의 다양한 정체성과 이미지는 모두 이 시기에 소개되었다고 할 수 있다. 예컨대 1930년대 중국 현대문단의 주요 잡지 창간인, 유머대사, 중국 국민성과 동양철학을 세계적으로 전파하는 중국 지식인, 그리고 친親 장제스蔣介石 국민정부의 반공문인, 유네스코 고어문자부古語文字部 부장, 화문華文타자기 발명가 등이 그것이다.

하지만 린위탕이 본격적으로 소개된 시기는 1950년대부터였다. 『생활의 발견』1954을 비롯하여, 『중국전기소설집』1955, 『마른 잎은 굴러도 대지는 살아 있다』1956, 『폭풍 속의 나뭇잎』1956, 『임어당 수필집』1957, 『무관심』1958, 『붉은 대문』1959 등 수필・소설, 창작・번역을 아울러 린위탕의 다양한 작품이 연이어 출간되었다. 한국의 중국문학 수용사에서 오랫동안 그

---

6 天台山人, 「공자와 희극」, 『동아일보』, 1931.10.19.

림자처럼 존재했던 린위탕은 전후 남한에서 처음으로 '린위탕 읽기'의 황금기를 맞이했던 것이다.

그리고 독서계의 상황을 넘어 대중적 사회·문화 현상으로서 '린위탕 읽기'의 가장 문제적인 시기는 1960~70년대가 아닐 수 없다. 한국에서 대체로 간접적으로만 수용되거나 한국문단·지식계와 아주 미미한 접촉만 가졌던 동시대 중국 지식인과 달리 린위탕은 1960~70년대에 이르러 한국의 냉전 현장에 찾아와 한국과 직접 대면했던 것이다. 그는 1968년, 1970년에 두 차례 방한했으며 이를 계기로 한국에서 대대적인 '린위탕 열풍'을 불러일으켰다. 그는 제2차 서울 세계대학총장회의1968, 제37차 서울 국제펜대회1970와 같은 국제적인 행사에 특별연사로 참가했을 뿐 아니라, 시민회관에서 한국의 일반 대중을 대상으로 열띤 강연을 펼쳤다. 당시 시민회관 상하층을 가득 채우고도 부족해 청중 5천여 명이 밖에서 스피커를 통해 방청할 정도로[7] 한국 대중의 열기는 뜨거웠다. 훗날 윤영춘이 회고했듯이 이 강연회는 해방 후 한국에서 열린 강연회 중 최고의 성황을 이루었고, 린위탕은 "어느 제왕보다도 열렬한 국민의 환영을 받았다"고 했다.[8] 이 외에도 린위탕은 방한 기간에 최인훈, 윤영춘, 차주환 등 한국 문인들과 직접 교류했다. 당시 휘문출판사, 을유문화사에서 연이어 린위탕 전집을 출판했을 정도로 독서시장에서 린위탕을 둘러싼 열기 역시 뜨거웠다. 1980년대에 권덕주는 『생활의 발견』이 초판 번역본이 나온 이래 22판까지 나온 것을 본 일이 있다고 술회한 바 있다.[9] 이것은 각각 중국 대륙,

---

7 「임어당박사 강연회 성황리에 마쳐, 만당의 감명, 열변 1시간」, 『조선일보』, 1968.6.20.

8 윤영춘, 「임어당박사의 생애와 사상」, 『동아일보』, 1976.3.29; 윤영춘, 린위탕·윤영춘 역, 「역자의 말」, 『임어당신작엣세이』, 배영사, 1969, 9쪽.

9 권덕주, 「林語堂의 「生活의 發見」「삶의 智慧」가 한아름 가득」, 『동아일보』, 1984.1.7.

타이완의 문학·사상적 헤게모니를 거의 독점하다시피 해 온 루쉰이나 후스와 같은 동시대 중국 지식인은 물론, 현재까지 통틀어 그 어느 중국인 내지 아시아인도 한국에서 불러일으키지 못한 반응이라 할 수 있다. 특히 같은 시기 중국 대륙에서 린위탕과 관련된 짧은 글조차 거의 찾아볼 수 없었던 시대적 상황, 그리고 일찍이 1930년대부터 린위탕의 작품을 본격적으로 번역 소개해 왔던 일본에서 1960~70년대에 이르러서는 오히려 그를 기피했던 사실과 비교해 보면, 한국에서 폭발적으로 일어났던 '린위탕 열풍'이 가진 문제성이 한층 더 명확해진다. 그러나 1980년대 이후에는 린위탕 수용의 열기는 서서히 가라앉게 되었다. 특히 '중공 붐'이 대두되면서 한때 "세기의 총아"[10]였던 린위탕은 점차 주변화, 망각의 길을 걷게 되었다.

이상에서 간략하게 살펴본 것처럼 한국에서의 린위탕의 궤적은 한·중 지적 교류사에 있어서 이채로운 일면을 보여주었다. 식민지 시기에는 배호, 박태원, 한설야 등 지식인의 문제의식을 주목할 필요가 있고, 격변을 겪는 해방기의 공론장에서 린위탕발 중국 문화·지식의 좌표를 추적하는 것은 여러 시사점을 던져줄 수 있다. 그리고 무엇보다 냉전기 한국의 문화(학)·역사적 현장에서 린위탕이 수행한 역할을 살펴보는 것은 상당히 의미 있는 작업이라고 판단된다. 1930년대부터 줄곧 중국의 문화, 철학, 유머의 지혜를 피력해 왔던 린위탕이 뒤늦게 냉전기 한국에서 각광받고 대대적으로 수용되었던 까닭은 과연 무엇일까? 특히 1950년대 중국 근대문학의 독서장場에서 보여준 열기를 넘어 1960~70년대에 와서는 어떻게

10 윤영춘, 「임어당의 방한」, 『조선일보』, 1968.6.13.

대중·사회적 현상급의 '린위탕 열풍'을 불러일으킬 수 있었을까? 스스로를 "모순 덩어리"라고 칭하며 '중국－타이완－미국－세계', 그리고 '전통－현대'의 경계선에 서 있던 린위탕이 한국의 역사적 현장과 서로 거울삼아 마주하게 되었을 때 어떠한 특유의 풍경들이 펼쳐졌고, 양자 사이에서 또 어떠한 역학관계가 산출되었는가? 린위탕의 방한과 독서·출판계에서 린위탕의 문학 작품에 대한 번역 수용 맥락을 아울러 살펴보아야 비로소 드러나는 한국에서의 린위탕의 온전한 얼굴, 다시 말해 그의 한국적 좌표와 의미를 과연 어떻게 규정해야 하는가? 본고는 이와 같은 일련의 문제의식을 가지고 한국에서의 린위탕 번역·수용사를 총체적으로 살펴보고자 한다. 이 연구 작업은 한·중 지적 교류사상 매우 이질적인 한 단면을 조명함으로써 린위탕의 사상 체계와 한국의 역사적 맥락을 새로운 각도에서 재검토할 수 있을 뿐 아니라 국제적으로 진행되고 있는 린위탕의 세계성 연구, 수용 연구 작업에도 일조할 수 있을 것이라 판단된다.

2. 세계의 린위탕, 린위탕의 세계

린위탕의 범세계적 영향력으로 인해 그에 대한 연구 작업은 세계적으로 활발하게 진행되고 있다. 본 절에서는 그 가운데 중국 대륙, 타이완, 미국, 일본, 한국 등 국가와 지역을 대표하는 연구 상황을 총체적으로 살펴본 다음, 본고의 중심 연구 주제인 '한국에서의 린위탕의 수용상'에 관한 연구사를 자세히 검토하도록 한다.

중국 대륙에서의 린위탕 연구는 1925~49년을 발현기, 1949년~1980

년대를 정체기, 1980년대부터 현재까지를 회복기·발전기로 나눌 수 있다. 일찍이 1935년에 후펑胡風은 좌파 기관지인 『문학文學』에 「임어당론林語堂論」이라는 장문의 글을 발표했다.[11] 그는 이 글에서 린위탕의 1920년대 '어사' 시기語絲時期를 황금기로 평가하고, 1930년대에 이르러 그의 중심 철학사상이 크로체의 표현주의 미학론으로 이동했으며 소위 '개성 표현', '한적閑適', '어록체語錄體', 크로체와 원중랑袁中郎에 대한 미학적 관심이 그의 역사적 퇴행을 초래했다고 지적했다. 후펑에 의하면 린위탕이 1930년대에 주창한 '개성', '한적闲适', '성령性靈', '유머 소품문幽默小品文'은 당시의 사회 현실과 동떨어진 것으로서 사회에서의 예술의 역할을 부정한 것이었다. 후펑의 이 글은 철저한 마르크스이론에 입각해 쓰였다. 린위탕이 진보적 작가에서 부르주아적 탐미주의자가 되면서 정치적으로 타락했다고 지적한 후펑의 평론은 1980~90년대까지 린위탕 비평담론에서 상당한 영향력을 행사했다.

1949년 중화인민공화국 건국 이후 1980년대까지 중국 국내 문단과 학술계의 린위탕 연구는 침체기에 빠졌다. 린위탕은 중국 현대문학사에서 거의 언급되지 않거나 기껏해야 좌익문학의 거장인 루쉰을 치켜세우기 위한 부차적 참조자료, 심지어 반면교사로 언급될 뿐이었다. 이를테면 왕야오王瑤가 당시 칭화대학清華大學 교재로 사용된 『중국신문학사고中國新文學史稿』1951에서 '어사' 시기에서 "미국제국주의"에 투항한 린위탕이 주간한 『인간세人间世』는 현실도피적이며 칭찬할 만한 점이 없다고 평가를 내렸다.[12] 그 후에 출판된 『중국현대문학사략中國現代文學史略』1955, 『중국현대문학사』1973·

11 胡風, 「林語堂論」, 『文學』 4(1), 1935.1.1.

12 王瑤, 『中國新文學史稿』 上, 開明書店, 1951, p.302.

1979에서는 린위탕과 그의 동인그룹인 '논어'파論語派는 "방한문학幫閑文學", "국민당 반동파 주구문인國民黨反動派走狗文人", "아편과 다름없는 작품으로 청년과 일반 독자를 마취·부식腐蝕하고 국민당 반동파를 위해 복무服務했다"는 등 온갖 오명을 뒤집어씌웠다.[13]

중화인민공화국 건국 이래 정치적 이데올로기에 철저히 지배되다시피 했던 린위탕에 대한 비평담론은 1980년대에 이르러서야 비로소 조금씩 변화의 조짐을 보인다. 이 무렵 학술계에서는 중국문학사 다시 쓰기와 재평가 작업이 활발하게 진행되었다. 따라서 린위탕 관련 사료를 발굴하고 지난 30년 동안 그에게 덧씌워진 '반동파'라는 봉인을 서서히 떼어내고 보다 새로운 시각에서의 재조명 작업도 시도했다. 예컨대 사쭤훙沙作洪은 그가 주편한 『중국현대문학사』 하권의 「중국현대산문」이라는 장에서 린위탕과 저우쭤런을 같이 살펴보면서 비교적 상세하게 린위탕의 생애, 작품, 각 시기별의 특징(특히 정치 이데올로기가 '정확한' '어사' 시기의 작품 활동 및 특징)을 정리했고, 린위탕이 "중간-좌경"이라는 입장에서 우익으로 변모했다고 설명했다.[14] 또 인궈밍殷國明은 『중국현대문학유파발전사中國現代文學流派發展史』에서 린위탕을 위시한 '논어'파의 문학 활동을 상세히 서술하면서 린위탕의 유머문학은 당시 중국 사회의 현실적 기반이 결여되어 있지만 "작가의 개인적 취향과 당시 사회생활의 한계를 초월한 지자智者의 풍격을 보여주었다"고 평가했다. 이와 더불어 그는 중국 근·현대 소품문 창작에

---

13 丁易, 『中國現代文學史略』, 作家出版社, 1955, p.98; 唐弢 编, 『中國現代文學史』, 人民文學出版社, 1979, p.41; 天津師範中文系 编, 『中國現代文藝思想鬥爭教學參考資料』, 1973; 林志浩 编, 『中國現代文學史』, 中國人民大學出版社, 1979, pp.273~274, 俞王毛, 「論語派研究述評」, 『南京師範大學文學院學報』 2, 2012, p.84에서 재인용.

14 沙作洪 等 編, 『中國現代文學史』 上, 福建教育出版社, 1985, pp.368~373.

있어서 루쉰과 린위탕이 "쌍벽"을 이루고 있으며 따라서 이에 대한 진지한 비교 연구가 필요하다며 매우 보기 드물게 린위탕을 높이 평가했다.[15] 그러나 "중국사회의 예술거장"[16]인 루쉰의 독점적 헤게모니 아래 린위탕에 대한 학계의 새로운 시도는 여전히 좌익 정치 이데올로기의 비평담론에서 크게 벗어나지 못했다. 예컨대 당시 중국문학사 재정리의 뛰어난 성과로 손꼽히는 첸리췬錢理群, 우푸휘吳福輝, 원루민溫儒敏 등이 공동 저술한 『중국현대문학삼십년中國現代文學三十年』에서는 린위탕의 유머문학을 여전히 "전면적 역행全面的倒退"[17]으로 평가했는데, 이는 1930년대 후평의 논조를 그대로 따르고 있다.

이러한 경향은 완핑진萬平近의 중국 국내 최초의 린위탕 연구 저서인 『임어당론林語堂論』1987[18]에서도 찾아볼 수 있다. '어사'파부터 '논어'파에 이르기까지의 린위탕의 문학 활동제2부과 더불어, *My Country and My People, The Importance of Living, Between Tears and Laugher*제3부, 그리고 *Moment in Peking, A Leaf in the Storm, The Vermilion Gate* 등 주요 대표작품제4부을 차례로 검토한 이 저서는 린위탕의 생애 및 문학 작품 활동에 관한 풍부한 사료와 관점을 전면적으로 정리했다는 점에서 중요한 의미가 있다. 완핑진은 서문에서 린위탕이 중국 근대문학사상 중요한 작가는 아니지만 논의할 가치가 있고 또 객관적으로 평가해야 하며, 대륙과 타이완 모두에서 연구할 수 있는 중국 근현대작가라고 봤다.[19] 그러나 다른 한편으로 그는 "마르크스

---

15 殷國明, 『中國現代文學流派發展史』, 廣東高等教育出版社, 1989, pp.357 · 359.
16 錢理群 · 吳福輝 · 溫儒敏 · 王超冰, 『中國現代文學三十年』, 上海文藝出版社, 1987, p.8.
17 Ibid., p.378.
18 萬平近, 『林語堂論』, 陝西人民出版社, 1987.
19 萬平近, 「序」, Ibid., p.2.

레닌주의를 지침으로 린위탕의 글쓰기를 분석·검증·평가할 필요가 있다"고 자신의 기본 입장을 명확히 밝혔다. 완핑진은 린위탕이 중서문화를 논할 때에 "역사유심주의"와 "부르주아적 인도주의"를 사상적 기반으로 삼고 있으며 근대 서양의 표현주의이론을 고대 중국의 '성령설'에 접목시켰지만 마르크스주의에 비견할 수 있는 새로운 이론을 생산하지는 못했다고 평가했다.[20]

한편 천핑위안陳平原[21]은 의식적으로 비교적 탈정치적인 자세를 취하면서 린위탕의 인생철학, 미학사상, 그리고 문화사에서의 적극적 의미를 강조했다. 스젠웨이施建偉[22]는 그동안 미처 조명받지 못했던 린위탕의 해외 활동에 관한 충실한 사료를 제공했다. 그리고 1998년 왕자오성王兆勝은 중국 국내 린위탕에 대한 첫 박사논문인 「林語堂的文化情懷」[23]을 내놓았다. 옌자옌嚴家炎은 이 저서를 계기로 린위탕 연구가 새로운 국면을 맞이하게 되었다고 평가했다. 왕자오성은 "동서융합", "다원적이고 통합적인 사유방식", "인간 본체론적인 인생철학", "여성숭배사상", "전원식田園式 도시문화이상", "한담체閑談體 문체" 등 다양한 각도에서 린위탕의 문학사상의 특징, 의미와 한계를 분석했다. 그는 이후에도 린위탕에 대한 연구 저술을

---

20 萬平近, 「前言」, 萬平近 編, 『林語堂論中西文化』, 上海社會科學院出版社, 1989, pp.2~3.

21 陳平原, 『在東西文化碰撞中』, 浙江文藝出版社, 1987; 陳平原, 「林語堂的審美觀與東西文化」, 『文藝研究』 3, 1986; 陳平原, 『漫卷詩書－陳平原書話』, 浙江人民出版社, 1997.
천핑위안은 린위탕의 중국문화에 대한 가장 큰 공헌은 중국 독자를 위해 유머를 도입했다기보다는 구미 독자를 대상으로 도가적 철학을 홍보했다는 데에 있다고 주장했다. 이와 동시에 천핑위안은 린위탕의 전통으로의 급선회를 5·4운동이 퇴조하고 난 후 당시 중국 지식인에게서 보편적으로 나타났던 전통으로의 회귀 경향으로 수렴시키고 있으며, 린위탕이 제시한 "동서종합" 전략에 대해서는 거리를 두었다.

22 施建偉, 『林語堂在大陸』, 北京十月文藝出版社, 1991; 施建偉, 『林語堂在海外』, 百花文藝出版社, 1992.

23 王兆勝, 『林語堂的文化情懷』, 中國社會科學出版社, 1998.

지속적으로 내놓았으며 2000년대 이후의 린위탕 연구를 위한 탄탄한 지적 토대를 마련했다.[24]

2000년대에 접어들면서 각종 린위탕 전기·평전,[25] 유머소품문·소설·전기문학傳記文學의 작품성 연구,[26] 미학사상 연구,[27] 종교·철학사상 연구,[28] 번역 실천·문화횡단적 수출 전략跨文化傳播策略 연구,[29] 정체성 연구,[30]

---

24 王兆勝,『林語堂－兩腳踏中西文化』, 文津出版社, 2005; 王兆勝,『林語堂與中國文化』, 社會科學文獻出版社, 2007; 王兆勝,『溫暖的鋒芒－王兆勝學術自選集』, 中國社會科學出版社, 2011.

25 劉炎生,『語堂評傳』, 百花洲文藝出版社, 2015; 李勇,『林語堂傳』, 團結出版社, 1999; 李勇,『本真的自由－林語堂評傳』, 南京師範大學出版社, 2005; 萬平近,『林語堂評傳』, 上海遠東出版社, 2008; 王兆勝,『林語堂大傳』, 作家出版社, 2006; 王兆勝,『林語堂正傳』, 江蘇文藝出版社, 2010.

26 李英姿,「傳統與現代的變奏－『論語』半月刊及其眼中的民國」, 首都師範大學 博士學位論文, 2008; 李瑾,「林語堂「子見南子」中的孔子形象」,『四川戲劇』9, 2020; 林巧敏,「林語堂的性靈文學觀」, 華東師範大學 碩士學位論文, 2007; 沈晨,「試論中國"幽默文學"的建構(1932~1937)」, 山東大學 碩士學位論文, 2018; 吳麗彬,「論"林語堂三部曲"中的女性形象」, 曲阜師範大學 碩士學位論文, 2018; 余娜,「尋求人的文學－論林語堂的傳記文學觀」,『南昌航空大學學報』2, 2015; 余娜,「"人的文學"的融合發展－論林語堂對現代文化人格的建構」,『福建論壇』11, 2016; 趙倩,「林語堂小說與中國傳統文化研究」, 遼寧師範大學 碩士學位論文, 2012; 張軍蓉,「林語堂之中西文化觀的文學抒寫」, 西安外國語大學 碩士學位論文, 2012; 鄭少茹,「三十年代林語堂小品文的現代性建構及其邏輯」,『閩南師範大學學報』3, 2020; 陳智淦·王育烽,「林語堂與比較文學－基於林語堂的影響研究和平行研究」,『上海理工大學學報』1, 2013; 潘曉芸,「桃源尋夢, 未來未至－林語堂小說『奇島』研究」, 福建師範大學 碩士學位論文, 2019.

27 董燕,「林語堂文化追求的審美現代化傾向」, 山東大學 博士學位論文, 2005; 謝晶晶,「論林語堂的生態美學思想」, 南昌大學 碩士學位論文, 2017; 俞兆平,「論林語堂浪漫美學思想」,『天津社會科學』1, 2010; 趙月婷,「林語堂生活美學思想探析」, 華東師範大學 碩士學位論文, 2018; 叢坤赤,「林語堂生活美學觀念研究」, 山東大學 博士學位論文, 2011.

28 戴阿峰,「論林語堂的基督教思想及其文學闡釋」, 西北師範大學 碩士學位論文, 2012; 馬翔,「論林語堂的孔子書寫」, 湖南師範大學 碩士學位論文, 2018; 王穎茹,「林語堂宗教思想影響下的文學創作研究」, 南京師範大學 碩士學位論文, 2016; 王兆勝,「林語堂與道家文化精神」,『海南師範大學學報』4, 2008; 趙敬蕊,「林語堂儒學觀研究」, 曲阜師範大學 碩士學位論文, 2018; 陳洪·李麗平,「『京華煙雲』中宗教觀念辨析－以姚思安形象爲中心兼及其他」,『南開學報』1, 2014; 潘水萍,「林語堂對道家精神的重估及價值辨析」,『學術探索』11, 2020.

29 賴勤芳,『中國經典的現代重構 林語堂"對外講中"寫作研究』, 人民出版社, 2013; 劉奕華,『詩性林語堂及其跨文化傳播』, 社會科學文獻出版社, 2017; 夏婉璐,『視角與闡釋 林語堂翻譯研究』, 四川大學出版社, 2017; 王少娣,『跨文化視角下的林語堂翻譯研究』, 上海外語教育出版社, 2011; 王玨,「林語堂英文譯創研究」, 華東師範大學 博士學位論文, 2016; 趙岸靚,「林語堂『吾國與吾民』國

비교문화(학)적 연구,[31] 음운·언어학 연구,[32] 기존 연구사 논술[33] 등 린위탕에 대한 다양한 재조명 작업이 활발하게 진행되었다. 이와 맞물려 린위탕 관련 연구논문집도 적지 않게 나왔다.[34]

그 가운데 둥옌董燕은 「林語堂文化追求的審美現代性傾向」에서 린위탕의 "심미적 근대성"이 각각 미국, 베이징이라는 서로 다른 두 공간과 갖는 관

家形象塑造與對外文化傳播策略」, 山西大學 碩士學位論文, 2020; 江慧敏, 『京華舊事 譯壇煙雲－林語堂無本回譯研究』, 上海人民出版社, 2016; 陳奕曼, 「接受美學關照下林語堂作品的跨文化傳播」, 『長春工業大學學報』 4, 2011; 馮智強, 『中國智慧的跨文化傳播－林語堂英文著譯研究』, 中國海洋大學出版社, 2011.

30 李立平, 「林語堂的認同危機與文化選擇」, 南京大學 博士學位論文, 2012; 林曉峰·鄭少茹, 「身份意識·價值體認·文化傳播－基於閩南文化視域下的林語堂文化觀察」, 『福建論壇』 12, 2017; 包利榮, 「從自由主義知識分子的矛盾性論林語堂早期的小品文創作」, 浙江大學 碩士學位論文, 2010; 彭湘紅, 「自由主義知識分子的文化抉擇」, 福建師範大學 碩士學位論文, 2010; 何正付, 「20世紀初葉林語堂自由主義思想的演變」, 『六盤水師範學院學報』 4, 2019.

31 高鴻, 『跨文化的中國敘事－以賽珍珠, 林語堂, 湯亭亭爲中心的討論』, 上海三聯書店, 2005; 董大中, 『魯迅與林語堂』, 河北人民出版社, 2003; 李勇, 「不同路徑的人文主義－林語堂與薩義德人文主義思想比較」, 『中國比較文學』 1, 2009; 周質平, 「胡適與林語堂」, 『魯迅研究月刊』 8, 2010; 周質平, 「"以文爲史"與"文史兼容"－論胡適與林語堂的傳記文學」, 『荊楚理工學院學報』 4, 2011; 朱雙一, 「陳季同, 辜鴻銘, 林語堂－"中國形象"的書寫和傳譯, 閩籍近現代中國三大家比較論」, 『福建師範大學學報』 1, 2019; 陶麗霞, 『文化觀與翻譯觀－魯迅, 林語堂文化翻譯對比研究』, 中國書籍出版社, 2013.

32 郭偉宸, 「林語堂音韻學研究探頤」, 福建師範大學 碩士學位論文, 2014; 李海斌, 「林語堂先生的詞典學思想探究」, 『蘭台世界』 1, 2015; 楊俊芳, 「林語堂先生的方言學研究」, 『長春理工大學學報』 6, 2012; 曾德萬, 「淺論林語堂對現代漢語方言的貢獻」, 『哈爾濱學院學報』 12, 2006; 費曄, 「微探林語堂英文作品語言學方法」, 上海師範大學 碩士學位論文, 2012; 彭春凌, 「林語堂與現代中國的語文運動」, 『中山大學學報』 2, 2013.

33 杜運通, 「林語堂研究曆史 現狀與前瞻」, 『韓山師範學院學報』 5, 2011; 折小紅, 「林語堂研究綜述」, 『呂梁教育學院學報』 3, 2020; 沈潔, 「21世紀林語堂翻譯研究熱點綜述(2000~2017)」, 『長沙大學學報』 4, 2018; 王兆勝, 「林語堂研究的意義 現狀與瞻望」, 『閩台文化交流』 3, 2006; 陳曉燕, 「林語堂研究百年評說」, 閩南師範大學 碩士學位論文, 2017; 陳濤, 「國內對於林語堂的研究及存在問題的反思」, 『讀與寫雜志』 7, 2016; 傅文琦, 「近十年來林語堂研究的統計與分析」, 『福建論壇』 5, 2006.

34 漳州師範學院中文系 中國現當代文學學科 編, 『漳州籍現代著名作家論集』, 人民出版社, 2006; 子通, 『林語堂評說七十年』, 中國華僑出版社, 2003; 陳煜斕 编, 『林語堂研究論文集』, 河南人民出版社, 2006; 陳煜斕 编, 『走近幽默大師』, 中國社會科學出版社, 2008; 陳煜斕 编, 『語堂世界 世界語堂－兩岸學術研討會論文集』, 中國社會科學出版社, 2013.

계, "신성神性 숭배", "조화의 추구", "예속화禮俗化 도시에 대한 찬미" 등 측면에서 린위탕의 사상을 고찰했다.[35] 그리고 『林語堂的人文關懷』에서는 린위탕의 "신성神性사상", 도교·유교·불교와 중·서를 모두 아우르는 다원적 문화관, 중용사상, 도시관, 생명관, 여성관, 가정관을 일일이 거론하며 린위탕의 인문주의사상의 의미와 시대적 한계를 짚어줬다.[36] 한편, 스핑施萍[37]은 린위탕이 주창한 "개성주의적인 유머 인격"에 주목했다. 특히 그는 린위탕이 가지고 있던 서양 기독교적 가치관에 깊이 천착하여 남다른 문제의식을 제기했는데, 그것이 린위탕의 총체적 사상 체계의 기반으로 기능하고 있다고 평가했다. 스핑은 린위탕의 기독교사상은 "근대적 기독교"이고, 그의 "하느님"은 "인문주의적 하느님"이며 인간은 하나의 독립된 정신적 개체로서 린위탕의 종교관의 시발점이자 그 종착점이라고 평가했다. 또 리리핑李立平[38]은 "신과 구舊", "탈속과 입세入世", "유토피아와 헤테로토피아" 등 세 가지 키워드를 중심으로 린위탕이 겪은 세 차례의 정체성 위기를 들여다봤으며, 첸쥔錢珺[39]은 작가가 아니라 언론인으로서의 린위탕의 행적을 '어사' 시기1924~1932, '논어' 시기1932~1936, '중일전쟁' 시기1936~1945, '무소불담無所不談' 시기1965~1967 등 네 시기로 나누어 린위탕의 언론 활동의 구체적 내용과 특징, 언론관을 조명하고, 중국 언론사에서 린위탕이 지닌 의미와 위상을 규명했다. 그리고 펑즈창馮智強[40]은 "문화횡단적 수출跨文化傳播"이

35 董燕, 「林語堂文化追求的審美現代性傾向」, 山東大學 博士學位論文, 2005.

36 董燕, 『林語堂的人文關懷』, 中國政法大學出版社, 2012.

37 施萍, 『林語堂－文化轉型的人格符號』, 北京大學出版社, 2005.

38 李立平, 「林語堂的認同危機與文化選擇」, 南京大學 博士學位論文, 2012.

39 錢珺, 「著名作家的側面－"新聞人"林語堂研究」, 南京師範大學 博士學位論文, 2016.

40 馮智強, 「中國智慧的跨文化傳播－林語堂英文著譯研究」, 華東師範大學 博士學位論文, 2009; 馮智強, 「"譯可譯,非常譯"－跨文化傳播視閾下林語堂編譯活動的當代價值研究」, 『外語教學理

라는 시야에서 린위탕의 번역(편역) 실천과 글쓰기 전략을 깊이 고찰했다. 펑위馮羽와 싱이단邢以丹은 일본에서의 린위탕의 번역·수용·연구 양상을 상세하게 다뤘다. 특히 펑위는 일본어로 린위탕 평전과 연보를 작성했고, 일본 연구자인 고야마 기와무合山究의 린위탕 연구 성과를 정리했다.[41] 싱이단은 린위탕의 일본 인식, 일본 지식인과의 교류 활동을 추적하고 린위탕 작품의 일본어 번역본 31부, 린위탕 관련 일본어 문헌 180여 편을 검토하며 '1930~1940년대', '1950~1980년대', '1990년~' 등 세 시기로 나누어 일본에서의 린위탕의 번역·수용상을 총체적으로 살펴봤다.[42]

타이완의 경우, 류신황劉心皇은 일찍이 1971년에 출판한 『현대중국문학사화現代中國文學史話』[43] 제3권 「1930년대 문학이 중국에 끼친 영향卅年代文學對我國的影響」에서 제5장 「유머, 재미, 풍자, 한적 등에 관하여－『인간세』의 정간부터 린위탕의 주간 시리즈 간행물에 이르기까지關於「幽默 風趣 諷刺 輕松」之類－由『人間世』的停刊到林語堂系列的刊物」, 제6장 「린위탕의 시리즈 간행물을 논함(2)再談林語堂的系列刊物」, 제7장 「린위탕의 시리즈 간행물을 논함(3)三談林語堂系列的刊物」까지 무려 3장의 분량을 할애하여 1930년대 린위탕의 유머소품문과 주간잡지의 구체적 양상을 소개하고 평가했다. 동시기 내지 1980~90년대까지도 중국 대륙의 문학사 서술에서 린위탕에 대한 평가는 매우 인색하고 혹독한 편이었다. 그의 '논어' 시기는 "정치 반동", "역사적 퇴보"로 낙인

論與實踐』 3, 2012; 馮智強·李濤, 「編輯出版家林語堂的編譯策略研究」, 『遼寧師範大學學報』 5, 2016.

41 馮羽, 『林語堂與世界文化』, 江蘇文藝出版社, 2005; 馮羽, 「日本"林學"的風景－兼評日本學者合山究的林語堂論」, 『世界華文文學論壇』 1, 2009.

42 邢以丹, 「『京華煙雲』在日本的翻譯－以二戰時的三譯本爲對象」, 『閩南師範大學學報』 1, 2017; 邢以丹, 「林語堂在日本的譯介與接受」, 閩南師範大學 碩士學位論文, 2018.

43 劉心皇, 『現代中國文學史話』, 正中書局, 1971.

찍혔고, '어사' 시기는 그나마 긍정적 평가를 받아 비교적 상세히 소개되었다. 그러나 이에 반해 타이완의 대표적 문학사 저술에서는 린위탕의 '어사' 시기에 대한 설명이 전무한 채 '논어' 시기의 문학실천에 대해서만 긍정적인 평가를 내렸다. 류신황은 린위탕이 주창한 유머문학은 결코 "작은 장식품(루쉰의 전형적 비평담론)"이 아니라, 국시國是에 대한 의견을 표출하고 합법적인 비평 공간을 확보하기 위한 전략이었다고 천명했다. 그리고 린위탕의 소품문 스타일을 저우쭤런의 작품과 비교 분석하면서 린위탕의 소품문이 비록 좌익으로부터 공격을 받았지만 독자들에게 좋은 인상을 남겼다며 린위탕이 발행한 간행물이 중국 근현대 소품문의 발전에 끼친 긍정적인 역할을 강조했다. 이와 더불어 류신황은 린위탕의 정치적 입장을 "중간-우경"으로 평가했다.[44]

그리고 친셴츠秦賢次와 우싱원吳興文은 『문신文訊』 제21기1985년 12월부터 제31기1987년 8월까지 「당대작가연구자료총편 임어당권當代作家研究資料彙編之一・林語堂卷(1~11)」을 연재하면서 린위탕의 단편 작품 목록, 번역 작품 목록, 중・영작품 목록, 타인의 비평 글 목록과 연표를 정리했다.[45] 또 1989년에 린위탕의 딸인 린타이이林太乙가 쓴 『임어당전林語堂傳』[46]이 출판되었으며, 장스전張世珍은 1993년 린위탕의 '논어' 시기 활동에 대한 첫 연구 저서인 『'논

44 Ibid., pp.584・589・611~612.

45 이 작품목록 총편은 '타이베이 린위탕기념관(台北林語堂故居)' 홈페이지에 전자화되어 있다. http://www.linyutang.org.tw/big5/pimage/20130818104150093.pdf
타이베이 린위탕 기념관에는 다수의 린위탕 미출판 서신, 원고, 중국어・영어・일본어・한국어로 된 린위탕의 작품 및 역작, 그리고 기타 관련 저서들이 소장되어 있으며, 기념관 홈페이지에서는 린위탕의 박사논문, 『논어』지, 린위탕의 간행물 투고글 등 자료의 전자파일을 제공한다.

46 林太乙, 『林語堂傳』, 台北 : 聯經出版事業, 1989.

어' 시기의 임어당 연구論語時期的林語堂研究』를 내놓았다.[47] 그 이후의 린위탕에 대한 연구 성과는 대체로 1930년대의 유머소품문,[48] 소설작품,[49] 철학·종교사상[50]에 집중되었다. 이외에 전기(문학) 연구[51]와 비교문학적,[52] 언어학적[53] 접근 등도 몇몇 있으며 논문집도 적지 않게 출판되었다.[54]

---

47 張世珍, 『論語時期的林語堂研究』, 文史哲出版社, 1993.

48 劉佳蓉, 「民國時期的小品論述(1911~1949)」, 臺灣大學 碩士學位論文, 2019; 劉正忠, 「林語堂的「我」－主題聚焦與風格定調」, 『中國現代文學』 14, 2008; 李麗英, 「林語堂論語時期小品文研究」, 國立臺灣師範大學 碩士學位論文, 2007; 林明慧, 「林語堂與『人間世』小品文－文藝大眾化的另類思考」, 『中極學刊』 10, 國立暨南國際 大學 2016; 邱華苓, 「林語堂『論語』時期幽默文學研究」, 中正大學 碩士學位論文, 2003; 邱華苓, 「追索與還原－林語堂提倡幽默文學的背景因素」, 『育達學院學報』 11, 2006; 邱華苓, 「林語堂散文研究」, 中國文化大學 博士論文, 2012; 邱華苓, 「林語堂與左翼文壇之論戰」, 『中國文化大學中文學報』 24, 2012; 黃怡靜, 「林語堂中文散文研究」, 佛光大學 碩士學位論文, 2005.

49 賴嫵竹, 「林語堂『紅牡丹』的敘事美學」, 國立彰化師範大學 碩士學位論文, 2014; 王淑錦, 「林語堂『紅牡丹』的女性敘寫」, 銘傳大學 碩士學位論文, 2015; 黃盈毓, 「場域與情境的互涉－林語堂『朱門』空間思維析論」, 國立中興大學 碩士學位論文, 2012; 胡馨丹, 「林語堂長篇小說研究」, 東海大學 碩士學位論文, 1993.

50 林俞佑, 「清末民初知識人的儒家價值關懷－以林語堂『京華煙雲』為例」, 『國文學誌』 26, 2013; 徐美雯, 「林語堂筆下的孔子」, 國立政治大學 碩士學位論文, 2014; 張雅惠, 「信仰, 宗教, 哲學, 終極關懷－林語堂的人生追問」, 佛光大學 碩士學位論文, 2014; 鄭淑娟, 「從『信仰之旅』論林語堂的儒耶文化觀」, 『東吳中文線上學術論文』 27, 2014; 陳怡秀, 「靈性與性靈－林語堂思想在生命教育上的蘊意」, 銘傳大學 碩士學位論文, 2009.

51 李玉玲, 「林太乙『林語堂傳』研究」, 東吳大學 碩士學位論文, 2015; 廖端豪, "Lin Yutang and I－Adding to the Biographical Data of a Pioneer in Internationalization and Commenting on the Current Internationalization Movement", 『大同大學通識教育年報』 2, 2006; 蕭雁鎂, 「林語堂的歷史人物傳記文學研究」, 東吳大學 碩士學位論文, 2012.

52 王德威, 「歷史, 記憶, 與大學之道－四則薪傳者的故事」, 『臺大中文學報』 26, 2007; 吳孟真, 「伊莎貝阿言德『精靈之屋』與林語堂『京華煙雲』之比較」, 輔仁大學 碩士學位論文, 2000; 張和璧, 「夏目漱石與林語堂之對照研究－「諷刺幽默的文學」與「性靈幽默的文學」」, 中國文化大學 碩士學位論文, 2005; 韓若愚(Rivi Handler-Spitz), "The Importance of Cannibalism : Montaigne's Essays as a Vehicle for the Cultural Translation of Chineseness in Lin Yutang's *The Importance of Living*", 『編譯論叢』 5(1), 2012.

53 徐瑋智, 「林語堂的上古音韻觀研究」, 『輔大中研所學刊』 39, 2018; 黃麗容, 「試從西方數量詞理論探測華文語法特色－林語堂作品為中心」, 『國際文化研究』 1, 2011; 黃麗容, 「五四文學語言革新－林語堂散文句組特色評析」, 『輔仁國文學報』 35, 2012.

54 龔鵬程·陳信元 編, 『林語堂的生活與藝術研討會論文集』, 台北市政府文化局, 2000; 林明昌 編, 『閑情悠悠－林語堂的心靈世界』, 遠景出版事業有限公司, 2005; 林語堂故居 編, 『跨越與前進－

요컨대 타이완에서의 린위탕 연구 작업은 다양한 스펙트럼에서 진행되고 있는 중국 대륙의 린위탕 연구와 비교해 봤을 때 그 전체적 규모가 다소 협소하다. 게다가 린위탕의 번역 실천 및 번역관, 문화횡단적 글쓰기 전략 등 대목은 타이완에서 아직 주목받지 못하고 있다. 그러나 타이완의 린위탕 연구는 대륙의 연구와는 구별되는 시각을 제공해 주었다는 점에서 역시 눈여겨볼 필요가 있다. 가령 훙쥔옌洪俊彦[55]은 타이완 정착 시기1965~1976의 린위탕의 사상적 발전과 구체적 문학 활동을 다뤘다. 논자는 린위탕의 핵심적사상 중의 하나인 "인간적인 사유방식近情"을 돌파구로 린위탕이 타이완에서 모색했던 "계몽적 실천"과 이에 따른 문단·사회적 반향, 그리고 그 시대적 의의를 재조명했다. 한편 차이위안웨이蔡元唯[56]는 린위탕의 정치성에 문제의식을 제기하며, 1920년대부터 1945년까지 린위탕의 베이양정부北洋政府, 난징정부南京政府, 중국공산당, 중국국민당에 대한 정치적 태도 및 그 변모 양상을 상세히 다루었다. 특히 논자는 린위탕이 중일전쟁 시기에 발표한 영문소설인 *Moment in Peking*과 *A Leaf in the Storm*을 통해 그가 각각 5·4운동, 5·30운동, 3·18사건, 국민혁명군의 '북벌北伐', 난징정부의 10년 통치를 바라봤던 시선을 고찰하며 *The Vigil of a Nation*을 통해 린위탕의 국민당, 공산당에 대한 태도를 규명했다. 이처럼 타이완에서의 린위탕의 구체적 실천 활동과 수용상, 린위탕의 정치성에 주목한 두 논자의 연구 성

從林語堂研究看文化的相融/相涵國際學術研討會論文集』,林語堂故居, 2007; 正中書局 編, 『回顧林語堂－林語堂先生百年紀念文集』, 正中書局, 1994.

55 洪俊彦, 「近鄉與盡情－論林語堂在台灣的啟蒙之道」, 國立中央大學 碩士學位論文, 2011; 洪俊彦, 『近鄉情悅－幽默大師林語堂的臺灣歲月』, 蔚藍文化, 2015.

56 蔡元唯, 「林語堂研究－從政府的批判者到幽默的獨立作家(1923~1936)」, 中國文化大學 碩士學位論文, 2005; 蔡元唯, 「林語堂政治態度研究(1895~1945)」, 中國文化大學 博士學位論文, 2015.

과는 새로운 시각을 보여주었다는 점에서 그 의미가 크다.

미국의 경우, 샤즈칭夏志清[57]은 일찍이 저서 *A History of Modern Chinese Fiction* 中國現代小說史, 1961중 「1930년대의 좌파작가와 독립작가」라는 장에서 린위탕을 거론했다. 그는 린위탕, 저우쭤런과 그들의 동인그룹은 개인적 취향에만 열중하고 현실과 동떨어져 있으며 중국 현대문학에 생산적 의미를 산출하지 못했다고 지적하면서 특히 린위탕이 1930년대에 중국어로 쓴 유머소품문은 실제 '성령'이라는 경지에 도달하는 데에 실패했고, 그가 "향락주의의 막다른 골목에 들어서서 진지한 예술 연구에 필요한 비판적인 자극을 제공하지 못했다"고 평가했다.

샤즈칭의 제자인 Diran John Sohigian은 1991년에 린위탕과 관련된 대량의 영문 자료를 수집하여 719쪽에 달하는 "The Life and Times of Lin Yutang"[58]이라는 린위탕 전기를 완성했다. 그리고 프린스턴대학교 동아시아과에서 중국 근현대사상사, 명나라 말기 공안파公安派 문학과 후스 연구에 몸담고 있는 저우즈핑周質平[59]은 공안파의 성령문학性靈文學과 밀접하게 관련된 린위탕의 소품문, 그리고 후스와 린위탕의 문학사상에 대한 비교

---

57 Chih-tsing Hsia, *A History of Modern Chinese Fiction, 1917-1957*, Yale University Press, 1961; 夏志清, 『中國現代小說史』, 浙江人民出版社, 2016, pp.146~147.

58 Diran John Sohigian, "The Life and Times of Lin Yutang", Ph.D. dissertation, Columbia University, 1991.

59 周質平, 「作品應爲作者自己的信念服務－論林語堂提倡小品文的精神所在」, 『明報月刊』 29, 1994; 周質平, 「林語堂與小品文」, 『中國現代文學研究叢刊』 1, 1996; 周質平, 「在革命與懷舊之間中國現代思想史上的林語堂」, 林語堂故居 編, 『跨越與前進－從林語堂研究看文化的相融/相涵國際學術研討會論文集』, 林語堂故居, 2007; 周質平, 「胡適與林語堂」, 『魯迅研究月刊』 8, 2010; 周質平, 「曆史與人物 自由主義的雙峰－胡適與林語堂(上下)」, 『傳記文學』 4·5, 2010; 周質平, 「"以文爲史" 與"文史兼融"－論胡適與林語堂的傳記文學」, 『荊楚理工學院學報』 4, 2011; 周質平, 「林語堂的抗爭精神」, 『魯迅研究月刊』 4, 2012; 周質平, 「張弛在自由與威權之間－胡適, 林語堂與蔣介石」, 『魯迅研究月刊』 12, 2016; 周質平, 『自由的火種－胡適與林語堂』, 台北 : 允晨文化, 2018.

연구논문을 중국 대륙, 타이완, 홍콩의 학술지에 다수 발표했다. 한편, 선솽沈雙[60]은 린위탕, 바이셴융白先勇, 자오젠슈趙健秀, Frank Chin 등 미국에서 활동했던 화인작가의 글쓰기방식에 주목하여 이들 작품에 나타난 '자아', '국가', '디아스포라' 의식을 고찰했다. 그리고 저서 *Cosmopolitan Publics : Anglophone Print Culture in Semi-colonial Shanghai*에서 린위탕이 관여했던 *The China Critic* 및 *T'ien Hsia Monthly*지 등 1930년대 상하이에서 출판된 대표적인 영문 잡지를 검토했다. 이 외에도 아시아계 미국 문학, 린위탕 작품의 중국 여성형상, 세계주의적 문화관, 번역 실천 등 측면에서 진행한 연구도 몇몇 있다.[61]

그 가운데 첸쉬챠오錢鎖橋는 현재 영어권 학술계에서 가장 권위 있는 린위탕 연구자로 손꼽히고 있다. 그는 박사논문 "Lin Yutang : Negotiating Modernity Between East and West"와 저서 *Liberal Cosmopolitan : Lin Yutang and middling Chinese Modernity*에서 중국과 미국을 넘나드는 린위탕의 문학과 문화 활동을 추적하고 린위탕이 안고 있던 "자유주의적 코즈모폴리턴"의 딜레마를 문화횡단적 비평 시야에서 고찰하여 루쉰, 후스의 그

60 Shen Shuang, "Self, Nations and the Diaspora : Re-reading Lin Yutang, Bai Xianyong, and Frank Chin", Ph.D. dissertation, The City University of New York, 1998; Shen Shuang, *Cosmopolitan Publics : Anglophone Print Culture in Semi-colonial Shanghai,* New Brunswick, New Jersey : Rutgers University Press, 2009.

61 A Owen Aldridge, "Irving Babbitt and Lin Yutang", *Modern Age; Wilmington*, Vol.41, Iss.4, 1999; Childress, Chase, "Rhetorics in Translation : a Translingual Re-reading of Lu Xun and Lin Yutang", Master's dissertation, Towson University, 2018; Fang lu, "Constructing and Reconstructing Images of Chinese Women in Lin Yutang's Translations, Adaptations and Rewritings", Ph.D. dissertation, Simon Fraser University, 2008; Lee, Yuk Ling, "The Intellectual Origins of Lin Yutang's Cultural Internationalism, 1928-1938", Master's dissertation, the University of Maryland, College Park, 2009; Richard Jean So, "Collaboration and Translation : Lin Yutang and the Archive of Asian American Literature", *MFS Modern Fiction Studies,* Vol.56, No.1, 2010.

것과 구별되는 제3의 중국의 근대성 대안 — "중용적 근대성"을 제시해 줬다. 특히 첸쉬챠오는 린위탕과 장즈둥張之洞, 량치차오梁啟超, 구홍밍辜鴻銘, 후스, 루쉰, 펄 벅, 저우쭤런, 아그네스 스메들리, 에드가 스노우 등 대표적인 근대 중국 지식인 또는 같은 시기 중국에서 활동했던 외국 지식인의 담론과 비교했으며, 당시 존데이출판사의 리처드 월시와 주고받았던 대량의 영문 서신자료[62]를 바탕으로 미국에서의 린위탕의 문학창작·출판의 경위와 배후사정을 세밀하게 재조명했다.[63] 그리고 첸쉬챠오는 린위탕의 이중언어적 글쓰기방식에 주목해 그가 1930년대 *The China Critic*지의 "The Little Critic"란에 발표한 영문 유머소품문과 『논어』 등 주간잡지에 실은 중문 소품문을 함께 엮어 앤솔러지 『林語堂雙語文集－The Bilingual Essays of Lin Yutang』을 출판했다.[64] 이와 더불어 2015년에 "린위탕의 문화횡단적 유산"이라는 테마 아래 "전통과 신앙", "언어와 법률", "중국과 서양을 횡단하는 여행", "미국에서 중국과 중국인을 번역하다" 등 네 파트로 린위탕에 대한 영문 연구 성과를 논문집으로 편찬했다.[65] 또 근대 중국 지식 사상사, 특히 중·미 지적 교류사를 바탕으로 린위탕의 전기를

62 미국 프린스턴대학 도서관 "존데이출판사 아카이브(Archives of John Day Company(1926~1969))"는 린위탕과 존데이출판사가 주고받은 서신 자료를 소장하고 있다. 참고로 미국 펜실베이니아 펄 벅 국제조직(Pearl S. Buck International)에서 문서 "Papers of Pearl S. Buck and Richard J. Walsh" 중 "Papers of Lin Yutang(Dates : 1933~1947)"이 수록되어 있다. 여기서 린위탕, 펄 벅과 리처드 월시 사이의 일부 통신을 열람할 수 있다.

63 Qian Jun(Qian Suoqiao), "Lin Yutang : Negotiating Modernity Between East and West", Ph.D. dissertation, University of California, Berkeley, 1996; Qian Suoqiao, *Liberal Cosmopolitan : Lin Yutang and Middling Chinese Modernity,* Leiden · Boston : Brill, 2011.

64 錢鎖橋 編, 『林語堂雙語文集－the Bilingual Essays of Lin Yutang』, 北京九州出版社, 2012.

65 Qian Suoqiao 편, *The Cross-Cultural Legacy of Lin Yutang : Critical Perspectives*, Berkeley : Institute of East Asian Studies, University of California, 2015.

각각 영문판 *Lin Yutang and China's Search for Modern Rebirth*2017와 중문판 『林語堂傳 中國文化重生之道』2019로 출판했다.[66]

한편 일본에서는 일찍이 1930~40년대부터 린위탕의 주요 작품에 대한 번역 · 출판 활동이 활발하게 전개되면서 그에 대한 연구 성과도 적지 않게 나왔다. 그러나 1950~80년대에 이르러 신중국, 마오쩌둥에 대한 관심이 급증하고 루쉰이 일본 학계에서 누렸던 절대적인 권위 때문에, 루쉰으로부터 한때 비판 · 공격을 당했고 중화인민공화국에서 "반동문인"으로 낙인찍힌 린위탕은 일본 지식인의 시선에서 점차 벗어나게 되었다. 그리고 1970년대 후반~1980년대에 이르러서야 고야마 기와무合山究 등 일본 연구자에 의해 린위탕에 대한 연구 작업이 비로소 재개되었다. 고야마 기와무는 린위탕의 전기문학인 『蘇東坡』1978[67]를 번역하고 1979년에 재판된 『人生をいかに生きるか』[68]에서 「林語堂その人と思想」을 실었으며 또 린위탕의 수필 17편, 자서전인 *Memoirs of an Octogenarian*八十自敘을 함께 엮어 『自由思想家・林語堂 エッセイと自伝』1982[69]을 번역 출판했다. 고야마 기와무는 린위탕이 거둔 성취와 영향력은 루쉰의 성취에 비견할 수 있다며 그를 "세계적으로 가장 명망 높은 대작가"이자 "20세기 최고의 지성의 대표"라고 높게 평가했다.[70] 그리고 린위탕의 창작 활동을 시기별로 자세히 살펴보면서 사상의 구체적 특징을 "자유", "자연", "인간"에 대한 사랑으

---

66 Qian Suoqiao, *Lin Yutang and China's Search for Modern Rebirth*, Singapore : Palgrave Macmillan, 2017; 錢鎖橋, 『林語堂傳 中國文化重生之道』, 廣西師範大學出版社, 2019.

67 林語堂, 合山究 譯, 『蘇東坡』, 明德出版社, 1978.

68 林語堂, 阪本勝 譯, 『人生をいかに生きるか』, 講談社, 1979.

69 林語堂, 合山究 譯, 『自由思想家・林語堂 エッセイと自伝』, 明德出版社, 1982.

70 合山究, 「訳者まえがき」・「解說」, 林語堂, 合山究 譯, 위의 책, pp.1・250.

로 규정했다.[71] 이외에도 그는 일본 및 타이완의 학술 지면을 통해 린위탕에 대한 연구논문을 몇몇 발표했다.[72]

고야마 기와무의 린위탕에 대한 재발견이 촉매제가 되어 일본에서의 린위탕 연구 작업은 점차 진척되어 갔다. 그 가운데 판리야範麗雅[73]는 다수의 연구 성과를 내놓았으며 펄 벅과 린위탕 간 *The China Critic*지를 통한 교류 양상, 린위탕의 유머론과 이중언어적 글쓰기, 그의 영문 저술활동과 미국 문화/사상사에서 동양사상에 대한 수용 맥락, 펄 벅과 린위탕의 작품에 나타난 중국에 대한 형상화 비교, 그리고 린위탕 도미 이후 펄 벅 부부, 존데이출판사와의 관계 등을 상세하게 거론했다. 그런가 하면 이노우에 도모카즈井上友和[74]는 흔히 동서문화융합/비교의 각도에서 린위탕에 접근하는 기존의 방식과 거리를 두고 그의 정치사상에 문제의식을 제기했다. 이노우에 도모카즈는 "합리주의비판과 상식(인간성)에 대한 옹호", "공자의 인치人治와 한비자韓非子의 법치法治", "언론자유" 등 측면에서 개인과

---

71 合山究, 「解說」, 林語堂, 合山究 譯, Ibid., pp.251~252.

72 合山究, 「全盛期の林語堂 アメリ. カにおける圧倒的な成功一」, 樋口進先生古稀記念論集刊行會 編, 『中國現代文學論集－樋口進先生古稀記念』, 中國書店, 1990; 合山究・楊秋明, 「林語堂資料探索記」, 『臺北市立圖書館館訊』 12(1), 1994.

73 範麗雅, 「林語堂とパール・バック－*The China Critic*での交流を中心に(特輯 異文化の異化と同化) 」, 『比較文學研究』 88, 2006; 範麗雅, 「林語堂のユーモア論－バイリンガル著述の検討を中心に」, 『アジア地域文化研究』 4, 2007; 範麗雅, 「林語堂の英文著述活動とアメリカ文化思想史における東洋思想の受容－*The Importance of Living*とWaldenを読む」, 『思想史研究』 12, 2010; 範麗雅, 「Pearl S. Buckの「郷土中國」と林語堂の「文化中國」－*The Good Earth* と*My Country and My People*」, 『思想史研究』 11, 2010; 範麗雅, 「パール・バック夫妻と渡米後の林語堂－林とAsia, ジョン・ディ社, 「東西協會」との関わりを手掛かりに」, 『アジア地域文化研究』 7, 2010.

74 井上友和, 「林語堂の政治思想(1) 研究序說」, 『現代中國事情』 15, 2007; 井上友和, 「林語堂の政治思想(2) 合理主義批判と常識(情理)の擁護」, 『現代中國事情』 16, 2007; 井上友和, 「林語堂の政治思想(3) 孔子(人治)と韓非子(法治)の間」, 『現代中國事情』 17, 2008; 井上友和, 「林語堂の政治思想(4) 權力抑制の手段としての「言論の自由」」, 『現代中國事情』 24, 2009.

단체, 국가와 사회, 전통과 진보, 자유와 질서에 대한 린위탕의 태도를 검토하면서 린위탕의 정치철학은 법치국가를 실현하는 데에 있다는 결론을 내렸다.

이와 더불어 주목할 만한 것은 일본에서는 린위탕에 대한 번역 수용 양상에 대한 연구가 비교적 활발하게 진행되고 있다는 점이다. 예컨대 오오이 고토이치大井浩一[75]는 중일전쟁 시기에 린위탕이 일본 언론에 의해 어떻게 받아들여졌는지 그 맥락과 변모 양상을 살펴봤다. 그리고 가와무라 쇼코河村昌子,[76] 취하이옌崔海燕,[77] 마쓰모토 카즈야松本和也,[78] 장슈거張秀閣[79] 등 연구자는 중일전쟁 시기에 *Moment in Peking*을 비롯한 린위탕 주요 작품에 대한 구체적 번역 수용 양상을 다뤘으며, 특히 작품을 바라본 사토 료이치佐藤亮一, 다니자키 준이치로谷崎潤一郎 등 당시 작품 번역자와 지식인의 태도를 고찰했다. 그 이외에 중국 형상화, 문체, 유머, 동서문화관 등 각도에서 시도한 작품 연구,[80] 번역 작품 연구,[81] 린위탕과 장헌수이張恨水・다니자키

75 大井浩一, 「林語堂「忠言」記事の意味－「メディアにおける知識人」に関する一考察」, 『インテリジェンス』 2, 2003; 大井浩一, 『メディアは知識人をどう使ったか－戦後「論壇」の出発』, 東京 : 勁草書房, 2004.

76 河村昌子, 「戦時下日本における林語堂の邦訳」, 『千葉商大紀要』 45(3), 2007.

77 崔海燕, 「谷崎潤一郎の読んだ林語堂の*Moment in Peking*」, 『比較文學』 52, 2010.

78 松本和也, 「林語堂 *Moment in Peking* 翻訳出版をめぐる言説－日中戦争期の文學場一面」, 『太宰治スタディーズ』 別冊 2, 2015.

79 張秀閣, 「林語堂は如何に日本に翻訳されたか－訳者佐藤亮一の戦後初期の仕事を中心に」, 『文藝と批評』 12(2), 2015.

80 高橋, 1998; 高畑常信, 「中國の舊社會を描いた林語堂『北京好日』の構成」, 『徳島文理大學比較文化研究所年報』 27, 2011; 朴桂聖, 「林語堂の文體論－「小品文」から「語録體」へ」, 『一橋論叢』 128(3), 2002; 朴桂聖, 「林語堂における東西文化論形成の一側面」, 『現代中國』 74, 2000; 朴桂聖, 「林語堂の「東西文化比較論」に関する考察－一九三〇年代思想、文學論を中心に」, 一橋大學 博士學位論文, 2004.

81 上原徳子, 「林語堂による英訳「鶯鶯傳」前書きの検討」, 『宮崎大學教育學部紀要』 92, 2019; 上原徳子, 「林語堂による英訳「鶯鶯傳」について（中國古典小説研究の未來－21世紀への回顧と

준이치로 · 나쓰메 소세키夏目漱石 · 휘트먼 등과의 비교문학적 연구논문도 다수 나왔다.[82]

한국의 경우, 일찍이 1964년에 이미 전병숙의 「임어당 수필집에 나타난 사상성과 해학성」이라는 논문이 발표되었지만,[83] 린위탕에 대한 본격적인 연구 작업은 2000년대에 와서야 비로소 활발해졌다. 한국에서의 린위탕 연구는 대체로 소설 · 산문(소품문) 작품에 나타난 작가의식, 유머, 혼종성, 현실의식, 유토피아적 성격, 문화관, 철학사상 및 종교성 등에 대한 고찰이 주를 이루며,[84] 이 외에 린위탕의 번역 실천 및 번역론(관)에 대한

展望)－(中國古典小説研究の最前線)」, 『アジア遊學』 218, 2018.

82 安斉芳, 「ホイットマンと林語堂」, 『東洋文化』 12, 1991; 王暁白, 「張恨水 · 林語堂の北京イメージー『金粉世家』, 『啼笑因縁』と『北京好日』との比較研究」, 『東京大學中國語中國文學研究室紀要』 14, 2011; 崔海燕, 「二人の南子－谷崎潤一郎「麒麟」と林語堂「子見南子」」, 『早稲田大學大學院教育學研究科紀要』 別冊 17-1, 2009; 西上勝, 「林語堂と費孝通の「老いの文明論」」, 『山形大學人文學部研究年報』 2, 2005; 王佑心, 「夏目漱石と林語堂の作家的出発點－「ユーモア」をめぐる言説の比較考察を通して」, 『芸術研究』 16, 2003; 王佑心, 「漱石と林語堂－「個人主義」思想の行方について」, 『広島大學大學院教育學研究科紀要 第二部 文化教育開発関連領域』 52, 2003; 王佑心, 「夏目漱石と林語堂の比較文學的研究－「個人主義」思想とその表現を中心に」, 広島大學博士學位論文, 2004.

83 전병숙, 「임어당 수필집에 나타난 사상성과 해학성」, 『한국어문학연구』 5, 한국어문학연구, 1964.

84 고영희, 「근대 중국에서의 공자－임어당의 〈자견남자〉, 『공자의 지혜』를 중심으로」, 『儒學研究』 31, 충남대 유학연구소, 2014; Li Xinying, 「林語堂娓語體散文研究」, 『중국산문연구집간』 3, 한국중국산문학회, 2013; Li Xinying(이흔영), 「林語堂散文研究」, 숭실대 박사논문, 2014; 백영길, 「항전기 임어당(林語堂) 소설의 종교성－동서문화의 융합과 갈등 양상」, 『中國語文論叢』 31, 중국어문연구회, 2006; 변성주, 「林語堂의 『京華煙雲』 硏究」, 경희대 석사논문, 2004; 손유디, 「林語堂소설 『紅牡丹』의 작가의식 연구」, 고려대 석사논문, 2009; 손유디, 「영 · 미 화인작가 문학작품의 혼종성 연구－린위탕(林語堂)과 장이(蔣彝)를 중심으로」, 고려대 박사논문, 2019; 姚傳德, 「淺議林語堂的中國文化觀」, 『國際中國學研究』 6, 국제중국학연구, 2003; 지해선 · 장동천, 「린위탕(林語堂)의 '유머' 속에 담긴 문학적 유토피아－자유주의 정치사상을 바탕으로」, 『中國語文論叢』 77, 중국어문연구회, 2016; 진솔비, 「강용흘과 린위탕(林語堂)의 소설에 나타난 현실 인식 비교 연구」, 명지대 석사논문, 2014; 崔文英, 「자유주의 작가의 유토피아－서우의 『荒謬的英法海峽』과 임어당의 『奇島』를 중심으로」, 『中國語文論叢』 35, 中國語文研究會, 2007; 최해룡, 「폴 레만(Paul Lehmann)의 맥락신학(Contextual Theology)적 관점에서 본 중국교회의 도덕적 삶에 관한 연구－임어

(비교) 연구,[85] 한국에서의 린위탕의 번역 수용 양상에 대한 연구[86] 등도 진행되고 있다. 그 가운데 김미정[87]은 저우쭤런과 린위탕의 심미관을 비교 분석하여 린위탕의 가족문화관과 동서문화론을 분석했다. 박계성[88]은 린위탕의 유머 소품문과 어록체, 동서 언어·문화관, 유교·도교사상 등을 검토했다. 고운선[89]은 저널리스트로서의 린위탕의 활약상을 살펴봤으며, 백영길[90]은 린위탕 소설에 나타난 기독교사상에 주목했다. 그리고 손유

당의 유교문화와 기독교신학사상을 중심으로」, 장로회신학대 박사논문, 2012.

85 김소정, 「화본소설의 문화횡단적 다시쓰기-임어당을 중심으로」, 『중국어문학』 79, 영남중국어문학회, 2018; Dongwei, Chu, "Translation as Lin Yutang's Self-Expression", 『통번역학연구』 15(1), 한국외국어대 통번역연구소, 2011; 손지봉, 「중국의 번역론에 대한 전통문학론의 영향 고찰-嚴復, 郭沫若, 林語堂, 錢鍾書」, 『통번역교육연구』 8(2), 한국통번역교육학회, 2010; 손지봉, 「임어당(林語堂) 번역론 연구」, 『中國學報』 62, 한국중국학회, 2010; 장애리, 「중국 전통 미학을 계승한 번역 철학-푸레이(傅雷)와 린위탕(林語堂)의 번역론 비교」, 『통역과 번역』 18(3), 한국통역번역학회, 2016.

86 김종성·이흔영, 「林語堂作品在韓國譯介和硏究情況述評」, 『중어중문학』 56, 한국중어중문학회, 2013; 권보드래, 「林語堂, '동양'과 '지혜'의 정치성-1960년대의 林語堂 열풍과 자유주의 노선」, 『한국학논집』 51, 계명대 한국학연구원, 2013; 뉴린제(牛林傑)·장이톈(張懿田), 「林語堂在韓國的譯介及其特點」, 『한중인문학연구』 40, 한중인문학회, 2013; Xiao, Luting, 「중·일·한 3국에서의 린위탕(林語堂) 번역 및 수용에 관한 연구-*My Country and My People*을 중심으로」, 고려대 석사논문, 2016.

87 김미정, 「주작인(周作人)·임어당(林語堂)의 심미관(審美觀)과 1930년대의 소품문(小品文)운동」, 『중국문학』 24, 한국중국어문학회, 1995; 김미정, 「林語堂의 가족문화관-그의 문화사상의 특징에 대해」, 『중국문학』 38, 한국중국어문학회, 2002; 김미정, 「林語堂의 東西文化論에 대한 일고찰」, 『문예비교연구』 2, 서울대 인문대학 대학원 협동과정 비교문학 전공, 2002.

88 박계성, 「西洋化와 東洋化-林語堂의 兩脚踏東西文化」, 『중국어문학논집』 35, 중국어문학연구회, 2005; 박계성, 「유묵, 소품문 그리고 어록체-임어당(林語堂)의 "일심평우주문장(一心評宇宙文章)"」, 『중국어문학』 47, 영남중국어문학회, 2006; 박계성, 「동서문화, 린위탕, 그리고 언어비교-『吾國與吾民』에 나타나는 중·영어 비교관점을 중심으로」, 『中國語文論叢』 76, 중국어문연구회, 2016; 박계성, 「위대한 『중국, 중국인』-린위탕 스타일-상호보완으로서의 유교와 도교」, 『중국어문학』 76, 영남중국어문학회, 2017.

89 고운선, 「저널리스트 林語堂 初探-저널식 글쓰기와 간행물 발행의 관계를 중심으로」, 『中國語文論叢』 60, 중국어문연구회, 2013.

90 백영길, 「항전기 임어당(林語堂) 소설의 종교성-동서문화의 융합과 갈등 양상」, 『中國語文論叢』 31, 중국어문연구회, 2006.

디[91]는 "화인 이산작가"라는 시각에서 입각해 린위탕과 장이蔣彝의 작품 속에 내재되어 있는 혼종성 양상을 중심으로 그들의 "문화적 혼종성", "언어적 혼종성", "시공간적 혼종성", "혼종적 정체성", "혼종적 주체성"을 비교 분석했다.

이상에서 살펴본 바와 같이 중국 대륙, 타이완, 미국, 일본, 한국에서는 각각의 맥락에서 린위탕에 대한 연구 작업을 다양하게 진행하고 있다. 그러나 린위탕의 세계성 또는 세계적 수용상에 대한 연구 현황을 살펴보면 주로 영미권, 특히 미국에 치중되어 있다. 예컨대 펑즈창馮智強, 첸쉬챠오錢鎖橋, 판리아範麗雅 등의 연구 성과가 대표적이다. 이에 비해 비영미권, 특히 린위탕의 삶의 궤적과 밀접히 관련되었던 타이완, 일본, 한국 등 국가(지역)에서의 수용상에 대한 연구는 비교적 산발적이고 그 성과도 미미한 편이다. 그 가운데 타이완에서의 수용상에 대한 본격적인 검토는 훙쥔옌洪俊彦의 논문 한 편뿐이며 일본에서의 린위탕의 수용상 연구는 펑위馮羽, 싱이단邢以丹, 이노우에 도모카즈井上友和, 가와무라 쇼코河村昌子, 취하이옌崔海燕, 마츠모토 카즈야松本和也, 장슈거張秀閣 등 여러 연구자에 의해 어느 정도 진척되었다. 다음은 본고의 연구주제와 직접 관련된 한국에서의 린위탕에 대한 번역 수용 양상에 대한 기존의 연구 성과를 상세히 살펴보도록 한다.

우선, 김종성과 이흔영[92]은 린위탕 작품의 중국에서의 번역 소개 양상, 한국에서의 번역 소개 양상, 그리고 한국에서의 연구논문 성과를 차례로 간략하게 살펴봤다. 그리고 뉴린제牛林傑와 장이톈張懿田은 「林語堂在韓國的

91 손유디, 「영·미 화인작가 문학작품의 혼종성 연구 – 린위탕(林語堂)과 장이(蔣彝)를 중심으로」, 고려대 박사논문, 2019.

92 김종성·이흔영, 「林語堂作品在韓國譯介和硏究情況述評」, 『중어중문학』 56, 한국중어중문학회, 2013.

譯介及其特點」에서 식민지 시기부터 2000년대까지 린위탕 작품이 한국에 번역 소개된 사적 맥락을 정리하고, 그 과정에서 나타난 특징, 그리고 린위탕 작품이 많이 번역 소개된 원인을 검토했다.[93] 장이톈은 이 소논문을 바탕으로 작성한 석사논문에서 "임어당과 한국문인들의 교류와 영향"을 거론하면서 린위탕의 방한 양상과 한국문단이 린위탕에게 내린 평가를 추가적으로 상세하게 조명했지만, 소논문과 마찬가지로 다소 피상적인 현상 분석에 머무르고 있다.[94]

한편 샤오루팅[95]은 린위탕의 대표작품인 *My Country and My People*을 대상 텍스트로 이 작품의 탄생 배경 및 작가의 복합적 문화·정치관을 검토하고 중국, 일본, 한국에서의 번역 수용양상을 차례로 분석했다. 연구 범위가 중국 대륙/타이완, 일본, 한국까지를 모두 포함하고 있어 그 폭이 매우 큰 만큼 다소 개괄적으로 수용 양상을 분석했다는 한계를 가지고 있다. 그러나 이 논문은 동아시아적 연구 시각을 제공해 주었다는 점에서 의미 있는 작업으로 볼 수 있다. 이와 더불어 양밍[96]은 린위탕의 대표 소설인 *Moment in Peking*의 한국어역본을 중심으로 한국에서 린위탕의 번역과 수용 양상을 고찰했다. 논자는 1940년대부터 지금까지 한국에서 번역된 13종의 판본 중 가장 대표적인 이명규, 박진석, 조영기의 세 가지 번역본을 대상 텍스트로 세밀하게 비교 분석했다. 그리고 이와 아울러 한국 학자와 한국 일반 독자의 수용 양상도 간략히 살펴봤다.

---

93 뉴린제(牛林傑)·장이톈(張懿田), 「林語堂在韓國的譯介及其特點」, 『한중인문학연구』 40, 한중인문학회, 2013.

94 장이톈(張懿田), 「林語堂在韓國的譯介及其影響」, 山東大學校 碩士學位論文, 2013.

95 Xiao, Luting, 「중·일·한 3국에서의 린위탕(林語堂) 번역 및 수용에 관한 연구－*My Country and My People*을 중심으로」, 고려대 석사논문, 2016.

96 楊名, 「林語堂小說*Moment in Peking*在韓國的譯介研究」, 南京大學 碩士學位論文, 2019.

본 논문의 취지와 관련하여 특히 주목할 만한 것은 권보드래와 박진영의 연구이다. 권보드래[97]는 1960년대 한국에서 일어난 '린위탕 열풍'에 주목하면서 이러한 현상 내면에 얽혀 있는 사회정치적 맥락을 그의 반공·자유주의적 정체성과 함께 고찰했다. 권보드래에 의하면 『생활의 발견』은 린위탕의 반공산주의와 자유주의의 정치성을 함축하고 있지만 정작 한국의 독자들에게는 '지혜'와 '행복'의 책으로 비춰졌다는 것이다. 1950년대 말부터 1960년대 초 중반에 유행했던 '행복'이라는 담론은 자유–쾌락의 계열과 연동되면서 공산주의 및 북조선 비판의 무기로 사용될 수 있었다. 권보드래는 이러한 '동양', '지혜' 또는 '행복' 너머 린위탕으로부터 공공연하게 독해되지 않은 지점들을 제시해 주며 '자유중국'과 '중공'이라는 두 가지 중국의 사상지리 속, '중국 대륙'에 대한 지적 통로가 거의 차단되었는데도 불구하고 마오쩌둥에 대한 지식계의 관심이 암암리에 부상했던 한국 1960년대의 냉전 공간에 린위탕이 처한 위치와 그 문제성을 환기하고 있다. 권보드래의 문제의식은 본고가 1960~70년대 한국에서의 린위탕의 수용 양상을 고찰하는 데에 있어 중요한 시사점을 여럿 제공해 준다. 그리고 박진영[98]은 「동아시아 가족사의 상상과 세계문학 번역」에서 펄 벅의 『대지』와 린위탕의 *Moment in Peking*의 한국에서의 번역 경위를 식민지 시기와 해방 후를 통틀어 비교 분석했다. 박진영은 "펄 벅과 린위탕은 상반된 중국과 중국인의 운명을 상상함으로써 서로 다

97 권보드래, 「林語堂, '동양'과 '지혜'의 정치성」, 『한국학논집』 51, 계명대 한국학연구원, 2013.

98 朴珍英, 波田野節子 訳, 「家族史の東アジア的想像と翻訳－パール・バックと林語堂の小説の韓國語への翻訳経緯」, 『朝鮮學報』 239, 2016; 박진영, 「동아시아 가족사의 상상과 세계문학 번역」, 『번역가의 탄생과 동아시아 세계문학』, 소명출판, 2019.

른 길을 보여주었을 뿐 아니라 동아시아를 바라보는 한국인의 시좌 변경과 1945년 전후의 이데올로기적 배후를 명료하게 가시화한 사례"라고 평가한다. 그리고 논자는 식민지 시기에 *Moment in Peking*은 가족사 소설의 서사적 가능성을 환기했으나 번역될 가능성이 차단되면서 1950년대 이래 린위탕은 세계적인 사상가이자 명수필가로 입지가 축소되었다고 지적했다.[99] 요컨대 한국뿐만 아니라 중국, 일본의 사적 맥락과 아울러 펄벅과 린위탕이 시사해 준 문제성을 비교문학적 시야에서 고찰한 박진영의 시각은 입체적이고 흥미로울 뿐 아니라 본고의 연구 작업에 좋은 참조점이 되어주었다.

이상에서 살펴본 바와 같이 한국에서의 린위탕의 수용상에 대한 연구 작업은 몇몇 한·중 연구자의 공동 노력에 의해 점차 진전되고 있다. 그러나 이것만으로 한국에서의 린위탕의 온전한 좌표를 그려내기엔 여전히 부족해 보인다. 이들 연구 성과 대부분은 사실관계를 위주로 정리하거나 대표 작품 하나를 중심으로 살펴보는 데서 크게 벗어나지 못했다. 특히 다른 동시대 지식인과 달리 린위탕은 두 차례나 직접 방한하여 한국과 직접적인 소통을 시도했다는 점에서 상당히 문제적임에도 불구하고 기존 연구에서는 린위탕의 구체적인 방한 양상 및 그 문제성을 다소 소홀히 다뤘다. 한국에서 린위탕의 문학사상의 번역 수용 양상뿐만 아니라, 그와 한국의 직접적인 지적 소통이 파생한 여러 가능성과 한계를 아울러 깊이 들여다봐야만, 비로소 한국에서 린위탕이 차지하고 있었던 좌표와 그 의미를 정확하게 그려낼 수 있다고 본다. 또 제1절 문제제기에서 언급했듯이 린

---

99 박진영, 위의 글, 536~537쪽.

위탕은 다양한(복합적인) 정체성을 가지고 있다. 이러한 '린위탕'이 한국의 역사적 현장에 도입되고, 능동적으로 그 현장에 진입했을 때 다양한 스펙트럼의 수용 현상을 불러일으킬 수밖에 없었다. 또한 그것은 한국뿐만 아니라 일본, 타이완, 미국 등 여타 국가의 시대적 상황, 그리고 린위탕 자신의 세계적 활동 동선과도 긴밀하게 연동되었다. 때문에 한국에서의 '린위탕'의 전모, 그가 수행한 역할과 의미를 보다 더 정확히 그려내기 위해서는 다양한 각도에서의 접근 전략, 시기별로 더 풍부한 자료보충과 검토 작업이 필요하다고 판단된다.

3. 한국과 린위탕이라는 창

본고는 우선 서론에서 린위탕의 세계성을 살펴보면서 린위탕과 한국과의 접촉 맥락에 문제의식을 제기하려 한다. 그리고 세계적으로 진행되고 있는 린위탕 연구 현황을 총체적으로 정리하고, 한국에서의 린위탕 수용상에 대한 연구 성과를 자세히 검토하고자 한다. 제2장에서는 린위탕이 식민지 시기부터 해방기까지 어떻게 한국에 도입되고 받아들여졌는지 그 역사적 경위를 재확인하고자 한다. 식민지 시기에 린위탕 및 그의 문학사상은 정치·역사적 제약으로 인해 몇몇 지식인에 의해 산발적이고 개인적인 차원에서 소개될 수밖에 없었다. 그러나 유의할 것은 바로 이러한 자유롭지 못했던 정치·역사적 담론 환경으로 인해 린위탕에 대한 권력의 공적/대규모적 개입이 자제되었던 덕분에 오히려 몇몇 지식인들은 주체적이고 능동적인 입장에서 린위탕의 작품을 독해하고 수용할 수 있었다는 점이다. 다시 말해 1960~70년대와 비교했을 때 식민지 시기에 오히려 '린위탕'을 둘러싼 다양한 독법이 보다 더 가능했을 수도 있다는 것이다. 그리고 해방기에 진입하면서 격동하는 정세에 따라 '중국 지식', '중국문학'을 향한 보다 다양해진 경로 가운데 '린위탕'이라는 통로는 또 어떻게 달리 자리매김하게 되었는지를 살펴보도록 한다. 이처럼 식민지 시기와 해방기 린위탕의 한국에서의 수용상을 재정리하는 작업은 냉전기에 린위탕 문학을 본격적으로 번역 소개한 양상을 고찰하는 데 있어서 그 '수용 전사前史'로서 유용한 참조 지평이 될 것이다.

제3장에서는 1950년대 전후 남한의 정치 문화적 맥락에서 린위탕 문학의 수용 양상을 살펴볼 것이다. 한국에서의 중국문학 수용사에서 계속 주변시되어 왔던 린위탕은 이 시기에 이르러서는 본격적으로 소개되기 시작했다. 본 장에서는 일차적으로 이러한 변화의 원인과 맥락을 규명해 보고자 한다. 그리고 상당히 다양한 스펙트럼에서 출간된 린위탕의 작품이 각각 어떻게 번역되고 이해되었는지를 당시의 시대적 맥락을 결합해 자세히 살펴볼 것이다. 미리 설명하자면 식민지 시기에 일본에서 나온 린위탕 작품 번역과 연구 성과와 문제의식에 계속 소극적인 수용 태도를 보였던 한국 지식·출판계는 이 시기에 이르러서는 일본어 역본을 적극적으로 활용하기에 이르렀다. 그렇다면 한국 지식·출판계가 린위탕 작품을 두고 뒤늦게 일본문단과 합치한 지점이 구체적으로 무엇이고, 이 사이에 균열 양상은 없었는지 하는 문제는 린위탕 작품 한국어 번역본을 검토하는 과정에서 눈여겨봐야 할 대목이다. 아울러 처음으로 한국의 중국문학장에 적지 않은 비중을 차지하게 된 린위탕이 이 시기에 기능했던 의의와 역할을 규명해 보고자 한다.

제4장에서는 우선 린위탕이 1960~70년대에 내한한 경위를 자세히 추적하고 방한 기간에 그가 서로 다른 청중을 대상으로 가졌던 세 차례의 주요 연설을 한국의 역사적 맥락과 연결 지어 고찰하고자 한다. 앞서 거론했듯이 1960~70년대 린위탕의 수용상이 그 이전 시기에 비해 질적으로 가장 다른 지점은 더 이상 일방적인 도입이나 수용의 방식이 아니라, 린위탕의 두 차례 방한을 계기로 상호적 소통방식이 새로이 추가되었다는 데에 있다. 린위탕은 그의 '합법적인' 정치적 정체성과 한국-타이완의 비교적 원활했던 외교관계 덕분에 '자유세계의 최전선'이었던 한국을 직접 찾아와 세계대학총장회의, 국제펜회, 시민회관 등 자리에 나가 국제사회와 한국 대중, 지식인을 향해 발언할 기회를 가졌다. 린위탕이 '1960~70년대의 한국'이라는 현장의 맥락에서 능동적으로 생산·전달하고자 했던 '지식'은 과연 어떠한 지식이고, 그것이 또한 어떻게 유통되었는가 하는 문제는 제4장에서 집중적으로 검토할 것이다.

여기서 특기할 점은 한국 정부가 대회의 원만한 개최에 상당히 적극적인 태도를 취했다는 사실이다. 다시 말해 1960~70년대 린위탕이 한국과 능동적인 상호 소통이 가능할 수 있었던 것은 그 배후에서 한국 정부가 결코 간과해서는 안 될 중요한 역할을 발휘했기 때문이라고 해도 과언이 아니다. 정부/공적 권력은 민간에 비해 이득이 되는 지식과 점유할 가치가 있는 지식을 생산하고 조종할 수 있는 보다 나은 위치에 있다. 박정희 정부는 기존 한국 사회에서 린위탕에 대해 누적되어 왔던 인식 지평을 그 작용 기반으로 적극적으로 동원하며 '린위탕'을 공적 차원에서 대대적으로 환영·활용·조종하려 했다. 이처럼 정부의 개입은 여타 주체의 린위탕에 대한 수용 방식에 영향을 끼칠 수밖에 없었을 것이다. 그리고 이것은 결과적으로 '린위탕 열풍'을 가열시키는 동시에 그 굴절과 종결을 가속화할 가능성을 내포하고 있었다. 그렇다면 정부, 공적 언론기관의 적극적 지원에 힘입어 성공리에 열린 세계대학총장회의, 국제펜대회, 시민회관 강연회에서 린위탕이 가진 세 차례 연설은 정부 담론과 어떠한 공모 또는 길항 관계를 형성했는가? 나아가 두 차례의 방한을 계기로 한데 뒤얽히게 된 지식의 생산자인 린위탕, 지식의 유통 과정에 간여한 한국 정부와 언론매체, 지식의 수신자인 국제대회 참석자 · 한국 대중 등 다양한 주체들 간에 작동했던 정치적 역학을 어떻게 규명해야 하는가? 본고는 이와 같은 문제의식을 염두에 두고 논의를 전개할 것이다.

제5장에서는 1960~70년대 한국 독서 · 출판계에서 일어난 '린위탕 열풍'의 구체적 양상과 이면적 맥락을 살펴보고자 한다. 본 장에서는 린위탕 문학 작품에 대한 번역 출판 양상을 검토하되 번역본 텍스트 내부의 구체적인 번역(직역, 의역, 경개역, 오역) 양상이나 번역본 간의 번역 전략 비교에 중점을 두지는 않을 것이다. 린위탕의 대표작품인 *My Country and My People*, *Moment in Peking*에 대한 한국어 번역본 검토(비교) 작업은 이미 기존 연구논문에서 행한 바가 있거니와, 본고에서는 린위탕의 특정 작품을 연구 대상으로 삼고 있지 않은 만큼 한국에서 출간된 수십여 종의 번역본을 상세히 검토 비교하는 것은 현실적인 어려움이 따를뿐더러 비생산적인 작업으로 판단된다. 따라서 제5장에서는 1960~70년대의 '린위탕 문학 출판 붐'을 '번역행위'가 아니라 번역을 매개로 한 '독서행위'로 파악하고자 한다. 수용미학 이론가인 볼프강 이저는 문학 텍스트를 읽는 독서 과정 자체가 실제 상황에서 일어나는 경험 구조를 갖고 있고, 독서라는 것은 문학텍스트가 제시하는 "기대"예상 : protention와 독자 자신이 갖고 있는

"기대"기억 : retention와의 "현재의 만남"이라고 할 수 있으며, 독서의 매순간은 "예상"과 "기억"의 변증법적인 관계를 이룬다고 주장한다.[100] 이 점에서 제5장은 바로 린위탕 문학 텍스트에 잠재돼 있는 "기대"와 한국 독자가 갖고 있는 "기대", 이 두 가지 "기대" 지평 사이에서 작동했던 변증법적인 관계를 추적해 나가는 과정이고, 양자의 만남이 시사해 준 "현장성", "경험적 구조"를 재확인하는 작업이라고 할 수 있다.

소통communication은 문화를 공유하는 과정이고, 타문화와 자문화의 융합을 의미한다. 완전한 소통, 완전한 수용full adaptation은 존재하지 않으며, 궁극적으로 서로의 문화적 유사성과 차이성이라는 두 차원에서 균형 잡힌 '조건적인 소통과 수용'만이 이루어질 수 있다.[101] 따라서 본 장에서는 린위탕과 한국 독자 간의 소통의 '유효지대'뿐만 아니라, 그 '균열지대'도 아울러 살펴볼 것이다. 구체적으로 한국의 독서·출판계에서 대대적으로 일어난 '린위탕 열풍'의 원인, 맥락, 대체적 윤곽과 특징을 파악하고자 한다. 그리고 윤영춘을 비롯한 다수의 번역가에 의해 (재)생산된 한국어판 린위탕 작품에 투사된 출판자본, 국가권력, 지식계, 독서 대중 각각의 시선을 깊이 들여다보면서 이들 수용 주체의 욕망, 이해, 또는 오독 속에 구축된 린위탕의 형상, 그가 가졌던 역할과 문학사적 의미를 재확인하고자 한다. 여기서 비교적 특수한 독자층인 역자들이 갖고 있던 문제의식을 번역 본문과 역자 서문, 후기 등 주변적 텍스트를 적극적으로 활용해 살펴볼 것이다.

---

100 Wolfgang Iser, *The Act of Reading : A Theory of Aesthetic Response*, Baltimore and London : the John Hopkins UP, 1984, pp.110~112; 이성호, 「영향과 수용의 상호소통 – 볼프강 이저의 독자반응비평이론」, 반찬기 외, 『수용미학』, 고려원, 1992, 155~156쪽에서 재인용.

101 邢以丹, op. cit., p.92.

제6장에서는 1960~70년대 열광적이었던 '린위탕 열풍'의 퇴조 양상에 대해 검토하고자 한다. 1980년대 중반 이후 '중공 붐'이 본격적으로 일어나면서 '세계의 지성'인 린위탕이 어떻게 한국에서 점차 주변화와 망각의 길을 걷게 되었는지 그 후일담을 살펴볼 것이다. 마지막으로 제7장에서는 '린위탕과 한국'이라는 논제를 둘러싼 본고의 문제의식을 총체적으로 재점검할 것이다.[102]

---

102 이 책, 특히 제6장의 내용 구성에 여러 조언을 해 주신 이봉범, 박진영, 권보드래, 백영길, 강헌국 선생님께 이 지면을 빌려 감사드린다.

제2장
(탈)식민기 중국담론과 린위탕의 주변적 위치

1. 문인—중개자와 초기 수용의 양상

식민지 시기를 통틀어 봤을 때 린위탕은 이 시기에 중국 및 해외에서 높은 명망을 얻었음에도 불구하고 한국 지식계·언론계·대중사회로부터 본격적으로 주목받지 못했다. 그러나 주의를 요할 점은 몇몇 한국 지식인의 다소 제한적이고 굴절된 방식을 통해서나마 린위탕과 그의 희곡, 소품문, 수필, 소설 등의 대표작이 한국에 소개되었다는 사실이다.

린위탕의 이름이 처음 한국문단에 등장한 것은 1931년 천태산인 김태준이 『동아일보』에 발표한 「공자와 희극」[1]이라는 글에서였다. 김태준은 이 글에서 공자 위상의 사적 변모를 거론하면서 "내용은 빈약하지만 제목이 신기한" 천즈잔陳子展이 1930년에 출판한 『공자와 희극』[2]이라는 책을

1 천태산인, 「공자와 희극—陳子展 저 <孔子與戲劇>을 읽고」, 『동아일보』, 1931.10.19.

2 陳子展, 『孔子與戲劇』, 太平洋書店, 1930. 이 책은 「孔子與優人女樂」, 「關於「子見南子」的一場

비교적 상세히 소개했다. 천즈잔은 이 책의 제2장, 제3장, 제6장, 제7장에서 당시 사회적 이슈였던 린위탕의 극본인 〈자견남자子見南子〉[3]를 거듭 거론하며 〈자견남자〉가 불러일으켰던 소송사건의 전말, 〈자견남자〉에 대한 자신의 긍정적인 입장 등등 모두 다뤘다. 김태준은 각 장의 주요 내용을 정리하면서 〈자견남자〉라는 극본은 "임어당林語堂이 월간 『분류奔流』 제1권 제6호에 발표"한 작품이라고 소개했다. 그러나 저자 천즈잔이 당시 루쉰, 위다푸郁達夫가 공동 편집한 『분류』지에 실린 〈자견남자〉와 『신보申報』, 『어사』지에 대대적으로 보도된 이 희곡과 관련된 일련의 소송문서에 대한 분명한 문제의식을 노출했음에도 불구하고 김태준은 〈자견남자〉 및 그 주변에 대해 크게 주목하지 않았고 '임어당'에 대한 추가 설명도 덧붙이지 않았다. 김태준은 글의 말미에서 이 책을 통해 "모든 것을 혁신하지 않으면 말지 안는 중국 청년들의 용의用意를 알 수 있으며 공자사상의 내적 비판이 유림단儒林團의 문제가 되는 조선과는 거리가 하도 멀다"는 것을 알 수 있다는 판단을 내리면서 글을 마무리했다. 이처럼 조선의 국내 사정과 거

官司」, 「聖人與偶像」, 「從八股文說到宋雜劇中之孔子」, 「關於孔子的神話或傳說」, 「唱本或鼓詞中之孔子」 등 14편의 글과 일본 다니자키 준이치로(谷琦潤一郎)가 쓰고 텐한(田漢)이 번역한 공자를 묘사한 소설인 「기린(麒麟)」 등 글을 수록했다.

3 〈자견남자〉는 린위탕이 『논어』와 『사기』에 기록된 춘추 시기 위령공(衛靈公) 부인 남자(南子)가 공자를 소견(召見)하는 일화를 바탕으로 재창작한 "단막 희비극(獨幕悲喜劇)"이다. 린위탕은 이 희곡에서 남자의 '정(情)'과 공자의 '예(禮)'를 선명하게 대비시켰다. 그는 남녀공학(男女共學)을 주장하고 주공(周公)의 예악관(禮樂觀)을 전혀 아랑곳하지 않은 남자를 등장시키는 한편, 남자의 매력적인 예악관에 정신적 갈등을 겪었던 공자의 신(神)격화된 모습이 아닌 인간적인 형상을 부각시켰다. 이 작품은 1928년 11월에 루쉰과 위다푸가 공동 편집한 『분류』지에 발표되자마자 큰 반향을 불러일으키며 각 학교와 극단에서 대대적으로 공연되었다. 특히 1929년 6월 공자의 고향인 취푸(曲阜)에 위치해 있는 산동성 성립 제2사범학교(省立第二師範學校)의 유예회(遊藝會)에서 이 희곡을 공연했는데, 취푸의 공씨(孔氏) 가문이 제2사범 총장이 "공자를 모욕했다"는 것을 빌미로 제2사범학교교장 숭위안우(宋遠吾)를 교육부에 소송을 제기했다. 이 소송을 계기로 린위탕의 극본 〈자견남자〉는 교육계, 문화계, 언론계는 물론이고 국민정부까지 휩쓸었던 논란을 불러일으켰다.

리가 먼 중국에서의 공자의 처지나 작품화 그리고 그것에서 파생된 일련의 논란은 김태준에게 큰 관심을 불러일으키지 못했다. 린위탕은 그저 김태준에 의해 "혁신"에 열중했던 "중국 청년" 가운데 하나로 호명되었을 뿐이다. 린위탕은 평생 희곡을 단 한 편밖에 남기지 않았는데, 이 유일한 희곡 작품 덕분에 한국 언론지에서 처음으로 거론되었다.

린위탕이 두 번째로 한국 언론지에 등장한 것 역시 희곡에 의해서였다. 1932년 양백화는 『중앙일보』에 "중국 임어당 작"으로 명시된 〈도상途上의 공부자孔夫子〉[4]라는 "5막극"을 번역해 실었다. 그러나 이 희곡은 실제 린위탕의 작품이 아니었으며 기본 플롯을 『논어』「미자편微子篇」에서 가져온 위작僞作이었다.

한편 정래동은 일찍이 1929년 『조선일보』에 발표한 「중국현문단개관」에서 당시 중국문단의 '어사'파를 소개하면서도 린위탕을 아예 언급하지 않았으며,[5] 1934년에 이르러서야 『동아일보』에 발표한 「중국문단잡화」[6]에서 당시 중국문단에서 발행되는 잡지와 주요 작가의 성별표省別表를 정리하면서 린위탕을 "『인간세』의 편집인", "푸젠성福建省 출신 작가"라고 간단히 소개했다. 그리고 그는 1935년에 쓴 「중국문인인상기」[7]에서 후스, 루

4 양백화, 〈도상(途上)의 공부자(孔夫子)〉, 『중앙일보』, 1932.11.1~5.

5 정래동은 이 글에서 '어사'파, '신월'파, '아나키즘'파, '창조사'파의 유래, 중요한 이론가·작가, 발표기관, 주장을 상세하게 설명하고 중국 신문학의 추세와 당시 문단에서 의논되었던 주요 의제인 '문학과 혁명'을 살펴봤다. 그러나 '어사'파를 소개하고, 저우쭤런의 소품문이 수필 분야에서 "독보를 하고 있"다고 지적하면서도, 당시 '어사'파의 일원이었던 린위탕과 그의 문학창작에 대해서는 일절 언급하지 않았다. 이 시기 정래동이 주로 관심을 갖고 있던 대표적인 중국문학가는 루쉰, 저우쭤런, 후스, 궈모뤄였다(정래동, 「중국현문단개관」, 『조선일보』, 1929.7.26~8.11).

6 정래동, 「중국문단잡화」 (일)~(이), 『동아일보』, 1934.6.30~7.1.

7 정래동, 「중국문인인상기(사) 정밀(精密) 견인(堅忍) 겸양(謙讓)하고 종시일여(終始一如)한 주작인씨(周作人氏)」, 『동아일보』, 1935.5.4.

쉰, 저우쭤런, 빙신冰心, 류푸劉複/류반눙劉半農, 정전둬鄭振鐸 등 자신이 만났던 당시 중국문단의 대표적 문인에 대한 인상을 일일이 상세히 다뤘는데 린위탕은 이 글에서 루쉰, 저우쭤런 등 일행과 함께 『어사』지를 발행한 일원으로 아주 짤막하게 거론되었다. 훗날 정래동이 1939년에 발표한 「외국문학전공의 변(9)」[8]에서 린위탕을 루쉰, 저우쭤런, 궈모뤄, 위다푸 등과 함께 "개성과 작풍이 뚜렷하게 나타난다"고 언급하는 데 그쳤다. 요컨대 1930년대 상하이에서 분명 큰 명망을 얻고 '유머대사'라는 호칭까지 받았던 린위탕은 당시 베이징에서 거류했던 정래동의 눈길을 단 한 번도 사로잡은 적이 없다. 정래동에게 린위탕은 그저 자신이 훨씬 "많이 읽었던"[9] 루쉰 형제의 '동행인同行人'이자, 현대 중국문단을 장식한 수많은 중국 작가 중 하나에 지나지 않았다.

1930년대 당시 상하이에 체류하고 있었던 김광주는 정래동과는 달리 린위탕에게 많은 관심을 보였다. 그는 1935년에 「중국문단의 현세일별」[10]에서 1934년 한 해 동안 당시 베이핑北平, 상하이上海의 "논단/논전", "창작계", "간행물계"의 상황을 두루 살피면서 린위탕이 주간한 유머 중문잡지를 비교적 상세히 거론하고 이에 대해 자신의 견해를 덧붙였다. 그는 소품문을 "1934년의 중국문단에서 제일 유행된 표현형식"으로 평가하면서 그 대표 잡지인 『인간세』는 "소품문과 수필을 전문으로 싣는 잡지나 때때로 저급 취미를 영합하는 경향이 있다"고 지적했다. 또 당시 "유모어"문학에 주목하여 그 대표 잡지인 『논어』를 소개하면서 편집자 린위탕이 "이 방면

8 정래동, 「외국문학전공의 변(辯)(9) 사(詞)와 홍루몽을 번역」, 『동아일보』, 1939.11.16.
9 위의 글.
10 김광주, 「중국문단의 현세일별」 (2) · (4), 『동아일보』, 1935.2.6 · 2.8.

의 작품의 우수한 지위를 차지하고 있으나 근래에 와서 이 잡지는 발간 당시의 정치적 폭로성이 많은 풍자성을 잃고 일종의 조롱과 웃음만을 일삼는 저급적 경향이 많아지는 감이 있다"고 설명했다. 이에 더해 당시 린위탕의 '논어'파와 루쉰을 위시한 '좌련左聯' 사이에서 벌어진 논전을 소개하면서 자신의 입장을 분명하게 밝혔다. 김광주는 이 논전의 시비를 가릴 필요는 없겠으나 "현금現今 중국문단의 소품문의 발전과 유행은 그 형식 자체가 다른 문학 형식에 비해 어느 정도의 용이성을 포함하고 있는 만큼, 문단의 수난 시대의 외로움을 반영하는 것에 불과하고 문학의 본격적인 진전이라고는 할 수 없다"고 지적했다. 요컨대 김광주는 1930년대 당시 상하이에서 큰 인기를 얻었던 린위탕의 주간잡지인 『인간세』와 『논어』와는 비판적인 거리를 유지하고 있었으며, 소품문을 "문단의 수난시대"의 특정적 산물로만 보고 있을 뿐 향후 중국문단이 본격적으로 추구해야 할 모범적인 문학형식이라고는 여기지 않았다.

김광주 다음으로 린위탕의 소품문에 대해 명확한 문제의식을 제시한 이는 배호였다. 그는 1940년 『인문평론』에 장문의 「임어당론」[11]을 발표했다. 미리 말하지만 이 글은 식민지 시기와 해방기를 통틀어 1940년대까지의 린위탕의 활동 경력과 문학사상을 가장 상세히 소개하고 분석한 글이라고 할 수 있다. 그는 이 글에서 *The Importance of Living*의 제13장인 "Relationship to God신에 가까운 자는 누군가?"라는 구체적 장절을 대폭 역술하고 당시 베이징과 상하이의 사회·문단적 상황을 함께 짚어가면서 린위탕의 성장·교육 배경, 활동 경력과 사상적 발전·변모 양상을 상세히 조

11 배호, 「임어당론」, 『인문평론』, 人文社, 1940.1.

명했다. 특히 배호는 1930년대 린위탕이 상하이에서 성황을 이루었던 소품문운동을 집중적으로 논의하며 소품문의 역사적 맥락, 린위탕이 소품문을 추진하게 된 사회적 원인과 당시 문단이 처한 상황, 소품문/어록체語錄體의 특징과 그 한계 등을 상세히 서술했다.

그는 우선 린위탕의 주간잡지의 판매고를 "독서계급의 변태적 시대우울증에 비위가 맞은 것"이라고 다소 부정적 판단을 내리면서 린위탕의 소품문에 대한 자신의 비판적 입장을 밝혔다. 배호는 린위탕은 명나라 말기의 원중랑袁中郎의 어록체에 "크로체의 단순 예술론(표현미학)으로 표리를 넣고, 또 원중랑의 성령주의性靈主義에 니체의 개성지상주의를 배합配合하여 그것으로써 소품문을 쓰는 전제로 하였다"며 린위탕의 소품문의 성격을 규명했다. 여기서 짚고 넘어가야 할 점이 하나 있는데, 그것은 린위탕이 소품문을 구상하는 데에 있어서 원중랑의 어록체와 '성령설性靈說', 그리고 크로체의 표현주의미학, 즉 '개성 표현'을 함께 접목시킨 것은 사실이지만, "니체의 개성지상주의"를 수용한 적은 없다는 점이다. 이어서 배호는 린위탕의 소품문을 과거 역사상의 소품문과 자세히 대비시켰다. 그는 전자는 후자에 비해 보다 더 "근대적이고 과학적인 것과 박식博識"을 지향하는 열정이 있음을 수긍한 한편, 그 한계를 구체적으로 나열했다.

> 그의 고금동서古今東西에 통한 박식博識과 기지機智는 무수하나 숙연한 논리와 엄격한 지식체계가 없고 지식의 확실성과 논리를 경멸하는 데는 즉현학即衒學적 태도에선 과거의 청담가淸談家와 다름없다. 극단적으로 투시한다면 진리는 무無이고 도는 허虛이라 하는 노장의 심오에서 만사를 품평品評 논의하는 것이다. 청담가의 주창하는 해학과 풍자는 사회악을 철저 적발하자는 것이 아니라 도리어 도피하

는 것이고 그들의 해학은 참된 건전한 유모어가 아니고 니힐한 유모어이어서 청자로 하여금 담화뿐만 아니라 담화자 자체까지 포함해 웃어버리게 한다. 임어당은 여사한如斯 단계까지 도달하고 말았다.

요컨대 배호는 린위탕은 비록 과거에 소품문을 썼던 청담가淸談家에 비해 박학다식하지만 현학적인 태도, 현실 도피적 경향, 참되고 건전한 유머가 아닌 허무주의적이고 피상적인 웃음만을 보여줬다는 점에서 과거의 청담가와 다를 게 없다며 다소 혹독한 평가를 내렸다. 그리고 이러한 '명확한 한계점'을 안고 있는 린위탕의 소품문은 이윽고 루쉰과 그 주위의 좌련 작가들의 맹렬한 공격을 받으면서 "사 년간 문단을 휘덮었던 하무霞霧는 조양朝陽을 마주하기 전에 자취를 감추게 되었다"는 것이다. 이처럼 배호는 린위탕의 소품문운동을 못 마땅하게 여긴 반면에 루쉰 일행의 공격을 빛나는 "조양朝陽"에 비유하며 매우 타당한 행동으로 봤다. 이어 그는 린위탕의 작품이 중국인이 "항상교양恒常敎養"을 고취하던 생활의 방법을 담고 있지만 그렇게 할 만한 사람이 소수에 불과하고 지금과 같은 시국에 더욱 소수일 것이라는 해외 비평가 챠르쓰 데비의 논조를 빌려 린위탕의 소품문에 당대의 현실성이 결여되어 있다고 지적했다. 끝으로 배호는 린위탕의 사상 자체는 "실천적 점이 적되 그 혼돈한 중국의 한 류流의 사상을 계통 세워서 이것을 해결지운 것은 부인할 수 없는 사실이다. 임어당 그 사람은 바로 열국에 떨어진 중국의 현실 그것을 운명적으로 상징하는 것이겠다. 고로 중국의 운명을 체감하는 자도 임어당일 것이다"라고 총평했다. 즉 배호는 린위탕의 소품문이 문학적 가치나 현실성이 결여됐지만 그의 이러한 사상적 변모와 소품문이라는 새로운 양식에 대한 문화 실천적 선택 자체가 역설적으로 중국 당시 사회와 문단 현실에 대한 절실한 반영이라고 봤던 것이다.

위와 같은 배호의 비판적 논조는 당시 중국에서 린위탕에 대한 좌파의 담론과 비슷한 입장을 공유하고 있다는 점에서 흥미롭다. 특히 배호의 이 글은 그보다 몇 년 앞서 후펑胡風이 중국 좌파 기관지인『문학』에 발표한 동명의 제목인「임어당론」1935과 많은 지점에서 상호적 텍스트성을 보여준다.[12] 후펑은 이 글에서 린위탕의 1920년대 '어사' 시기부터 1930년대 '논어' 시기에 이르기까지 그의 사상적 변모("타락")의 맥락을 살펴보며 배호와 마찬가지로 린위탕의 언어학적 성과를 수긍하는 한편 그의 '유머'와 소품문에 대한 비판적 입장을 표명했다. 후펑은 린위탕의 소위 '개성 표현', '한적', '어록체', 그리고 크로체와 원중랑袁中郎에 대한 미학적 관심은 당시의 사회 현실과 동떨어져 있거니와 "예술의 사회적 내용과 기능"을 부정하고 있으며 결과적으로는 그의 역사·정치적 퇴행을 초래했다고 지적했다. 배호는 린위탕의 1930년대의 문학 실천의 부정성과 한계점을 '단죄'하는 방편으로 루쉰을 가져온 것에 반해 후펑은 루쉰의 선봉적 역할을 긍정하면서도 마르크스이론을 그 최고의 심급으로 내세웠다. 또 후펑은 이 글에서 린위탕의 소품문을 비판적으로 바라보고 있지만 훗날 좌익 문인이 흔히 그랬듯이 신랄한 논조로 린위탕을 마구 공격하거나 규탄한 것은 아니었다. 다시 말해 그는 시종일관 비평자로서의 객관적인 입장에서 마르크스이론을 그 비평의 척도로 삼아 한때 "진보적인 문화인"이었던 린위탕의 "처세 태도"의 변모, "문화적 비평"과 "문학적 견해"를 깊이

12 胡風,「林語堂論」,『文學』4(1), 1935.1.1.

들여다보며 문제의식을 제시한 것이었다. 심지어 이 글에서는 린위탕의 1930년대의 문학 실천에 대한 후평의 부분적 긍정과 우려하는 태도가 종종 엿보이기도 했다. 이 점에서 봤을 때 후평과는 달리 린위탕을 과거의 청담가와 거의 동일시하며 그의 '유머'와 소품문운동을 1930년대의 중국 문단을 휘덮었던 "안개"로 치부해 버린 배호의 논조는 오히려 더 직설적이고 신랄하다고 할 수 있겠다.

배호는 「임어당론」을 발표한 다음 해인 1941년 7월에 『춘추』 제2권 제6호에 「현대중국문학과 서양문학」[13]이라는 글을 실었다. 여기서 논자는 글의 도입부인 "임어당林語堂의 말"에 *My Country and My People*의 제7장 "Literary Life" 중 제11절인 "Influence of Western Literature"를 인용하며 글을 전개했다. 그러나 유의할 것은 배호는 린위탕의 관점을 인용했지만 그대로 따르지 않았다는 점이다. 린위탕은 서양문학이 현대 중국문학에 끼친 "진보進步"적 영향을 인정하면서도, 서양문학의 영향으로 생겨난 현대 중국문학의 "추한 일면"과 여러 문제점을 피력했다. 그러나 배호는 린위탕이 제시한 문제점들을 수긍하면서도 중국 현대문학이 서양문학을 배우는 과정에서 보여준 "문학적 열정"과 "문학 정신"에 더 눈길을 기울이며 "문학혁명", "林琴南의 번역", "노신과 주작인", "易卜生主义", "신청년과 문학연구회", "타골專號 等", "문학서 출판의 통계" 등 여러 측면에서 서양문학을 적극적으로 도입·번역하려는 중국현대문학/문단의 개황을 소개했다. 다시 말해, 배호는 린위탕의 문학 활동과 문학관을 익숙히 알고 있으면서도 그것과 계속 거리를 두었던 것이다.

---

13 배호, 「현대중국문학과 서양문학」, 『춘추』 2(6), 조선춘추사, 1941.7.

린위탕의 소품문(운동)과 함께 한국 지식인의 안중에 서서히 들어온 것은 그가 1939년에 영어로 창작한 중국 "근대판 『홍루몽』"이라고도 불린 장편소설 *Moment in Peking*이었다. 배호가 「임어당론」을 발표한 해에 박태원은 *Moment in Peking*을 「북경호일」이라는 제목으로 번역해 『삼천리』 6월호 '지나 특집'의 문예란 '신지나문학특집'에 소개했다.[14] 이 문예란은 시가, 수필, 소설 세 파트로 나누어져 있으며,[15] 린위탕의 *Moment in Peking*은 최정희가 번역한 샤오쥔蕭軍의 「사랑하는 까닭에爲了愛的緣故」1936와 박계주가 번역한 링수화凌叔華의 「화지사花之寺」1928와 함께 소설 파트에 실렸다. 세 작품은 모두 당시 중국의 일상생활의 파편들, 특히 청년 남녀의 희로애락을 형상화하고 있다는 점에서 공통점을 가지고 있다.

박태원은 번역문과 함께 린위탕의 생애와 소설에 대한 간략한 설명을 덧붙였다. 그러나 여기서 주의를 요하는 것은 그가 영어 원작이나 또는 중국어 역본[16]을 저본으로 삼은 것이 아니라 일본문단의 번역 성과와 문제

14 박태원, 「북경호일」, 『삼천리』, 1940.6.1, 256~263쪽.

15 시가 파트에는 왕징웨이(汪精衛)의 「신중국의 건국가(建國歌)」, 「아작가(雅雀歌)」·「누이는 로새타고(小妹騎驢)」등 후베이(湖北), 베이징의 민요 2곡, 빙신(冰心)의 「애사(哀詞)」, 궈모뤄(郭沫若)의 「황포강구(黃浦江口)」, 쉬즈모(徐志摩)의 「우연」 등이 실려 있으며 수필 파트에는 사토 도미코(佐藤富子)가 쓴 「나의 남편 곽말약」, 황하학인(黃河學人)이 쓴 「주작인 방문기」가 번역되었다.

16 1940년에 중국에서 출판된 *Moment in Peking*의 역본 서지사항은 다음과 같다. 1940년 3월 웨이(越裔)는 「순식경화(瞬息京華)」라는 제목으로 초역하여 『세계걸작정화(世界傑作精華)』지 제3, 4, 5기(期)에 발표했다. 역문은 1940년 8월 상하이 세계문화출판사(世界文化出版社)에서 단행본으로 출판되었다. 1940년 6월 베이징 동풍출판사(東風出版社)에서 바이린(白林)이 역술한 같은 제명의 『순식경화』가 출판되었다. 1940년 7월 상하이 구풍사(歐風社)에서 선천(沈沉)에 의한 축약본 『순식경화』도 연이어 나왔다. 그리고 1940년 6월 정퉈(鄭陀)와 잉위안제(應元傑)가 공역한 『경화연운(京華煙雲)』상권은 상하이 춘추출판사(春秋出版社)에서 출판되었다. 곧 1940년 10월 중권, 1941년 1월 하권이 연이어 출판되었다. 이 판본은 *The Moment of Peking*의 첫 중국어 완역본이자 유일하게 린위탕이 직접 검토하고 자세한 의견까지 덧붙인 판본이다.(린위탕, 「정퉈 역본 『순식경화』를 논함(談鄭譯『瞬息京華』)」, 『우주풍(宇宙風)』 113, 1942) 더 자세한 상황은 卜杭賓, 「林語堂『瞬息京華』譯本考」,

의식을 그대로 중역했다는 점이다. 실제로 그는 오다 다케오小田嶽夫와 쇼노 미쓰오莊野滿雄가 공역한 일어판 『北京好日－第1部 道家の娘たち』1940[17]의 제명, 본문뿐만 아니라 린위탕과 이 작품에 대한 일어판 역자의 소개(평가)까지도 모두 그대로 빌려왔다. 예컨대 그는 일어판 역자 서문에 나온 바와 같이 "지나 근대생활의 소설"이라는 원작의 부제를 상기시키면서 "지나의 가정생활이 어떠한 것인가, 그 결혼풍습은 어떠하고 주종관계는 어떠하며 북경은 어떠한 곳이고 지나의 문명은 어떻게 변하여 가고 있는 것인가, 또 그 가운데 젊은 남녀는 어떻게 연애하고 어떻게 살아가는 것이며 어떠한 생활의 향락이 지나인에게는 있는가…… 대체 없는 것이라고는 없는 거편巨篇"이라고 설명하며, "문호" 루쉰의 타계와 함께 일시에 삭막해진 당시 중국문단에서 린위탕의 출현은 "혜성"과 같다고 높이 평가했다.[18] 여기서 주목할 것은 박태원이 일어판 역자가 린위탕에 대한 다양한 각도의 해설 또는 찬사[19] 가운데 특히 이 장편소설이 보여주는 다양한 스펙트

『華文文學』 143, 2017; 張蕾, 「版本行旅與文體定格－『京華煙雲』中譯本研究」, 『河北學刊』 32(1), 2012; 萬平近, 「談京華煙雲中譯本」, 『新文學史料』 2, 1990을 참고할 것.

17 林語堂, 小田嶽夫・莊野滿雄 共譯, 『北京好日』(제1부), 東京 : 四季書房, 1940.

18 참고로 오다 다케오는 제1부의 역자 서언에서 다음과 같이 거론한 바 있다. "原著の副題に「支那近代生活の小說」とある如く, 支那人の家庭生活がどんなものであるか, その結婚風習がどんなものであるか, 主從関係がどんなものであるか, 北京はどんな都で, 又どんな気候であるか, 支那の文明がどんな風に變りつつあつたか, 又その中で若い男女はどんな風に生きてゐたか, どんな形で戀愛が行はれたか, どんな風な生活の享樂が支那人に取られてゐたか 等々, 一切無いものは無い. まことに厖大極まりない近代支那人生活圖繪である."(小田嶽夫, 「譯者序」, 林語堂, 小田嶽夫・莊野滿雄 共譯, Ibid., p.1) "曩に我等は「阿Q正傳」によつて四海に文明を馳せた近世支那の文豪魯迅を失ひ, 支那文學界に一沫落莫の情を禁じ得なかつたが, ここにこの作者の小說界への慧星的な出現により, 支那小說界が俄かに燎亂として來たことも我等には心強く, 且つ樂しいことである."(小田嶽夫, Ibid., p.2)

19 예컨대 오다 다케오는 역자 서언에서 이 작품을 단순히 중국 생활을 묘사하는 책이 아니라 "인생의 책", "우주의 책", "근대의 가장 동양적인 대장편소설", 『삼국지』・『수호전』・『홍루몽』에 비견할 수 있는 대소설(大小說)"이라고 높이 평가했다.(小田嶽夫, Ibid., pp.2~3)

럼의 중국의 근대적 일상성, 즉 내용 소재 측면에서의 실용적 가치를 부각시켰다는 점이다. 또 이와 같은 박태원(오다 다케오)의 작품 안내는 원작 「저자서언」에서의 린위탕의 논조와 상호 조응하고 있다.[20]

그러나 「해설」에서 린위탕과 소설이 (중)역자에 의해 지나친 찬사가 부여되었음에도 불구하고 소설 파트에서 맨 앞에 실린 이 "거편"은 실제 세 작품 중에 그 분량은 가장 적었다. 박태원의 번역문은 가독성은 뛰어나지만 소설의 서두에 묘사된 의화단사건義和團事件으로 인한 항저우杭州 피난의 전모조차도 다 옮기지 않은 채 어정쩡한 대목에서 "이하략以下略"으로 급히 마무리되고 말았다. 한마디로 박태원은 애초에 그 이상을 번역해 연재할 계획이 없었던 것이다.

만약 박태원이나 특집 편집진이 린위탕의 이 장편소설이 가진 백화사전식의 근대적 일상성을 효과적으로 번역 소개하고자 마음먹었다면 설령 작품을 완역하지 못하더라도 소설에 수록된 가정, 결혼, 베이징, 남녀 연애 등 중국 근대생활(공간)을 묘사한 비교적 완전한 파트 하나를 뽑아서 얼마든지 이웃 중국의 동시대성을 생산적으로 그려낼 수 있었을 것이다. 그렇게 했다면 린위탕의 이 작품은 여타 두 소설과 서로 어울려 "신지나" 청년 남녀의 일상생활의 풍속도를 그럴듯하게 구현해 낼 수 있었을 것이다. 더 나아가 한국 독자에게 시가·수필 부분과 함께 1930년대 후반 이래 거의 봉쇄되었다시피 했던 "신지나문학"의 진면목을 다양한 결로 보여

20 "(이 책은) 단지 당대의 중국 남녀들이 어떻게 성장하고, 어떻게 생활하며, 어떻게 사랑하고, 어떻게 미워하고, 어떻게 다투고, 어떻게 용서를 하고, 어떻게 어려움을 겪고, 어떻게 즐거움을 느끼고, 어떠한 생활 습관을 기르고, 어떠한 사고방식을 형성했는지, 특히 '일의 계획은 사람이 하지만, 그 성패(成敗)는 하늘에 달려 있다'는 속세 생활에서 어떻게 이런 생활환경에 적응하는지를 서술한 것뿐이다."(林語堂, 「序」, 『京華煙雲』(『林語堂全集』 1), 東北師範大學出版社, 1994)

줄 수 있었을 것이다. 그러나 박태원은 「역자해설」에서만 작품의 가치를 강조했을 뿐, 정작 번역에 임해서는 소설 서두에 그려진 시효성이 훨씬 지난 청나라 말기1900년에 일어난 스토리를 아주 부분적으로만 옮겼다. 그는 '신지나문학특집'이라는 편집 기획에 걸맞은 제구실을 제대로 수행하지 못했다.

박태원은 1938년부터 『금고기관』, 『동주열국지』, 『요재지이』 등 중국 고전문학에 눈길을 돌려 "어른을 위한 야담과 어린이를 위한 이야기"를 재편성하는 데에 몰두했었다.[21] 그런 박태원이었기에 린위탕과 *Moment in Peking*이 지닌 문학적 가치와 가능성을 진지하게 문제시하지 않았(못했)고, 일본문단의 다층적 시각을 제대로 소화할 능력조차 부족했었던 것으로 보인다. 특히 1950년대까지 중국의 근대 장편소설이 번역된 사례가 전무했던 사실을 고려했을 때 1940년에 『삼천리』에서의 *Moment in Peking*의 출현은 분명 그 공백을 타파하고 최초를 기록할 수 있었음에도 불구하고 지극히 굴절된 모습을 내비치고는 이내 초라하게 퇴장하고 말았다. 작품의 가치를 충분히 설득력 있게 지탱하거나 전달할 만한 번역 본문이 부재한 채, 1936년에 이미 중국을 떠나 도미한 린위탕을 굳이 중국문단 내부로 소환해 한때 논적論敵이었던 루쉰이 남긴 문단의 공백을 메운 "혜성"과 같은 존재라고 높이 치켜세우는 박태원의 논조는 부질없고 과도한 비약으로 비쳐질 뿐이다.

한편 한설야는 『매일신보』에 「신新지나문학의 인상-임어당의 『북경의 날』 기타」라는 글을 발표했다.[22] 그는 이 글에서 쓰루타 도모야鶴田知也가

21 이 시기 박태원의 문단에서의 행보에 관련해서는 박진영, 「중국문학 번역의 분기와 원근법」, 『번역가의 탄생과 동아시아 세계문학』, 소명출판, 2019, 444~473쪽을 참고할 것.

번역한 『北京の日』[23]을 중심 텍스트로 삼고 이 작품과 더불어 당시 중국문단의 발전 정황에 대한 전반적 이해와 진단을 내놓았다. 그는 펄 벅의 『대지』와 대조하면서 린위탕을 "지나 당대의 일류 철학자"이자 "예리한 문화비판자"로 평가하고, 이 소설이 "지나 어느 작가의 작품에도 지지 않을 만치 지나의 분위기도 또 지나인의 육신도 정신도 잘 나타내고 있다"는 점, 또 기교나 묘사에 있어 서구문학의 "낭만성"과 "사실성"과 더불어 중국문학 전래의 "명랑성明朗性"을 겸비하고 있다고 인정했다.

이러한 관점은 1940년에 *Moment in Peking*을 각각 『北京の日』로 번역한 쓰루타 도모야鶴田知也, 『北京好日』(제1부)로 번역한 오다 다케오小田嶽夫, 그리고 『北京歴日』로 역술한 후지와라 구니오藤原邦夫 등 일본 역자의 논조와 일맥상통한 면이 많다. 예컨대 한설야가 대상 텍스트로 삼은 쓰루타 도모야의 역본에서 역자는 펄 벅의 『대지』에 그려진 중국은 결국 "외부에서 본 중국"이었으며 따라서 적지 않은 왜곡이나 오류를 피할 수 없는 것에 반해 린위탕의 *Moment in Peking*에는 "내부에서, 중국인 자신이 적나라하게 그려낸 중국"이 있음을 강조하며 거기에는 "중국의 인정人情, 풍속, 습관, 풍토, 역사, 종교, 철학 등 진실한 상이 제시되고 있다"고 지적했다. 그는 린위탕의 이 작품을 "중국을 인식하는 귀중한 보전寶典"이라고 높이 평가하며 "미국 문학의 웅건함, 프랑스 문학의 섬세함, 그리고 중국 전통문학의 명쾌함"을 모두 갖추고 있다고 그 문학적 가치와 특징을 규정했다. 이어 그는 이 작품을 "근대 동양문학의 대수확大收獲"이라고 높이 평가했다.[24]

---

22 한설야, 「신(新)지나문학의 인상－임어당의 『북경의 날』기타」, 『매일신보』, 1940.7.9~7.11.

23 林語堂, 鶴田知也 譯, 『北京の日』, 東京 : 今日の問題社, 1940.

24 鶴田知也, 「譯者の言葉」, 林語堂, 『北京の日』, pp.1~2.

한편 오다 다케오는 펄 벅의 『대지』가 중국을 묘사하는 가장 훌륭한 장편소설로 평가되었다는 사실에 "아쉬움"과 "수치심"을 드러내면서 린위탕이 중국인으로서 "더 정확하고 깊이 있는 예술성이 더욱 뛰어난 작품"을 창작했다는 점에서 "모든 동양인이 경축해야 할 일"이라고 찬탄했다.[25] 그런가 하면 후지와라 구니오는 펄 벅의 『대지』를 통해 중국 생활의 일면을 엿볼 수 있었던 일본 독자는 린위탕의 이 장편소설에서 "더욱 정확하고 예술적"으로 중국인을 볼 수 있다고 지적했다.[26] 그러나 쓰루타 도모야, 오다 다케오, 후지와라 구니오 등 일본 역자가 *Moment in Peking*을 "동양적", "동양인", "동양문학"이라는 카테고리로 계열화시킨 경향이 농후했던 것에 반해, 한설야는 이 작품을 "중국적", "중국문학(단)" 내부의 맥락에서 진단하며 그 문학적 특징, 가치, 위상과 한계를 규명했다는 점에서 주목할 필요가 있다.

한설야는 이 장편소설이 "지나문학이 쌓아놓은 최상봉에 일궤一簣를 더 올린" 것이 아니라, 중국문학의 전체적 수준에 있어서 그 중간쯤에 머물러 있으며 "중대한 결점"을 갖고 있다고 날카롭게 지적했다. 그는 *Moment in Peking*을 "진정한 의미에서 금일의 지나문학의 대표작"으로 볼 수 없거니와 "내일의 지나문학을 암시하는 작품"도 아니라고 진단했다. 그리고 한설야는 린위탕의 문학 실천의 한계성을 설파할 때 배호보다 훨씬 더 명확하게 그 절대적 대조 지평으로 "위대한 선배"였던 루쉰을 끌어왔다. 그는 *Moment in Peking*에는 "대선배 노신 등이 보여준 것 같은 구舊 지나의 위대한 건물이 무너지는 장엄한 붕락崩落의 전경全景도 또 건전한 새로운 축조

25 小田嶽夫, 「譯者序」, 林語堂・小田嶽夫・莊野滿雄 共譯, Ibid., pp.2.
26 藤原邦夫, 「序」, 林語堂, 藤原邦夫 譯, 『北京歷日』, 東京 : 明窓社, 1940, pp.2~3.

築造의 발발勃勃한 기백氣魄도 없고 다만 지나적인 중후重厚한 서경敍景이 지극히 너그럽고 아름다운 묘사에 의하야 나타나 있을 뿐", 린위탕은 "고금의 지식과 내외의 견문이 해박한 작자"임에도 불구하고 "지나의 전면성"을 충분히 드러내지 못하고 "지나인의 성격에 대한 개괄성"이 부족하다고 논평했다. 그리고 이와 같은 한계를 린위탕뿐만 아니라 당시 중국문학의 "통폐"로 봤다. 이러한 맥락에서 한설야는 중국문단에서 루쉰이 차지하는 절대적 우위와 향후 중국문학의 출로를 다시금 환기하기에 이르렀다. 그는 루쉰을 "장차 무너질 운명을 가진 낡은 생활의 파괴자"이자 "장차 올 건전한 생활의 건설자"이며 "근대 지나의 성격과 열욕熱慾을 가장 심절深切히 전면적으로 포착한 최초의 작가"라고 높이 평가하면서, 오늘날의 조선문단과 매한가지로 "부침의 위기"에 선 중국문학이 "위대한 선배가 열어 놓은 길"을 계승하고 더욱 발전시킬 것을 거듭 요망했다.

요컨대 중국문단 좌파의 비평담론에서 크게 벗어나지 않는 배호의 논평이나 일본 지식인의 연구 성과를 성의 없이 부분적으로 빌려오기만 했던 박태원의 글에 비해, 한설야의 글은 중국문단 일반에 대한 더 높은 수준의 이해와 판단력, 그리고 훨씬 주체적인 해석 태도를 보여주었다. 그 밖에 이효석도 린위탕의 *Moment in Peking*에 대한 서평을 남겼다. 그는 오다 다케오와 쇼노 미쓰오가 공역한 『北京好日』1940을 읽고 이 작품의 서구적 창작기법에 주목했다. 그는 "작자린위탕의 교양도 섬부하고 긍지矜持도 높을 뿐 아니라, 침착한 소설의 수법이 구라파적인 것을 생각케 하고, 훌륭한 구라파의 소설을 읽을 때와 똑같은 감동을 받았다. 니이나·페드로빠의 「가정」과 함께 일독을 권하고 싶다"고 지적했다.[27]

그러나 한국 지식인이 *Moment in Peking*에 내린 평가가 어떻든 간에 그들이 저본으로 삼은 텍스트는 원작이 아니라 일본어판, 더 정확하게 말하자면 일본의 검열을 통과한 삭제판이었다. 특히 작품 후반부의 일본과 관련된 예컨대 '21조', '5·30사건', '황구툰皇姑屯사건' 등 역사적 사건(일본군의 악행)에 대한 작가의 고발과 규탄은 "완역판"이라고 자처한 『北京好日』에서마저도 역자는 정치적으로 민감한 부분을 모호하게 처리하거나 "이하 일부략"의 형식으로 (어떨 때에는 아예 설명 없이) 그 해당 부분을 삭제했다. 뿐만 아니라 일본 역자는 애국항쟁을 위해 피를 흘린 중국 민중에 대한 린위탕의 찬미와 전쟁의 본질을 폭로한 부분을 처리할 때 의식적으로 일본의 정치 이데올로기에 부합하는 '오독'을 유도하기도 했다.[28] 그렇다면 당시 한국 지식인은 일본 역자에 의해 굴절된 텍스트인 *Moment in Peking*을 마주해야 했던 것이다. 한설야가 *Moment in Peking*이 중국과 중국인의 "전면성"을 드러내지 못했다고 문제 삼았을 때 그가 지목한 대상 텍스트는 이미 원작의 "전면성"을 보장할 수 없는 삭제판이었다.

린위탕의 유머 소품문이나, *Moment in Peking*에 대한 한국 지식인의 논평 외에도 중국과 중국인의 국민성을 논한 *My Country and My People*과 *The China Critic*지의 "The Little Critic" 칼럼에 실린 글, 일상생활의 즐거움을 논한 *The Importance of Living*의 편린도 한국 언론지에 아주 뜸하게나마 소개되었다. 예컨대 1937년 6월 10, 11일 자 『동아일보』에 당시 할리우드에서 영화 활동을 했던 중국계 미국인 여배우인 황류솽黃柳霜이 중국을 방문했을 때 했던 인터뷰의 한 구절이 번역되어 실렸다. 이 무렵은 그가

27 「명작 읽은 작가감회」, 『삼천리』 13(7), 1941.7.1.

28 *Moment in Peking*에 대한 일본의 세 가지 역본, 즉 今日の問題社판, 四季書房판, 明窓社판의 구체적인 번역 양상에 관해서는 邢以丹, 「『京華煙雲』在日本的翻譯－以二戰時的三譯本爲對象」, 『閩南師範大學學報』 1, 2017을 참고할 것.

영화 〈대지〉의 여주인공 오란 역을 맡기 위해 적극적으로 경쟁했으나 인종차별로 오디션에서 실패를 맛봤던 때였다. 그는 자신이 구미영화계에 진출한 경위를 소개하면서 린위탕의 *My Country and My People*이 미국에서 출판될 때 많은 환영을 받았다며 중국인에게는 외국인이 미치지 못한 장점이 많다고 역설했다.[29] 중국과 중국인의 이미지를 각각 다르게 소설화하여 모두 서양에서 대성공을 거둔 펄 벅과 린위탕의 한국에서의 '만남'이 미국 영화계에서 한창 인종차별을 겪고 있던 중국 여배우에 의해 매개되었다는 점은 흥미롭다.

한편 이석훈은 1940년에 『매일신보』에 「지나인과 지나문화 린위탕 저 『지나의 지성』에서」를 연재했다.[30] 그는 이 글에서 기왕 중국인, 중국문화에 대한 조선의 무관심과 멸시의 태도를 돌이켜보면서 지나사변을 계기로 중국과 중국인, 중국문화에 대한 일반적·학술적 관심이 높아졌다고 지적했다. 그리고 앞으로 "동아신질서건설東亞新秩序建設"의 보조에 맞춰 중국에 대한 연구가 더 활발하게 이루어져야 할 필요성을 역설했다. 이러한 맥락에서 이석훈은 키이레토라 타로喜入虎太郎가 1940년대에 린위탕이 1930년대 초반 *The China Critic*지의 "The Little Critic"란에 발표했던 평론 글을 『支那の知性』[31]이라는 제목으로 정리·번역한 글을 중역해 소개했다. 그는 린위탕의 글은 흥미 있는 "지나인의 지나관"을 가장 솔직하고 유머러스하게 제시하고 있다며 그중에서 특히 「중국의 민중」, 「중국인의 리얼리즘과 유머」, 「중국문화의 정신」 등 세 편의 논문을 택해 중국의 엘리트 지식인

---

29 「종림(柊林)의 중국 "스타" 황유상(黃柳霜)의 성공담(하)」, 『동아일보』, 1937.6.11.

30 이석훈, 「지나인과 지나문화 린위탕 저 『지나의 지성』에서」, 『매일신보』, 1940.8.9~8.14.

31 林語堂, 喜入虎太郎 譯, 『支那の知性』, 創元社, 1940.

이 중국을 어떻게 바라보고 비판하고 있는지를 역자 자신의 감상과 더불어 역술했다.

그런가 하면 유진오는 린위탕이 *The Importance of Living*에서 밝힌 독서관을 인용해 가면서 독서에 대한 자신의 견해와 이견異見을 상세히 제시했다. 특히 린위탕의 독서관을 논거로 당시 『파우스트』, 세익스피어 등 "위대한 문학적 고전"을 경솔하게 취급한 청소년·중학생의 독서 태도를 문제 삼았다.[32] 또 김건金健은 *The Importance of Living*의 제7장인 "The Importance of Loafing"(우유론悠遊論/간혹 빈들빈들 놀고 지내는 것이 필요함)이라는 관점에 공감을 표하면서 번화가인 하세가와초우長谷川町를 빈둥거리며 느꼈던 감상을 병치시켰다.[33]

이 외에도 간단히 짚고 넘어가야 할 점이 하나 있다. 1940년 7월호의 『문장』에 "林語堂" 서명의 「귀국해서」라는 짤막한 수필이 게재된 바 있다. 이 글의 내용에 의하면 저자는 미국에서 중국으로 돌아갔다가 1939년 9월 13일에 상하이에서 배를 타고 홍콩을 경유하여 쿤밍昆明으로 가려고 한 것으로 보인다. 그러나 린위탕은 실제로 1936년 도미 이후 1940년 5월에 이르러서야 처음 귀국했고, 당시 홍콩을 경유해 충칭重慶에 도착해 장제스 부부를 만나고 같은 해 8월에 다시 도미했다. 1939년 9월경은 린위탕이 미국에서 막 *Moment in Peking*을 완성해 미국 언론계로부터 호평을 받을 무렵이었다. 따라서 이 수필은 린위탕의 위작으로 판단된다.

이상에서 린위탕이 한국 식민지 시기에 문단/언론지에 남긴 주요 자취

32 유진오, 「讀書二題」, 『동아일보』, 1938.12.1; 유진오, 「兪鎭午氏의 讀書淸談, 綠蔭의 季節과 讀書論」, 『삼천리』 13(7), 1941.7.1.

33 金健, 「長谷川町の肉感」, 『國民新報』 4(51), 1940.3.17.

를 추적해 본 바 그는 이 시기에 중국과 서양에서 뜨거운 환영을 받았음에도 불구하고 한국에서 큰 호응을 불러일으키지 못했다. 그의 저서는 한국 지식인 사이에서 종종 읽혔던 것으로 짐작되지만 지면에서는 대체로 산발적으로만 김광주, 배호, 박태원, 한설야, 이효석, 이석훈 등 몇몇 지식인에 의해 간간이 조명을 받았다. 그러나 식민지 시기에는 '린위탕 읽기'에 대한 공적 권력의 대규모적인 간여와 통제가 없었기에 이들 지식인은 보다 개인적인 읽기 자세를 취할 수 있었다. 이들은 각각의 취향에 따라 린위탕의 다양한 유형의 텍스트들, 예컨대 소품문김광주, 배호, 대표소설인 *Moment in Peking*박태원, 한설야, 이효석, 대표 수필인 *The Importance of Living*유진오, 김건, 중국과 중국인의 국민성을 논한 "The Little Critic"이석훈 등에 주목해 비교적 주체적인 독해법을 내놓았다. 물론 이것은 일찍부터 린위탕과 그 문학을 대대적으로 소개하고 번역한 일본에 비해 그 규모나 독해 각도의 다양성에 있어서는 제한적일 수밖에 없었다.[34] 그러나 여기서 환기하고자 하는 것은 일본 지식인(역자)과 달리 이들 한국 지식인들이 대체로 중국문단의 내부적 맥락에 입각해 린위탕과 그의 작품을 소개·검토하거나 소재적으로 사용하는 데에 의기투합했다는 사실이다.

린위탕의 문학 실천과 성과는 늘 루쉰과 저우쭤런의 그늘에서 응시와 "심사"를 받았고, 그 문학적 가치나 사회적 실천성이 언제나 한 단계 부족한 것으로 평가 절하되었다. 가령 한국 지식인의 눈에 비친 린위탕의 소품

---

34 싱이단(邢以丹)에 의하면 1930~40년대 일본 지식인은 주로 "실용론", "문학가치론", "동양주의론", "위험론", "양식론(良識論)", "언어학론", "비교론" 등 측면에서 린위탕의 문학 성과를 바라봤다. 1930~40년대 일본문단에서의 린위탕과 그 문학에 대한 구체적인 번역 및 수용 양상에 관해서는 邢以丹, 「林語堂在日本的譯介與接受」, 閩南師範大學 碩士學位論文, 2018, pp.25~32·44~61을 참고할 것.

문은 시대적 반영이었을 뿐, 바람직한 문학 전범이 아니었으며, 그의 출현과 유행은 "한적파閑適派의 선구인물"인 저우쭤런의 "인솔"을 받은 덕분이었고,[35] 그의 "문단의 원조력"과 불가분의 관계를 가지고 있었다.[36] 또 *Moment in Peking*의 경우 루쉰의 거작과 비할 바가 못 된다한설야. 이와 같은 수용 태도 이면에는 두 가지 맹점이 뚜렷이 드러난다. 첫째, 린위탕의 문학 창작이 대체로 중국 독자가 아닌 서양 독자를 겨냥해 모색한 성공적인 결과물이었다는 점이 한국문단에서 소홀시되었다는 것이고, 둘째로, 린위탕이 도미한 후 세계무대에서 보여준 사회적 실천성 혹은 정치성이 식민지의 제한된 언론환경으로 인해 한국에서 실시간으로 충분히 포착되지 못했다는 점이다. 한마디로 한국 지식인은 이처럼 린위탕(의 문학사상)이 당시 위치해 있었던 외부적/세계적 맥락을 충분히 의식하지 못했기 때문에 그의 작품 안팎에 드러난 문학/문화적 가치와 사회적 실천성을 계속 저평가했던 것이다.

당시 서양은 중국에 대한 호기심과 오해가 충만했고, 특히 중일전쟁이 날로 치열해지고 일본의 "대동아신질서"의 프로파간다가 한창 떠들썩할 때 린위탕은 중국에 대한 "진실하고 현명한 홍보"[37]를 하기 위해 텍스트 안팎을 넘나들며 열정을 쏟았다. 그가 *My Country and My People*을 통해 부각한 중국의 이미지는 그 자신의 말로 표현하자면 "서양인이 감상할 줄 알고 싫어하지 않을뿐더러 오히려 사랑스럽게 여기"는 "얼굴에 기미가 있는 미인"이었다.[38] 저우즈핑이 지적했듯이 제2차 세계대전 전후에 많은

35 「세계문단점고(世界文壇點考)(칠)」, 『동아일보』, 1936.1.10.

36 배호, 앞의 글.

37 Lin Yutang, "Letter to Liu Yuwan"(February 23, 1937); 錢鎖橋, 『林語堂傳－中國文化重生之道』, p.187에서 재인용.

사람(서양인)은 린위탕을 매개로 중국의 문화와 역사를 접하게 되었다. 서양인들이 린위탕의 글을 통해 받은 중국의 인상은 평화롭고 온화하여 학문이 깊고 기품이 우아한 나라였고, 이러한 이미지는 침략, 난폭, 전쟁에 눈이 먼 일본의 모습과 강렬한 대조를 이룬다.[39] 이처럼 서양에 중국의 긍정적인 이미지와 평화로운 문화정신을 성공리에 수출한 린위탕은 중일전쟁 시기 서양으로부터 중국에 대한 호감, 동정과 지지를 이끌어내는 데 적지 않은 영향력을 발휘했다.

이와 더불어 *Moment in Peking*은 린위탕이 밝혔듯이 "전쟁의 전선前線에서 국가를 위해 희생한 용감한 남아男兒"를 기념해 창작한 작품이었으며 결코 "아무 목적 없이 그냥 창작한 것이 아니었다非無所爲而作也".[40] 또 *Moment in Peking*의 속편, *New York Times*에 의해 "중국판『바람과 함께 사라지다』"라고 일컬어진 *A Leaf in the Storm*은 항일전쟁의 소용돌이에서 낙엽과 같이 베이징, 상하이, 우한을 전전하여 살아간 비운의 인물들을 그려낸 작품이다. 첸쉬챠오가 지적했듯이 이 소설은 난징대학살을 저지른 일본군의 악행을 최초로 기록하고 폭로한 작품이었다는 점에서 상당히 역사적, 정치적 가치가 있다.[41]

사실 문학창작과 더불어, 도미 이후의 린위탕은 *New York Times*에 "A Chinese Gives Us Light on His Nation"1936.11.22, "China Uniting Against Japan", "Captive Peiping Holds the Soul of Ageless China"1937.8.15, "Key Man in China's Future-Coolie"1937.11.14 등 다수의 영문 논평을

38 Lin Yutang, 위의 글.
39 周質平,『胡適與林語堂－自由的火種』, 允晨文化, 2018, p.61.
40 林語堂,「給郁達夫的信」,『拾遺集』(『林語堂全集』 18), 東北師範大學出版社, 1994, p.295.
41 錢鎖橋, op. cit., p.248.

잇달아 발표했다. 또 38쪽에 달하는 장문인 「일본필패론日本必敗論」1938.7.1을 작성하여 군사·정치·경제·외교·심리 등 다섯 가지 측면에서 일본은 패배하고 중국이 승리할 수밖에 없는 필연성을 객관적이고 냉철한 어조로 분석했다. 이 글은 중국 각 신문지에 연재되어 훗날 광저우廣州 우주풍사宇宙風社에서 항일선전의 책자로 발행되기도 했다. 이외에 린위탕은 『신중국의 탄생』을 홍콩 신민사新民社에서 출판했고, 훗날 1939년 증보판 *My Country and My People*의 마지막 장에 수록했다.[42]

당시 주미대사를 지낸1938~1942 후스가 공식적으로 중국을 대표했다면, 린위탕은 족히 민간의 중국대사라고 부를 만하다. 그는 미국 국내의 잘못된 중국 관련 보도를 바로잡기 위해 수차례 연설장에 나가 중일전쟁(태평양전쟁)의 실시간적인 정황과 세계 평화문제를 거론했다.[43] 당시 일본 언론계는 중국에는 린위탕처럼 세계적으로 영향력이 있는 인물이 항일선전에 적극적으로 나선 것에 반해, 일본에는 그럴 만한 이가 부재하다는 것에 몹시 골치가 아파하며 초조함을 표하기도 했다.[44]

요컨대 배호가 린위탕을 과거 청담가와 같이 진정한 사회 비판을 하지 않고 피상적 웃음에만 머물러 있고, 중국의 사회 현실과 동떨어진 신사숙

---

42 린위탕이 중일전쟁 기간에 해외에서 발표한 영문 시사평론에 대한 구체적 설명은 저우즈핑(周質平), op. cit., pp.57~64을 참고할 것.

43 가령 1936년 중국에서 시안사변(西安事變)이 일어나자 미국 언론은 이에 대해 잘못된 보도를 했다. 린위탕은 같은 해 12월 19일 컬럼비아대학에서 열린 시안사변에 관한 토론회의 첫 번째로 발언한 중국인으로, 청중들에게 시안사변의 경위를 객관적으로 설명하고, 당사자인 장쉐량(張學良)과 장제스의 각각의 위상을 설명하였다. 그는 장쉐량이 시안사변을 일으킨 목적이 항일 구국을 위한 것이었음을 밝힘으로써 시안사변이 일본의 음모라는 미국의 잘못된 보도를 바로잡았다. 이에 관한 자세한 것은 다음을 참고. 潘國華, 「林語堂演講及演講辭創作研究」, 山東師範大學 碩士學位論文, 2012, p.15.

44 徐訏, 「追思林語堂先生」, 子通 編, 『林語堂評說70年』, 中國華僑出版社, 2003, p.148.

녀의 교양서만 내놓고 "유유히 전쟁 중인 모국을 떠났다"[45]고 야유했을 때, 정작 린위탕은 이러한 교양서를 통해 쌓은 세계적 영향력을 발휘해 미국에서 항전 중인 중국을 위해 분주히 노력하고 있었다. 다시 말해 만약 린위탕이 "본격적인 문학 전범도 아니고", "중국과 중국인의 절반조차도 그려내지 못한" 작품을 창작하지 못했다면 그가 서양에서 항일 발언을 할 수 있는 국제적 영향력을 발휘하지 못했을 것이다. 그러나 이처럼 텍스트 내외에서 서양세계를 향해 중국의 부정적인 이미지를 일소하고 일본의 악행을 통렬하게 규탄하며 중국 민중의 용감함을 역설했던 린위탕의 모습은 한국 지식인에게 미처 포착되지 못했고, 작품의 문학·문화적 가치와 사회적 실천성은 한국에서 저평가되거나 은폐되고 말았다. 물론 식민지 시기에도 린위탕의 시사평론이 한국 신문에 간간이 보도된 바가 없지는 않았지만 린위탕은 "무식한" 중국 평론가로 취급당했을 뿐, 한국 지식계와 사회로부터 전혀 진지하게 응시받지 못했다.[46] 요컨대 식민지 시기

---

45 배호, 앞의 글.

46 1940년 7월 27일 자의 『동아일보』에 실린 「임어당의 무식, 대(對)소(蘇)미(美) 동시 동맹론(상해)」이라는 기사에는 당시 충칭으로 일시적으로 귀국한 "유명한 평론가"인 린위탕이 충칭(重庆) 『대공보(大公報)』에 "현재 중국외교에 남은 유일한 유효적절한 정책은 대미 대소 동시 동맹론을 체결하는 데에 있"다고 호소했다는 기사가 보도되었다. 이 기사에는 린위탕의 논거가 구체적으로 제시되었지만 제목에서 나타나듯이 그의 정치적 판단은 한국 언론에 의해 "무식"하다는 취급을 받았다. 그런가 하면 1943년 10월 12일 자의 『매일신보』에 「일본은 나날이 부강 이제 부패태세완성－미(美)기자의 보고」라는 글이 게재되었다. 이 글에서는 『리더스 다이제스트』지에 발표된 소위 "전략적·경제적·정치적 관점에서 '신(新)일본제국'의 불패태세"를 설파한 미국 종군기자의 논문이 실려 있다. 글쓴이는 일본의 "신동아 건설"의 기세를 북돋우고 아시아 각 민족이 일본의 "아시아 해방"에 대한 "고마움"과 "자발적 지원"을 강조하는 가운데, 충칭 국민당정부에 대한 미국의 "용사미(龍蛇尾)"의 "입으로의" 원조정책을 맹렬히 비난하고 충칭군에 대한 미국의 적극적 조치 변경을 요구한 린위탕의 정치적 주장을 잠깐 언급했다. 「林語堂의 無識, 對蘇 米同時同盟論(上海)」, 『동아일보』, 1940.7.27; 「일본은 나날이 부강 이제 부패태세완성 미(美)기자의 보고」, 『매일신보』, 1943.10.12.

에 한국 지식인과 언론환경이 내포한 정체성停滯性·지연성遲延性으로 인해 린위탕의 다양한 스펙트럼의 가능성은 한국에서 입체적으로 나타났는데도 불구하고 크게 가시화되지 못했다.

2. 해방기 린위탕발發 중국 지식의 역할과 윤곽

1) '신중국'이라는 의제와 그 잉여

식민지 시기 내내 억눌려 왔던 중국에 대한 지적 욕망은 해방기에 이르러 분출되기에 이르렀다. 이것은 해방기의 대표 잡지인『신천지』1946.2~1954.10에 잘 나타난다. 예컨대 중국 문제와 관련해 '중국특집'1권 6호, 4권 7호이 두 차례 마련되고, 2권 5호·8호에서 전쟁 시기 중국의 시대적 "호흡"과 "감정"[47]을 반영한 단편소설, 그리고 1930년대 이래 중국의 소설·시·희곡 각 분야의 신동향이 구체적으로 소개되었다. 이외에 4권 1호1949.1와 4권 3호1949.3에는 격변중인 중국 정세에 관한 기사가 다수 등장했다. 그 가운데 1권 6호의 '중국특집'은 해방기 한국 언론장에서 중국 지식을 수입하는 데 있어서의 동기와 성격, 그리고 지향점을 전형적으로 보여주었다는 점에서 특별히 주목할 필요가 있다. 편집 후기에 명시되어 있듯이 해방기에 중국은 조선과 "긴밀한 연대성"을 가지고 있는 나라로 간주되었으며, "중국의 운명여하는 조선의 운명에 지대한 영향을 가졌으며 중국의 정치정세 여하가 조선의 정치형태를 결정한다"고 이해되었다.[48] 정진석은 같은 호에 발

47 최장학,「중국문단의 동향」,『신천지』2(8), 1947.9, 124쪽.
48 『신천지』1(6), 1946.7, 210쪽.

표한 「조선과 중국관계의 장래」에서 "정치적 자유, 국제적 평화, 문화적 전통의 옹호자로서 민주주의 건설운동을 전개하고", 새로운 문화 환경을 조성하기 위해서는 "우리는 먼저 어느 나라보다도 중국을 이해하고 중국을 배워야 하겠다"고 역설하고 있다.

다만 여기서 유념해야 할 점은 이 시기 해방조선이 배우려는 중국 문화·지식은 이전부터 전해져온 "권위를 과시하는" 대大중화문화가 아니라, "특수한 생산 양식을 가진 아시아의 정체된 사회로서 오랜 제국주의의 착취에서 벗어나는 신생 중국의 문화"이자, "조선과 유사한 환경에서 싸워온 민족해방의 과감한 투쟁의 기록"이었다는 사실이다.[49] 한마디로 해방조선의 지적 촉각을 곤두세우게 한 주체는 사대기서를 생산해 낸 '항상 중국恒常中國'이 아니라, 정보의 당대성과 정치성이 요청되는 '신생·혁명 중국'이었다.

이러한 성격은 '중국특집'의 목차 설정과 의제 배치에 더욱 명확하게 투사되어 있다. 우연치 않게도 린위탕의 글이 여기에 수록되었다. 미리 말하지만 『신천지』 1권 6호 '중국특집'에서 린위탕이 차지한 위치는 해방기의 다층적인 중국 지식과 담론 지형 속의 린위탕의 좌표와 역할을 전형적으로 시사해 주었다.

『신천지』 1권 6호 '중국특집' 목차(글 실제 배치 순)

「조선과 중국관계의 장래」, 정진석(8쪽)[50]

「중공과 국민당의 장래」, 최희범(20쪽)

---

49 정진석, 「조선과 중국관계의 장래」, 『신천지』 1(6), 1946.7, 10쪽.

50 괄호 안의 숫자는 해당 글이 차지하는 총 페이지수이다.

「중국국민당과 국민정부의 성장 과정」, 이진영(14쪽)

「세계정세와 중국 문제」, 배성룡(7쪽)

「지식과 견식」; 「중국인의 연령」, 임어당(반쪽; 1쪽)

「장주석蔣主席 승리경축방송연설 전문」(2쪽)

「중국지명운中國之命運」, 장개석, 신재돈 역(9쪽)

「현대사」, 노신(1쪽)

「혁명시대의 문학」, 노신, 배호 역(6쪽)

「중국의 신문화운동」, 정래동(6쪽)

「삼민주의 인식」, 호한민胡漢民, 윤영춘 역(5쪽)

「모택동론」, 에드가·스노, 김동환 역(5쪽)

「팔로군과 그들의 생활(현지에서의 견문과 체험기)」, 박소석(10쪽)

「중국인의 순응성」(반쪽)

위 목차의 제목만 봐도 확인할 수 있듯이 '중국특집'은 강한 정치성과 동시대성을 띠고 있다. 해방조선의 지식계는 "같은 후진적 아세아 사회 정세 아래서"[51] 자국의 운명과 연동된 가운데, 격변중인 중국의 지식과 현실 대응 방책들을 재빨리 포획하고 유용한 참조 틀로 활용함으로써, 자국의 사회·정치·문화적 동태와 방향을 감지하고 탐색하려 했다. 특히 좌우분열이 극심하고 "좌는 모두 극렬분자가 되어버렸고 우는 모두 반동분자가 되어 버린", "아귀다툼"[52]의 난국에 있어, 중국의 국공관계의 이합집산은 더더욱 한국 언론장의 관심사로 급부상되었다.

51 정진석, 「조선과 중국관계의 장래」, 『신천지』 1(6), 1946.7, 14쪽.

52 東田生, 「삼면불」, 『신천지』 1(6), 1946.7, 6쪽.

극좌 또는 극우의 편향성과 의식적으로 거리를 두고 비교적 중도적인 노선을 견지한 『신천지』는 이 특집에서 마오쩌둥과 장제스라는 상이한 두 흐름의 지식을 두루 배치했다. 그러나 겉보기에 좌 · 우 균형에 맞게 배치된 것으로 보이는 의제는 실제 내용을 검토해 보면 명확한 편향성이 드러난다. 여기에 수록된 글들은 중공, 마오쩌둥에 보다 더 많은 관심을 보이며 긍정적 시선을 보내고 있다. 가장 대표적인 예로 무려 20쪽에 달하는 장문인 「중공과 국민당의 장래」는 겉보기에는 좌우 관계에 주목한 것처럼 보이지만, 이 글은 실제로는 "중공의 장래"를 중심의제로 삼아 내 · 외적인 조건으로 상세히 항목화하여 분석한 글이다. 필자는 "중공은 크나큰 장래성을 가지고 있고", "중공은 중국의 대다수를 차지하는 근로대중의 해방을 기조로 중국의 전통과 민정民情에 부합된 공산주의사회를 만들려"고 함을 피력했다. 이외에 "농민의 역량을 최대한 동원하고 이를 새로운 목적과 조직에 전화시킨 중공의 노련한 수완手腕은 중국 사회 혁신의 최대한 원동력으로 향후 조선운동에 있어서 가장 배워야 하고 참조"해야 함을 주장하는 글,[53] 마오쩌둥의 긍정적 형상을 집중적으로 그려내 한국 사회의 마오쩌둥에 대한 우호적 시선과 낙관적 기대를 이끌어낸 에드거 스노의 『중국의 붉은 별』의 제3부 제1장인 「모택동론Soviet Strongman」, 그리고 보다 미시적인 측면에서 팔로군 근거지에서의 실제 경험을 토대로 공산당을 찬미한 견문록도 이 특집에 실렸다.

이에 비해 국민당이나 장제스를 논의한 글들은 대체로 비판적인 거리를 유지했다. 이 가운데 일부 저자는 국민정부의 효율 저하와 부패문제, "팟

53 정진석, 「조선과 중국관계의 장래」, 『신천지』 1(6), 12쪽.

쇼화"를 폭로하거나 장제스의 『中國之命運』의 자화자찬의 논조를 못마땅하게 여기는 태도를 직접 표출하기도 했다. 이렇게 의제의 분량이나 논조를 통해 선명하게 읽어낼 수 있는 공산당—마오쩌둥을 향한 경사는 해방기 한국에서 중국 관련 서적의 전반적 출판 정황과도 잘 들어맞는다. 최진호가 정리한 '해방기 간행도서 중 중국 관련 도서 목록'에 의하면 해방기 출판된 중국 관련 서적은 사회주의/공산주의나 정치 관련 서적이 대부분이었고 특히 마오쩌둥 관련 저작이 압도적으로 출판되었다. 예컨대 에드거 스노의 『중국의 붉은 별』이 세 종이나 연이어 번역되어 나왔고, 마오쩌둥이 집필한 이론서인 『신민주주의론』, 『연합정부론』, 『지구전론』, 『문예정책론』 등이 거의 동시에 여러 종으로 번역 소개되었다.[54] 물론 한국 언론과 출판계에서 급부상한 '중공—마오쩌둥 붐'은 해방기였기에 가능·유효한 것이었다. 그 이후 국내외 정세가 변화해 가면서 특히 1947년 좌파 서적에 대한 압수령 반포, 대한민국 단독정부 수립, 전향기, 한국전쟁 등을 계기로 중공과 마오쩌둥에 대한 지적 열망과 호감은 점차 금기시되거나 냉각되기에 이르렀다.

이상에서 『신천지』 1권 6호에서 기획한 '중국특집'을 전형적인 사례로 삼아 해방기 한국에서 중국 지식을 수입했던 대체적인 윤곽을 읽어보았다. 이제 다시 본론으로 돌아와 린위탕이 해방기의 이러한 판도 속에서 어떻게 소개되고 받아들여졌는지 살펴보도록 하겠다. 우연치 않게 린위탕의 「지식과 견식」과 「중국인의 연령」이라는 두 편의 글이 이 특집에 수록되었다. 우선 「지식과 견식」은 린위탕의 *The Importance of Living* 제12장

54 이에 관한 자세한 출판 상황은 최진호, 「한국의 루쉰 수용과 현대중국의 상상」, 성균관대 박사논문, 2016, 70~73쪽을 참고할 것.

"The Enjoyment of Culture" 제1절인 "Good Taste in Knowledge"에 대한 아주 짤막한 요약이다. 원문에서 린위탕은 풍부한 사례를 동원하여 중국의 교육문제에 주목해 지식 가운데 특히 견식見識, 판단력을 길러야 하는 중요성을 강조했다. 그러나 특집에서 채 반쪽도 안 되는 이 번역글은 지식과 견식에 대한 저자의 논의 몇 마디만 늘어놓았을 뿐, 중국과 중국인의 구체적인 사정에 대한 설명 없이 "중략"으로 처리해 버렸다. 이렇듯 원작의 진미眞味를 살리기에 한없이 부족한 이 글은 기껏해야 앞글이 남긴 여백을 채우는 구실을 한 셈이다. 그리고 바로 뒤에 실린 「중국인의 연령」이라는 글은 서양인과 달리 중국인이 나이 많은 사람을 보다 더 존경하고 노년에 더 많은 특권과 영예를 향유할 수 있다는 중국의 연령관을 한 쪽 분량으로 소개하고 있다. 이처럼 정치색이 전혀 없고 느슨한 논조로 중국에 관한 보편적인 상식을 풀어나간 이 글들은 2쪽도 채 안 되는 분량의 요약문으로 되어 있어, 총 95쪽에 달하고 정치성과 동시대성이 그 바탕에 짙게 깔린 특집의 의제들 사이에서 적지 않은 위화감을 보이며 별다른 존재감을 드러내지 못했다.

다른 한편으로 루쉰의 「현대사」와 「혁명시대의 문학」이라는 두 편의 글도 린위탕의 글과 같이 특집에 번역 소개되었는데, 후자는 내용이나 분량에 있어서 훨씬 더 무게감이 있어 보인다. 두 편의 '잡문雜文'은 루쉰의 역사관, 정치관, 혁명관, 그리고 문학과 혁명(사회현실)과의 관계에 대한 그의 시각을 명확하게 드러냈다. 가령 「현대사」에서 루쉰은 서커스 공연을 현대 역사 발전의 논리와 본질에 비유하고 소위 '혁명대의革命大義'의 허위적 가면을 벗겨냈다. 그는 신해혁명 이래 크고 작은 군벌, 정객들이 서로 다투어 등장하는 서커스단과 다를 바 없으며 겉으로 '혁명'의 기치를 세우고

서 사실 백성을 착취하는 것에만 목적을 두고 있다는 사실을 폭로하는 한편, 시끌벅적한 서커스 공연을 구경하느라 넋을 잃은 관중을 적나라하게 형상화했다. 그리고 말미에서 자신의 글을 "죽지도 않고 살지도 않은 것"이라고 부르면서 언론자유가 극심하게 억압된 어두운 사회 현실과 글쓰기 사이의 긴장 관계를 환기시켰다. 그리고 「혁명시대의 문학」은 루쉰이 1927년에 황포군관학교黃埔軍官學校에서 한 강연문으로 국민대혁명이 문학에 끼친 영향, 문학의 궁극적 지향인 "평민문학"을 구체적으로 설파했다.

요컨대 루쉰은 순 문학적인 측면에서 편집진에게 포착된 것이 아니었다. 해방기의 격변하는 사회 현실을 성찰하는 데 있어서 그의 예리한 역사·정치적 안목을 집약적으로 드러낸 잡문이 유용한 참조점으로 판단되었기에 특집에 수록된 것이다. 좀 더 부언하자면 정래동의 「중국의 신문화운동」이라는 글 역시 문학적인 측면에서 중국문학/문단의 일반적인 상황을 소개한 것이 아니라, 부제에서 드러나듯이 "사상계와 학생운동"을 중심으로 고찰하고 있으며 '삼민주의'와 '공산주의'라는 두 가지 흐름을 구체적으로 거론하고 있다. 이러한 맥락에서 봤을 때 '중국특집'은 의식적으로 당대 중국 사회의 정치성, 혁명성, 그리고 동시대성을 최대한 힘주어 부각시키려고 했던 것이다. 이렇게 분명한 편집 의도를 갖고 기획된 특집에서 여타 글과 성격을 달리하여 중국의 국민성을 무난하게 제시한 린위탕의 논점이 대폭적으로 압축·삭제된 것은 당연하고 자연스러운 일이다. 린위탕의 글이 특집에서 기능한 역할은 사실 특집 마지막에 실린 「중국인의 순응성」과 거의 매한가지로 봐도 무방할 정도였다. 실제로 편집진 역시 목차에서 이 세 편의 제목을 한데 배치하기도 했다. 이러한 작은 디테일만으로도 편집진이 린위탕에게 갖고 있는 이해의 정도와 태도를 가히 짐작할 수 있다. 즉 린위탕으로부터 뽑아낼 수 있는 중국 지식의 가치는 정보의 밀도와 실용치가 상당히 높은 '중국 문제 특집' 속에서 그나마 쓸 만한 '계륵'과 같았으며 주변적이고 장식적인 역할만 담당했을 뿐 중국담론의 중심 자리로 진입하기에는 역부족이었다. 이러한 경향은 해방기에 '린위탕 표'의 중국 지식에 대한 한국 언론·지식계의 주류적 수용 태도의 실상을 보여준다.

2) 이념가에서 문학가까지, 다양한 정체성

해방조선에서의 린위탕의 상은 식민지 시기나 1950년대 이후의 모습과 비교했을 때 분명히 해방기만의 독특한 양상을 드러냈다는 점에서 좀 더 세심하게 주목할 필요가 있다. 사실 중국 바깥에서 중국과 중국인의 특성을 전한 린위탕의 이미지와 더불어, 그의 이른바 "모순덩어리"였던 정체성은 해방기의 언론장에서 비교적 풍부하게 조명되었다.

〈표 1〉 해방기 린위탕 관련 연속간행물 자료 목록에서 확인할 수 있듯이 해방기에 이르러 린위탕은 '문학인', '친親 장제스 정부 반공 지식인', '중국어 타자기 발명가', '유네스코 고어문자부 부장Director of Arts and Letters Division', '유머대가' 등등 다양한 명찰을 걸고 한국 언론 지면에 오르내리게 됐다. 어찌 보면 현재까지 통틀어 한국에서 찾아볼 수 있는 린위탕의 모든 정체성이나 이미지가 해방기에 등장했다고 해도 과언이 아니다. 식민지 시기의 린위탕의 수용상이 그의 문학·사상·정치적 실제 동태와 대조해봤을 때 적지 않은 지연성이 발견되었다면, 해방기에 와서는 린위탕의 근황은 거의 실시간적으로 포착되어 전달되었다. 가령 화문華文 타자기 발명, 유네스코 문자부 부장 임명에 관한 뉴스가 연속으로 여러 차례

〈표 1〉 해방기 린위탕 관련 연속간행물 자료 목록 목록

제목	발표기관	발표시간	키워드
蔣介石主席을 만나서(임어당, 왕명 역)	『신천지』 1(3)	1946.4	정치언론/문학
知識과 見識·中國人의 年齡	『신천지』 1(6)	1946.7.1	문화/문학
社說, 利己的家族精神을 駁함	『영남일보』	1946.9.17	문화/문학
李承晩博士歡迎宴, 戰後世界對策會에서開催	『동아일보』	1947.2.20	정치활동
社說, 忘國亡國妄國	『가정신문』	1947.6.13	문화/문학
林語堂氏 華文打字機發明	『대동신문』	1947.8.23	타자기/언어학
여적	『경향신문』	1947.8.24	타자기/언어학
林語堂氏 華文打字機發明	『대한일보』	1947.8.24	타자기/언어학
세계정부를 수립하라. '중요한 것은 협력' 林語堂談	『조선일보』	1947.11.14	정치언론
林語堂先生의 明快 打字機(공병우)	『한글』	1948.1	타자기/언어학
三淸卞榮晩先生의 『三淸心史』, 明日부터 連載	『대한일보』	1948.1.29	문화/문학
幽默三篇(林語堂, 李容雨 譯)	『금융조합』	1948.8·10, 1949.1	문화/문학
유네스코 文字부장 林語堂씨 被任	『자유신문』	1948.8.12	유네스코 문자부 부장 임명/언어학
「유네스코」 古語文字 부장에 林語堂씨	『조선일보』	1948.8.12	유네스코 부장 임명/언어학
有名한 林語堂氏 UN敎育文化機構古語部長任命	『남조선민보』	1948.8.12	유네스코 부장 임명/언어학
동양 적화세력, 미국 안전에 대위협, 林語堂씨 경고	『자유신문』	1948.11.11	정치언론
美安全에 大脅威, 東洋赤色勢力에 林語堂氏言明	『평화일보』	1948.11.11	정치언론
美國民一大覺醒의 時機는 到來, 中의 赤禍는 美를 威嚇, 林語堂氏 美의 假裝自由主義者를 非難	『동아일보』	1948.11.11	정치언론
중국의 잡지와 그 내용	『자유신문』	1948.12.12	문학
魯迅과 林語堂(特輯)(윤영춘)	『대조』 3(4)	1948.12	문학
朝鮮漢文學의 存廢論(김경탁)	『경향신문』	1949.2.11	문학
常禮異論(草民生)	『조선중앙일보』	1949.3.18	문화
文學의 磁場(1)(홍사건)	『연합신문』	1949.4.7	문학
인테리에 告함(4)(김광주)	『경향신문』	1952.5.4	문학

보도되었다. 특히 한글 기계화 운동에 늘 심혈을 기울이며 1949년에 한글 타자기를 발명한 공병우는 1948년 1월 『한글』지에 「임어당 선생의 명

쾌한 타자기」라는 글을 게재했다. 이 글은 짤막한 속보가 아니라, 같은 해 중국 대륙의 『서풍西風』지 1월호에 실린 황쟈더黃嘉德의 동명의 글을 상세하게 옮긴 결과라는 점에서 특기할 만하다.[55]

그러나 무엇보다 주목을 요하는 점은 식민지 시기와는 달리 린위탕의 정치색이 해방기의 지면에서 비교적 두드러지게 부각되어 계속 노출되었다는 사실이다.

예컨대 린위탕의 전시 기행록인 *The Vigil of a Nation* 중 "The Nation's Leaders"라는 장절은 1946년 4월 「장개석 주석을 만나서」라는 제목으로 『신천지』에 번역 소개되었다.[56] 이렇게 구체적인 작품 소개를 통해 린위탕의 정치적 성향이 한국에 명확하게 전달된 것은 이번이 처음이었다. 그렇다면 린위탕은 과연 이 글에서 장제스를 어떻게 그려냈고 이에 대한 한국의 반응은 어떠했을까?

일단 *The Vigil of a Nation*의 창작 배경부터 간단히 살펴보도록 한다. 1943년 무렵 미국의 중국에 대한 여론의 초점은 국공관계에 집중되었다. 당시 미국 언론계에서는 친좌파 세력이 득세했고, 이들은 충칭 국민정부

55 黃嘉德, 「林語堂的"明快打字機"」, 『西風』 102, 1948.1. 이 글에서 저자는 린위탕이 타자기를 발명했다는 소식을 듣고 직접 미국을 탐방했던 경위, "명쾌 타자기"의 구조적 특징, 사용방법, 생산투입 문제, 미래 전망에 대해서 상세히 소개했으며, 린위탕 및 타자기 사진도 같이 덧붙였다. 당시 린위탕이 미국에서 중국어 타자기를 발명했다는 소식은 중국 여러 언론지에 잇달아 보도되었다. 참고로 1940년대 후반기에 린위탕이 미국에서의 문화 · 사회적 동태, 그가 발표한 영문 작품과 시사평론은 중국 대륙, 홍콩의 언론지상에 적잖이 소개 · 번역되었다. 그 가운데 린위탕을 야유 · 풍자하는 글이 다수 개재되었다.(渡僧, 「林語堂在美國漸漸不吃香了」, 『中外春秋』 1, 1946; 淡水, 「林語堂受辱記」, 『上海灘』 23, 1946; 「郭沫若談周作人日本太太支配力太強大, 宋雲彬談林語堂至多不過是抗戰旁觀者」, 『周播』 15, 1946; 巴人, 「林語堂出賣野人頭」, 『海潮周報』 39, 1947; 「演講"中國真相"－林語堂博士受窘」, 『協大新聞』 3, 1948; 「林語堂出賣吾國與吾民」 · 「"啼笑皆非"林語堂」, 『人物雜志』 三年選集, 1949)

56 린위탕, 왕명 역, 「장개석 주석을 만나서」, 『신천지』 1(3), 1946.4.

에 대한 편견과 불신을 드러낸 반면, 공산당을 적극적인 논조로 보도했다. 중국에 대한 미국의 이러한 여론 추세에 불만과 불신을 품고 있던 린위탕은 1943년에 귀국하여 전시 자유구自由區, 즉 국민당통치구역의 7개 성省을 6개월 동안 순방하고 1944년 3월 22일 다시 뉴욕으로 돌아가 이 저서를 집필했다. 그는 서언에서 중국인의 한 사람으로서 7년간의 전쟁을 겪은 조국을 내면으로부터 관찰함으로써 독자들이 이 책을 통해 중국 민중과 그들의 문제들, 예컨대 인플레, 군대, 사회 교육 수준, 특히 내전 문제를 좀 더 잘 인식하길 바란다고 밝히고 있다.[57] 그러나 비록 그는 이 글이 국민당도 아니고 공산당도 아닌 그저 중국인의 견문록임을 강조하고 또 특별히 문학적인 필치로 탐방 도중의 감상, 풍속 인정을 담아냈지만, 이 저서는 친 장제스 정부의 관변적 색채를 씻어낼 수 없었다. 이 책은 국가 최고지도자인 장제스의 절대적 위상을 보여주면서, 전쟁의 상흔 속에서 평화롭고 적극적으로 발전해 온 '충칭'의 모습과 더불어 '옌안 독재 체제'의 부당성과 위험성을 계속 대조적으로 부각시키고 있다. 실제로 린위탕은 중국에서 체류하는 반년 동안 국민당정부 고위급인사들과 빈번히 왕래하였으며 장제스를 여섯 차례나 "배알"하였다. 그리고 『신천지』는 바로 이 책에서 린위탕이 장제스를 방문한 장면을 채택해 번역 소개한 것이다.

「장개석 주석을 만나서」의 본문 옆에는 이 글의 출처와 창작 동기에 대한 간략한 소개문이 부기되어 있으며 군복 차림의 장제스의 소상小像도 함께 실려 있다. 린위탕은 이 글에서 시종일관 장제스와 그 부인 쑹메이링宋美齡에 대한 찬미를 금치 못했다. 린위탕은 '논어' 시기, 가령 1932년 10월

57 Lin Yutang, "preface", Lin Yutang, *The Vigil of a Nation*, New York : John Day, 1945, p.1.

「논어」 제2호에 「장개석도 '논어' 파蔣介石亦論語派中人」를 발표했을 때만 해도 빈정거리는 태도로 "장동지蔣同志", "장선생蔣先生"을 야유했는데, 1939년의 증보판인 *My Country and My People*에 와서는 그를 민족의 위대한 지도자로 높이 추켜세우게 되었다. 그리고 이러한 태도는 1944년에 완성한 *The Vigil of a Nation*에서도 계속 유지되었다. 그는 「장개석 주석을 만나서」에서 장제스와 자신이 친하다는 사실을 공개하면서 장제스를 "중국 역사상의 가장 위대한 인물"로, 그리고 쑹메이링을 "세상에서 가장 매력 있는 부인"이라고 치켜세웠다. 여기서 유의할 것은 린위탕이 의식적으로 다양한 각도에서 장제스의 형상에 중국의 전통적인 색채를 주입시키려고 하는 경향을 보였다는 점이다. 다시 말해 이 글에서 장제스는 독실한 기독교 신자나 혹독한 독재자로서의 일면은 일소된 채, 일거수일투족에 린위탕이 *My Country and My People, The Importance of Living*에서 추종한 중국의 전통 문인을 방불케 하는 모습으로 구현되었다.

> 중국 옷을 입은 그의 맵시는 보기 좋다. (…중략…) 보통 때는 엷은 피부가 아직도 윤택하며 쉬흔일곱임에도 주름살 하나 없는 얼굴이 과거 십팔 년 동안 용감한 전투를 지도해 온 사람 같지 않게 온화하고 유아柔雅한 얼굴을 하고 있었다. (…중략…) 그의 제삼인상第三印象은 가장 중요한 것이다. 그는 과거의 인간주의사상의 영향을 받았다는 것이다. 외관이나 사생활에 있어 유교인이며 많은 내성內省의 경험을 쌓아 원숙해졌고 젊었을 때보다 더 크고 관대해진 것이다. 증국번曾國藩의 영향은 대단하다. 그 아들들도 하여금 증曾의 가정서신을 상세히 공부하게 하고 그 서신에 지시된 타잎의 교육과 육아법으로 그 아들들을 길렀으며 특히 난관의 극복과 자기훈련과 규칙생활, 검약, 질소質素와 사회생활에 있어서의 겸손謙遜

을 강조하였다. 나는 증국번의 영향에 꼭 한 가지 나쁜 점이 있다고 생각한다. 즉 모든 것에 자기가 직접 참견한다는 것이다. (…중략…) 장 주석에 있어서 무엇보다도 더욱 중요한 것은 중국 고문화 전설에서 획득한 가장 넓은 이해성과 중국적인 동찰洞察과 역사안歷史眼, 관대하고 원숙한 생활철학이다. 이것은 그의 심정과 정책의 특성으로 나타나 있다. 이 특성은 앞으로 중국이 반드시 수행해야 할 국내통일문제에 있어서 가장 보배로운 역할을 할 것이다.

요컨대 린위탕의 시선에서 장제스는 누구보다도 중국적인 정체성을 가진 인물이다. "중국 옷을 입"고, "온화하고 유아"하며, 특히 증국번에게서 받은 영향은 지대하다. 이 글에서는 장제스의 약점마저도 증국번의 영향으로 귀결되었다. 그리고 중국 고전에서 흡수한 자양분은 장제스의 "심정과 정책의 특성"에 영향을 끼쳐 이후 국내 국공 내전문제에서 큰 역할을 발휘할 것으로 단정했다. 린위탕의 이러한 글쓰기 전략은 장제스가 해외에서 중국적인 정통성을 확보하고 국민당에 대한 국제적 동정과 지지를 이끌어내기 위한 것으로 보인다. 그러나 이처럼 제삼자의 입으로 전해진 증국번과 중국 고전에서 많은 영향을 받은 장제스의 모습에 대한 묘사가 한국에서 얼마나 설득력이 있었을지는 미지수다. 특히 이 글이 발표된 지 얼마 안 된 1945년의 중일전쟁 승리경축방송연설에서 "기독교신자"니 "기독교사상"이니, "기독교보훈"이니 하는 말을 수차례 언급했던 장제스의 모습이 『신천지』에 고스란히 전달되었다는 사실[58]을 감안할 때 말이다.

58 「장주석(蔣主席) 승리경축방송연설 전문」, 『신천지』 1(6), 1946.7.

린위탕의 이 글이 이렇게 구체적으로 번역 소개되었던 것은 한국 지식계가 린위탕의 정치적 태도에 흥미를 보였다기보다는, 이 방문기가 마침 당시 한국 사회에서 이슈가 된 국공관계, 내전문제와 직접적으로 관련이 있는 핵심 인물인 장제스를 그 주인공으로 삼았기 때문이었다. 린위탕이 이 글에서 아주 미시적인 측면에서 장제스의 의식주 등 일상적인 모습과 "스파르타식"의 일정을 묘사한 것은 당대 중국을 이끈 최고지도자였던 장제스의 사적인 일면에 대한 한국 사회의 호기심을 적지 않게 충족시켰다. 이 점에서 보았을 때 만약 린위탕의 '장제스 방문기'가 3개월 후 『신천지』 1권 6호의 '중국특집'에 채택되어 에드거 스노의 '마오쩌둥 방문기', 즉 『모택동론』과 나란히 배치되었다면 보다 더 흥미로웠을지도 모른다. *The Vigil of a Nation*은 애초부터 당시 세계적으로 널리 받아들여지던 에드거 스노의 중국관을 전면적으로 반격하기 위해 기획한 책이었다. 그렇다면 특집에서 린위탕이 차지하는 위상과 무게감을 끌어올리기엔 이 글이 분명 「지식과 견식」이나 「중국인의 연령」보다 더 효과적이었을 것이다. 그러나 이 글이 결과적으로 대표적인 중국 문제 담론장 안으로 수렴되지 않았(못했)다는 사실은 다른 한편으로 린위탕의 정치관이나 그가 제공한 '장제스 지식'이 당시 한국에서 그다지 인정받지 못했으며, 특히 에드거 스노와 같은 무게감으로 나란히 배치될 자격이 안 되었음을 말해 준다.[59] 앞서 언급했듯이 당시 한국 지식계는 마오쩌둥에게 강렬한 호감을 갖고 있었던 데 반해 장제스가 이끄는 국민정부에 대해서는 "부패"나 "능률 저하" 등 부정적인 딱지를 붙이고 있는 상황이었다. 따라서 장제스를 적극적으로 옹호

59 한국 언론에서 이 책에서 집중적으로 다룬 내전문제를 전혀 언급하지 않은 것은 당시 린위탕의 정치관에 대한 한국 지식계의 수용 태도를 적나라하게 보여준다.

한 린위탕의 정치적 발화가 구체적으로 소개되었음에도 이는 한국 지식계의 주류적 흐름에 역행했다. 이 책은 미국에서도 역시 냉대를 받았고 아그네스 스메들리나 에드거 스노 등 친좌파의 중국통들로부터 집중적인 공격을 받았을 뿐만 아니라, 출판 파트너였던 월시 부부마저도 린위탕과 정치적 이견을 보이며 이 책을 계기로 쌍방의 관계가 점차 틀어졌다.[60]

이후에도 린위탕의 정치색은 한국 언론 지상에 계속 노출되었다. 1947년 2월 전후 세계대책이사회에서 이승만을 위해 베풀어진 환영연에 참석했고,[61] 전후 일본 천황제의 존폐문제에 우호적 시선을 보내며 "만민의 행복"을 보장하는 정부, "전 인류의 평화"를 위한 세계정부를 수립할 것을 적극 호소하는 린위탕의 동태도 한국에 전해졌다.[62] 특히 "동양의 공산당 세력은 멀지 않아 미국의 안전에 대하여 일본 이상의 위협"이 되리라고 경고하면서, 중국의 참상에 대한 일부 책임을 미국에 돌려 미국의 대중 정책을 작성하는 사이비 자유주의자를 비난한 린위탕의 발언은 1948년 11월 11일 자의 『자유신문』, 『평화일보』, 『동아일보』 등에 반복적으로 보도되었다.[63] 요컨대 한국 언론계는 전후 한국, 일본, 미국의 사회적 동태와

60 *The Vigil of a Nation*을 둘러싼 미국에서의 반응과 이에 대한 분석은 Qian Suoqiao, *Liberal Cosmopolitan : Lin Yutang and Middling Chinese Modernity*, Leiden · Boston : Brill, 2011, pp.211~220 참고. 좀 더 부언하자면 같은 해 *The Vigil of a Nation*은 중국 대륙에도 번역 소개되었다. 이 책의 중국어 역본은 원래 황쟈인(黃嘉音)에 의해 완역되었지만 사정이 있어 발표되지 않았다. 그러다가 1946년 『우주풍』의 141 · 146 · 147 · 148 · 149 · 150 · 151기에 "枕戈待旦"(창을 베고 자면서 아침을 기다리다)이라는 제목으로 제3장까지 번역 연재되었다. 린유란(林友蘭)이 서언을 번역했고, 나머지 부분은 쑤쓰판(蘇思凡)이 번역했다. 1947년 『우주풍』이 종간됨에 따라 이 책의 번역도 중단되었다. (그 후 오늘날까지 이 책은 중국 대륙에서 번역된 바 없다.) 또 당시 중국 대륙의 언론계에서는 *The Vigil of a Nation*의 진실성을 의심하고 린위탕의 정치적 주장을 못 마땅해 하는 목소리가 있었다.(余林, 「林語堂在美國稿些什麼」, 『現代文獻』 1(2), 1946)

61 「李承晩博士歡迎宴, 戰後世界對策會에서開催」, 『동아일보』, 1947.2.20.

62 「세계정부를 수립하라. '중요한 것은 협력' 林語堂談」, 『조선일보』, 1947.11.14.

연동된 '평론가 린위탕'의 정치적 활약상을 재빨리 포착하였다. 그러나 해방조선에서 에드거 스노가 "빛난 별"로 큰 인기리에 소개 수용되었던 것에 반해, 그 반대편에 서 있던 린위탕은 계속 한국 담론장의 주변에만 머물러 있어야 했다. 린위탕이 미국 언론장에서 봉착했던 좌절은 한국에서도 반복되었던 것이나 다름없다. 다만 조금 다른 점이 있다면 린위탕의 친우親右 성향의 반공적 정치관은 미국에서는 격렬한 공격을 받았지만, 한국의 지식계로부터는 이렇다 할 반응을 불러일으키지 못하고 도입되는 대로 방치되었다.

그렇다면 해방기에 소개된 '문화·문학인'으로서의 린위탕의 모습은 어떠했을까? 요약하자면 린위탕의 문학 작품은 이 시기에 단행본으로 번역 출판된 것이 없었고 파편적으로 다소 혼잡하게 소개되었다.

우선 *My Country and My People*이나 *The Importance of Living*에서 집중적으로 전달된 중국과 중국인에 대한 린위탕의 논점은 앞서 『신천지』의 '중국특집'에서 소개된 이외에 다른 지면에서는 거의 획일적으로 소재적으로만 활용되었다. 특히 린위탕의 중국관은 자민족의 역사와 현실을 성찰하는 데에 편리하게 차용할 만한 "거울"로 동원된 경향이 있다. 가령 1946년 9월 17일 자 『영남일보』에 실린 「이기적 가족정신을 박駁함」이라는 사설에서 논자는 린위탕이 *My Country and My People*에서 지적한, "가족을 위해 죽을 수는 있으나 국가나 세계를 위해서는 죽지 않"는다는 중국인의 가족관을 인용하여 이것이 "현실 우리들의 국민성에서도 긍정과 타협성을

63 「동양 적화세력, 미국 안전에 대 위협, 林語堂씨 경고」, 『자유신문』, 1948.11.11; 「美安全에 大脅威, 東洋赤色勢力에 林語堂氏言明」, 『평화일보』, 1948.11.11; 「美國民一大覺醒의 時機는 到來, 中의 赤禍는 美를 威嚇, 林語堂氏 美의 假裝自由主義者를 非難(뉴욕)」, 『동아일보』, 1948.11.11.

발견할 수 있는 경고의 일언"이라고 평가하면서 자민족 내부로 비판의 시선을 돌렸다.[64] 또 당시 한국 사회에서 "백인 숭배 백색 만능", "백인의 문화가 홍수처럼 우리땅을 석권席捲하려" 했던 정황을 논하면서 서양의 문화와 풍습을 비판한 린위탕의 말이 간간이 동원되기도 했다.[65] 이 외에 중국과 중국인의 문화정신을 다루는 린위탕의 영어 글쓰기 행위 자체를 문제 삼은 이도 간혹 있었다. 예컨대 당시 고려대학교와 성균관대학교에서 교수로 재직하던 동양철학자이자 한학자인 김경탁金敬琢은 1949년 2월 11일 자 『경향신문』에 발표한 「조선한문학의 존폐론」이라는 글에서 린위탕의 영문 저서가 중국에 대한 내용을 담고 있지만 중국문학으로 볼 수 없다는 의견을 제시했다.[66]

그 외에 린위탕이 도미하기 전 상하이 시절의 문학 활동과 그 주변의 자취가 중국문학(단)을 이해하는 통로로 종종 소개되었다. 가령 그가 1930년대 정리한 맹자 · 열자列子 · 소동파의 유머사상과 일화가 이용우에 의해 1948~1949년에 걸쳐 『금융조합』지에 「幽默三篇」이라는 제목으로 번역 · 연재되었다. 이 세 편의 글은 원래 린위탕이 각각 "The Humour of Mencius", "The Humour of Liehtse", "The Humour of Su Tungp'o"라는 제목으로 1935년 1월 3일, 1월 17일, 10월 3일 자의 *The China Critic* 지의 제8권 제1기와 제3기, 제11권 제1기의 "The Little Critic" 칼럼에 영어로 발표한 것인데 훗날 1936년에 상하이 상무인서관商務印書館에서 출판한 *A Nun of Taishan and Other Translations*英譯老殘遊記第二集及其他選譯에 수록되

64 「社說, 利己的家族精神을 駁함」, 『영남일보』, 1946.9.17.

65 「社說, 忘國亡國妄國」, 『家政新聞』, 1947.6.13; 「三淸卞榮晩先生의 『三淸心史』, 明日부터 連載」, 『대한일보』, 1948.1.29.

66 김경탁, 「朝鮮漢文學의 存廢論」, 『경향신문』, 1949.2.11.

었다. 그리고 그가 상하이 시절에 『서풍西风』지를 관여했던 경력이 1948년 12월 12일 자의 『자유신문』에 실린 「중국의 잡지와 내용」이라는 글에서 잠깐 언급되기도 했다.[67]

또 같은 무렵 윤영춘은 『대조』지 제3권 제4호에 「노신과 임어당」이라는 글을 발표하면서 1920년대만 해도 서로 친하게 지냈던 루쉰과 린위탕이 1930년에 와서 왜 멀어졌는지 그 경위를 살펴봤다. 논자는 그 근본적 원인을 두 사람의 "사상적 발전", 지향하는 문학·세계관이 사뭇 달랐다는 점에서 찾고 있다.[68] 그런가 하면 홍사건洪思健은 1949년 4월 7일 자 『연합신문』에 연재한 「문학의 자장磁場(1)」에서 린위탕이 1935년 9월 상하이 범태평양협회에서 행한 「중국인과 영국인」이라는 영문 강연 중에, 인류의 역사에 있어서 논리·이성보다 심리·감성적 작용의 중요성을 강조한 대목을 인용했다. 또 김광주는 1952년 5월 초 『경향신문』에서 기획한 '인도·영국·미국·중국·네덜란드·이탈리아 인테리에 고함' 시리즈 가운데 5월 4일 자의 「중국 인테리에 고함」을 맡아 발표했는데, 그는 "호적이 있고 임어당이 있고 노신이 있고 지성과 양심을 망각할 리 없는 인테리들이 우리들의 몇십 배나 더 있을 중원의 대륙이 붉은 마수魔手 아래 신음하고 있다"는 현실을 "커다란 세기적 비극"으로 호소하고 개탄하며 린

67 글의 필자는 중일전쟁 이래의 중국 잡지와 그 특색을 두루 살펴보면서 "『서풍』 이전에는 린위탕이 주재(主宰)하고 있던 긴 역사를 가지고 있다"고 소개했다. 그런데 좀 더 정확하게 설명하자면 『서풍』(1936~1949)지는 1936년 9월 1일에 황자인(黃嘉音), 황자더(黃嘉德), 린위탕 등이 공동 출자하여 창간한 월간지였는데 제1기에는 린위탕이 쓴 창간사가 게재되었다. 황자인과 황자더 형제는 편집장 및 발행인을 맡았고 린위탕은 고문 편집인(顧問編輯)으로 지내면서 자신의 문학/잡지 이념을 『서풍』지에 투영했고, 여기에 다수의 글을 발표했다.

68 흥미롭게도 1949년 홍콩에서 간행된 『공평보(公平報)』 제4권 제10기에 "洛未" 서명의 같은 글이 게재된 바 있다.(洛未, 「人物談－魯迅和林語堂」, 『公平報』 4(10), 1949, p.24)

위탕을 후스, 루쉰과 함께 중국 대륙을 대표했던 지식인으로 나란히 거명했다.[69] 요컨대 '문학인'으로서의 린위탕은 이들 한국 지식인에게 결코 생소하지 않았으며, 종종 불안정적인 호명으로 중국문단의 경계 안팎에서 소환되었다.

해방기에 출판된 중국 관련 서적의 전반적인 상황을 봤을 때 이 시기 중국 근대문학에 대한 번역과 소개는 사회, 정치 등 다른 분야에 비해 비교적 소홀시되었던 것이 사실이다. 그러나 그럼에도 불구하고 탈식민적 동아시아의 연대라는 추동력 아래 중국 근대문학에 대한 지적 열망은 뜨거웠다. 이 시기에는 대표적으로 『뇌우』차오위, 김광주 역, 선문사, 1946, 『중국현대단편소설선집』이명선 역, 선문사, 1946, 『노신단편소설집』루쉰, 김광주·이용규 역, 서울출판사, 1946, 『천재몽』장아이링(張愛玲) 외, 최장학 역, 문진문화사, 1949, 『소련기행』궈모뤄, 윤영춘 역, 을유문화사, 1949, 『혁명가의 생애』바진, 이하유 역, 애미사, 1949 등 단행본이 번역 출판되었고 차오위曹禺, 루쉰, 궈모뤄, 바진巴金, 라오서老舍 등 중국 근대문학을 대표하는 작가들의 작품이 모두 포섭되었다. 그리고 이와 맞물려 관련 작가론, 문학사적 논평이나 서술도 언론 지면에 적지 않게 산출되었다.[70] 이처럼 중국 대륙 내부에서의 다양한 근대문학의 이입과 검토가 가능했던 상황에서 당시 이미 중국 근대문학의 본산을 떠나 중국문단의 외부자가 된 린위탕의 지적 매력은 그다지 강하지 않았을 것이다. 김경탁이 시사해 줬듯이 심지어 그의 영문 창작은 아예 중국문학으로 취급되지 않기도 했다. 다시 말하지만 『신천지』 '중국특집'에서의 린위탕의 좌

69 이상 자세한 서지사항은 〈표 1〉을 참고.

70 이에 대한 구체적 설명은 張元卿·趙莉, 『韓國對中國現代文學的譯介(1945~1949)』, 『東疆學刊』 26(1), 2009를 참고.

표는 해방기 한국의 중국 근대문학의 수용 지형 속에서 왜 린위탕이 산발적으로 수용되었는지 그 핵심적 연유를 잘 보여준다.

요컨대 중국과 세계, 문학 · 정치 · 언어학 등 다양한 범주를 넘나들며 활약한 린위탕의 형상은 해방기의 한국에서 비교적 입체적으로 그려졌다. 중국에 대한 지적 욕망으로 한창 뜨거웠던 해방조선에서 린위탕은 그가 제공한 중국 지식에 의해 한국 대표적 담론장 안에 진입해 한 자리를 차지하는 데 성공했다. 그러나 비록 이 시기에 에드거 스노나 루쉰과 나란히 배치된 사례도 없지 않았지만, 린위탕은 그들처럼 "혁명중국"의 사회와 문단의 시대적인 맥동을 생산적으로 포획하고 국내외적 정세의 추이를 예리하게 파악할 수 있는 중요한 매개로 기능하지 못했으며 늘 주변적인 자리에 머물러 있었다. 해방조선에 산재한 당면과제 앞에 놓여 있던 한국 지식인에게는 린위탕은 생소하지 않았고 또 참조할 가치가 전혀 없지는 않았지만 매우 유력한 '중국 소식통', '타자의 눈'으로 간주되지 못했다.

제3장

'중국 부재'의 1950년대, 중국 지知의 대표자로서의 급부상

1. 린위탕 문학과 번역장場

1948년 한국 단독정권 수립, 1949년 중화인민공화국 수립, 한국전쟁 등을 계기로 한국에서는 냉전반공의 체제가 점차 고착화되었다. 해방기 지성계에서 탈식민적 아시아 연대 차원에서의 근대 중국을 향한 강렬한 정치 문화적 열망은 1950년대 최고의 국시國是인 반공주의의 검열을 받아야 했고, '중공-적敵/타이완-우友'라는 절대적 기준에 의해 시정되어야 했다. 담론장에는 '선택'의 논리보다 '배제'의 논리가 훨씬 강렬하게 작용하고 가시화되었다. 한때 해방조선에서 다양한 루트를 경유해 뜨겁게 타올랐던 우호적인 좌익-중공 담론은 1950년대에 획일적 '반중공' 담론의 형태로 치환되었고, 붉은 대륙에 대한 적대적 정보가 미국 또는 타이완에서 대거 수입되었다. 이런 맥락에서 "붉은 별"이었던 마오쩌둥은 "전 아세아인의 공적인 세기적 폭군", "우리 민족의 원수", "아세아 인민의 공적"으로 전락되었으며,[1] 중공은 "괴물"이자 "인류 평화의 위협세력"으로 지목되었다.[2] 감정적 적대·증오 어조를 반복 생산(번역)하는 반공담론 가운데 중공 사회에 대해 비교적 실체적인 접근을 시도한 기획들, 가령 '격동하는 중국' 특집『현대공론』, 1954.12, '중공의 현실' 특집『신태양』, 1958.11, '중공의 폭정' 기획『동아일보』, 1959.5.21~6.12도 없지 않았지만,[3] 1950년대의 지식계는 관제 프로파간다와 적극적으로 협력하며 '반공 냉전형 중공 인식'을 주조했다.[4]

공적 담론장의 이러한 태도는 중국문학의 수용에도 투사되었다. 일차적으로 1949년 이후 '붉은 대륙의 문학'은 두말할 것 없이 절대적 금역禁域이었다. 중공문학에 대한 일반적 이해 지평은 중공의 전체주의적 문예노선에 따라 후펑, 딩링丁玲 등 지식인의 숙청 사건을 비롯한 '대륙 작가들의 수난'이 지속되고 문학과 개인의 자율성이 철저히 박탈당하고 있다는 것으로 수렴되었다. 반면 자유중국으로 호명된 타이완은 "공비"의 문학정책과 달리하여 "인애"와 "정의"를 베풀어 "반공의식과 민족의식을 앙양시켜 신문예운동을 전개하고 있으며",[5] "5·4 이래의 중국문학의 정통성을 유

1 김일평, 「장개석과 모택동」, 『신태양』, 1958.11, 65쪽, 이봉범, 「냉전과 두 개의 중국, 1950~60년대 중국 인식과 중국문학의 수용」, 『한국학연구』 52, 한국학연구소, 2019, 80쪽에서 재인용.

2 김준엽, 「서문」, 『중국공산당사』, 사상계사, 1958.

3 이 세 특집에 관한 상세한 분석은 이봉범, 앞의 글, 91~93쪽을 참고.

4 1950년대 지성계의 집결지였던 『사상계』의 중공 관련 논설을 검토한 정문상의 정리에 의하면, '중공'은, 농민을 동원하여 권력을 쟁취한 '전체주의 국가', 정치적 독립성이 없는 '소련의 위성국', 중국의 문화적 전통과는 하등의 관련성도 없을 뿐만 아니라 오히려 전통 파괴도 서슴지 않는 '반문명적 국가', 농업 집단화를 통해 농민의 생산의욕을 억누를 뿐만 아니라 현대판 노예 제도까지 실시하는 '독재국가', 평화공존과 중립주의를 내세워 반미를 통해 세계 공산주의화의 목적을 달성하려는 전투적이고 공격적이며 위협적인 '팽창주의 국가' 등으로 규정되고 형상화되었다.(정문상, 「'중공'과 '중국' 사이에서」, 『동북아역사논총』 33, 동북아역사재단, 2011, 64쪽)

지하기 위해 노력하고 있다"[6]고 평가되었다. 이 시기의 출판시장에서 정치적 성격상 반공 또는 "공산주의의 독소가 없는"[7] 비非공산 계열의 중국문학만이 극히 제한적으로 허가·유통되었다. 대표적으로 대만, 홍콩 또는 미국을 루트로 중공의 잔혹한 내막을 고발한 『나는 모택동의 여비서였다』1951, 『아편꽃』1954, 『붉은 집을 나와서』1954, 『북경의 황혼』1955, 『쌀』1956 등 몇몇 반공문학·수기류가 잇따라 번역 출판되었으며,[8] 『전등신화剪燈新話』, 『삼국지』, 『수호전』, 『홍루몽』, 『옥루몽』, 『금병매』, 『서유기』, 『평요전平妖傳』, 한당시漢唐詩 등 고전문학 작품도 지속적으로 번역 소비되었다.

이 가운데 눈여겨봐야 할 것은 5·4운동 이후부터 '중공'이 집권한 1949년 사이에 출판된 근대문학이 한국에서 혹독한 부정과 배제를 당했다는 사실이다. 1949년 초판의 『현대중국문학사』에서 "보라, 오사운동 이후의 문학은 그 폭이 얼마나 넓어졌으며 그 질이 얼마나 향상되었으며 일반 민중과 얼마나 친근해졌는가를"[9] 하고 열정적으로 예찬했던 윤영춘은 『중국문학사』1954 재판에 가서는 "오사운동 이래의 문학은 적색 유물주의에 물들어 그야말로 무력 패배 이전에 사상적으로 패배된 불길한 징조를 보여주었다"[10]며 확연한 태도 변화를 보인다. 그리고 "르네상스적 시초"[11]로 평가되

5 윤영춘, 『중국문학사』, 백영사, 1954, 202쪽.

6 차상원·장기근·차주환, 『중국문학사』, 동국문화사, 1958, 789쪽.

7 김병철, 『한국현대번역문학사연구』 상, 을유문화사, 1998, 135쪽.

8 샤오잉(蕭英), 김광주 역, 『나는 모택동의 여비서였다』, 수도문화사, 1951; 위화(余華), 김일평 역, 『아편꽃』, 정음사, 1954; 마순이(馬順宜), 김일평 역, 『붉은 집을 나와서』, 경찰도서출판협회, 1954; 류사오탕(劉紹唐), 이상곤 역, 『북경의 황혼』, 중앙문화사, 1955; 장아이링(張愛玲), 서광순 역, 『쌀』, 청구문화사, 1956.

9 윤영춘, 『현대중국문학사』, 계림사, 1949, 156쪽.

10 윤영춘, 『중국문학사』, 백영사, 1954, 189쪽.

11 김병철, 앞의 책, 21쪽.

는 1950년대 봇물 터지듯 쏟아져 나온 각종 세계문학 전집과 선집, 문고본 가운데 중국 근대문학은 그 자취를 거의 찾아볼 수 없었다. 이를 당연한 현상으로 취급할 수도 있지만 예컨대 그것이 혁명 전 러시아제정 러시아 문학에 대한 적극적 수용 태도와는 사뭇 달랐다는 점에서 주의를 요한다.[12]

비록 이 시기에 루쉰의 소설 「아Q정전」이나 그의 글 「타마더他媽的」, 「신사론紳士論」, 「입론立論」과 바진의 『대지의 비극』이 번역되었지만,[13] 그것은 어디까지나 예외적인 사례에 불과했다. 1950년대 루쉰은 기본적으로 '중공작가'라는 낙인이 찍힌 채 검열과 금기의 대상으로 간주되었으며,[14] 1960~70년대에 가서야 서서히 '중공'이 '적화'하기 전인 '원元중국'의 시공간 속으로 재배치되고, 휴머니스트, 반봉건적 계몽주의자, 내지 반공주의자로의 일련의 순치·변형 작업을 거치고 나서야 비로소 매우 좁은 입지에서 작품과 사상의 유통이 가능했다.[15] 바진의 『대지의 비극』은 역자가 그의 위작인 『인생』을 잘못 번역한 것이었기에 그다지 특기할 만한 번역 행위라고 볼 수 없다.[16] 박진영이 지적했듯 한국전쟁 발발 직후에 마르크스주의자이자 문학사가, 루쉰 연구자이자 번역가인 이명선의 비극적인 죽

12 이 지점에 대한 자세한 분석은 이봉범, 「냉전과 두 개의 중국, 1950~60년대 중국 인식과 중국문학의 수용」, 100~102쪽을 참고.

13 루쉰, 편집부 편, 「아Q정전」(경개역), 『요약세계문학전집1－각국편』, 고금출판사, 1955; 루쉰 외, 양주동 편, 『세계기문선(世界奇文選)』, 청년사, 1948; 루쉰 외, 양주동 편, 『세계기문선(世界奇文選)』, 탐구당, 1955·1959; 바진, 홍영의·박정봉 역, 『대지의 비극』, 범조사, 1955.

14 「문교부예술과 이씨를 구속」, 『경향신문』, 1958.5.14; 「좌담회－제2공화국에 바라는 문화정책」, 『동아일보』, 1960.9.10.

15 정종현, 「루쉰(魯迅)의 초상－1960~70년대 냉전문화의 중국 심상지리」, 『사이』 14, 국제한국문학문화학회, 2013을 참고.

16 왕캉닝, 「한국에서의 장아이링 문학에 대한 수용·번역 양상 연구」, 고려대 석사논문, 2014, 87쪽.

〈표 2〉 1950년대 한국에서 번역 출판된 린위탕 작품 목록

한국어 번역본 제목	원작 제목 및 출처 (초판연도)	역자	출판사	초판 연도	번역 저본
생활의 발견	*The Importance of Living* (1937)	이종렬	학우사	1954	『生活の發見』, 林語堂 著, 阪本勝 譯, 創元社, 1938.
속(續) 생활의 발견			학우사	1954	『續生活の發見』, 林語堂 著, 阪本勝 譯, 創元社, 1938.
			삼문사; 근우사	1959	
중국전기소설집	*Famous Chinese Short Stories* (1948)	유광렬	진문사	1955	*Famous Chinese Short Stories**
마른 잎은 굴러도 대지는 살아있다	*Moment in Peking* (1939)	이명규	산호장	1956	『北京歷日』,林語堂 著, 藤原邦夫 譯述, 明窓社, 1940.
			동학사	1956	
폭풍속의 나뭇잎	*A Leaf in the Storm* (1941)	이명규	청구출판사	1956	『嵐の中の木の葉』, 林語堂 著, 竹內好 譯, 三笠書房, 1951.
			동학사	1957	
임어당수필집	*The Chinese Critic*지 “The Little Critic” 칼럼, 린위탕 주간 중문잡지『논어』와『인간세』(1930년대 초중반)	김신행	동학사	1957	중국어판 『中國文化精神)』, 『語堂代表作』**
무관심		김신행	동학사	1958	
붉은 대문	*The Vermilion Gate* (1953)	김용제	태성사	1959	『朱ぬりの門』, 林語堂 著, 佐藤亮一 譯, 新潮社, 1954.

* 역자는 서언에서 *Famous Chinese Short Stories*를 초역한 것임을 설명하고 있으나 정확히 어느 판본을 저본으로 삼았는지 밝히지 않았다. 지금까지 조사한 바에 의하면 역자는 영어 원본을 저본으로 삼은 것으로 보인다. 참고로 1955년 전까지 미국, 영국 등 여러 출판사에서 영어판 단행본을 출판·재판했다. 대표적인 버전은 다음과 같다.
Lin Yutang, *Famous Chinese Short Stories*, New York : John Day, 1948 · 1951 · 1952.
Lin Yutang, *Famous Chinese Short Stories*, New York : Simon & Schuster, 1948.
Lin Yutang, *Famous Chinese Short Stories*, New York : Washington Square Press, 1952.
Lin Yutang, *Famous Chinese Short Stories*, Melbourne; London : Heinemann, 1953.

** 『中國文化精神』, 朱澄之 譯, 國風書店, 1941. 1954년 3월 홍콩의 세계문적출판사에서도 『中國文化精神』을 출판했다. 그리고 조사한 바에 의하면 중국에서 『語堂代表作』이라는 제목으로 출판된 책은 없다. 비록 역자는 서언에서 중국어본을 저본으로 했다고 밝히고 있으나 『支那の知性』(林語堂, 喜入虎太郎 譯, 創元社, 1940) 등 린위탕의 소품문을 번역한 일본어 역본을 중역한 흔적이 다수 발견된다.

음은 어쩌면 전후 한국에서 중국 근대문학이 처할 운명을 이미 예고해 주었는지도 모른다.[17]

17 박진영, 「중국근대문학 번역의 계보와 역사적 성격」, 『번역가의 탄생과 동아시아 세계문학』, 소명출판, 2019, 496쪽.

그러나 중국 근대문학을 향한 지적 열망이 냉전반공의 규율력으로 이대로 봉인된 것은 아니었다. 루쉰, 궈모뤄, 바진 등 중국 근대문학을 이끈 거장들이 일체 소거된 자리에서 린위탕이 그 최대의 수혜자로 급부상했다. 한국에서의 중국문학 수용사에서 오랫동안 그림자처럼 존재했던 린위탕은 처음으로 루쉰의 위상을 압도하며 황금기의 서막을 맞이했던 것이다.

식민지 시기에 "문호" 루쉰의 부재와 함께 삭막해진 중국문단에 린위탕이 혜성과 같이 나타나 백화제개百花齊開의 신국면을 열었다는 박태원의 감탄은, 흥미롭게도 1950년대 남한의 중국문학 번역장에서 뒤늦게 실현되었다. 〈표 2〉에서 보여준 바와 같이 이 시기 서양에서 린위탕에게 '중국 철학자'라는 명망을 가져다 준 결정적 작품인 *The Importance of Living*, 다각도로 '항일중국'과 '문화중국'을 형상화한 소설 삼부작인 *Moment in Peking*, *A Leaf in the Storm*, *The Vermilion Gate*, 중국 고전 전기傳奇 작품을 편역한 *Famous Chinese Short Stories*, 그리고 1930년대 그가 상하이에서 발표한 소품문을 모은 두 종의 앤솔러지 『임어당수필집』과 『무관심』 등은 모두 단행본의 형태로 번역 출판돼 한국 독자와 만나게 되었다. 작품의 출판에 즈음해서 작품의 신간 소식이 『동아일보』, 『경향신문』 등의 지면에 수차례 소개되었으며 린위탕의 작품은 여러 차례 재판되었을 뿐만 아니라 여러 출판사에서 중복 출판되는 현상까지 벌어졌다.[18] 단행본 이외에 「럿

18 「신간소개 중국전기소설집(임어당 편, 유광렬 역), 진문사 발행」, 『동아일보』, 1955.7.7; 「신간소개 마른 잎은 굴러도 대지는 살아 있다(임어당저 이명규역), 산호장 발행」, 『동아일보』, 1956.3.23; 「신간소개 폭풍 속의 나뭇잎(임어당 저, 이명규 역), 청구출판사간」, 『동아일보』, 1956.10.4; 「신간소개(임어당 원저, 이명규 역)장편소설 폭풍속의 나뭇잎 청구출판사 발행」, 『경향신문』, 1956.10.5; 「신간도서 김신행 역 임어당수필집 동학사발행」, 『경향신문』, 1957.11.26; 「신간소개 임어당수필집 김신행 역, 동학사간」, 『동아일보』,

셸의 이혼과 소크라테스의 교훈」, 「공자는 어째서 이혼했던가?」, 「행복한 여성과 불행한 여성」, 「나의 신조」, 「중국인의 성격」 등 짧은 글도 각종 선집과 대학 교재에 수록되었다.[19] 이처럼 고전 중국/근대 중국, 수필/소설, 중국/미국, 창작/번역 등 여러 경계를 넘나드는 린위탕의 문학사상적 성과는 당시 중국문학이 매우 제한적으로만 허용·유통되었던 전후 남한에서 봇물처럼 쏟아져 나왔다.

린위탕의 문학이 이렇게 한국의 도서시장에서 대대적으로 소개될 수 있었던 것은 일차적으로 루쉰을 비롯한 중국 근대문학의 대표 작가들의 '집단적 부재', 그리고 당시 한국-타이완 간의 문화/문학적 네트워크가 아직 원활하게 구축되지 못했던 시대적 상황이 중국 근대문학장場의 커다란 공백을 조성했고, 이는 결과적으로 린위탕에게 폭넓은 '전시 공간'을 마련해 주었기 때문이다. 또 이러한 외부적 요인 이외에 린위탕 자신의 코즈모폴리턴 혹은 디아스포라의 정체성과 정치적 이데올로기가 그의 작품이 한국의 냉전 공간에 수월하게 진입·유통되는 데 있어서 유력한 통행증이자 호신부 역할을 했다.

린위탕은 중국 푸젠福建성 장저우漳州현 판자이阪仔라는 산골마을의 기독

1957.11.30; 차주환, 「도서실 김신행 역 임어당수필집」, 『동아일보』, 1957.12.22; 「신간소개 무관심(수필집) 임어당 저 (김신행 역) 동학사간」, 『동아일보』, 1958.10.18. 번역 출판 양상을 자세히 들여다보면 『생활의 발견』, 『마른 잎은 굴러도 대지는 살아 있다』, 『폭풍속의 나뭇잎』 등 작품을 두고 최소한 두 곳 이상의 출판사가 재출간(텍스트의 표지 디자인, 역자, 역본 본문 등 모두 일치)한 현상이 포착된다. 이는 1950년대 미처 규범화되지 않았던 번역장의 일면을 적나라하게 보여준다.

19 G.V. 하밀톤 외, 박정봉 역편, 『(東西名士)二十世紀愛情觀-眞實한 戀愛와 幸福한 結婚』, 범조사, 1955(혜눈사, 1959); 황순원·박목월·곽종원·이원혁 외 편, 『대학교양국문선』, 범조사, 1958; W.H. 오든 외, 곽종원·홍영의 공역, 『나의 인생관』, 동서문화사, 1959; 앨버어트 아인슈타인 외, 손종진 역, 『영미문학선역집』, 경문사, 1959.

교 목사 가정에서 태어나 미션계 초·중학교를 거쳐 상하이의 미션스쿨 세인트존스대학을 졸업한 후, 미국 하버드대학과 독일 라이프치히대학에서 각각 비교문학 석사학위, 언어학 박사학위를 받았다. 서양식 교육을 받고 성장한 그는 1936년 이후 도미해 유창한 영어 실력을 바탕으로 중국과 아시아의 지혜를 세계에 알렸다. 중국 대륙 출신의 문인이면서 중국이라는 경계 바깥에 입지를 굳힌 자, 그리고 강렬한 '반중공－친親 타이완'의 정치 태도를 공공연히 노출한 자,[20] 이와 같은 전후 린위탕의 삶의 행로와 정치적 선택은 그의 대표작들로 하여금 더욱 합법적이고 '정정당당하게' '우리의 맹세'를 통과하고 한국의 도서출판시장에서 광범위하게 유통될 수 있게 했다.

해방기를 계기로 린위탕의 다양한 정체성이 만화경과 같이 나타났다면 1950년대에 이르러 그의 다양한 대표작품이 비교적 균질적으로 번역 소개됨으로써 '문학인' 린위탕의 형상은 처음으로 한국에서 전경화되었다고 할 수 있다. 린위탕은 이 시기에 (근대)중국과 중국(근대)문학을 접할 수 있는 거의 유일하고도 최적화된 대안이었다. 만약 1950년대에 린위탕 문학이 번역되지 않았다면 한국의 중국 근대문학장場은 거의 황무지였을 것이라고 해도 과언이 아니다. 이 가운데 그의 소설 삼부작은 당시 한국에 유입된 반공 수기류와 질적으로 다르며 거의 유일하게 번역된 본격적인

---

20 예컨대 1958년에 "고국" 타이완을 방문한 린위탕이 비행기에서 내리자마자 가진 기자회견에서 "중공의 금문도(金門島) 폭격중지가 새로운 간계에 불과하다"며 중공에 대한 철저한 불신과 경계심을 표출한 모습, 그리고 타이완 방문을 마치고, 동경에서 일주일간 체류하고서 미국으로 돌아가는 '자유세계' 경내(境內)의 활동 궤적은 한국 언론에 재빠르게 포착되었다. 린위탕의 격언은 간혹 공산주의를 공격하는 무기로 활용되기도 했다.(「14년만에 고국방문 임어당씨 대북(臺北) 도착」, 『경향신문』, 1958.10.15; 「교황 대관식에 국부(國府) 황소곡씨 파견」, 『경향신문』, 1958.11.3; 「우주선」, 『동아일보』, 1959.3.1)

중국 근대소설이라는 점에서 큰 문학사적 의의를 지니고 있다. 그리고 두 수필집 역시 1950년대에 '붉은 대륙의 장벽'을 넘어 거의 유일하게 소개된 중국 대륙산産 근대문학이라는 점에서 매우 주목할 만하다.

1950년대 린위탕 문학의 한국어 번역 수용상에 대한 본격적인 검토 작업을 진행하기에 앞서 좀 더 눈여겨봐야 할 대목은 일본어 중역 문제다. 린위탕의 가장 핵심적인 대표작인 *The Importance of Living*과 소설 삼부작의 한국어 번역은 모두 일본어본에서 중역된 것이다.[21] 1950년대 외국어 전공자와 번역가의 수가 매우 부족했다는 사실을 감안하면 이처럼 일본어본에 대거 의존한 것은 그다지 놀라운 일이 아니다. 손우성이 토로한 것처럼 당시에는 일본어 중역을 경유하지 않고 "양심적 번역"을 한다는 것은 "너무나 과한 욕심"이었다.[22] 그러나 식민지 시기에 일본의 풍성한 린위탕 작품 번역·연구 성과와 문제의식에 계속 소극적인 수용 태도를 보였던 한국 지성·출판계가 1950년대의 냉전 국면에 이르러서는 일본이라는 매개를 매우 적극적으로 활용했다는 점은 사뭇 문제적이다.

그렇다면 한국 지식계 또는 출판계에서 린위탕 작품을 두고 뒤늦게 일

---

21 참고로 1950년대 일본에서 번역 출판된 린위탕 작품의 서지사항은 다음과 같다.
『北京好日』(상·하권), 佐藤亮一 譯, ジープ社, 1950.
『嵐の中の木の葉』, 竹内好 譯. 三笠書房, 1951.
『北京好日』(총 6권), 佐藤亮一 譯, 河出書房, 1951~1952.
『生活の発見』(正·続), 阪本勝 譯, 創元社, 1952~1953.
『朱ぬりの門』(상·하권), 佐藤亮一 譯, 新潮社, 1954.
『杜十娘』, 佐藤亮一 譯, 朋文社, 1956.
『生活の發見－東洋の叡智』(改訂), 阪本勝 譯, 創元社, 1957.
『ソビエト革命と人間性』, 佐藤亮一 譯, 創元社, 1959.
『則天武後』, 小沼丹 譯, みすず書房, 1959.

22 손우성, 「문화건설과 번역문학」, 『신천지』, 1953.12; 박지영, 「1950년대 번역가의 의식과 문화정치적 위치」, 『상허학보』 30, 상허학회, 2010, 359쪽에서 재인용.

본문단과 합치한 지점이 구체적으로 무엇이고, 이 사이에 균열 현상은 없었는가? 그리고 일본어 중역 문제와 아울러 한국 지식인이 1950년대에 린위탕 문학을 본격적으로 번역하는 과정에서 취한 자세를 이 시기 시대적 맥락에 비춰봤을 때 어떻게 규명해야 하는가? 그것이 식민지 시기, 해방기와는 구체적으로 어떠한 변모 또는 연대성을 보여주었는가? 나아가 이렇게 뒤늦게야 한국에서 빛을 보게 된 린위탕과 그의 문학이 1950년대라는 시점에 기능했던 의의와 역할, 1950년대 '린위탕 이해'의 특징을 어떻게 규정해야 하는가? 제3장에서는 이러한 문제의식을 염두에 두며 1950년대 린위탕의 수필과 소설 작품의 번역 수용 양상을 살펴볼 것이다.

또한 당시 한국 지식인의 보다 더 다양한 린위탕 이해 방식을 고찰하기 위해 비슷한 무렵에 윤영춘이 내놓은 린위탕론도 아울러 고찰하겠다. 그는 이 시기에 비록 직접 작품 번역을 시도하지는 않았지만, 1956년 4월에 『신태양』에 「작가와 명성의 근거－임어당 문학의 세계성」[23]이라는 글을 발표하여 린위탕의 기본 생애, 경력부터 문학사상에 이르기까지 그에 관한 지식을 다각도로 조명했다. 식민지 시기 배호의 「임어당론」 이후 린위탕을 집중적으로 다룬 글은 윤영춘의 이 글이 처음이었다. 이 장문의 평론은 1950년대 린위탕 문학이 본격적으로 수입된 상황에서 당시 린위탕에 대한 한국 지식인의 독해 지평과 이해 수준을 전형적으로 보여준 사례라는 점에서 검토할 가치가 있다.

---

23 윤영춘, 「임어당문학의 세계성」, 『신태양』 5(4), 1956.4.

2. 수필・소품문에 대한 두 가지 독법

1) 동서문화관의 전도顚倒

전후 한국에서 '린위탕 읽기'의 본격적인 서막을 연 것은 1954년 학우사에서 나온『생활의 발견』이었다. 한국어 번역본은 역자 서언부터, 목차, 목차 소제목, 본문 내용에 이르기까지 사카모토 마사루阪本勝의 일본어 역본인『生活の發見』正/續, 1938[24]을 거의 그대로 참조했다. 역자는 이종렬이었다. 비슷한 무렵에 그는 오승은吳承恩의『손오공』학우사, 1953, 톨스토이의『인생독본』학우사, 1955, 중국 명나라 고전 홍자성洪自誠의『채근담강화』학우사, 1955 등 동서양 인생론이나 고전 작품도 다수 번역했다.[25] 그리고 1960년대에는 청운사에서 기획한『일본문학선집』전7권, 1960~1963의 작품 번역에 적극 참여한 바 있다.

이종렬은『생활의 발견』의 서언에서 텍스트 자체에 대한 내용 설명과 비평을 일체 가하지 않고 모두 독자의 독해와 판단에 맡긴다며, 주로 텍스트의 외부적 설명에 중점을 두었다. 우선 서양의 이 책에 대한 열렬한 반향에 대해서 "지독하게 서양(미국)문명을 비평 당하면서도 구미 각국의 신

---

24 『生活の發見』(正/續), 阪本勝 譯, 創元社 1938. 비슷한 무렵 나까이 나오지(永井直二)에 의해『有閑隨筆』라는 제목으로 번역되기도 했다.(『有閑隨筆』(正/續), 永井直二 譯, 偕成社, 1938~1939) 그리고 사카모토 마사루는 1952, 1953, 1957년에 수정을 거쳐 다시 이 책을 출판했다.(『生活の発見』(正・続), 阪本勝 譯, 創元社, 1952・1953;『生活の発見－東洋の叡智』(改訂), 阪本勝 譯, 創元社, 1957)

25 『생활의 발견』의 출판은 분명 1950년대 당시 활발하게 번역 소개된 각종 동서양 인생론・처세학・성공학 등 교양서적의 맥락 속에서 살펴볼 필요가 있다. 다만 이것은 1960~70년대 내지 이후의 출판계의 추세 속 린위탕 문학 출판 상황과 긴밀히 연결되어 있기 때문에 제5장 1960~70년대 한국 독서・출판계에서의 *The Importance of Living*의 번역・수용 상황을 거론하면서 함께 살펴보도록 하겠다.

문 잡지는 최대의 찬사를 보내고 있는 점은 재미가 있다"고 밝혔다. 그리고 이 책이 중국을 솔직하게 평가하고, 중국 관리를 신랄하게 규탄했다는 점에서 "비분강개의 글은 얼마든지 있지만 한낱 냉정한 인간으로서 광활한 국제인으로서 중국인을, 인류를 이렇게 유유하게 논해 버린 책은 나는 별로 구경을 못했다"고 감탄했다. 역자의 눈에 비친 린위탕은 자국의 권력정치뿐만 아니라, 서양문명에도 대범하게 반기를 든, "세계에다 이야기를 걸고 있는" 코즈모폴리턴이었다. 그리고 역자는 "정치, 학예, 종교를 막론하고 일체의 오소독크스orthodox, 정통에 반역"하는 린위탕은 중국의 정통파로부터 냉대를 받고 "중국풍의 관리태官吏態를 타파해 솔직 대담하게 말을 하는 야성을 가지고" 있었던 명말청초明末清初의 문인을 조명하는 데 그 역점을 두었다고 보았다. 끝으로 역자는 민족의 성쇠盛衰를 결정하는 것은 정치나 경제가 아니라, 그 민족의 인생관에 있다는 린위탕의 말을 인용하면서 "중국인의 인생관이 잘 나타나 있"는 이 책의 중요성을 재삼 환기하고 있다.

이어서 나온 『속續생활의 발견』의 서언을 보면 상권의 그것보다 린위탕에게 훨씬 더 긍정적이고 적극적인 칭찬을 아끼지 않고 있다.

> 이 통연洞然한 진리와 청렬清冽한 허위虛僞가 백인적 사유의 허전한 곳을 찔렀다. "예 나는 중국인이니까요" 하고 일보를 물러서서는 서서히 백인의 목을 졸라매려고 드는 이 대담무쌍한 그의 침착도沈着度는 마조히즘적 매력을 가지고 육박하여 온다. 그들은 말하였다. "고맙습니다, 미스터 린유당, 당신은 그리운 올드·켄탓키이의 노래를 불러 주십니다. 당신의 책은 공후샤스孔子나 맹슈스孟子의 책처럼 인류의 역사에 영원히 남을 것입니다."

사실 말이지 요사스런 관능에 떨고 있는 이교도의 세계를 이처럼 대담부적大膽不敵하게 백인 앞에 펼쳐놓은 책이 어디에 있을 것인가 나는 모르겠다.

요컨대 하권의 역자 서언에 이르러서는 자국의 권력층 비판을 넘어 세계적 헤게모니인 서양문명을 공격한 린위탕의 형상이 보다 더 또렷하게 구축되었다. 그는 "백인적 사고", "백인철학의 기본적 약속約束에 반역"해 "시인 식으로 철학하고 철학자 식으로 서정敍情"한다고 평가된다. 이와 동시에 서양의 린위탕을 환영하는 '자학적인' 태도는 전편前篇의 서언보다 한층 더 부각되었다. 그리고 역자는 서언 말미에서 전편前篇과 비슷하게 중국인의 심정을 이해하는 것이 "중국과 중국인을 아는 제일요건"이고 "사람의 심정은 본인이 아니고서는 충분히 피력할 수 없"는 관계로 이 책은 "확고한 존재 이유"를 가지고 있다고 역설했다.

사카모토 마사루는 일본어본의 역자 서언에서 린위탕의 중국 내부자로서의 정체성을 인정하고 그가 생산·구축한 중국 문화·지식의 권위성을 피력했다. 중국 본토적 내부자가 차단되었던 전후 한국의 냉전 시국에서 한국 역자인 이종렬은 사카모토 마사루의 이러한 고찰 시각을 그대로 받아들였다. 린위탕 및 그 작품의 정체성(성격)에 대한 이러한 판단은 그의 소설 삼부작에 대한 번역 소개 작업에서 한층 더 두드러지게 부각되었다. 린위탕은 이 시기에 루쉰을 대신하여 중국(인) 관련 지식, 중국문학의 권위적 생산자이자 대변인으로 자리매김했다.[26]

---

26 다만 한국 독자 가운데 린위탕이 『생활의 발견』에서 그려낸 중국과 중국인의 특질이 "현재의 중공"에는 해당되지 않는다고 문제를 제기한 이가 있어 주의를 요한다. 글의 필자는 린위탕이 『생활의 발견』 서두에 제기한 R, D, H로 표기한 각국의 국민성에 대해 국민성은 시대에 따라 그 특질이 달라진다고 지적하며, "현재의 중공 사람들에 관해서 말하고 있는 것이 알고

한 가지 더 주목해야 할 것은 사카모토 마사루가 일찍부터 정치계에서 활동했다는 사실이다. 사카모토 마사루는 1922년 도쿄제국대학 경제과를 졸업한 후, 효고현兵庫県 의회 의원1927~1935; 1942~1945, 아마가사키시尼崎市 시장1951~1954, 효도현 지사知事, 1954~1962 등 요직을 역임했다. 따라서 1930년대 그가 *The Importance of Living*을 번역하고 소개한 것도 이런 정치적인 맥락에서 이해할 필요가 있다. 실제 사카모토 마사루는 린위탕 작품 독해의 필요성을 당시 일본을 휩쓸었던 대동아담론 아래 수렴시켰다. 그는 1938년 상권인 『生活の發見』의 역자 서언 말미에서 "저자가 말하듯이 그 민족의 성쇠를 결정하는 것은 정치도 아니고, 경제도 아니고, 그 민족의 인생관이 그것이다. 따라서 오늘날 지나에 대한 새로운 책임의 담당자로서 등장한 우리 일본인으로서 꼭 읽어야 하는 책이라고 생각한다"[27] 라고 명확히 밝히고 있다. 즉 일본이 곧 도래할 대동아 질서의 절대 지도자로서 중국에 대한 다방면의 앎이 시급한데 이 점에서 핵심적 중국 문화·지식을 제공한 린위탕의 저서가 매우 유용하다는 논리였다. 이와 더불어 사카모토 마사루는 하권의 역자 서언에서 서양문명에 반기를 든 린위탕의 중국철학가로서의 형상을 집중적으로 부각시켰는데 이러한 해설 전략 역시 일본의 동양주의론과 서로 맞물려 있었다. 당시 일본은 타자인 중국을 끌어옴으로써 자민족의 정체성을 새로 구축하고 서양문명에 대립하

싶다"고 궁금증을 드러냈다. 즉 글쓴이는 린위탕이 서술한 '중국'에서 '중공'을 제외시켰던 것이다.(「각 나라 사람의 국민성」, 『동아일보』, 1955.8.8)

27 "著者のいふやうに、その民族の盛衰を決定するものは、政治でもなく、経済でもなく、その民族の人生觀そのものである、としたならば、いま支那に對する新しき責任の擔當者として登場したわれわれ日本人として是非讀まなければならぬ一書と考へる."(阪本勝, 「譯序」, 林語堂, 阪本勝 譯, 『生活の發見』, 創元社, 1938, p.4) 참고로 사카모토 마사루는 1952년에 출판된 『生活の發見』 상권에서 이 구절을 삭제하고 역자 서언을 다시 쓰다시피 했다.

는 동양문화론을 도출했다. 이 가운데 린위탕이 구축한 중국의 심상지리와 더불어 이에 대한 서양세계의 열렬한 반향은 결과적으로 일본의 동양주의에 유력한 이론적 추동력이 되었다. 이종렬은 비록 사카모토 마사루의 대동아의식을 노골적으로 표현한 해당 구절을 제거했지만 그 문맥은 그대로 옮겼다. 그렇다면 한국 역자의 이러한 중역 방식, 다시 말해 일본 역자의 시점視點을 적극적으로 끌어오며 전달한 린위탕의 전도顚倒적 동서문화관을 1950년대 한국의 시대적 맥락에서는 과연 어떻게 바라봐야 하는가?

식민지 시기에 한국 지식인은 *The Importance of Living*에 대한 산발적 논평에서 서양문명에 도전한 린위탕의 동서문화관에 별다른 흥미를 보이지 않았지만, 해방기에 이르러서는 린위탕의 격언을 동원해 당시 "백인 숭배 백색 만능"의 사회상을 비판하는 움직임이 이미 종종 있었다.[28] 그리고 1950년대 전시 및 전후에 미국 문화가 더욱 범람했던 사회 현실을 감안할 때 일본 역자에 의해 더욱 부각된 린위탕의 동서문화관은 한국에서 분명 어느 정도 수용 가능성이 있었을 것이다. 그러나 이러한 문제의식은 당시 시대적 국면에 질의하는 주변적 목소리로만 기능할 수 있었을 뿐, 1950년대의 주류 담론과는 현격한 거리가 있었다.

1950년대의 공론장에서는 '중국-동양/서양-한국'을 둘러싼 논의들이 다수 제기되었다. 그러나 이 시기 동양을 매개로 중국을 호출한 전략은 일본의 대동아담론과 구별되며 심지어 후자에 대한 명확한 경계의식을 표출하기도 했다. 가령 한때 핫이슈로 부상했던 '동서문화 논쟁'1956.1~3

28 「사설, 망국망국망국(忘國亡國妄國)」, 『가정신문』, 1947.6.13; 「삼청 변영만선생의 삼청 심사, 명일부터 연재」, 『대한일보』, 1948.1.29.

에 참여한 이상백은 서양문화에 대립하기 위해 "소위 전동방全東方을 통합하여", "동양문화를 억지로 만든 일인日人"의 "무지, 단려短慮, 독선적인 동양문화설에 뇌동雷同하는 천견은 우리의 현대생활에 백해百害가 있고 일리一利가 없을 뿐 아니라 사회의 진전과 민족의 운명에 큰 장애가 되는 반동 작용反動作用밖에 없을 것"이라고 단언하고, "우리는 무엇 때문에 일인의 후진後塵을 추종하여 비열하고 무지하게 시대역행적이고 정중와井中蛙적인 소위 동양문화를 고집하겠는가?"라고 통렬하게 호소한 바 있다.[29]

이상백의 발화에서 엿볼 수 있듯이 전후 한국 공론장에 제기된 동양담론들은 궁극적으로 식민지 시기 일본의 동양(문화)론과 전혀 상반된 지향을 갖고 있다. 그것은 서양문명에 대항하는 동양/아시아적 자기긍정이 아니라, 서양에 한창 뒤떨어진 동양/아시아적 후진성 또는 정체성停滯性에 대한 자기비판과 극복으로 수렴되었다.[30] 이 가운데 『사상계』에 「동양인의 인생관」1953.4, 「東洋政治思想及樣式의 硏究」1953.5, 「우리 민족성과 동양학」1954.1, 「동양적 쇠퇴사관 개론」1954.3 등 일련의 글을 지속적으로 발표

29 이상백, 「동양문화와 서양문화(하)」, 『조선일보』, 1956.1.9.

30 장세진이 지적했듯이, 아시아적 후진성 내지 정체성(停滯性)의 다양한 내용들 — 대체로 운명에 대한 체념과 허무주의로 요약되는 — 을 필자 나름대로 규정한 뒤 이를 극복해야 한다는 식의 논의는 당시 1950년대 『사상계』의 역사, 사회 관련 지면에서 흔히 발견되는 가장 전형적인 패턴 가운데 하나였다(장세진, 「전후 아메리카와의 조우와 '전통'의 전유」, 『현대문학의 연구』 26, 한국문학연구학회, 2005, 173쪽). 그리고 이러한 동양담론은 1950년대의 반공, 근대화라는 이중적 당위론과 서로 긴밀히 맞물려 있었다. 다시 말해 아시아는 그 고유한 경제・정치・문화적 정체성/빈곤 때문에 공산주의와 친연성을 갖고 있으며 따라서 '공산주의 바이러스'의 전염에 매우 취약하다는 것이 그 논리였다. 김예림이 지적했듯이, 반공주의의 틀 내에서 동양문화/아시아의 정체성을 역설하고 이로부터의 탈각을 강조한 동양담론은 서양문화를 동양문화의 대항 세력으로 분명하게 설정하지 않았다. 서양문화와 선을 긋기보다는 '적대 블록'에게 경계선을 긋는 것이 이들에게 훨씬 더 긴급하고 당연한 일이었기 때문이다(김예림, 「냉전기 아시아 상상과 반공 정체성의 위상학」, 『상허학보』 20, 상허학회, 2007, 338쪽).

한 배성룡의 관점이 대표적인데, 그는 "중국의 문화체계 문화의지 또 국가창조의 정신, 도덕적 법칙, 경제적 원리, 사상적 경향, 민족성, 국민성은 곧 이가 동양학의 골격도 되는 동시에 곧 우리 과거의 골격이 되었고", "오늘의 민족의 저열 또는 사회적 혼란의 근원은 분명히 동양문화의 발전과정에 파행한 것"[31]이라고 진단하면서 과학적 현실비판을 위한 방법으로서 "지나학을 의미하는 동양학" 탐구의 필요성을 제기했다. 그리고 궁극적으로 "역사의 진전, 문화의 발전을 부인"하는 동양의 "상고천금尙古賤今적" 쇠퇴사관, 오행五行사상에 의한 "종이시終而始" 순환사관에서 벗어나 서양적 "발전사관"으로 전환할 것을 요청했다. 여기서 중국은 가장 결정적으로 아시아/동양, 그리고 오늘날 한국의 정체성을 초래한 문명·문화적 폐해의 기원으로 간주되었다. 이와 같은 관점은 1950년대 주류적 동양담론들의 합치된 인식 지평이기도 하다.

그 가운데 정재각의 「동양인의 발견」[32]이라는 글은 논의를 전개하는 데 있어서 린위탕을 차용하고 있다는 점에서 흥미롭다. 이 글에서 나타난 린위탕에 대한 굴절적인 사용법은 당시 한국의 주류적 동양담론 논조 속 린위탕의 기능을 짐작케 한다. 정재각은 이 글에서 "동양인의 호소벽呼訴癖", "동양인의 습성평習性評", "동양인의 자유의식", "동양인의 습성과 우리민족", "아Q적 용기와 평복平服의 용기" 등 다섯 가지 측면에서 동양사회의 구조와 성격을 고찰하며 동양인이라는 명확한 자의식과 이에 대한 철저한 비판을 요구했다. 여기서 논자는 서양 사회를 절대적 심급으로 두고 동

31 배성룡, 「우리 민족성과 동양학－주로 동양학 연구 동기에 대하여」, 『사상계』, 1954.1, 54·57쪽.

32 정재각, 「동양인의 발견」, 『새벽』, 1957.10.(『국민보』, 1958.11.12·19·26)

양 사회를 부정적으로 논의한 막스 베버의 동양사회관을 전편에 걸쳐 매우 적극적으로 동원하면서, 린위탕의 긍정적 중국관을 베버의 맥락 속에 배치시켜 '중국－동양－한국'이라는 연동 라인을 통해 자아비판의 논거로 차용하고 있다.[33] 이와 더불어 "동양 사회에 대한 깊은 고뇌와 응시의 산물"로, "동양인의 모든 찌그러진 성격을 구체화시킨" 루쉰의 아Q를 소환한다. 즉 린위탕과 루쉰의 중국 지식(글쓰기)은 논자에 의해 같은 기능으로 취급되어 동원되었던 것이다.

"아시아적 정체성"담론이 1950년대의 한국 지식계에서 한창 팽배하고 깊이 내면화되어 있던 상황에서 서양문화와 중국(동양)문화의 위계질서에 도전한 린위탕의 중(동)・서문화관은 액면 그대로 수용될 입지가 매우 좁을 수밖에 없었다. 비슷한 무렵 『조선일보』에서 벌어진 '동서문화 논쟁'에 참여한 이상백과 유정기가 논전 가운데 인도문화를 수호하는 타고르와 간디, 중국문화를 찬양하는 구훙밍辜鴻銘, 동양문화에 관심을 보인 토인비를 차례로 거론하면서도 정작 린위탕에 대해선 한마디조차 언급하지 않았다는 사실은 다른 한편으로 한국 지식계의 인식에서 서양문명을 비난하고 중국문화를 적극적으로 홍보하는 린위탕이 차지하는 위치를 잘

33 "신에 대한 근본적인 죄악감을 가지고 그것을 모면하려고 노력하는 퓨우리탄들이 그들의 일상생활을 금욕적으로 조직화하는 데 대하여 동양인들은 개개편편(個個片片)의 우연적인 선행과 악행을 거듭하면서 자기들의 생활에 대한 의지적 과학적 태도가 없이는 본능적인 정감과 무기력한 타성의 지배에 자신을 위임(委任)하는 것이다. 서양인이 무의미한 비합리적인 남비(濫費)를 억제하므로써 축적하고 생산하는 적극적 금욕주의자인데 대하여 중국인이 축적한 것으로 차라리 술을 사서 정서에 도취하는 것을 택하는 소극적 향락주의자인 것을 대비하여 임어당이 '서양인은 나아가서 많은 것을 획득하고 만들고 하는 재능은 있지마는 그것을 향락하는 능력은 적다. 그렇지만 중국인은 소량의 것을 향락하는 데 더 큰 결심과 재능이 있는 것이다'라고 자랑한 것은 오히려 동양인의 '페이소스'가 아니고 무엇인가."(정재각, 「동양인의 발견」, 『새벽』, 1957.10)

보여준다.

요컨대 일본의 동양주의적 맥락을 수반·경유해 서양문명에 반기를 든 린위탕의 중국 문화와 철학 지식의 집대성인 『생활의 발견』이 한국에서 출판되었지만, 이 책에서 나타난 전도顚倒적 동서문화관은 1950년대의 공론장에서 열렬한 호응을 얻기 어려웠을 것이다. 『생활의 발견』은 그 내면에 함축돼 있는 문제의식이 일단 괄호 안에 가려진 채, 대체로 풍부한 중국 내부지식의 공급처로 간주되고 활용되는 데 그쳤던 것으로 보인다. 다소 거칠게 말하자면 1950년대 남한의 독서시장과 지식계가 이 책에서 적극적으로 취하려 했던 것은 서양세계에서 인정받았던 린위탕의 논점이라기보다는, 그 논거로 제시된 풍부한 중국(인) 관련 지식이었다. 이 시기 소설을 포함한 린위탕의 문학작품이 한국에서 다양하게 번역 소개되었던 주요 까닭도 바로 여기에 있다고 할 수 있겠다.

2) 자유주의자의 근대적 시좌視座

린위탕이 1930년대 상하이에서 중문과 영문으로 창작한 소품문도 한국에서 앤솔러지로 나왔는데, 김신행의 번역으로 동학사에서 『임어당수필집』과 『무관심』이 출판되었다.[34] 김신행은 역자 서언에서 중국어판의 『중국문화정신中國文化精神』 및 『어당대표작語堂代表作』을 저본으로 삼았다고 밝혔다.[35] 1950년대 한국에서 번역 소개된 린위탕의 여타 작품들과 비교

---

34 린위탕, 김신행 역, 『임어당수필집』, 동학사, 1957; 린위탕, 김신행 역, 『무관심』, 동학사, 1958.

35 林語堂, 『中國文化精神』, 朱澄之 譯, 國風書店, 1941. 표지에는 "The Spirit of Chinese Culture by Lin Yutang"이라는 제목이 부기돼 있다. 이 책은 총 28편의 글을 수록했는데 다음과 같다. "中國文化的精神 / 怎樣了解中國人 / 婦女的結婚和事業 / 忠告婦女 / 什麼是自由主義 / 假使我是土匪 / 怎樣寫論文 / 什麼是面子 / 怎樣買牙刷 / 服裝的炫耀 / 南京一瞥 /

하면 이 수필집들은 그가 유일하게 서양 독자가 아닌 중국 국내 독자, 특히 영어에 능통한 자국 지식인을 대상으로 창작한 작품이었다는 점에서 특별한 의의를 갖는다. 다시 말해 *The Importance of Living*이나 소설 삼부작, 또는 *Famous Chinese Short Stories* 등의 작품이 서양인에게 제공된 '외부 전시용' 중국 지식이라면 상하이 시절의 소품문은 저자가 자국민에게 전달하고 싶었던 '내부용' 중국 지식이라고 할 수 있다. 그렇다면 역자는 같은 동양인으로서 중국 독자를 대상으로 한 작품을 바라봤을 때 과연 어떠한 자세를 취했던 것일까?

역자는 서언의 도입부에서 단도직입적으로 린위탕을 "만천하의 독자들로부터 절대적인 환영을 받고 있는 중국의 위대한 문호"라고 높이 평가하고 있다. 그리고 국내에 소개된 그의 작품이 대부분 소설이지만, 사실 그는 원래 논문과 수필가로 더 유명하다는 점을 강조하며 소설이 아닌 그의

我曾有了一輛汽車 / **我對"尼古丁"的叛變** / **怎樣使我成爲尊貴者** / 想到了中國 / **羅素的離婚** / **中國藝術中的生氣** / **中國建築上的幾個原則** / **藝術上的格言** / **我們怎樣吃** / 中國的愛神 / 中國養生術 / **天良** / 我很凶 / **避暑** / **中外服裝的比較** / 附白的寫法 / 忠告聖誕老人(서체를 다르게 강조한 부분은 한국어본에 수록된 것임)." 1944년 2월 이 책은 국풍서점(國風書店)에서 『어당잡문(語堂雜文)』이라는 제목으로 다시 출판되었다. 1954년 3월 홍콩의 세계문적출판사(世界文摘出版社)에서도 『中國文化精神』을 출판했다. 이 책은 국풍판 중 4편을 삭제하고 「紮拉圖示特拉和滑稽家」를 추가했다. 서지사항에 관해서는 鄭錦懷, 『林語堂學術年譜』, 廈門大學出版社, 2018, pp.332~333을 참고; 지금까지 조사한 바에 의하면 중국에서 『語堂代表作』이라는 제목으로 출판된 책은 없다. 1941년에 삼통서국(三通書局)에서 "幽默文", "論說文", "小說" 총 3집으로 나누어진 『林語堂代表作』이 출판된 바 있으나 여기에 수록된 작품은 한국어본과 일치하지 않는다. 『어당대표작(語堂代表作)』의 서지사항에 관해서는 추후 보완하도록 하겠다. 그리고 비록 역자는 서언에서 중국어본을 저본으로 했다고 밝히고 있으나, 린위탕의 유머 소품문을 번역한 몇 가지 일본어 역본을 참조했을 가능성이 높다. 가령 본문 내용을 대조한 결과 김신행은 「얼굴(面子, 體面)이란 무엇이냐」, 「공부자(孔夫子)의 일면」, 「진땀 뺀 버스여행」, 「현대중국의 치로제로서의 한비(韓非)」등 작품을 번역할 때 일본어 역본인 『支那の知性』(林語堂, 喜入虎太郎 譯, 創元社, 1940)에 수록된 「顔とは何ぞや」, 「孔夫子の一面」, 「手に汗にぎるバス旅行」, 「近代支那の療藥としての韓非子」 등 글을 그대로 중역했다.

수필 작품에 대한 세간의 주목을 환기한다. 『임어당수필집』과 『무관심』에는 논평문 39편이 수록돼 있는데,[36] 이 글들은 원래 상하이에서 발행된 영문주간 *The Chinese Critic*지 "The Little Critic" 칼럼이나 린위탕의 주간 중문잡지 『논어』와 『인간세』에 발표된 것들이었다. 그 가운데 가령 「완물玩物은 상지喪志가 아니다」, 「소품문과 반월간半月刊」, 「중국인의 총명」 등의 글은 중문판만 있고, 「중국인의 리아리즘과 유모-어」, 「진땀 뺀 버스여행」, 「정치가에게 좀더 감옥을」 등의 글은 영문판만 있다. 「부녀의 결혼과 사업」, 「나의 니꼬딩에 대한 반역」, 「중국문화의 정신」처럼 중문과 영문으로 동시 창작한 글도 적지 않다. 역자는 린위탕의 수필에는 그의 "예민한 지식, 원숙한 표현, 통쾌한 풍자, 그리고 완곡한 유모어의 모든 것"이 담겨 있다고 높이 평가했다.

비록 *The Importance of Living*을 비롯해 린위탕 도미 이후 창작한 작품들은 1930년대 상하이에서 쓴 소품문과 강한 상호적 텍스트성을 갖고 있지만, 양자는 그 이면에 뚜렷한 구별점이 있다. 미국으로 건너간 린위탕의 자유주의적 정체성은 줄곧 상업성에 압도되었고, 그의 출판 파트너였던 월시는 "시시각각으로 자신이 중국인이라는 것을 기억해야 한다"고 지속

36 『임어당수필집』 "목차 : 독서하는 예술 / 중국문화의 정신 / 기계와 정신 / 대학과 소품문필조 / 무자의 비판 / 완물(玩物)은 상지(喪志)가 아니다 / 중국인의 총명 / 어미돼지 강 건느기 / 소품문과 반월간(半月刊) / 철학강좌 / 얼굴(面子, 體面)이란 무엇이냐 / 부녀의 결혼과 사업 / 공부자(孔夫子)의 일면 / 자유주의란 무엇인가 / 중국인의 리아리즘과 유모-어 / 나는 어떻게 존귀자(尊貴者)가 되었나/정치가의 병"
『무관심』 "목차 : 여성들에게 보내는 충고 / 중국사람 / 피서 / 칫솔을 어떻게 샀든가 / 중국건축의 몇 가지 원칙 / 러셀의 이혼 / 만약 내가 투페이(土匪)라면 / 예술상의 격언 / 진땀 뺀 버스여행 / 중국의복과 양복의 비교 / 중국예술의 생기(生氣) / 개고기 장군을 추도함 / 상해에 부치는 찬가 / 나의 니꼬딩에 대한 반역 / 나는 자동차를 가지고 있었다 / 양심(良心) / 현대중국의 치로제로서의 한비(韓非) / 문장을 어떻게 써야 하는가 / 南京一瞥(내가 본 남경) / 정치가에게 좀더 감옥을 / 우리들은 어떻게 먹는가 / 중국 사람을 이해할라면"

적으로 주문했다.[37] 다시 말해 월시 부부와 미국 독자들은 린위탕이 전통 중국의 생활철학과 문화정신을 계속 생산해내는 '중국철학가'라는 역할을 충실히 수행하기를 원했을 뿐 그러한 테두리를 벗어나는 작업을 시도하는 것 자체를 그다지 환영하지 않았다. 이에 비해 상하이 시절의 린위탕은 전업 작가도 아니었으며, 이러한 시장의 속박에서 비교적 자유로웠다. 그는 '좌'도 '우'도 아닌 정치로부터 비교적 자유로운 비평가로 활동하며 자유주의적인 시각을 취해 중국과 세계를 논하고 1930년대 근대화의 전환기에 처해 있던 중국의 사회만태를 진단했다. 이 시기의 린위탕이야말로 그의 일생에서 "중서문화를 양쪽에 딛고 일심으로 우주의 문장을 평하兩腳踏中西文化, 一心評宇宙文章"는 코즈모폴리턴에 가장 가까웠다.

> "Little Critic"이라는 칼럼은 일상생활, 정치, 사회 각 방면에 대해 신선하고 예리하며 정확한 평가를 일관되게 해 준다. 먼저 나를 감복시킨 것은 두려움이 없는 정신이었다. 권력자를 비판하는 것이 정말 위험한 시대에 "Little Critic"은 용감하고 거침없이 비평을 실천하고 있다. 의사를 전달할 때 그의 유머와 위트가 자신을 면화免禍시켰다고 생각한다.[38]

린위탕 소품문의 언설방식은 서양의 근대 자유주의 성향의 잡지, 예컨대 영국의 *The Spectator, The Tatler, Punch*지를 많이 참조한 것이다. 이 시기 린위탕은 그의 독특한 유머풍의 사회비평 방식을 통해 합법적인 발화

37 Richard Walsh, "Letter to Lin Yutang", 1937.6.3. 錢鎖橋, 『林語堂傳』, 廣西師範大學出版社, 2019, p.203에서 재인용.

38 賽珍珠, 「賽珍珠序」, 林語堂, 『諷頌集』(『林語堂全集』 15), 東北師範大學出版社, 1994, p.1.

공간을 마련함으로써 자신의 문화(학)·정치관을 피력했을 뿐만 아니라 근대화된 도시에서의 개인적 일상체험과 시민문화를 묘사하는 데도 주력했다. 다시 말해 그의 논평은 자유주의사상과 중산층 지식인의 생존 지혜의 결합이라고 볼 수 있는데, 모든 사회·문화 현상을 자신의 유머 속으로 끌어들인 것이 그 특징이다.[39] 상하이 시절의 중문과 영문으로 창작된 소품문에서 드러나는 린위탕의 문제의식은 훗날 그의 사상 체계의 뼈대를 구성했다고 할 수 있다.

> 근近 25년 전의 작품이지만 특히 현재의 우리 실정과 흡사 공통恰似共通되는 점이 많음은 사천여 년간의 역사를 통하여 공통된 정치와 문화의 영향이라기보다 그들의 후진後塵을 밟고 있는 듯한 안타까운 감회를 억누를 수 없게 할 뿐만 아니라 지성인이 흡수하여야 할 고귀한 정신적 영양소라 하겠다.
>
> 이 작품을 저술할 당시의 저자의 심경이 어떠하였을까 하는 것은 이 책자를 읽고 우리들의 주위를 다시 한 번 살피게 되면 실감으로 추찰推察할 수 있으리라고 믿어진다.『임어당수필집』 역자 서언

> 이 수필은 상해에서 발표되었던 것들인데 주로 중국사회의 소위 국수와 개진開進에 대한 자유주의에 입각한 현대인으로서의 비판의 중심으로 되어 있다. 어당語堂의 지성과 기치機智와 휴모어가 스며 나온 온정이 깃드린 글들이니만치 비판이라 하여도 욕하기 위한 욕을 나열한 각박한 글과는 달라서 오히려 즐거운 향연을 베풀어준다. 반세기 전까지도 중국문화권내에 들어있던 우리이므로 어당의 이

39 呂若涵, 「"論語體"－"合法主義"反抗與話語空間 : 20世紀30年代論語派刊物新論之一」, 『文學評論叢刊』 1, 2003, p.164을 참고.

수필들은 이국적인 색조보다도 도리어 그대로 우리사회를 다룬 것같이 느껴진다. 우리 독서계 특히 대학생과 독서욕이 왕성한 고교생들에게 일독을 권하고 싶다. 차주환 서평[40]

교실에서는 도덕과 수신修身을 설교하면서 사회에서는 오직汚職과 폭력이 일상다반사로 자행되는 중세기적 사회 속에서 임어당의 예리하고 독특한 지성으로 설파한 이 작품을 징청澄清한 사회의 진통기에 여러분에게 소개하게 된 것은 적지 않은 의의가 있다 하겠다. 수천년의 역사를 통하여 이 "무관심"의 미덕은 약자의 자기보호에 있어서 법률 이상의 효용적 위치를 차지하고 있었으며 아직도 우리 사회에서는 무관심의 교양이 강요되고 있는 경우가 없지 않다. 그러나 저자의 의도는 왕성한 관심의 환기를 근망懇望하였다는 것을 이해할 수 있을 것이다. 『무관심』 역자 서언

임의 주장을 그대로 나의 주장으로 삼을 수는 없지마는 공명점도 상당히 많으므로 여기서 나는 그의 견해를 소개하기도 하고 나의 견해를 붙이기도 하여 현재 아국我國의 실정에 비추어서도 일맥상통한 점이 많음을 느끼므로 (…중략…) 동일한 문화권에 속하고 공통한 철학을 가졌기 때문이겠지마는 20세기 오늘의 현실에 있어서도 공통점이 많으므로 중국민에게 임어당이 한비자를 소개한 것과 같은 의미와 의도로 나도 우리국민에게 한비자를 소개하려는 것이다. (…중략…) 동양사회가 유교의 주장하는 정치이론을 떠나서 법치제도를 적용하면서도 종래의 전통적인 타성惰性을 벗어나지 못하고 유교사상적 기풍을 벗어나지 못

40 차주환, 「임어당수필집 김신행역」, 『동아일보』, 1957.12.22.

하는 데서 오는 부패와 불건실성不健實性이 작용하는 이때에 임어당의 이와 같은 평론은 우리에게도 좋은 각성의 양료養料임을 깨닫는 바이다. (…중략…) 우리는 이제부터 서양의 몬테스큐우를 연구하는 것도 물론 좋지마는 동양철학계의 법치사상가로서 극히 뛰어난 한비자의 연구에도 열심하여 우리 사회를 니소泥沼에서 청징淸澄에로 발전시킴에 기여함이 있기를 바라는 바이다. 배성룡, 「한비자의 법치사상 – 동양사회치료의 명약으로」[41]

냉전문화 체제의 제약으로 '내부용' 중국 지식, 특히 유력한 사회비판 기능을 갖춘 루쉰의 풍자 잡문을 접촉할 수 있는 경로가 차단되었던 상황에서 린위탕이 1930년대 대륙에서 발표한 유머 비평문은 그의 디아스포라의 정체성과 철저한 반공 입장 덕분에 한국에서 거의 유일하게 합법적으로 유통될 수 있는 중국 근대문학 작품으로 루쉰식 잡문의 사회비판 기능을 대체할 수 있었다. 위 인용문에서 보여준 바와 같이 두 수필집의 역자인 김신행뿐만 아니라 차주환, 배성룡 등 지식인도 이러한 대륙발發/산産 중국 문화 · 지식에 대해 강렬한 연대의식을 표출했으며 "자유주의에 입각한" 린위탕의 "고귀한 정신적 영양소"를 적극적으로 받아들이려 했다.[42] 배성

---

41 배성룡, 「한비자의 법치사상 – 동양사회치료의 명약으로」, 『사상계』 20, 1955.3, pp.125 · 131. 배성룡은 일본어 역본인 『支那の知性』(林語堂, 喜入虎太郎 譯, 創元社, 1940)에 수록된 「近代支那の療薬としての韓非子」를 대상 텍스트로 삼아 글을 작성했다.

42 여기서 보충 설명해야 할 것은, 린위탕 소품문에 대한 차주환의 문제의식이다. 그는 1950년대 『임어당수필집』의 서평과 더불어 1958년 자신이 집필한 『중국문학사』 근세 · 현대편에서 1930년대 「소품문의 극성(極盛)」을 다루면서 린위탕 일행의 유모어 잡지와 그의 문장 특징, 그리고 좌파문인들과의 논쟁까지 소개한 바 있다. 비록 1957년에 쓴 『임어당수필집』의 서평에서는 인용문에서 볼 수 있듯이 린위탕의 유머 소품문을 좋게 평가하고 또 일독을 권했지만, 정작 문학사를 서술할 때에는 그다지 긍정적이지 않은 논조로 린위탕을 소개하고 있다. 그는 "임어당은 『논어』를 통해서 계속 재치 있는 '휴모어'를 독자들 앞에 내놓아서 일약 '유머대사'가 되었다. 임어당은 문장에 재치를 지나치게 부리기 때문에 처음에는

룡은 해당 글을 수록한 한국어 번역본인 『무관심』이 나오기 전인 1955년에 이미 『사상계』의 '교양'란에 린위탕의 이 글을 소개하여 공감을 표했다.

김신행을 비롯한 이들 지식인은 당시 '붉은 대륙의 장벽'을 넘어 1930년대 린위탕의 정치·문화(학)적 문제의식을 1950년대 한국의 냉전 현장으로 불러들이면서 근대 중국(대륙)을 배제하는 대신에 국제적 연대를 모색했던 것이다. 이것은 분명 1950년대 전형적 '냉전반공 연대' 형태와는 성격을 확연히 달리하고 있으며 한때 해방기의 담론장에 팽배했던 '동아시아의 연대'의 연속선상에 놓여 있었다고 볼 수 있다. 이 점에서 린위탕 수필집에 투사된 번역의식은 한국 지식계가 냉전문화체제의 장력에서 벗어나려 했던 탈냉전적 시도로 읽힐 수 있겠다. 이러한 국제적 연대의식 이면에는 동양문명, 화문문화권에서 비롯된 역사·문화적 동질감보다 자유민주주의-근대화 과정에 처해 있던 근대 민족국가의 정치·현실적 친연성이 분명 더 크게 작동했다.

여기서 1950년대 일체의 사회악에 대한 도덕주의적 비판이 성행했을 뿐, 독자적으로 정치·경제·문화 등을 대상으로 본격 분석한 비평이 드물었던 당대 공론장의 실태를 상기하면[43] 이 수필집 두 권에 내장돼 있는

독자를 매혹하나 읽고 나면 별것 아니거나, 아무것도 없는 것을 알게 되어 고소(苦笑)를 금치 못한다. 노신같이 처 버릴 것은 비수(匕首)로 단번에 급소(急所)를 찔러버리는 것도 아니고 주작인(周作人)이나 욱달부(郁達夫)같이 아예 달려들지 않는 것도 아니다. 임은 제법 근사하게 달려든다. 그러나 그는 때리는 시늉만하고 또 때린 것 같이 의기양양해서 돌아선다. 욱달부의 말을 빌린다면 임의 문장에서는 지나치게 '바터' 냄새가 난다. 그가 미국에 건너가서 영문으로 써낸 수필들도 역시 그렇게 평할 수 있다. 케케묵은 중국 것에 슬적 '바터'칠을 해서 내놓고, 그것을 가지고 구미인에게 달려드는 것 같은 자세를 취하고 웃는다" 라고 평가했다.(차상원·장기근·차주환, 『중국문학사』, 동국문화사, 1958, 772쪽) 요컨대 차주환은 지면에 따라 린위탕에 대한 태도를 달리했다.

43 이봉범, 「1960년대 권력과 지식인 그리고 학술의 공공성-적극적 현실정치참여 지식인의 동향을 중심으로」, 『비교문학』 61, 한국비교문학회, 2013, 246쪽.

정치성과 실천성, 그리고 사회문화 전반에 대한 자유주의적 사유는 이들 한국 지식인에게는 "고귀한 정신적 영양소", "좋은 각성의 양료"로 간주될 만하다. 그리고 여기에 담긴 린위탕의 정치 문화적 발화는 한국에 수입된 그의 여타 작품에 비해 분명 한국 사회와 지성계에 보다 더 생산적인 지적 에너지를 제공할 수 있었을 것이다. 이들 지식인은 타자의 눈을 차용함으로써 자아 성찰과 발전의 기회를 모색하고, 우회적이긴 하지만 타자를 매개로 당대 사회 문화적 현실에 대해 목소리를 냈던 것이다. 또 이러한 '중국-(동양)-한국-자기비판/발전'의 언표 방식은 앞서 언급했던 당시 사회적으로 팽배했던 '아시아적 정체성' 담론과도 서로 맞물려 있었다. 다만 린위탕 문학이 담고 있는 자기성찰·사회비판적 기능은 1960년대에 이르러서는 단속적으로 번역 출판되기 시작한 루쉰의 작품과 타이완문학에 의해 적잖게 약화되었다. 이 점에서 1950년대 두 수필집의 번역과 여기에 투사된 한국 지식인의 문제의식은 더욱 중요한 의의를 갖는다.

3. '근대 중국'과 '전통 중국'이라는 심상지리 사이

1) 동양으로 매개된 근대 중국(인)의 대하 서사

린위탕의 '항일 삼부곡抗日三部曲'이라고 불리기도 한 그의 가장 대표적인 장편소설인 *Moment in Peking*1939, *A Leaf in the Storm*1941, *The Vermilion Gate*1953는 모두 영문으로 창작되었으며 근대 중국의 전쟁과 문화에 관한 기억을 담아냈다. 이들 작품은 미국에서 출판 당시 모두 베스트셀러 리스트에 오르며 환영받았다. 세 작품은 모두 재자가인才子佳人의 사랑 이야기를 내러티브의 중심으로 설정하고, 1900년대 초 의화단운동 발발부터 1930년대 후반까지 시대적 격변을 겪고 있는 중국 사회의 면면을 구현해 냈다. 그러나 소설은 중화민족 공동체의 전쟁 기억을 다루고 있지만 전형적인 전쟁 소설이 아니며 '문화소설'의 성격을 띠고 있다. 린위탕은 소설에서 중국과 일본의 전투 장면을 정면으로 묘사하기보다는 서양 독자들에게 중국의 전통문화와 전쟁을 겪고 있는 중국 상류층을 비롯한 각 계층의 일상생활과 현실적 심리상태의 변모를 전달하는 데 주력했다.[44] 그리고 소설의 주요 등장인물, 특히 여주인공이 각각 도교사상*Moment in Peking*, 불교사상*A Leaf in the Storm*, 유교사상*The Vermilion Gate* 등 전통문화정신의 표상으로 형상화되고 있다는 점에서 흥미롭다. 이처럼 *The Importance of Living*과 함께 서양 독자에게 '진정한 중국의 맛'을 알리고자 했던 이 세 편의 소설은 한국 1950년대에 일본어본의 중역을 거쳐 각각 『마른 잎은 굴러도 대지는 살아 있다』1956, 『폭풍 속의 나뭇잎』1956, 『붉은 대문』1959이라는 제목으로 출판되었다.

우선 무려 4차례나 노벨문학상 후보작으로 선정되어 "근대판 『홍루몽』"이라고도 일컬어지는 *Moment in Peking*의 번역 양상을 살펴보도록 한다. 1956년에 이명규는 이 작품을 『마른 잎은 굴러도 대지는 살아 있다』라는 제목으로 산호장에서 출판했다. 그리고 이 역본은 1956년에 동학사에서 그대로 재판되었다. 이명규는 베이징 화베이대학을 중퇴한 뒤 귀국하여 서울대학교 문리대 중국문학과를 졸업했으며, 1956년 당시에는 육군 중령으로 재직하고 있었다.

---

44 馬瑜, 「論林語堂小說中的戰爭書寫」, 四川師範大學 碩士學位論文, pp.1~2을 참고.

제2장에서 살펴봤듯이 *Moment in Peking*은 일찍이 식민지 시기에 이미 몇몇 지식인의 주목을 받았었다. 1940년에 박태원은 *Moment in Peking*을 『북경호일』이라는 제목으로 『삼천리』 6월호 '지나특집'의 문예란 '신지나문학특집'에 번역 소개했으며,[45] 한설야는 『매일신보』에 「신新지나문학의 인상—임어당의 『북경의 날』기타」라는 글을 발표했다.[46] 이 외에 이효석도 린위탕의 *Moment in Peking*에 대한 서평을 남겼다.[47] 그러나 식민지 시기에 *Moment in Peking*에 대한 관심은 산발적으로 이루어졌으며 한국문학자들은 린위탕 소설을 본격적으로 번역 소개하거나, 린위탕의 문학적 가치와 가능성에 대해서 매우 긍정적인 평가를 내리지는 않았다.

> 이 소설의 부제副題로서 저자 임어당은 "중국근대생활의 소설"이라고 부기했다. 이 부제에 표시한 바와 같이 현대중국의 온갖 생활이 한 폭의 그림같이 표현되어 있다. 그러나 이 소설이 단순한 풍속소설 내지 역사소설로서 끝나지 않은 소이所以는 실로 저자 임어당의 탁월한 자질에 기인한바 심대한 것이다. (…중략…) 이것은 단순히 저자가 중국인이며 중국인 자신의 손으로 중국의 내부를 이글그리도록 묘사했다는 데 기인하는 것은 아니다.
>
> 이미 〈우리국토 우리국민〉의 저자로서 또는 〈생활의 발견〉의 에쎄이스트로서 천재적인 필치를 보여주고 특이한 국제인으로서 널리 세계의 독서계에 주시의 적이 있었든 저자가 박식과 조예를 경주傾注하고 그 투철한 지성과 세련된 시인적 감각을 자유로히 구사해서 근대에 가장 동양적인 장편소설을 완성했기 때문이다.

---

45 박태원, 「북경호일」, 『삼천리』, 1940.6.1.

46 한설야, 「신(新)지나문학의 인상—임어당의 『북경의 날』기타」, 『매일신보』, 1940.7.9~7.11.

47 「명작 읽은 작가감회」, 『삼천리』 13(7), 1941.7.1.

여기에는 유구한 오천년의 역사와 문화를 읽은 중국의 진상이 북경이라는 전이典雅한 고도古都를 배경으로 무-란과 머-츄의 두 자매를 중심으로 한 몇몇 가계에 의해서 증오심이 날 정도로 치밀한 묘사가 되어 있다. 독자는 여기에서 소설의 재미와 극치極致를 마음껏 맛볼 것이고 중국에 대한 시대적인 지식과 중국 국민의 민족성을 엿볼 수 있을 것이다. 그리고 이 작품의 기조가 되는 노장철학老莊哲學의 유원悠遠한 사상에 접촉해서 한층 더 친근감을 깨닫고 동양문학상 획기적인 하나의 상아탑象牙塔이 수립되었음에 무한한 환희를 느낄 것이라고 확신한다.

이명규는 1940년에 후지와라 구니오藤原邦夫가 초역한 『北京暦日』을 저본으로 삼아 한국어본을 내놓았다.[48] 그는 위 인용문에서 보여준 바와 같이 후지와라 구니오의 역자 서언 중 린위탕의 생애 경력을 소개한 내용을 제외하고 그 나머지 내용을 그대로 옮기다시피 했다. 이 소설은 중국인이 중국의 내부를 치밀하게 그려낸 작품으로 근대 중국에 대한 풍부한 시대적인 지식과 중국 국민의 민족성을 담아냈다고 평가된다. 그러나 역자 후지와라 구니오는 소재와 지식의 풍부성에만 사로잡혀 이 작품을 단순한 "풍속소설"이나 "역사소설"로 바라보는 데 그치지 않았다. 그는 린위탕의 문학적 자질과 작품이 지닌 소설적 가치에 더 큰 관심을 보이며, 린위탕이 "투철한 지성과 세련된 시인적 감각"을 동원해 "소설의 재미와 극치"를 추구함으로써 "근대에 가장 동양적인 장편소설"을 완성하여, "동양문학상 획기적인 하나의 상아탑"을 세웠다고 평가했다. 그리고 같은 동양인으로

48 林語堂, 藤原邦夫 譯, 『北京歴日』, 東京 : 明窓社, 1940. 참고로 훗날 윤영춘이 1968년에 내놓은 휘문출판사판 『북경호일』도 후지와라 구니오의 『北京暦日』을 중역한 것이다. 그리고 1971년 을유문화사에서 출판된 박진석 역의 『북경의 추억』은 *Moment in Peking*의 처음이자 마지막 한국어 완역본이었다.

서 이에 "무한한 환희"를 표출했다.

이렇듯 작품의 소재적·문학적 가치 모두를 높이 평가한 일본어본의 역자는 의식적으로 린위탕의 소설을 '동양문학'의 범주로 귀결시켜 '동양'을 매개로 중국문학에 대한 연대감을 조성했다. 비단 후지와라 구니오뿐만 아니라 당시 *Moment in Peking*을 번역한 여타 일본 역자들도 이와 비슷한 태도를 취했다. 예컨대 1940년에 *Moment in Peking*을 『北京の日』로 번역한 쓰루타 도모야는 이 작품을 "근대 동양의 큰 문학적 수확收獲"이라고 치켜세우는가 하면,[49] 오다 다케오는 『北京好日』(제1부)의 역자 서언에서 "동양인인 린위탕이 이처럼 정확하고 절실하며 예술성이 뛰어난 작품을 창작했다는 사실에 우리 모두가 동양을 위해 경축"해야 한다고 찬탄했다.[50] 쓰루타 도모야, 오다 다케오, 후지와라 구니오 등 일본 역자는 일제히 이 작품을 고평하면서 "동양적", "동양인", "동양문학"이라는 카테고리로 계열화시키는 경향을 나타냈다. 앞서 살펴봤듯이 1938년 *The Importance of Living*을 『生活の發見』正/續, 1938으로 번역한 사카모토 마사루阪本勝도 역자 서언에서 린위탕 작품 독해의 필요성을 피력할 때 "오늘날 지나에 대한 새로운 책임의 담당자로서 등장한 우리 일본인으로서 꼭 읽어야 하는 책이라고 생각한다"며 대동아의식을 노골적으로 표출한 바 있다.[51] 이러한 발화방식은 당시 일본을 휩쓸었던 대동아담론과 긴밀히 연동돼 있었다.

당시 식민지 시기의 지식인들은 *Moment in Peking*의 일본어 역본을 분명 읽었음에도 불구하고 그들의 문제의식을 잘 소화하지 못했거나박태원, 명확

49 鶴田知也, 「譯者の言葉」, 林語堂, 鶴田知也 譯, op. cit., p.2.
50 小田嶽夫, 「譯者序」, 林語堂, 小田嶽夫·莊野滿雄 共譯, op. cit., p.2.
51 阪本勝, 「譯序」, 林語堂, 阪本勝 譯, 『生活の發見』, 創元社, 1938, p.4.

한 거리를 두었다한설야. 특히 *Moment in Peking*에 대한 장문의 평론을 내놓은 한설야는 이 작품을 중국문학의 범주 안에서 파악하고 린위탕이 그려낸 중국과 중국의 국민성이 "대선배" 루쉰에 비해 그 통찰력이 부족하고 중국인을 그리되 절반만을 클로즈업했다고 저평가하기도 했다. 그리고 린위탕의 소설을 한국문학과 공통적으로 묶을 수 있는 상위 범주인 '동양문학'으로 수렴시키지 않았다. 그러나 이명규는 1950년대 루쉰의 작품이 소거된 자리에서 후지와라 구니오의 관점을 온전히 받아들였다. 그는 린위탕의 문학적 자질과 작품의 이중적 가치에 찬사를 부여하며 '노장철학', '동양문학'으로 매개된 중국문화(문학)와의 친근감과 연대성을 부각시켰다. 이러한 태도는 식민지 시기에 *Moment in Peking*을 바라본 한국 지식인의 시각과 비교하면 분명한 차이를 보인다.

여기서 또 하나 눈여겨봐야 할 것은 이명규는 번역을 하는 과정에서 일본에 기대는 동시에 탈일본적인 강한 주체의식을 보여줬다는 사실이다. 그는 본문을 번역할 때 비록 후지와라 구니오의 일본어 역본을 저본으로 삼았지만 일본군의 악행을 은폐하고 왜곡하려 한 일본어 역본의 해당 내용을 전혀 따르지 않고 사실대로 바로잡았다.[52] 한국의 관官·민·지성계

---

52 "この頃、敗走する**支那兵**は往還に溢れ、**敗残兵**は飢餓と疲労と、極度の困憊とから逆上してゐた. 彼等の通過した村々は、劫略と暴行とに目も當てられぬほど踏み躙られた. 村民は列をなして山の中へ避難し始めた。阿蘇もこゝ二三日不安を感じてゐたが、途中で行き會つた村人から、**敗残兵の暴行**を聞くと、急いで家へ歸つて來た. が、彼がそこに辿りついた時、家の内は惡魔の爪牙によつて酷たらしくも掻き廻されてゐたのだ. 妻も子供も、義母の曼妮も、今は力なき肉塊に變つてゐた. 彼は死骸に取りすがると、茫然として、暫くは涙も出なかつた. **自國民が自國民を虐殺する**. この怖るべき事実が、彼にはどうにも納得出來なかつたのだ. しかし、この現實は如何に彼に苛酷であつても、動かすことの出來ぬ事實なのだ."(林語堂, 藤原邦夫 譯, 『北京歴日』, 東京 : 明窓社, 1940, pp.300~301) "이때 거리거리는 진격하는 **일본군**으로 혼잡을 이루고 있었고, 이들 **일본군**은 극도의 기아와 피로에 허덕이고 있었다. 그들이 지나가는 마을 마을에는 겁탈과 폭행 등이 처참하게 벌어졌고 백성들은 줄을 지어 산으로

에서 반일 민족주의적 정서가 집단심성으로 자리 잡고 한창 고조되고 있던 시기에 일본어 역자의 고의적인 오역은 용납될 수 없었던 것이다. 요컨대 식민지 시기부터 한국 지식인의 주목을 받아왔던 *Moment in Peking*의 번역 수용 양상은 여러 면에서 문제적이었다. 특히 일본을 매개로 린위탕을 도입한 이명규의 번역 자세(중역/탈중역, 동양의식, 연대감)는 1950년대 린위탕 문학의 번역 전반에 비춰봤을 때 상당히 전형적인 일면을 보여줬다고 할 수 있다.

2) 두 가지 속편—전쟁과 로맨스의 이중주

식민지 시기부터 간간이 거명·소개되었던 *Moment in Peking*과 달리, *A Leaf in the Storm*과 *The Vermilion Gate*는 1950년대가 되어서야 비로소 처음 소개되었다. 『마른 잎은 굴러도 대지는 살아 있다』를 내놓은 이명규는 곧 이어 소설의 속편인 *A Leaf in the Storm*을 『폭풍속의 나뭇잎』이라는 제목으로 번역하여 청구문화사에서 출판했다. 이는 1951년에 미카사쇼보三笠書房에서 출판된 다케우치 요시미竹内好의 일본어 역본 『嵐の中の木の葉』을 중역한 것이다.[53]

이명규는 역자 서언에서 『嵐の中の木の葉』을 설명하기 전에 우선 *Mom-*

피난하기 시작했다. 불안한 초조감에 일종의 공포조차 느끼고 있는 아쭈-는 도중에서 만난 마을 사람에게 **일본군의 폭행**을 듣고 황급히 집으로 돌아왔다. 그러나 그가 집에 들어섰을 때에는 이미 악마들의 손톱에 온 집안이 지옥으로 화해 있었다. 아내도 아이들도 어머니도 처참한 고깃덩어리로 변해 있었던 것이다. 그는 이들 시체 앞에 망연히 한참이나 서 있었다. 눈물조차 나지 않았다. **일본군이 중국의 양민을 학살한 것이다.** 이 무서운 사실을 그는 이해할 수 없었다. 그러나 이 눈앞에 떨어진 하나의 현실은 그에게 아무리 가혹하다고 하드라도 움직일 수 없는 사실이다."(린위탕, 이명규 역, 『마른 잎은 굴러도 대지는 살아있다』, 산호장, 1956, pp.297~298)(강조는 인용자)

53 林語堂, 竹內好 譯, 『嵐の中の木の葉』, 三笠書房, 1951.

*ent in Peking*을 간략히 소개했다. 그는 이 소설이 풍속과 문화가 다른 서양의 독자들을 타깃으로 "중국 상류사회에 속하는 사四세대에 긍亘한 역사를 그린 일종의 대하소설"로, 중국의 사회상은 물론이고 사적인 생활상의 면면을 치밀하게 묘사한 "국민적인 정신사"라며 이 작품이 지닌 내용적 풍부성을 고평했다. 그러나 이와 동시에 역자는 작품이 지닌 소설적 가치에 대해서는 전과 다른 견해를 제시했다. 그는 작품의 소설성과 애국 정서가 충분히 잘 어우러지지 않은 점을 한계로 꼽았다. 역자는 린위탕이 작품 집필 도중에 중일전쟁이 발발했기 때문에,[54] 애국 정서의 작용으로 작품에서 일본의 침략과 중국인의 저항의식을 고무하려고 했으나, 작품의 본래의 성격에 제약되어 그것을 작품에 충분히 드러내지 못했다고 지적했다. 이러한 맥락에서 역자는 *Moment in Peking*보다 *A Leaf in the Storm*의 소설적 가치가 더 뛰어나고, "긴박한 소설적 성질"을 띠고 있다고 평가한다. 그리고 이에 대한 상세한 근거를 제시하기에 앞서 일단 소설 내용을 설명하면서 작품의 '불온성' 혐의를 씻어냈다.

> 시대는 1937년 10월 일본군의 북경 점령 후부터 1938년 9월 한구漢口 진격 직전까지이다. 군사행동이 교착하기 이전 중국의 전의戰意가 가장 고양되고 완고한 민족통일전선이 형성되는 시기이다. 그렇기 때문에 당시는 국공합작이 치밀致密하였고 전쟁 중엽으로부터 차츰 표면화한 것 같은 내분內紛이 아직 나타나 있지 않다. 본래 반공주의자이며 전쟁 말엽에 강력한 반공선언을 쓴 린위탕은 당시는 아직 국민당의 우군友軍으로서 공산유격대를 신뢰하고 있었기 때문에 (…중략…)

---

54 이 논점은 이명규가 다케우치 요시미의 해설을 그대로 따른 것인데 사실과 어긋난다. 린위탕은 중일전쟁이 발발한 후인 1938년에 *Moment in Peking*을 집필했다.

이와 같이 이명규는 일본어본에서의 해당 내용을 의식적으로 앞당겨 먼저 소개함으로써 작품에 나타난 저자의 '융공融共' 혐의를 해명하고 그의 반공적 입장을 명확히 하고 나서야 본격적인 작품 분석에 들어갔다. 역자는 작품에서 항일과 연애가 서로 잘 어우러져 있으며, 특히 마지막의 "열렬하고 극적인 클라이맥스"에 가서는 린위탕이 비범한 기법으로 "문학적 야심을 충족"했다고 보았다. 그리고 이처럼 파란만장한 이야기가 펼쳐진 소설은 중국의 항전의식을 충분히 담아내고 있으며, 항전 승리를 향한 애국적 정열을 보여줬다고 평가했다. 따라서 이 소설은 "작품으로서의 혼연渾然함에 있어서 전작보다 훨씬 우수하다"고 봤다. 끝으로 역자는 독자들이 이 작품을 통해 저항이란 무엇이고, 전쟁이란 얼마나 비참한 것인지를 밝히려는 저자의 호소를 이해할 수 있고, 이 작품의 문학적 가치를 의심하지 않을 것이라고 장담하며, 글 마지막에 "6·25 일곱돐을 마지하며"라고 부기한다. 이렇듯 "저항", "전쟁", "6·25"라는 세 키워드는 한데 뒤얽힌 채 하나의 기폭제로서 항일의 민족 정서와 전쟁에 대한 비참한 기억을 상기시키며, 린위탕의 문학과 한국 독자 간의 연대감을 환기시키는 효과를 연출했다.

이명규는 앞서 『마른 잎은 굴러도 대지는 살아 있다』의 번역 작업에서 일본어본의 역자 서언을 거의 그대로 따랐지만 『폭풍속의 나뭇잎』의 경우 일본어본의 역자 서언에서 노출된 다케우치 요시미의 관점을 위와 같이 의식적으로 일부만 채택해 옮겼다는 점에서 주의를 요한다.

우선 그는 *Moment in Peking*에 대한 다케우치 요시미의 비판적 견해를 적지 않게 희석시켰다. 다케우치는 *Moment in Peking*은 "국민적 정신사"라고 칭할 수 있으나 작가의 사상적 한계 때문에 이 정신사가 "오늘날 반드시 보편타당성을 갖는다고는 단언할 수 없다"고 지적했다. 또 역자는 이 작품이 일종의 세미 다큐멘터리의 형식에 구속되어, 마음껏 픽션의 붓을 뻗지 못한 동시에, 작품에 흐르는 노장철학의 기조로 인해 전쟁의 전모를 깊이 있게 그려내지 못했다고 보았다. 이어서 그는 저자가 일본의 침략과 폭력을 폭로하는 데 심혈을 기울였지만 이에 대한 중국 국민의 저항 실태를 세세히 포착하는 데에는 실패했고 저항운동이라기보다 저항의식의 호소에 그치고 말았다는 한계를 보여줬다고 평가했다. *Moment in Peking*의 한국어 번역을 자신의 손으로 직접 완성해 또 서언에서 작품의 가치를 매우 높게 평가한 이명규는 이와 같은 다케우치의 비판적 견해를 최대한 약화시켰다. 또 다케우치는 *Moment in Peking*보다 "전 민족적인 항전운동", "민족불패의 신념"을 형상화했다는 점에서 *A Leaf in the Storm*의 문학적 가치와 의의를 적극적으로 수긍했으나, 다른 한편으로 "작가가 묘사한 저항운동과 저항이론이 중국 저항의 전부가 아니었고, 작가 자신의 철학·도덕적 우위만으로 민족통일전선의 전체적 사상을 개괄할 수 없으며 저항운동의 전모를 알려면 자오수리趙樹理의 『이가장의 변천李家莊的變遷』 같은 작품과 함께 결합해 읽어야 한다"고 지적했다. 요컨대 다케우치 요시미는 서언에서 린위탕의 전체적 사상 체계에 시종일관 유보적인 태도를 보이며, 그의 현학이나 처세철학을 싫어한다고 명시하기까지 했다.

사실 다케우치 요시미는 전후 여러 지면을 통해 린위탕에게 비판적인 태도를 취했다. 가령 그는 1948년에 발표한 「林語堂伝」이라는 글에서 린위탕이 저널리스트로는 성공했을지 몰라도 중국문학에 사상적 영향을 남기지는 못했다고 진단했다.[55] 또 *The Vermilion Gate*에 대한 논평에서 "나는 린위탕 개인에 대해서도, 그의 작품을 번역하고 소개하는 것에 대해서도, 그의 작품 자체에 대해서도 전부 흥미를 잃었다. 그는 현재 통속작가에 불과하다"고 혹평했다.[56] 그럼에도 불구하고 *A Leaf in the Storm*에 관심을 보여 번역을 결행한 것은 이 소설이 "중국 민중의 눈에 일본의 침략— 군부의 야심일 뿐만 아니라, 일본 국민의 동의하에 행해진 이 전쟁—이 어떻게 비쳐졌는지"를 적나라하게 보여줬다는 점이 당시 다케우치 요시미의 전쟁에 대한 반성의식과 잘 합치되었기 때문이다.[57] 그러나 이명규는 다케우치 요시미의 린위탕(문학)에 대한 부정적인 논평이나 일본의 군사침략에 대한 그의 반성의식을 한국어 역본에서 일절 배제한 채 *A Leaf in the Storm*에 대한 일반적이고 긍정적인 평가만 간추려 부각시켰다.

린위탕의 '근대 중국 서사' 삼부작 가운데 *Moment in Peking*과 *A Leaf in the Storm*이 주로 베이핑北平, 상하이, 우한武漢 등 중국 내륙 도시의 시대상을 그려냈다면, *The Vermilion Gate*는 1930년대 초반 신장新疆 위구르 무슬림의 반란을 소재로 하고 있어 선명한 이역異域적 분위기를 띠고 있다. 이 소설은 1959년에 『붉은 대문』이라는 제목으로 태성사에서 출판되었다. 역자는 중국문학, 일본문학 번역가 김용제이다. 이 역본은 『주홍문』이라는 제목으로 각각 1960년에 여명문화사에서, 1963년 청수사에서 다시

---

55 竹内好, 「林語堂伝」, 『竹内好全集』 3, 筑摩書房, 1981, p.174.

56 竹内好, 「朱ぬりの門」, Ibid., p.188.

57 다케우치 요시미는 1949년에 발표한 「중국인의 항전의식과 일본인의 도덕의식」이라는 글에서 일본민족의 원죄 문제를 제기했다. 그는 일본인은 전쟁 가해자로서의 책임을 반성해야 하고 윤리적 주체로서의 자아의식을 가져야 하며 전쟁은 정치문제이자 개인의 도덕문제라고 역설했다. 당시 다케우치 요시미와 더불어 다케야마 미치오(竹山道雄), 나카나 요시오(中野好夫) 등 지식인도 *A Leaf in the Storm*을 거론하면서 일본군의 폭행문제와 전쟁에 대한 반성의식을 제기했다.(邢以丹, 「林語堂在日本的譯介與接受」, 閩南師範大學 碩士學位論文, 2018, pp.62~63) 그리고 1951년에 *Moment in Peking*을 6권으로 번역 출판한 사토 료이치도 린위탕이 폭로한 일본군의 잔혹한 만행과 중국인의 비분강개한 항일정서에 공감하며 그 해당 본문을 전부 번역했다.

출판되었다.[58]

김용제는 일찍 1930년대에 일본에서 프롤레타리아 시인으로 활약했다. 체포와 석방을 거듭하다가 1936년에 한국으로 강제 추방되어 전향했다. 그 후에는 국내에서 적극적으로 친일 문학 활동을 하면서 1942년에 조선문인협회 총무부 상무를 지냈다. 해방 이후에는 소설 『김삿갓 방랑기』1950와 시집 『산무정山無情』1954을 발표했는데, 특히 『김삿갓 방랑기』가 베스트셀러가 되면서 김용제는 '친일 문인'에서 일약 '김삿갓 전문가'가 되었다. 이와 더불어 그는 중국문학과 일본문학 번역가로 활약했다. 그는 중국 고전문학을 다수 번역했는데, 『붉은 대문』은 그가 번역한 유일한 중국 현대소설이다.[59]

이 소설을 번역·소개하는 과정에서 김용제 역시 이명규와 유사하게 중역/탈중역의 양가성을 보여주고 있다는 점에서 흥미롭다. 그는 1954년에 사토 료이치佐藤亮一가 번역한 『朱ぬりの門』[60]을 기반으로 번역하되 자신의 이해에 따라 내용을 몇 마디씩 가감했다. 그리고 그가 내놓은 「역자의 말」을 보면 린위탕 작품을 번역한 다른 한국어 역자와 달리 일본어본의 역자 서언을 일절 참조하지 않았을 뿐 아니라 사토 료이치와 상당한 시각차를

---

58 린위탕, 김용제 역, 『주홍문』, 여명문화사, 1960; 린위탕, 김용제 역, 『주홍문』, 청수사, 1963.

59 오승은, 김용제 역, 『서유기』, 학우사, 1953; 조설근, 김용제 역, 『홍루몽』, 정음사, 1955; 이백, 김용제 역, 『이태백시선』, 인간사, 1955; 소소생, 김용제 역, 『금병매』, 정음사, 1956; 나관중, 김용제 역, 『삼국지』, 규문사, 1966; 다니자키 준이치로, 김용제·김윤성 공역, 『細雪』, 진명문화사, 1960; 일본문예가협회 편, 김용제 역, 『일본시집』, 청운사, 1960; 이시카와 다쿠보쿠, 김용제 편역, 『시가집－혼자가리라』, 신태양사, 1960; 나쓰메 소세키, 김용제 외역, 『일본문학선집』, 청운사, 1960; 아가와 히로유키 외, 김용제 외역, 『전후일본단편문학전집』, 일광출판사, 1965; 가와바타 야스나리, 김용제 역, 『설국』, 동민문화사, 1968.

60 林語堂, 佐藤亮一 譯, 『朱ぬりの門』, 新潮社, 1954.

보여주었다.

김용제는 먼저 린위탕의 소설과 철학적 수필집이 한국에 다수 번역 소개되어 많은 애독자를 가지고 있다는 독서계의 상황을 설명하면서 "『생활의 탐구』, 『속 생활의 탐구』, 『임어당 수필집』, 『폭풍속의 낙엽』 등 자신이 알고 있는" 린위탕의 작품 제목을 나열했다. 그러나 『임어당 수필집』을 제외한 나머지 제목은 모두 정확하지 않다.[61] 사토 료이치는 본문을 소개하기에 앞서 중국 본토와 먼 "미지의 땅"에 대한 독자의 수월한 이해를 돕기 위해 신장新疆의 역사적 변천과 시대적 배경을 상세히 설명했다. 그러나 김용제는 서두에서 "중국을 무대로 쓴 중국인의 이 작품은 동양인인 우리에게 더욱 깊은 감명을 준다"며 '동양인'이라는 매개로 이 작품에 대한 동질감을 환기시키고 있다. 그리고 "소설의 무대는 당나라 때의 장안長安이던 현대의 서안과 신비한 꿈나라로 불리운 신강성新疆省의 회교도의 반란을 배경으로 두 쌍 남녀의 로맨스를 모험과 스릴과 희생의 연속 가운데 전개시켰다"고 소설의 줄거리를 간략하게 소개했다.

> 그(린위탕－인용자)는 이 책에서도 중국에서는 집이 개인을 포용하는 큰 존재라는 점, 개인이 집을 떠날 수 없다는 점을 구 중국舊中國의 뿌리 깊은 혈맥적 구성으로 묘사했다.
>
> 린위탕에 대해 현대적 입장에서 수많은 비판을 가하는 사람도 있고 나도 그것

61 현재로서는 역자가 작품을 읽었으나 단지 제목을 정확하게 기억하지 못해서였는지, 아니면 작품도 읽지 않은 채로 독서계의 상황을 소개해서였는지는 알 수 없다. 그 구체적 경위를 떠나서 한국 독서시장에 "널리 알려져 있"던 린위탕 작품의 제목조차 정확하게 제시하지 못했다는 것은 역자가 린위탕의 애독자가 아니며 린위탕과 그의 문학을 아직 진지하게 주목하지 않았다는 뜻이기도 하다.

에 경청은 하지만 린위탕 작품의 풍격을 항상 친숙하게 읽고 있다. 그는 중국에 살지 않으면서 중국을 사랑하는 사람이고, 중국에 살면 일 년도 못 참는 사람일지도 모른다. 살지도 못하면서 그는 중국에 견딜 수 없는 향수를 느끼는 사람이다. 그가 그런 사람이라고 나는 느끼고 있다. 사토 료이치 「역자의 말」[62]

여기서 독자는 봉건제도의 상징인 '붉은 대문'이 새로운 시대의 젊은 여성들의 자유생활관에 의해서 붕괴되는 과정을 근대화되는 중국의 하나의 표본으로 볼 수도 있을 것이요. 무식하고 잔인한 군벌의 독재정치와 그들의 야수 같은 방탕과 회교도의 학대와 금전만능의 착취 사업가들의 말로가 어떻게 몰락되는가도 통쾌히 여길 것이다.

그러나 소설의 중심은 어디까지나 로맨틱한 두 쌍의 젊은 여인들의 애달픈 사랑의 이야기이며 그렇게 때문에 더욱 아름다운 작품을 이루고 있다. 주인공의 신문기자 이비李飛와 붉은 대문 안의 영양인 두유안杜柔安과의 사랑이 파란 끝에 기적적으로 성공하는가. 미술청년 낭약수郎弱水와 고전가수古典歌手 최알운崔遏雲과의 사랑은 왜 슬픈 노래로 종말을 고하게 되는가. 여기서 우리는 고급소설에 탐정미까지 교묘하게 구사한 수법이 최근 불란서 순수소설의 새로운 경향과도 일치되는 느낌을 갖게 한다. 김용제 「역자의 말」[63]

역자인 사토 료이치는 일본어본의 작품해설에서 자신의 중국 경험을 그 사이사이에 끼워 넣으면서 소설의 배경 지식이나 저자와 관련된 텍스트 '외부적인 것'에 많은 지면을 할애했다. 그는 소설 줄거리와 시대 배경에

62 林語堂, 佐藤亮一 譯, op. cit., pp.231~232.

63 린위탕, 김용제 역, 『붉은 대문』, 태성사, 1959, 417쪽.

대한 상세한 설명을 한 뒤 이 소설에서 '집/개인－구 중국舊中國/린위탕－향수'라는 맥락을 읽어냈고, 작품에 나타난 전통 중국의 성격과 디아스포라로서 '현재 중국'이 아닌 '전통 중국' 또는 '심상 중국'에 대한 린위탕의 농후한 향수를 강조했다. 사토 료이치는 8년 동안 중국에서 지낸 경험이 있으며, 1948년부터 당시 미국 뉴욕에서 거주하고 있던 린위탕과 서신을 교환했다. 1954년 *The Vermilion Gate*를 번역한 것 이외에도 1950~1952년에 린위탕으로부터 *Moment in Peking*의 영어 원본을 직접 받아 처음으로 이 작품의 일본어 완역본을 내놓기도 했다. 그는 이후에도 『杜十娘』1956, 『ソビエト革命と人間性』1959, 『マダムD中國伝奇小説二十編』1985 등 린위탕의 작품을 다수 번역했으며 린위탕과 친분을 유지했다.[64] 이렇듯 사토 료이치는 자신의 중국 경험과 더불어, 린위탕과 그의 문학사상, 특히 깊은 감명을 받았던 *Moment in Peking*에 대한 기본적 이해를 토대로 *The Vermilion Gate*를 독해한 것이다. 사토 료이치가 린위탕의 향수를 주목한 것은 *Moment in Peking*을 바라본 그의 시선과 일맥상통하며,[65] 훗날에 그가 쓴 린위탕 작품 해설문에서도 지속적으로 나타난다.

한편 김용제는 사토 료이치와는 달리 작품과 객관적인 거리를 유지하며 작품 내용 자체에 대한 분석에 집중했다. 그는 소설에서 구 중국舊中國이 아니라 중국의 근대화 과정, 일련의 신구교체新舊交替의 징조들, 예컨대 "붉은 대문"으로 표상된 봉건제도의 붕괴, 구舊 "군벌의 독재정치"와 "회교도

64 사토 료이치와 린위탕의 상세한 교류 상황에 대해서는 邢以丹, op. cit., pp.19~24을 참고할 것.

65 그는 『北京好日』의 역자 서언에서도 "미국에서 거주한 저자가 동양인으로서의 사색에 대한 거절할 수 없는 향수"를 보여줬다고 지적한 바 있다.(佐藤亮一, 「譯者のことば」, 林語堂, 佐藤亮一 譯, 『北京好日』 제1권, 河出書房, 1951, p.6)

의 학대"와 "사업가들의 몰락" 등을 발견했다. 그리고 김용제는 소설에 담고 있는 시대적 격변의 풍경과 더불어 소설의 중심은 어디까지나 애달픈 러브스토리로 보았다. 그리고 고급소설에 "탐정미探偵美"까지 가미된 기법이 최근 프랑스 순수소설의 새로운 경향과 같다며, 이를 작품의 내러티브적 특징으로 꼽았다. 이렇듯 김용제는 린위탕이나 소설의 남자 주인공보다 여성 인물에 분명한 문제의식을 보여줬으며 여성을 통해 전통사회에서 근대사회로 전환되는 중국의 과도기적 맥박을 포착했고, 이 소설의 성격을 청년 남녀의 러브스토리를 다룬 로맨스로 봤던 것이다.

3) 중국 고전 전기傳奇의 '리텔링'

소설 삼부작을 통해 거대한 스케일로 근대 중국의 심상지리를 그려냈던 린위탕은 *Famous Chinese Short Stories*에서는 고대 중국의 풍경을 재구축했다. 그가 편역한 *Famous Chinese Short Stories*는 1955년에 진문사에서 '세계문고시리즈'[66] 제4권 『중국전기소설집』이라는 제목으로 출판되었다. 진문사의 발행인인 조풍연의 부탁으로 유광렬이 번역을 맡았다.

유광렬은 역자 서언에서 이 책이 린위탕이 영역한 *Famous Chinese Short Stories*를 초역한 것임을 명시했으나 번역 저본을 정확하게 밝히지는 않았다. 유광렬은 1920년대 초부터 활약한 번역·번안 작가이기 때문에 일본어 역본을 참조했을 가능성이 있다. 지금으로서는 구체적인 자료를 확보할 수

66 ①『서양윤리학사』 김두헌 저 / ②『국어학개설』 이숭녕 저 / ③『원숭이와 문명』 오종식 저 / ④『중국전기소설집』 임어당 저 / ⑤『창원시조(蒼園時調)』 정인보 저 / ⑥『신극사(新劇史)이야기』 안종화 저 / ⑦『삼오당잡필(三誤堂雜筆)』 김소운 저 / ⑧『교양의 문학』 김진섭 저 / ⑨『천자춘추(千字春秋)』 김성진, 유진오 외 공저 / ⑩『세계의 인상－삼십인의 기행문』 조풍연 저 / ⑪『희곡－자매』 유치진 저 / ⑫『이상선집(李箱選集)』 이상 저.

없으나 린위탕의 회고[67]에 의하면, 이 작품이 1955년에 타이완 톈샹출판사天祥出版社에서 『中國傳奇小說』이라는 제목으로 번역 출간되었다는 사실을 감안하면 일본에서도 이와 비슷한 시기에 역본이 나왔을 가능성이 높다. 다만 지금까지 조사한 바에 의하면 1955년 이전에 발표된 *Famous Chinese Short Stories*의 일본어 번역본은 없으며 1985년에 사토 료이치佐藤亮一가 이 작품을 처음 번역한 것으로 보인다.[68] 따라서 본고에서는 일단 유광렬이 영어 원본을 저본 삼아 번역한 것으로 추정하겠다. 원작은 1948년에 처음 출판된 이래 여러 차례 재판되었다.[69] 특히 1950년대에 이탈리어, 덴마크어, 독일어, 스페인어, 페르시아어 등 다양한 언어로 번역되어 여러 나라에서 출판되었다.[70] 한국 역시 이러한 세계적 번역 붐에 발맞췄던 것이다.

이 소설 선집은 제목에서 드러나듯이 당송전기唐宋傳奇를 위주로 하고 있다. 『태평광기太平廣記』를 비롯하여 『경본통속소설京本通俗小說』, 『청존록淸尊錄』, 『요재지이聊齋志異』, 『청평산당총서淸平山堂叢書』 등 중국 전통고전에서 대표적인 이야기 20편을 수록했다. 린위탕이 중국에서 가장 대표적이고 권

67 林語堂, 「〈語堂文存〉序言及校勘」, 『無所不談合集』(『林語堂全集』 16), 東北師範大學出版社, 1994, p.508.

68 林語堂, 佐藤亮一 譯, 『マダム D－中國伝奇小説二十編 』, 現代出版, 1985.

69 Lin Yu Tang, *Famous Chinese Short Stories*, New York : John Day, 1948 · 1951 · 1952.

70 이탈리어판 : Lin Yutang, *Una vedova una monaca una cortigiana e altre famose novelle cinesi*, Milano : Bompiani, 1952.
덴마크어판 : Lin Yutang, Svend Kragh-Jacobsen 역, *Fortællinger fra det gamle Kina*, Kbh., 1953.
스페인어판 : Lin Yutang, Floreal Mazîa 역, *Barba rizada y otros famosos relatos chinos*, México : Hermes, 1953.
영어판 : Lin Yutang, *Famous Chinese Short Stories*, Melbourne; London : Heinemann, 1953.
독일어판 : Lin Yutang, Ursula Löffler 역, *Die Botschaft des Fremden : chinesische Geschichten*, Stuttgart : Deutsche Verlags-Anstalt, 1954.
페르시아어판 : Lin Yutang, Parvīz Dāryūsh 역, *Qiṣṣah'hā-yi Chīnī*, Intishārāt-i Kānūn-i Dunyā va Hunar, 1954.

위 있는 단편소설집으로 손꼽히는 『금고기관今古奇觀』에서 작품을 채택하지 않은 것은 『금고기관』이 인간의 개성을 잘 드러내지 못했다고 판단했기 때문이다. 린위탕은 당송唐宋의 단편소설이 『금고기관』에 실린 글에 비해 편폭은 짧지만 "인생과 인간의 소행所行 측면에서 독자에게 경이驚異하고 미묘한 느낌을 안겨줄 수 있다"고 보았다.[71] 소설집은 '모험과 신비adventure and mystery', '사랑love', '귀신·요괴ghosts', '풍자satire', '환상과 유머tales of fancy and humor', '동화juvenile' 총 여섯 파트로 나뉘어 있는데 이 가운데 2/3는 귀신, 요괴妖怪, 정령精靈 등 전기적傳奇 요소를 모티프로 하고 있으며, 사람이 호랑이, 물고기, 개미 등 동물로 변신하는 초자연적인 상상을 구현하고 있다.[72]

그러나 린위탕은 이처럼 대범한 상상력이 담긴 중국전통의 전기소설을 그대로 직역해 소개하지 않았다. 그는 처음부터 이 작품집을 서양의 독서 시장을 겨냥해 기획했기 때문에 문화 적응cultural adaptation, 그 자신의 말로 표현하자면 리텔링retelling의 전략을 취했다.[73] 린위탕은 서양의 현대소

---

71 林語堂, 「林氏英文本導言」, 『中國傳奇』(『林語堂全集』 6), 東北師範大學出版社, 1994, p.3.

72 수록작품은 다음과 같다. (冒險與神秘) 虯髯客傳 / 白猿傳 / 簡帖和尙; (愛情) 碾玉觀音 / 貞潔坊 / **鶯鶯傳** / **離魂記** / 狄氏; (鬼怪) **西山一窟鬼** / **小謝**; (諷刺) **東陽夜怪錄** / 書癡 / **中山狼傳**; (幻想與幽默) **李衛公靖** / 薛偉 / **張逢** / **定婚店** / **南柯太守傳**; (童話) 促織 / 葉限(서체를 다르게 강조한 작품은 한국어본에서 번역된 것임)

73 "이 책의 작품은 결코 엄격한 번역이 아니다. 엄격하게 번역하는 것은 때때로 정말 불가능하다. 언어 풍속의 차이는 반드시 해석을 해야 독자측이 쉽게 이해할 수 있다. 그러나 현대 단편소설의 기교로는 원문에 국한하거나 일절 변동을 하지 않은 것이 안 되므로 따라서 이 책은 새로 편집하는 방법을 채용하여 새로운 형식으로 써냈다." 林語堂, 「林氏英文本導言」, op. cit., p.5. "I shall not try to translate, but allow myself great liberties in the telling of them. I have for each story an idea of the idea as a modern short story, in other words, what the effect is which to be achieved by that story. (…중략…) On the whole, the word 'retold' will apply to some, perhaps many, of them." Lin Yutang to Richard Walsh, October 26, 1950, the John Day Company Archive. Qian Suoqiao, op. cit., p.194에서 재인용.

설의 기법을 적극 동원하여 소설의 근대의식을 부각시키고 또 문화적 설명을 보충함으로써 동양적 색채를 가미했다. 이리하여 '전기傳奇'에 나타난 중국의 형상은 자민족 주체의 시적 상상뿐만 아니라 고대 중국에 대한 서양의 이족적異族 상상도 함께 융합되어 있다.[74] 린위탕은 원작을 대상으로 플롯 가감, 인물 개작, 주제・결말 변경 등 다양한 수정 작업을 가함으로써 인간/인성人性에 대한 존중과 긍정, 여성의 자아 각성, 사랑・결혼・개성과 자유에 대한 추구 등 중국 5・4 이래 유행했던 근대의식을 집중적으로 부각시켰다.[75] 이러한 근대적 정신은 중국과 서양, 전통과 현대 간의 소통을 실현할 수 있는 연결고리로 간주되었다. 이처럼 중국 고전을 근대적으로 재구성하고 서양을 대상으로 리텔링하는 방식은 그의 세계적 베스트셀러인 *The Importance of Living*에서 보여준 글쓰기 전략과도 일맥상통한다.

그러나 『중국전기소설집』의 역자와 편집자는 '전통'에 대한 저자의 근대의식에 별로 주목하지 않았(못했)던 것으로 보인다. 우선 린위탕이 원서의 속표지에 특별히 부기한 "英譯重編傳奇小說영역중편전기소설"이라는 중국어 제목이 있음에도 불구하고 이를 무시하고 번역본의 제목을 "중국전기소설집"으로 정했다. 그러나 린위탕이 1955년에 타이완에서 『中國傳奇小說중국전기소설』이 출판되었을 때, 자신이 직접 제시한 중국어 제목을 강조하면서 이 책은 자신의 고심작으로 단순히 고전 이야기를 번역한 것이 아니라

---

74 施萍, 「林語堂－文化轉型的人格符號」, 華東師範大學 博士學位論文, 2004, p.121.

75 *Famous Chinese Short Stories*에 대한 구체적 분석이나 린위탕의 개작 양상에 대해서는 詹聲斌, 「改寫理論視域下林語堂『英譯重編傳奇小說』探究」, 『安徽工業大學學報』 5, 2019; 林雅玲, 「論林語堂短篇小說選集『中國傳奇』」, 陳煜斕 編, 『語堂智慧 智慧語堂』, 福建教育出版社, 2016, pp.394~419; 施萍, Ibid., pp.120~129을 참고할 것.

재각색한 것이라고 설명했던 사실[76]을 감안하면 한국어 번역본의 제명은 저자의 의도와는 다분히 어긋난다. 뿐만 아니라 한국어 역본에서는 작품의 소재 선택, 내용·주제 분석, 편역 특징에 대해 상세히 설명한 린위탕의 서언과 린위탕이 거의 모든 개별 작품의 본문 앞에 붙인 보충 설명이 모두 생략되었을 뿐 아니라, 「이혼기離魂記」, 「동양야괴록東陽夜怪錄」, 「중산랑전中山狼傳」, 「이위공정李衛公靖」, 「정혼점定婚店」, 「장봉화호張逢化虎」, 「앵앵전鶯鶯傳」, 「서산일굴귀西山一窟鬼」, 「남가태수전南柯太守傳」, 「여유령소사女幽靈小謝」 등 10편만을 골라 번역했다. 작품 제목은 기본적으로 린위탕이 원작에 붙인 중국어 원명을 따랐다.

역자는 애정류보다 인간이 아닌 귀신, 요괴 등 초자연적인 내용을 다룬 작품에 더 관심을 보였다. 특히 린위탕이 별로 개작을 가하지 않은 '귀신·요괴', '환상과 유머' 등 제재의 작품을 위주로 번역했고, 「백원전白猿傳」, 「정결방貞潔坊」, 「간첩화상簡帖和尚」, 「연옥관음碾玉觀音」처럼 린위탕이 내용이나 주제를 대폭 수정한 작품들은 일절 채택하지 않았다.[77] 그러나 「백원전」 등의 작품을 통해서야 비로소 린위탕의 리텔링에 내포된 그의 근대의식을 더욱 명확하게 읽어낼 수 있다. 이 점을 감안하면 『중국전기소설집』은 원작자의 의도를 제대로 담아내지 못했다고 할 수 있다.

요컨대 린위탕과 한국어 역자 모두 중국 전기傳奇소설에 흥미를 보였다는 점에서는 같지만, 정작 린위탕이 서양 독자의 구미와 서양 현대소설에 준거해 시도한 중국전기傳奇의 '리텔링'은 한국어판의 『중국전기소설집』에

76 林語堂, 「『語堂文存』序言及校勘」, op.cit., p.508.

77 한국어본에 수록된 10편의 작품 가운데 「이혼기(離魂記)」, 「중산랑전(中山狼傳)」, 「이위공정(李衛公靖)」, 「정혼점(定婚店)」, 「장봉화호(張逢化虎)」, 「서산일굴귀(西山一窟鬼)」, 「남가태수전(南柯太守傳)」 등 7편은 모두 원작의 플롯을 그대로 따르고 있으며 개작되지 않았다.

서 거의 다 은폐되었다. 서양을 겨냥한 *Famous Chinese Short Stories*는 중국 고전문학을 익히 읽어왔던 한국 독자(역자)의 구미에 맞지 않았기에 다시 작품의 원형으로 최대한 복원된 셈이다. 결국 진문사에서 출판된 『중국전기소설집』은 이처럼 원작에 깊이 스며있는 린위탕의 근대의식이 거의 제거되었던 탓에, 동시기 출판되었던 『중국괴담 전등신화剪燈新話』, 『평요전平妖傳』, 『서유기』, 『손오공의 모험』 같은 중국 고전 지괴志怪류[78]와 별반 다름없이 읽혔을 공산이 크다.

이상에서 살펴봤듯이 1950년대 린위탕 작품의 활발한 번역 작업은 당시 관제적 중국(문학)의 이해 지평을 넘어, 전통과 근대를 모두 아우른 보다 더 진실한 중국과 중국문학을 향한 지적 앎에 대한 한국 사회와 지식계의 강렬한 욕망과 갈증이 가시화된 풍경임에 틀림없다. 해방기에 "중국인의 혈맥에 흐르는 혈색을 보고 중국의 내정을 살피고 중국인의 성격을 알고 중국의 정체를 직시"하는 데 가장 "현명한 관찰 방법"이자 그 "첩경"으로 간주되었던 '루쉰 읽기'[79]는 루쉰의 작품이 거의 다 소거된 1950년대 문학장에서 '린위탕 읽기'로 대체된 셈이다. 1950년대는 중국 대륙과의 교류가 법적으로 금기시되고 타이완과의 지적 네트워크 또한 대체로 경

78 구우(瞿佑), 『중국괴담 전등신화(剪燈新話)』, 진성당, 1950; 나관중(羅貫中), 『평요전(平妖傳)』, 고려출판사, 1953; 오승은(吳承恩), 『서유기』, 학우사, 1953; 오승은, 『손오공의 모험』, 신구문화사, 1959.

79 "우리는 신문의 단편적 보도로 중국을 관찰하거나 주의를 통하여 중국을 극부(極部)적으로 비평하는 것보다는 노신과 같은 위대한 창작가의 작품을 통하야 중국인의 혈맥에 흐르는 혈색을 보고 중국의 내정을 살피고 중국인의 성격을 알고 중국의 정체를 직시하는 것이 오히려 현명한 관찰 방법이 될 것이다. 현하(現下)와 같이 어느 나라보다 몬저 연구하여야 할 중국을 연구하는 때에는 노신의 창작을 통하는 것이 첩경인 이때에 그의 단편소설집이 이번에 간행되는 것은 그 의의가 크다고 하지 않을 수 없으며."(정래동, 「노신과 중국문학」, 김광주·이용규 역, 『노신단편소설집』(제1집), 서울출판사, 1946, 6쪽)

직된 반공연대의 차원에 국한돼 있었다. 그런 상황에서 타이완문학에 대한 적극적 수용에는 그다지 관심을 보이지 않았던 한국 지식인은 미국과 일본을 매개로 풍부한 근대 중국과 전통 중국의 지식을 함축한 린위탕 문학을 전후 남한의 냉전 현장으로 대대적으로 끌어왔다. 그 결과 린위탕은 이 시기 거의 유일하게 중국현대문학을 대표할 수 있었고, 독서장에서 무시할 수 없는 비중을 차지하기에 이르렀다.

린위탕의 수필과 소설의 한국어 번역 과정에서 일본어 중역의 문제가 노출되었음에도 불구하고 김신행, 이명규, 김용제를 비롯한 각 번역 주체의 탈일본적인 움직임이 있었다는 사실은 주목할 만하다. 또 이상에서 살펴본 것처럼 린위탕 문학은 1950년대에 이들 한국 지식인에 의해 상당히 다양한 스펙트럼에서 이해·수용되었다. 다시 말해 린위탕 문학의 이해에 있어서 1950년대가 갖는 특징과 가치는 바로 그 "다양성"에 있다고 할 수 있겠다. 그러나 1950년대 린위탕 문학 전체를 둘러싼 다층적 스펙트럼의 전유 형태와 가능성은 1960년대에 가서는 *The Importance of Living* 한 작품에 대한 집중적 경도로 치환되었다. 뒤에서 더 상세히 분석하겠지만 그 원인은 1960년대에 중국(문학)의 이해와 수용에 있어서 새로운 담론 환경이 조성되고, 린위탕의 2차 방한이 불러일으킨 '린위탕 열풍'에 있다고 할 수 있겠다. 1960~70년대에 린위탕 문학은 비록 대중적 센세이션을 불러일으키며 출판되어 널리 소비되었으나 수필, 특히 *The Importance of Living*의 일변도로 인해 매우 획일적인 수용 국면으로 수렴되면서, '린위탕'이라는 전신자가 가지고 있는 가능성은 역설적으로 약화된 측면이 없지 않다. 특히 그의 소설 작품은 계속 번역 출판될 수 있었지만, 그 가치에 준하는 주목을 받지 못한 채 거의 수필의 구색 맞추기로 전락했고, 1960년대 이후 점차 유입되기 시작한 다른 중국(타이완) 문학에 의해 점차 사람들의 관심으로부터 멀어졌다. 말하자면 한국에서 린위탕의 소설과 수필이 동등한 위상으로 독서시장에 소개되고 비교적 균질적으로 주목받고 독해된 시기는 1950년대가 유일했다고 할 수 있다. 이러한 맥락에서 봤을 때 1950년대 린위탕 문학(소설)의 한국어 번역이 가진 문제성과 의의는 결코 간과할 수 없다.

4. 중개의 불안정성과 세계성의 오독

서양에서 큰 환영을 받았던 린위탕은 비로소 한국에서도 그에 준하는 평가를 받게 되었고, 중문학·영문학 전문가인 윤영춘의 눈길을 사로잡기에 이르렀다. 윤영춘은 북간도 밍둥明洞 출신이며 윤동주의 오촌 당숙이다. 밍둥소학교를 거쳐 평양 숭실전문학교에 진학한 윤영춘은 한때 북간도로 돌아와 밍둥소학교 교사와 중국어 신문 『옌볜천바오延边晨报』 기자 생활을 하다가 일본에 유학했다. 1930년대 후반 메이지학원과 니혼대학에서 영문학을 전공한 윤영춘은 두 학교를 오가며 영문학 강사로 일하다가 해방 뒤에 귀국하여 학계로 진출했다.[80]

윤영춘은 일찍이 1948년에 「노신과 임어당」[81]이라는 논평을 내놓은 바 있다. 그러나 이 글은 주로 루쉰과 린위탕의 관계가 왜 틀어졌는가를 서술

80 윤영춘의 생애 경력에 관해서는 박진영, 「중국 근대문학 번역의 계보와 역사적 성격」, 『번역가의 탄생과 동아시아 세계문학』, 소명출판, 2019, 498쪽을 참고.

81 윤영춘, 「노신과 임어당」, 『대조』 3(4), 1948.12.

한 것으로, 린위탕 문학을 본격적으로 논의한 글은 아니었다. 이후 『현대중국문학사』1949의 제8장인 「수필문학」에서도 루쉰, 저우쭤런, 쉬즈모徐志摩, 위핑보俞平伯, 주쯔칭朱自清, 펑즈카이豐子愷 등을 차례로 거론하며 특히 수필문학에 있어서 루쉰, 저우쭤런 형제가 세운 공은 대단히 크다고 지적하면서도, 린위탕과 그의 소품문은 매우 간략하게 소개하는 데에 그쳤다.[82]

윤영춘이 린위탕에게 특별한 관심을 기울이기 시작한 것은 1954년 증보 재판된 『중국문학사』부터였다. 그는 새로 추가된 제11장에서 5·4운동 이래 점차 "독룡毒龍의 적설赤蛇에 삼켜"[83] 버린 대륙에서 전개된 중국문학의 전반적 흐름에 부정적인 평가를 내렸다. 그리고 장章 말미에 린위탕의 문화/학 실천을 소개하고 그를 5·4운동 이래 세계적 작가로 발돋움한 유일한 중국 작가로 높게 평가하면서 *The Importance of Living*의 제2장 "Views of Mankind", 제4절 "Human Life a Poem"과 제5장 "Who Can Best Enjoy Life", 제5절 "A Lover of Life : T'ao Yuanming"의 일부를 두 페이지 넘게 인용하기까지 했다.[84] 이처럼 윤영춘은 『중국문학사』에서 특별히 린위탕에게 새로운 문학사적 자리를 마련해주었다.

윤영춘은 1956년 4월 『신태양』에 「작가와 명성의 근거-임어당문학의 세계성」[85]이라는 글을 발표했다. 그리고 2년 전 출판한 『중국문학사』에 실었던 린위탕 소개문을 이 장문 안에 거의 그대로 삽입하다시피 했다. 이 글은 린위탕에 대한 한국 지식인의 독해 지평과 수준을 직접적으로 파악할 수 있게 해준다는 점에서 매우 흥미롭다. 논자는 린위탕의 기본

82 윤영춘, 『현대중국문학사』, 계림사, 1949, 172~174쪽.
83 윤영춘, 『중국문학사』, 백영사, 1954, 195쪽.
84 위의 책, 198~200쪽.
85 윤영춘, 「임어당문학의 세계성」, 『신태양』 5(4), 1956.4.

생애 경력부터, 도미 이후까지의 문학 활동 및 창작 특징, 그의 동·서 비교문학관, 종교관, 정치관에 이르기까지 다양한 각도에서 린위탕을 다루고 있다. 구체적인 작품 내용과 사소한 에피소드까지 하나하나 끌어와 논의를 전개한 이 글은 식민지 시기와 해방기 모두를 통틀어 가장 본격적으로 린위탕의 문학사상 체계의 전반적 특징과 흐름을 조감한 평론이라고 할 수 있다.

윤영춘은 서두에서 "린위탕은 산문작가로 5·4운동 이래 국외에서 세계적 문명을 날린 중국이 낳은 우수한 작가"라며 1954년 『중국문학사』에서의 논조를 유지했다. 식민지 시기에 김광주나 배호 같은 지식인이 린위탕의 소품문을 저평가했던 것과 달리, 윤영춘은 린위탕이 소품문에서 원중랑袁中郎의 글을 격찬하고 마치 고인古人의 옛길로 돌아가는 듯하지만 실제로는 현대인의 감정에 호소하고, 현대인이 추구하는 새 것을 찾으려고 한 것이라며 그 의의를 적극적으로 바라봤다. 그리고 식민지 시기 지식인들이 대체로 린위탕의 문학과 사상의 세계적 시좌에 대해 별반 주목을 가하지 않았(못했)던 것에 반해, 윤영춘의 글은 린위탕 문학의 세계성을 강조했다는 점에서 획기적 의의를 갖는다. 논자는 린위탕이 중국을 형상화하는 데 있어서 서양문화와 중국의 고유문화를 대비시켜 비평하는 자세가 "구미인의 구미를 돋운 것"이며 어떤 면에서 "문학의 세계성에 입각하며 동서의 비교문학의 최고봉"에 이르렀다고 높이 평가했다.

그러나 윤영춘에게 린위탕의 전체적 사상 체계를 제대로 파악하고 또 이전의 평론과 구별되는 새로운 시좌에서 린위탕을 조감하는 것은 다소 벅찬 과제였던 듯하다. 그는 이 글에서 린위탕에 대한 현저한 '소화불량 증상'을 보여준다. 윤영춘이 내놓은 린위탕론의 내용을 자세히 들여다보면 논지 전개가 그다지 매끄럽지 않으며 부정확하거나 재고할 여지가 있는 애매한 설명이 비일비재하다.

예컨대 글 도입부에 논자는 "국민정부에 대한 비난에서 미움을 받고 미국에 건너가 주로 중국을 테마로 해서 쓴 영문 작품들은 중국인의 무지를 폭로했다는 점에서 중국인에게는 가혹한 평을 받았으나 유럽인들에게 절찬을 받았다"고 적고 있다. 이 논지는 해당 사실의 내부 맥락을 잘 아는 독자들에게는 혼선을 유발할 여지가 없으나, 이제야 막 쏟아져 나오는 한국어 번역본을 통해 린위탕(문학)을 본격적으로 접하기 시작한 한국의 일반 독자들에게는 오해를 불러일으킬 만한 내용이다. 정확하게 말하자면 린위탕이 도미를 한 결정적인 원인은 *My Country and My People*이 미국에서 큰 인기를 얻고, 또 월시 부부가 그를 계속해서 초청했기 때문이라고 봐야 타당할 것이다. 그리고 후반부의 논자의 설명은 자칫 린위탕의 작품이 중국인의 무지를 폭로하는 것이 그 특징이고 또 그것으로 인해 중국인과 서양인으로부터 전연 상반된 대우를 받았다고 오해하기 쉽다. 그러나 린위탕의 영문 창작은 본질적으로 중국의 문화정신의 정수를 홍보하고 중국과 중국인의 세계적 이미지와 위상을 바로잡아 제고하는 데 그 목적이 있다. 또 그렇기에 린위탕의 작품이 서양에서 환영을 받을 수 있었던 것이다. 엄밀하게 말하자면 린위탕이 작품에서 중국 국민정부의 추악한 일면을 폭로했기 때문에 국민정부 편에 선 언론으로부터 미움을 받았던 것이고, 그가 기왕 유럽 독서시장에서 흔히 받아들여져 왔던 무지하고 미개한 중국인의 이미지를 재등장시킨 것은 아니었다.

윤영춘의 글에서 린위탕의 생애와 그 경력을 잘못 기록한 부분도 종종 찾아볼 수 있다. 가령 그는 린위탕이 하버드에서 박사학위를 받았다며 "미션스쿨을 거쳐 도미하기까지에 중학교 영어교사로 있으면서 영문법, 영어 독본 등을 편찬해 사계斯界의 주목을 끌었을 뿐 아니라 당대의 유명한 간행지 『어사』를 통하여 단문, 그도 풍자적인 글을 발표하여 유모어 작가의 기풍을 여실히 발휘했"고 "임씨가 당시에 주창한 산문 수필은 후에 와서 문단의 일시적 기풍을 이루어 놓았다"고 소개하고 있다. 그러나 논자의 이와 같은 설명은 모두 정확하지 않다. 린위탕은 미국 하버드대학과 독일 라이프치히대학에서 각각 비교문학 석사학위, 언어학 박사학위를 받았고, 1916년에 미션스쿨인 세인트존스대학을 졸업한 후 1919년에 미국 유학을 떠나기 전까지 베이징에 있는 청화학교清華學校 중등과中等科에서 영어를 가르쳤다. 이때 『어사』지는 아직 창간되지도 않았다. 1923년 박사학위를 받아 귀국한 린위탕은 다음 해인 1924년에야 이제 막 창간된 『어사』지에 주기적으로 투고하기 시작했다. 린위탕이 이 시기에 발표한 글은 루쉰의 글과 같이 날카로웠고(그의 말로 표현하면 "浮躁淩厲"), 유머러스한 문풍과는 거리가 있었다. 그는 1926년에 상하이로 이주한 후 *The China Critic*, 『논어』 등 잡지를 적극적으로 관여, 주간하면서 유머 소품문을 다수 발표하며 '유머대사'라는 칭호를 얻게 되었다. 또 그가 영문법, 영어독본 등 교재 시리즈를 집필해 "판세대왕版稅大王"이라고 불릴 정도로 출판시장에 대성공을 거두었던 것도 유학을 떠나기 전이 아니라 상하이 시절의 일이었다. 이렇듯 윤영춘은 린위탕의 1910년대부터 1930년대에 걸친 경력과 창작활동을 전부 뒤섞어 이 모두를 유학 가기 전 참여한 것처럼 소개하고 있다.

이와 더불어 논자는 린위탕의 도미 이후의 활동에 눈길을 보내면서 "중국인의 무식을 깨치기 위하여 미국서 수입되는 인쇄료로 주음부호注音符號를 인쇄하여 국민에게 나누어주어 한자를 로마자로 고치는 개혁운동까지

일으켰다"고 지적했다. 1946년 린위탕이 미국에서 출판을 통해 얻은 인세를 털어 중문타자기를 발명한 것은 사실이나, 그가 언어개혁운동에 참여한 것은 이로부터 한참 전인 1920년대의 일이다. 그리고 린위탕은 한자를 없애고 로마자로 대체하자고 주장한 적도 없으며, 한자의 발음을 로마자로 표기하는 방안을 제시했을 뿐이다. 당시 첸쉬안통錢玄同, 리진시黎錦熙, 자오위안런趙元任, 린위탕 등 언어학자는 기존에 사용하고 있는 주음자모注音字母[86]의 한계성을 느껴 국어를 로마자로 표음하는 방안을 다수 제출했다. 이들은 1923년에 설립된 국어 로마자병음 연구위원회國語羅馬字拼音研究委員會의 위원을 담당하여 1925~1926년에 걸쳐 「국어로마자병음법식國語羅馬字拼音法式」을 내놓았다. 훗날 난징 국민정부 대학원南京國民政府大學院에서는 이 표음법을 "국음자모제이식國音字母第二式"이라는 명칭으로 공포하고 기존 유통되어 왔던 주음자모註音字母를 "주음부호" 또는 "국음자모제일식國音字母第一式"으로 개칭했다.[87] 엄밀히 말하면 윤영춘의 위와 같은 설명은 사실 여부를 떠나 그 시작부터 논리적으로 성립이 안 된다고 말해도 무방하다. 그는 '주음부호'와 '한자 로마자 병음'이라는 용어조차 제대로 구분하지 못하고 혼동하고 있다.

또 논자는 린위탕의 문학 특징을 요약하면서 이에 해당되는 예로 적합하지 않은 작품을 제시하기도 했다. 예컨대 그는 린위탕이 "어디까지나 중국 민족의 특유성을 토대로 하여 세계문학과의 일관성을 지으려 했고

86 주음자모(注音字母)는 청나라 말기에 장타이옌(章太炎)이 고안했던 기음자모(記音字母)를 기초로 1913년에 중화민국 교육부에서 제정되었으며, 1918년에 공식 발표되었다. 일본어에서 쓰는 가타카나의 제자(製字) 원리와 마찬가지로 해서체(楷書體) 한자의 획 일부분을 따서 만들었다.

87 黃偉嘉・敖群 編著, 『漢字知識與漢字問題』, 商務印書館, 2009, pp.166~167.

평민平民적인 데서 고래의 전통적인 전형을 찾으려고 했다"고 설명하면서 그것이 *Moment in Peking*에 나오는 등장인물에 여실히 나타났다고 말했다. 그러나 주지하다시피 이 소설은 중국의 평(서)민이 아니라 시대에 따른 상류층 가족의 변천사를 다룬 작품이었다. 이어서 논자는 린위탕의 "자유롭고 유려流麗한" 문체를 엿볼 수 있는 작품의 예로 *The Vigil of a Nation*을 들고 있다. 그러나 *The Vigil of a Nation*1944은 공산당 체제를 의식적으로 비판하고 국민정부의 지도력을 적극적으로 옹호한 전시戰時 르포르타주이다. 따라서 정치색이 농후하며 기자의 보도 논조에 가깝다. "자유롭고 유려流麗한" 문체와 같은 설명은 린위탕의 유머 소품문, *The Importance of Living* 등 작품에 보다 더 어울린다. *The Vigil of a Nation*의 문체를 "자기표현파류에 속한" 예로 제시하는 것은 적절치 못하다.

마지막으로, 윤영춘은 글의 말미에서 린위탕은 "중국인이면서도 냉정한 현대인으로 넓은 세계적 시야에서 비과학적인 중국을 재검토하고 비판하여 유유히 세계에 이야기하고 있"으며 그의 "철학적인 사색"과 "과학적인 비판"이 문학으로 형성되어 나올 때 독자의 심금을 울린다고 적었다. 린위탕의 문학에 대한 이러한 총평은 완전히 틀린 견해라고 할 수는 없으나 역시나 격화소양의 감이 든다. 어떤 면에서 이러한 평가는 루쉰에게 더 적합한 것인지 모른다. 실제로 윤영춘은 1947년에 엮은 『현대중국시선』의 해설에서 "루쉰 선생"의 "대걸작"인 『아Q정전』은 "비과학적이요 아주 무능한 민족의 무지를 통탄하여 써냈다"고 평가했었다.[88] 단언하기는 조심스럽지만 어쩌면 이때의 윤영춘은 루쉰과 린위탕이 대체로 동일한 맥

88 윤영춘, 『현대중국시선』, 청년사, 1947, 131쪽.

락에서 중국을 바라보고 형상화했다고 다소 혼동했는지도 모른다. 그러나 루쉰과 린위탕의 중국 서사는 분명 궁극적으로 상반된 것을 지향하고 있다. 린위탕 역시 루쉰처럼 중국의 치부를 드러내는 데에 있어서 전혀 거리낌이 없었지만, 본질적으로는 중국의 전통적 문화정신을 바탕으로 "얼굴에 점이 있는 미인"을 형상화하려 했다. 그리고 린위탕의 눈에 비친 이 "미인"의 매력은 바로 서양의 과학지상주의의 대척점에 있는 비과학성에 있다고 할 수 있다. 또 윤영춘은 린위탕의 문학에서 "철학적인 사색"과 "과학적인 비판"이라는 두 가지 핵심어를 읽어냈다. 우선 이것은 윤영춘이 린위탕의 소설, 전기傳記 등 작품의 특징을 재고하지 않고 수필 문학에 한정해 내린 판단으로 보인다. 린위탕의 수필에서는 "과학적인 비판"의 면을 찾아볼 수 있기는 하나, 그보다는 "철학적인 사색"이 풍부하고 유머러스하고 재치 넘치는, 즉 '감성적 문풍'이 훨씬 더 도드라진다고 봐야 타당할 것이다. 여기서 린위탕의 저작 중에서 『일본필패론日本必敗論』1938 같은 정론성을 강하게 띠는 논설은 그 예외라 할 수 있다. 린위탕의 이 저작에서는 유머러스한 논조는 전연 찾아볼 수 없고, 객관적이고 냉철한 분석으로 일관하고 있으며, 과학적이면서도 논리적인 치밀함을 갖추고 있다.

요컨대 윤영춘의 글은 상당히 시사적인 의의를 가지고 있음에도 불구하고 일일이 열거하기 힘들 정도로 오류나 애매모호한 설명을 다수 찾아볼 수 있다. 오히려 식민지 시기에 배호, 한설야 등 지식인이 발표한 린위탕 논평문이 윤영춘에 비해 훨씬 더 정확한 정보를 제공하고 있다. 다만 이렇게 많은 지문을 할애해 다소 장황하게 윤영춘의 잘못된 견해를 규명한 이유는 식민지 시기와 해방기의 린위탕 논평을 통틀어 이 글이 분수령적인 의미를 갖고 있기 때문이기도 하고, 무엇보다 훗날 한국에서 린위탕의 작품을 가장 많이 번역·소개하고 린위탕에 관한 평론을 가장 많이 생산한 사람이 바로 윤영춘이었기 때문이다. 그는 1960, 70년대에 린위탕이 내한할 때마다 스케줄을 안배해 주고, 린위탕의 친필 휘호를 받았을 정도로 한국에서 린위탕과 가장 가까이 지냈던 인물이었다. 그러나 이처럼 훗날 린위탕의 한국 대리인과 다름없는 윤영춘은 1950년대 막 린위탕을 본격적으로 소개하고 그의 문학사상을 진지하게 사색하기 시작한 무렵에는 이처럼 강한 '린위탕 소화불량증'을 보여주었다.[89] 1950년대는 린위탕의 급부상에 어울리는 체계적이고 성숙한 린위탕론이 생산되기에는 아직 시기상조였다. 윤영춘의 사례는 당시 한국에서 린위탕의 세계적 후광 너머 지식계의 그에 대한 불안정한 이해 수준을 적나라하게 보여줬다고 할 수 있다.

---

89 뒤에서 자세히 거론하겠지만 윤영춘은 1960~70년대에 린위탕의 작품 번역 작업을 대거 맡았는데 린위탕에 대한 잘못된 독해와 소개를 반복했다.

제4장
데탕트 전후, 린위탕의 내한來韓 발화와 다중적 얼굴

1. 저널리즘을 통한 상호 대화의 시작

1950년대에 독서·출판계에서 급부상한 린위탕은 1960년대에 접어들어서도 그 위상을 계속 유지해 나갔다. 『생활의 발견』, 『폭풍속에 나뭇잎』, 『주홍문』 등 수필·소설 작품이 단행본으로 계속 (번역) 출간·재판되는 가운데 「나의 신조信條」, 「독서하는 예술」, 「공부자의 일면」, 「유모어의 감각에 대하여」, 「인생은 한 편의 시」, 「양심」 등 단편 수필이 여러 대학 교재와 고등학교 교과서에 채택되기도 했다.[1] 린위탕의 작품은 "철창

1 숙명여대 국어교재연구회 편저, 『대학국문선』, 신고전사, 1961; 이화여대 교양국어편찬위원회 편, 『교양국어』, 이화여대 출판부, 1962; 곽종원·강한영·이을환·김남조 편, 『(대학)교양국문선』, 수도출판사, 1963; 대학교양국어편찬위원회(편집대표 백철) 편, 『(대학)교양국어』, 일신사, 1964; 대학교양국어편찬위원회 편, 『(대학)신교양국어』, 신아사, 1964; 전광용·송민호·유창돈·이태극 편, 『고등교양현대문-상급용』, 국제문화사, 1965; 고교국어연구회 편, 『고교국어정선』, 민중서관, 1965; 이화여대 교양한국어편찬위원회 편, 『교양한국어』, 이화여대 출판부, 1965.

속 부정선거의 원흉"은 물론이고 졸업을 앞둔 대학생들에 이르기까지 광범위한 한국 독자의 애독서 리스트에 한 자리를 굳혔으며, 국제친선우체부가 타이베이에 있었던 린위탕을 직접 찾아가 한국 국민의 친선편지를 전달하기도 했다.[2] 국립중앙도서관 열람자의 대출 빈도수를 집계한 자료를 보면 린위탕의 『생활의 발견』은 1967년 상반기의 외국 비소설 분야 베스트리더 리스트에서 앙드레 모루아, 니체, 러셀, 아드 브린 등의 저서들 사이에서 계속 1~2등을 차지하다시피 했다.[3]

출판·독서계의 인기와 맞물려 작품에 담긴 독서, 칸트 철학, 차 마시기, 미국의 들놀이, 중국 한민족의 음식 습관, 공자, 한자 등등에 대한 린위탕의 다양한 격언, 문구들이 언론 지면에서 빈번하게 인용되었다.[4] 서울대 법대 교수 김기두가 "동양적 문화를 경시하고 서구적인 것에만 도취되기 쉬운 젊은이들"에게 *The Importance of Living*을 권하는가 하면,[5] 이어령은 『경향신문』에 『흙 속에 저 바람 속에』를 연재하면서 한국의 돌담, 복식을 논할 때 린위탕의 지식을 종종 끌어왔다.[6] 간혹 그의 「개고기 장군을 추도함憶狗肉將軍」이라는 수필 작품이 대학입학시험 중국어문제 출제를 비판하는 논거로 제시되기도 하고,[7] 연설문의 경우 김종필 공화당의장 미

2 「철창 속의 부정선거원흉들」, 『동아일보』, 1960.7.2; 「대학4년의 백서」, 『경향신문』, 1964.12.16; 「수륙만리…명사순례도」, 『동아일보』, 1962.11.13.

3 「베스트리더」, 『동아일보』, 1967.3.2·4.5·5.9·6.1·7.13.

4 「횡설수설」, 『동아일보』, 1962.9.13·10.26·1966.8.22; 정창범, 「증언당의정(糖衣錠) 철학」, 『동아일보』, 1962.12.4; 「에티케트 몸가짐이 얌전해야」, 『경향신문』, 1965.2.3; 「멋없이 비틀대는 들놀이」, 『동아일보』, 1966.4.23; 「낮잠 자다 유명해진사나이」, 『경향신문』, 1967.6.5; 「한글정책은 긴 눈으로」, 『경향신문』, 1968.5.6.

5 「방학동안에 권하고 싶은 책」, 『동아일보』, 1963.8.1.

6 「흙속에 저 바람 속에」(11)(17)(19), 『경향신문』, 1963.8.27·9.3·9.5.

7 「대학입학 국가고사 출제를 비판한다」, 『동아일보』, 1962.2.3.

국 연설의 참조 텍스트가 되기도 했다.[8] 한때 자유당 잔당 청산 문제를 논하는 자리에서 대륙 시절에 "물에 빠진 개"를 두고 린위탕과 루쉰 사이에 벌어졌던 '패어 플레이' 논쟁이 종종 예로 동원되는가 하면,[9] 1962년에 후스의 타계를 추도하는 여러 글에서 린위탕의 이름 역시 자연스레 거론되기도 했다.[10] 그리고 한국 대중들은 이처럼 텍스트나 과거 시제로서의 린위탕뿐만 아니라, 각종 미디어를 통해 그의 현재 동태까지 수시로 접할 수 있는 환경에 놓여 있었다. 예컨대 그의 입원 소식이 수차례 국내에 전해졌으며,[11] 1966년 대만 방문, 정착 후의 현지에서의 문화/문학 활동 관련 뉴스[12]나, 격한 반공발언[13]까지 모두 신문 지면을 통해 한국 독자에게 빠르게 전달되었다.

이렇게 1950년대의 연장선에서 무난하게 상승세를 이어가던 린위탕의 수용 상황은 1968년, 1970년 그의 두 차례 방한을 계기로 질적 변화를 맞이했다. 식민지 시기 이래 한국에서 일방적으로만 수용되거나 당대 문

8 「사이비언론 정리에 고충」, 『경향신문』, 1966.9.15.

9 「횡설수설」, 『동아일보』, 1960.8.4; 「대체 무소속이란 것이 무엇인가?」, 『국민보』, 1960.8.31.

10 「고(故) 호적박사의 편모」, 『경향신문』, 1962.2.26; 윤영춘, 「중국문학혁명의 아버지」, 『동아일보』, 1962.2.27; 김동성, 「내가 본 호적박사」, 『동아일보』, 1962.2.28.

11 「임어당씨 입원」, 『동아일보』, 1962.1.15; 「외신 축소판」, 『동아일보』, 1962.1.18; 「임어당 신장수술」, 『경향신문』, 1962.1.21.

12 「임어당박사는 4일간의 대만방문차 동경으로부터…」, 『동아일보』, 1966.1.27; 「3초 외신」, 『경향신문』, 1966.1.28; 「임어당박사, 일본서 동양문화와 서양문화를 주제로 공개강연」, 『조선일보』, 1966.11.24; 「「홍루몽」작자 하나 임어당박사의 주장」, 『경향신문』, 1967.5.5; 「조국 위해 일 할 터 임어당 대만에 정착」, 『경향신문』, 1967.5.25; 「토인비박사 방대(防台) 임어당박사 초청」, 『동아일보』, 1967.12.14.

13 「중공은 3년 내 붕괴 모택동 죽으면 격하(格下)」, 『경향신문』, 1966.8.1; 「"중공은 3년 내 붕괴 모(毛)죽으면 격하필지(格下必至)" 임어당박사 예언」, 『동아일보』, 1966.8.1; 「중공, 3년 내 붕괴－임어당박사 예언」, 『조선일보』, 1966.8.2; 「중국석학 임어당이 분석한 중공 문화혁명의 앞날」, 『동아일보』, 1967.3.18; 「"모택동은 이미 민심 잃어 인민 봉기로 곧 끝장" 임어당박사가 본 중공내분」, 『조선일보』, 1967.3.19.

단·지식계와 매우 제한적으로 직접 교류를 가졌던 루쉰, 후스, 바진 등 여타 중국 지식인과 달리 린위탕은 한국을 대상으로 상당히 능동적인 소통방식을 취했다. 그는 1968년에 제2차 서울 세계대학총장회의에 특별연사로 참가했고, 시민회관에서 한국의 일반 대중을 향해 열띤 강연을 펼쳐 열광적인 환영을 받았다. 그리고 2년 후 제37차 서울 국제펜대회의 특별연사로 다시 한국을 찾았다. 그가 1968년에 대회의 토의주제나 규모, 시간적 제약 때문에 주인공으로서의 영광을 제대로 누리지 못하고 다음 방한을 기약하면서 한국을 떠났다면, 1970년 서울 펜대회는 마치 린위탕을 위해 마련된 것처럼 보였다. 린위탕은 두 차례 방한 기간에 당대 한국 일반 대중, 지식인들과 직접 소통·대화했으며, 잇따라 대대적인 '린위탕 문학 출판 붐'을 불러일으키며 한동안 사회적 핫이슈로 부상했다. 이것은 당시는 물론이고 현재까지 통틀어 그 어떤 중국인이나 아시아인도 한국에서 누려보지 못한 대접이었다.

린위탕의 문제적인 내한 연설의 경위를 본격적으로 재조명하기에 앞서 보충해야 할 점이 하나 있다. 그것은 바로 린위탕의 방한이 성사되기 이전부터 양자가 직접 대화하려는 움직임이 서서히 시작되었다는 사실이다.

엄격하게 따지자면 린위탕이 처음 한국에 말을 건 것은 1967년이었다. 동양통신 특파원인 홍승억이 '자유중국' 타이완에 방문한 김에 미국 생활을 청산하고 양명산에 정착한 지 1년이 된 린위탕과 인터뷰한 내용을 『동아일보』1967.7.29에 실었다. 기자는 동서고금의 광범위한 장서로 빼곡이 꽂혀 있는 린위탕의 서가 위에 당시 자유중국 총통인 장제스와 함께 찍은 기념사진이 걸려 있었던 것이 인상적이었다고 쓰면서, "서양을 너무나 잘 아는 이 동양의 석학" 린위탕의 "아시아인이 서양문명을 겁내지 말고 잘 배우고 소화해서 동양문화, 우리 고유문화의 발전을 도와줘야 한다"는 메시지를 전달했다. 태평양전쟁 때부터 이승만과 만난 적이 있다고 고백한 린위탕은 한국에 가 본 적은 없으나 한글, 거북선, 인쇄술 등의 선구로 알려진 한국을 대단히 흠모하고 있다며, 한국의 지난 역사가 동양문화를 보존하는 데 끼친 공헌을 높이 평가했다.[14]

린위탕과 한국의 두 번째 '대화' 역시 『동아일보』의 주선을 통해 이루어졌다. 다음해인 1968년 1월 1일, 『동아일보』는 박악준, 곽상훈, 변영태, 최두선, 정구영, 박순천, 허정, 백두진 등 국내 여러 원로 정치인을 초청해 근대화와 민주화를 둘러싼 "현실진단과 처방"을 논의하는 자리를 마련하는 한편 이것의 초호화 버전인 "본지 독자를 위한 해외 석학들의 신춘논단 시리즈"를 야심차게 계획했다. 이 시리즈는 린위탕을 포함해 장 B. 드로젤프랑스 소르본느대학 교수, 에베레트 하겐미국 MT국제연구소 간부요원 겸 경제학 교수, 아담 커얼 · 새뮤얼 헌팅턴 · 조셉 나이미국 하버드대학 교수, 로날드 레이즈영국 버밍엄대학 교수, 시브나라얀 레이인도 멜보른대학 교수, 선강보沈剛伯, 타이완대학 교수, 가브리엘 알몬드미국 스턴포드대학 교수 등 구미, 인도, 타이완을 총망라한 세계 최고 아카데미계의 지성들이 필진으로 초청되어 "아시아 후진국의 과제와 해결 방향"1월 1일, 7~8면, "후진국과 근대화와 부패"1월 4일, 5~6면, "아시아 근대화와 전통사상"1월 5일, 5~6면, "아시아 후추국의 과제와 해결 방향(속) – 민주주의와 경제발전"1월 9일, 3~4면 총 네 가지 테마로 4일에 걸쳐 대대적으로 진행됐다.

이 시리즈에 참여한 인물들의 면면을 살펴보면 하나같이 내로라하는

14 「임어당 인터뷰」, 『동아일보』, 1967.7.29.

석학들인 데 반해, 유독 린위탕만 "중국의 작가"라고 소개되어 눈길을 끈다. 그의 논고는 시브나라얀 레이, 선강보와 함께 "아시아 근대화와 전통사상"이라는 세 번째 테마 아래 배치되었다.[15] 시브나라얀 레이나 선강보의 장문의 논고가 체계적으로 논지를 전개해 나간 반면, 지면 한가운데에 배치된 린위탕의 논고는 길이나 내용 모두에 있어서 다소 단출해 보여 위화감이 없지 않았다. 앞의 두 논고가 서양 근대화 모델이 가진 특성과 병폐에 대한 심도 있는 분석, 아시아 국가의 근대화의 실현 방안 구획, 특히 근대화에 유용한 아시아 전통 가치의 구체적 내포 제시, 그리고 이에 대한 적극적 채택을 요망했다면 린위탕의 논지는 상대적으로 단순하다.

그는 먼저 거시적인 각도에서 아시아 국가가 하루빨리 보수적 입장에서 벗어나 "영광의 과거"를 청산하고 근대화를 꼭 실현해야만 하는 당위성을 강조했다. 이와 더불어 그는 과학"물질문명의 진보"과 도덕"정신문명의 향상"은 반드시 같은 보조로 나아가는 것이 아니라며 특히 인간과 자연의 관계, 인생의 의미에 관한 사유에 있어서 서양의 실존주의 같은 사상보다는 동양사상(중국철학)이 더 심오하다는 말로 논점을 마무리했다. 개괄적인 몇 가지 요점만 던지고 독자에게 구미만 돋운 셈이었다. 요컨대 "아시아의 근대화와 전통사상"이라는 테마 아래 린위탕은 시브나라얀 레이, 선강보와 비슷한 입장을 취하고 있지만 추상적인 기조발표 정도만 담당했을 뿐 이에 따른 구체적인 내용 제시와 토의는 나머지 두 논자가 떠맡아 수행한 것이나 다름없었다. 물론 이러한 양상은 린위탕 개인의 선택이라기보다는 『동아일보』 측의 시리즈 원고 배치에 따른 결과였다. 한국 독자가 린위탕

15 「본지 독자를 위한 해외 석학들의 신춘논단 시리즈－아시아 근대화와 전통사상」, 『동아일보』, 1968.1.5.

의 사상 체계를 본격적으로 접하려면 다음 기회를 기약해야 했다.

2. 1968, '동서의 교량' 린위탕 한국에 오다

1) 제2차 서울 세계대학총장회의와 린위탕의 중·서문화론

(1) 대회 개관, 평화와 반공 사이

앞서 언급한 것이 가벼운 '인사 차원'의 접촉이었다면 린위탕과 한국의 본격적인 대면은 1968년 6월 18일 한국에서 개최된 세계대학총장회의를 통해 이루어졌다. 세계대학총장회의IAUP는 경희대 총장 조영식과 미국 디킨즌대학 총장 산마르티노 등의 공동 발의로 냉전시기에 공산권을 제외한 '자유우방'의 고등교육기관과 대학의 최고 경영자인 총장, 부총장들에 한해 전 세계 고등교육의 국제적 역할 강화와 질적 향상을 모색하기 위해 결성된 국제적 모임이다.[16] 제2차 세계대학총장회의 개최 당시 자유세계

16 IAUP 창립총회는 '세계대학교육의 공통점은 무엇인가?'를 주제로 1965년 6월 29일 영국 런던의 옥스포드대학에서 개최되었으며 21개국 약 120명의 대학 대표가 참석했다. 창립총회에 초안된 IAUP 헌장은 개요만 있었을 뿐 평화 교육과 국가 간 고등교육의 협력에 중점을 두고 있지 않았으며 훗날 산마르티노와 조영식은 의식적으로 유엔 정신을 헌장에 반영시켜 내용을 구체화했다. 헌장에 따르면 IAUP의 목적은 교육을 통해 인류의 평화, 복지, 안보를 증진하고, 고등교육 지도자들의 상호 친선, 이해와 교감을 조성하며, 교직원, 학생, 학술자료의 교환을 통한 공동연구를 주선하며, 인류 문화의 발전과 세계평화의 유지에 일조하는 수단으로 문화·학문의 교류를 촉진시키는 데에 있다는 것이다. '교육을 통한 인류의 평화, 복지와 안전을 추구한다'는 IAUP의 주요 모토는 1964년 결성된 이래 변하지 않았으며 훗날 코스타리카의 평화대학 설립, 유엔의 '평화의 해'와 '평화의 날' 선언, IAUP와 UN가 공동으로 결성한 군축교육위원회와 평화위원회의 활동 등을 비롯한 다양한 평화 교육 프로그램의 지침이 되었다. IAUP의 첫 총장은 삼마리티노가 맡았으며 1964년부터 1971년까지 지냈다. 이어 조영식이 1971~1981년 10년 동안 총장직을 역임했다. 본부는 삼마리티노가 소재한 디킨슨 대학교의 세 번째 캠퍼스인 영국 Wroxton로 정했다. 정기총회는 3년마다 회원국대학에서 돌아가며 열기로 합의했으며, 각 대학의 총장들은 이 자리에서 고등교육 기관들이

600여 개 대학 가운데 374개 대학총장이 회원으로 가입해 있었다.[17] 한국 대학의 경우 창립 당시 4개 대학이 가입돼 있었지만 제2차 총회에 이르러서는 15개 대학으로 늘어났다.[18]

창립총회에 이어 제2차 총회의 유치권을 당시 '미개의 땅'으로 폄하되기까지 했던 세계의 변두리인 한국이 얻어냈다는 사실은 호스트대학으로 지정된 경희대학교나 한국 교육계는 물론 국가적으로도 큰 경사가 아닐 수 없었다. 한국예술원장이었던 박종화는 이 대회를 한국에 유치한 경희대를 격찬하면서 국가에서도 주최하기 어려운, 세계 석학인 대학 총장들의 모임을 조영식 총장 단독의 힘으로 주관했다는 것은 우리나라 대학 교육사상 획기적인 이정표가 된 사건이라며 높이 평가했다.[19] 1968년 서울 총회 개최는 조영식의 여러 공언에서 시사해 주듯 한국의 대학이 더 이상 세계의 고아로 머물러 있지 않다는[20] 유력한 증거이자, 아직 한국에 대한 인식이 부족한 세계 지성들에게 한국의 전통문화와 건설상을 직접 보여줌으로써 "국위의 선양에 이바지 할 수 있는"[21] 절호의 민간외교의 기회로 간주되었다.

직면하고 있는 주요 이슈와 과제를 토의하고 그 해결 방안을 모색한다. 이외에 『지성의 빛(Lux Mundi)』이라는 기관지와 각종 논문집을 간행한다. 이상 IAUP에 관한 정보에 대해서는 Young Seek Choue, "IAUP History From 1964 to 1981 and the Activities of the High Commission for Peace Throughout Its History", International Association of University Presidents, *History Of The IAUP : The First 30 Years*, Guadalajara, Jalisco, México : IAUP, 1996, pp. ii · 11; https://zh.unesco.org/node/264801 참고.

17 「동 · 서 지성의 정상 대화」, 『동아일보』, 1968.6.8.

18 조영식, 「세계의 석학을 어떻게 맞을 것인가-IAUP 한국회의에 즈음하여」, 『교육평론』 116, 교육신문사, 1968.6, 102쪽.

19 임춘식, 『소통과 창조-미원 조영식의 삶과 철학』, 동아일보사, 2009, 107쪽.

20 「동서문화의 가교 석학에게 심어질 한국의 이미지」, 『조선일보』, 1968.6.16.

21 조영식, 앞의 글, 104쪽.

1968년의 한국은 제1차 경제개발 계획1962~1966이 연평균 7.9%의 높은 성장률을 기록해[22] 성공리에 막을 내리면서 제2차 경제개발을 한창 진행하던 무렵이었다. 그러나 당시 한국에 대한 국제적인 시선은 썩 좋지 않았다. 한국은 미개한 민족이고 후진국이라는 인상과는 별개로, 1964년 이래 베트남 파병을 적극적으로 추진한 탓에 미국에 종속된 국가로 낙인찍혔다. 특히 한국군이 베트남에서 저지른 양민학살 및 폭행이 한국의 국제적 이미지에 큰 타격을 입혔다.[23] 뿐만 아니라 1964년 6·3 한일회담 반대 학생시위, 1967년 7월 동백림 사건, 특히 1968년 한 해에 북한의 청와대 기습사건1.21, 이틀 후 미국 정보수집함 푸에블로호 나포1.23, 울진·삼척 무장공비침투사건10.30~11.2, 그리고 통일혁명단 사건8.24 등 여러 사건들로 도배된 한국은 국내 정세가 매우 불안정한 것으로 여겨졌다.

이러한 시점에서 세계적으로 명망 있는 교육가뿐만 아니라 사상가, 외교·정치가들까지 한국으로 운집시킨 대규모의 세계대학총장회의는 일차적으로 세계대학 간의 정보, 유학생·교수의 교류활동을 활발히 촉진시키는 것과 더불어, 그 무엇보다도 한국에 대한 인식을 일거에 쇄신시켜 "올바른 한국의 영상"[24]을 심어줄 수 있는 좋은 발판으로 간주되었다. 따라서 정부는 적극적으로 나서 대회에 관변적 성격을 덧씌웠다. 훗날 제2차 서울 세계대학총장회의의 개최는 1968년 정부의 10대 업적 중 하나로 기록되었다.[25] 상당한 액수의 경비 지원[26]은 물론 대회의 원만한 개최를 위해

---

22 서중석, 『(사진과 그림으로 보는) 한국 현대사』(개정증보판), 웅진지식하우스, 2013, 362쪽.
23 위의 책, 311쪽 참고.
24 「세계대학총학장회의」, 『동아일보』, 1968.6.17.
25 임춘식, 앞의 책, 106쪽.
26 경비 총액 2,248만여 원 중 1,124만여 원 보조해 주었다. 조영식, 앞의 글, 102쪽.

일찍이 무비자 입국을 허가한 사례가 없었던 한국에서 파격적으로 비자가 없는 일부 대표들의 입국을 허용하기까지 했다.[27] 또 서울시장은 홍릉에서 회의 장소까지 도로 포장공사를 했다.[28] 당시 대회 기념우표와 담배가 제작될 정도로 사회적 관심이 상당했으며 국내 언론들은 대회 개최 10일 전부터 대대적인 보도 경쟁을 벌였다.[29]

총회는 6월 18일 오전 10시 갓 준공된 경희대 서울캠퍼스 중앙도서관에서 개막되었다. 이날 행사에는 박정희 대통령, 권오병 문교부장 등 한국 정부 인사를 비롯해 세계 31개국 대학 총장 70명, 옵서버 44명, 초청 연사 5명, 국내 35명의 총장 등 총 154명의 본회의 참가자, 그리고 주한 외교사절, 교육 관계자, 국내외 보도진 등 총 1,000여 명이 회의장을 가득 채웠다.[30] 린위탕은 자유중국 중앙연구원원장 왕스제王世傑, 교육부부장 옌전싱閻振興, 성공대학 총장 뤄윈핑羅雲平, 봉갑공상대학逢甲工商學院 총장 장시저張希哲 등 대표와 함께 회의에 참석했다.

구체적 대회 일정을 보면 개막식을 가진 뒤 곧바로 워커힐로 장소를 옮겨 3일간 회의를 계속했으며, 토의 방식은 의제 순에 따라 한 연사의 주제 발표를 토대로 자유 토론을 벌이는 식이었다. 대회 의제는 '동서문화의 융화점과 세계평화', '저개발국에 있어서 대학교육이 어떻게 국가발전에 기여할 것인가', '대학생과 사회참여' 등 세 가지였으며, 자유중국의 린위탕, 한국의 연세대 명예총장 백낙준, 후진사회 문제 전문가인 프랑스 파리

27 Theuk Sung Choue 외 편, *The International Association of University Presidents Second Conference*, Kyung Hee University, 1968, p.12(이하 "회의록"으로 줄임).

28 조영식, 앞의 글, 105쪽.

29 「세계대학총장회(IAUP) 서울대회 유치」, 경희대 뉴스, 1969.

30 「세계대학총장회의 개막」, 『경향신문』, 1968.6.18.

대학의 르네 드몽, 필리핀의 문교상 겸 필리핀대학 총장인 로물로, 그리고 태국의 코만 외상이 기조연설을 맡았다.[31] 린위탕은 '세계인류의 공통된 유산을 찾아'18일, 백낙준은 '대학 교육의 미래'19일, 르네 드몽은 '개발도상국가의 대학의 목적'19일, 로물로는 '미래 사회에서의 지도자상'20일, 코만은 '교육이 어떻게 개발도상국의 요구를 충족시킬 수 있는가'20일를 주제로 발표했다.[32] 이처럼 3일간의 정식 회의 일정 외에도 문교부 부장 주최 만찬, 서울시장 주최 오찬, 대통령 주최 리셉션, 국회의장 주최 만찬, 정 총리 주최 오찬 등 관변 행사가 사이사이 끼어 있었고, 창덕궁·남산 관광을 포함한 한국의 역사와 문화를 소개하는 서울 투어, 한국 산업경제 발전상을 홍보하는 시찰도 안배되었다.

제2차 세계대학총장회의는 '세계의 평화와 안전, 인류의 공동번영'이라는 캐치프레이즈를 앞세워 이를 관철한 세부적인 교육 대책을 모색하는 자리였지만 그 저변에는 냉전 이데올로기가 시종일관 작동하고 있었다. 평화, 안전, 복지를 공동으로 향유할 수 있는 주체는 오로지 자유우방에 속한 이들에게 한정된 것이었고, 그 반대편에 속하는 공산주의 블록은 언제나 '세계'와 '인류'를 위협하는 '외부의 적'으로 축출되어야 할 대상이었다. 가령 박정희는 환영 치사에서 세계가 당면한 "평화, 자유, 공동번영, 각 민족 공생"이라는 제 과제를 모두 그의 안보위기론과 반공 정치학 논리 아래 수렴시켜 설명했다. 그는 이 지구상에는 아직도 "불순한 세력"

31 「동·서 지성의 정상 대화」, 『동아일보』, 1968.6.8.

32 한국 측의 유일한 초청 연사로 나간 백낙준은 전(前) 문교장관, 참의원 의장을 역임했으며 유네스코 한국위원회, 아세아반공연맹 이사장을 거친 정치외교 교육가이며 L. G. 백으로 국외에서 명성을 더 떨치고 있는 인물로 언론지에 소개되었다. 「연제와 연사 프로필」, 『경향신문』, 1968.6.17.

이 세계 도처에서 평화를 파괴하고, 자유를 유린하고, 전체주의 교조를 전염시키려 한다고 강조하며, 그 요주의 세력으로 공산주의를 지목했다. 또 오늘날 세계 각 대학에 침투해 인간을 "폭력지배의 부속품"으로 생각하고, 이를 획일화, 교조화하는 공산세력의 "반인간적 교육 공세"를 학원에서 추방시켜, 대학을 정치공작의 거점으로 만들려는 반反 대학적 침입자를 몰아낼 것을 강력히 요청했다.[33]

박정희 외에도 '평화-반공'을 내면화해 능수능란하게 연출한 이가 하나 더 있었다. 바로 "동서문화의 융화점과 세계평화"의 첫 분과회의에서 기조발표를 맡은 특별연사 린위탕이었다. 린위탕의 반공 발화는 이전에도 한국 국내에 수시로 전해졌던 바 있다. 린위탕이 한국행 비행기에서 내리자마자 가진 첫 연설은 투철한 반공 선언으로 점철되었다. 그는 자유중국 타이완의 세계의 반공센터로서의 역할을 강조하고, 세계 각지에서 도발행위를 계속하는 공산주의와 끊임없이 싸워야 한다고 역설하며, 특히

33 박정희, 「치사-제2회 세계대학총장회의」, 『박정희 대통령 결재문서』 273, 대통령비서실, 1968, 361~375쪽. 박정희 외에 자유중국 타이완 총통인 장제스도 보내온 축하장에서 "공산주의의 사악한 세력이 화재처럼 번져 나가고 곳곳에서 분열과 재앙을 일으키고 있는 이 시점에서 당신들(대회 참가자-인용자)의 결속과 생산적인 노력은 특히 매우 중요하다"고 언급했다.(회의록, 35쪽) 또 한국 조선대학교 총장 박철웅은 회의 발표에서 한국은 자유세계의 전선에서 공산주의자들과 싸우고 있으며, 따라서 개발 국가로부터 후한 지식과 기술적 지원이 절실히 필요하다고 갈파했는가 하면(회의록, 123쪽), 국회의장 이호상은 한국의 분단 현실과 북한의 적화, '동포'의 불행한 삶을 상기시키며, 공산주의 독재통치의 폭력성을 규탄하고 국가의 기본 목표는 붉은 정권의 손에서 북한을 해방시켜 국가 통일을 실현하는 것이라고 역설했다.(회의록, 134쪽) 산마르티노는 세계대회총장회의의 명의로 국가와 자유세계의 번영에 크게 이바지하고 훌륭한 리더십을 보여줬다며 한국 정부요원 발표자에게 IAUP 금·은 메달을 수여했다. 그리고 나중에 대회 일정에서 제외되었지만 조영식은 원래 "세계의 이목을 집중시킨 반공 최전선의 막강한 우리 국군과 일선장병들을 위문하고 전방을 시찰할 판문점 계획"도 다루었다.(조영식, 앞의 글, 104쪽. 판문점 관광은 1970년 제37차 국제펜회 서울총회 때 성사되었다.) 요컨대 자유세계의 상호 이해, 협력과 결속은 철저하게 반공이라는 기반 위에서 성립된 것이었다.

중국 대륙에서 한창 진행 중인 문화대혁명을 "홍위병의 난동"이자 "자살 행위"라고 단정 지으면서 본토 수복에 대한 확신을 밝혔다.[34] 1920~30년대에만 해도 좌도 우도 아닌 중간입장을 견지했던 그는 1940년대에 접어들어 점점 우경화되어 1949년 중화인민공화국이 건국되면서부터는 반공복국의 희망을 장제스에게 기탁해 왔다. 린위탕의 내한 첫 발화는 자신이 일본-타이완-한국이라는 아시아 반공블록에 속한, 다시 말해 '이데올로기가 정확한' 아방我方의 일원임을 널리 알린 셈이다. 당시 자유진영의 전초기지였던 한국에서의 신분 검열을 순조롭게 통과한 그는 바야흐로 우방세계의 국제회의에 나가 평화 연설을 할 차례를 앞두고 있었다.

(2) 세계인류의 공통된 유산을 찾아

린위탕은 첫 분과회의에서 '세계인류의 공통된 유산을 찾아'라는 주제로 40분간 기조연설을 했다.[35] 그는 먼저 바벨탑의 이야기를 하면서 전 인류가 모두 같은 조상으로부터 출발되었다는 사실을 상기시켰다. 그리고 다함께 힘을 모아 미래를 위한 인류의 공통된 유산을 찾아야 한다고 강조하면서 본격적으로 주제발표를 전개해 나갔다. 그는 첫째로 19세기 이래 중국의 사고방식에 미친 서양문명의 영향을 "참화慘禍"인 동시에, 중국의 "문화적 유산을 재평가하는 기회"로 봤다. 그리고 타이완의 현現 문예부흥 운동을 예로 들면서 이전에 홀시됐던 문화적인 전통들—'자유주의'맹자의

34 「「공산」도발…대응책은 명백. 林語堂박사 어제 내한 첫마디」, 『조선일보』, 1968.6.18.

35 린위탕의 세계대학총회에서의 연설문은 여러 신문에 실렸다.(「세계인류의 공통된 유산을 찾아-임어당 박사 강연요지」, 『경향신문』, 1968.6.18; 「임어당 박사 강연요지」, 『조선일보』, 1968.6.19; 「인류의 공통된 유산을 찾자-임어당 박사의 강연요시」, 『경남매일신문』, 1968.6.21; 「세계인류의 공통된 유산을 찾아-세계대학 총장회의 연설문 전문」, 『정경연구』 42, 한국정경연구소, 1968.7, 8~14쪽)

민본사상, '과학'순자(荀子)의 자연극복사상, 그리고 '논리'중국철학의 핵심 — 이 빛을 발하게 되었다고 지적했다.

린위탕이 제시한 두 번째 논점은, 중국의 철학, 윤리, 수학, 과학적 방법이 서구의 사고방식에 유용한 도구가 될 수 있다는 것이었다. 따라서 동양사상이 서양에 미치는 영향은 시간이 흐를수록 점점 더 확대될 거라고 장담했다. 린위탕은 중국의 철학방법론을 "분석적이고 논리적인 사고보다 직관적인 통찰력과 현실에 대한 총체적 반응", "완전한 진실로서의 감정의 역할", "진리Truth 대 도덕 문제" 등 세 가지 측면에서 상세하게 설명했다. 린위탕에 따르면 데카르트 시대로부터 서양철학의 사고방식은 어조나 취지에 있어서 보다 더 과학적으로 나아가고, 더 정확한 것을 추구하고, 입증을 강조하게 되면서 그 연구 범위가 점차 좁아졌다. 철학자들의 인생관·우주관은 전체가 아닌 부분에 치우쳤고 신앙·희망·자선 등 삶과 직접적으로 관련된 많은 것들은 과학 또는 논리로 설명할 수 없다는 이유로 서양 철학자들의 관심에서 점차 멀어지게 되었다. 린위탕이 보기에 서양 철학자는 항상 모든 것을 매우 정확하고 편리하게 검토할 수 있다는 가정에 빠져 있다. 그리고 서양철학의 전 영역을 포함하고 있는 "Truth"란 결국 인간성과 분리되어 있으며 아카데믹한 추구에 지나지 않은 "이론적 진리"를 의미한다.

따라서 철학은 인생과 관련이 있어야 한다고 주장한 린위탕은 이미 한계에 봉착한 서양 철학자들이 ① 중국철학의 논리가 아닌 직관적이고 총체적인 통찰력 ② 사물을 감지할 때 "이성(인과관계)뿐만 아니라 이성과 이성보다 더 앞세워야 하는 인간 본성의 타고난 감정 모두를 중요시하는 인생관과 가치관" ③ 추상적인 Truth가 아니라 "자신을 달관하는 진리", "인생을 올바르게 하는 실제적 가치"인 도道의 정신을 적극적으로 받아들일 것을 강조했다. 마지막으로 린위탕은 동양인은 서양의 "과학적 진리와 민주주의 정치의 참뜻"을 배우고, 서양인은 자아도취의 아카데믹의 틀에서 벗어나 동양의 철학정신을 배움으로써 인간사회로 돌아왔을 때 비로소 "평화롭고 도리에 어긋나지 않는 삶을 영위할 수 있는 보다 좋은 사회를 재건할 수 있을 거"라며 연설을 마무리했다.

요컨대 린위탕은 동·서문명이 상호보완을 통해 공동의 평화로운 사회를 구축하자는 것으로 자신의 요점을 정리했다. 그러나 구체적인 문맥을 짚어보면 '동·서의 상호보완'보다는, 과학만능주의에 빠진 서양철학이 동양사상을 도입해야 할 필요성과 그 구체적인 내용에 훨씬 더 많은 비중을 두었음을 알 수 있다. 이와 더불어 린위탕은 기조연설에 이어진 토론회에서 동양문화, 특히 선禪문화에 대한 서양의 관심이 점차 높아졌지만 그것이 어디까지나 표면적인 것이며 서양에 끼친 중국철학(사유방식)의 영향이 아직 미미하고 서양에 대한 실질적인 작용을 발휘하려면 아직 많은 시간이 필요하다는 논조로 보충 발언을 했다. 이렇듯 린위탕의 착안점은 시종일관 중국·동양의 철학정신(사유방식)에 있었던 것이다. '세계인류의 공통된 유산을 찾아'라는 연설은 겉으로는 동서융합을 추구하는 것처럼 보이지만 실제로 린위탕은 동·서문화의 차이점과 동양철학의 우월성을 집중적으로 논했다. 다만 여기서 린위탕이 내세운 동양·중국의 철학사상은 단순히 서양의 철학사상과 완전히 구별·분리되는 전통·고전적인 것이 아니라 그가 근대적 또는 코즈모폴리턴의 시각에서 재해석하고 각색한 것이었다는 점에서 주의할 필요가 있다.[36]

2) 시민회관 강연회–'Hurry! Hurry! Hurry!'

린위탕은 세계대학총장회의 연설을 마친 바로 그 다음 날인 6월 19일 『조선일보』 초청으로 시민회관 대강당에서 강연회를 가졌다. 조선일보사는 린위탕을 "문명비평가로서, 철학사상가로서, 또는 저명한 문학자로서 실로 금세기 최고의 지성인"이라고 치켜세우고 이 같은 세계적 석학을 모시고 그의 경험과 지식을 피력할 수 있는 기회를 얻게 된 것을 기쁘게 생각한다며[37] 『조선일보』 구독자 2천 명에게 강연회 입장권을 무료 배부했다. 본격적인 강연회를 며칠 앞두고 지면을 통해 강연회 소식을 지속적으로 홍보하고, 6월 16일에 「조선일보 주최로 19일에 강연 갖는 어록으로 본 임어당」이라는 글을 싣기도 했다. 이 글에서는 "광범한 분야에 걸친 그

---

36 하나 짚고 넘어갈 것은 린위탕이 1967년 자유중국 · 필리핀 우호협회(中菲友誼協會)의 초청으로 5일 동안 필리핀을 방문할 때 미 · 필 인수보험회사(美菲人壽保險公司) 로비에서 '동서사상방법의 비교(東西思想方法的比較)'라는 연설을 했는데 그 내용이 1968년 세계총장회의에서의 발언과 유사하다는 사실이다. 이 연설문은 '동서사상의 차이를 논하여(論東西思想法之不同)'라는 제목으로 타이완 『중앙일보(中央日報)』, 『연합보(聯合報)』, 『청년일보(靑年日報)』 등 신문에 여러 차례 보도되었으며, 훗날 『무소불담합집(無所不談合集)』(台北 : 開明書店, 1974)에도 수록되었다. 린위탕은 필리핀 연설문에서 표제에 알맞게 동양과 서양의 사상방법의 차이를 명확하게 설명한 다음, 마지막 부분에서 서양철학과 중국철학이 각자의 단점을 보완하는 방안을 제시했다. 즉 서양철학은 전면적인 과학화와 실존주의라는 두 가지 갈래로 발전해야 하고, 중국철학의 경우, 오늘날 세계의 약동적인의 추세에 발맞춰 현재 정적인 유교, 즉 송유이학(宋儒理學)을 극복하고 과거 공맹시대(孔孟时代)의 약동적인 유교사상을 부흥시켜야 한다는 것이 그 요지다. 이에 비해 세계대학총장회의에서의 연설문은 '세계인류의 공통된 유산'이라는 주제에 걸맞은 머리말(바벨탑 이야기)이 추가되었고 각 논점에 대한 부연 설명이 비교적 적은 편이다. 어떻게 보면 1968년 세계대학총장회의의 연설문은 린위탕이 1967년 필리핀에서 발표했던 글을 바탕으로 한국 주최 측에서 요청한 연설 주제와 대회 연설 대상을 고려하여 초점을 수정하고 내용을 첨삭한 결과라고 할 수 있다. 그리고 1966년 11월 19일 린위탕은 일본 교토회관(京都會館)에서 '동 · 서사상에 있어서의 사고의 차(差)'를 테마로 강연한 바 있다. 발표문의 구체적인 내용을 확인할 수 없으나 신문에 실린 강연 요지를 보면 1968년 서울 세계대학총장회의 연설과 중첩되는 논점이 발견된다.(「임어당박사, 일본서 '동양문화와 서양문화'를 주제로 공개강연」, 『조선일보』, 1966.11.24)

37 「세계의 석학과 한자리에–임어당 박사 강연회」, 『조선일보』, 1968.6.14.

의 수많은 저서 중 그의 지혜와 근본적인 정신의 자세를 엿볼 수 있는 것은 주저로 *The Importance of Living*과 *My Country and My People*"을 꼽고 있으며 *The Importance of Living*에서 "어떻게 살아가야 가장 행복하게 인생을 마칠 수 있는가에 대한 그의 독특한 견해 몇 가지"와 "중국에 대한 태도와 한 국민으로서의 입장을 스스로 가장 솔직하게 표명한" *My Country and My People*의 서언이 부분적으로 소개되었다. 발췌한 어록 내용을 보면 린위탕의 독서, 유머, 인간의 행복, 인생 처세, 술의 정서, 종교 등등에 관한 사고의 편린이 제시되어 있으며 그의 "진리관"과 애국관이 전달되었다.[38]

그로부터 3일 후, 시민회관 상하층을 가득 채우고도 부족해 청중 5천 명이 밖에서 옥외 스피커를 통해 방청할 정도로[39] 린위탕을 향한 한국 대중의 관심은 뜨거웠다. 윤영춘은 훗날 이 강연회가 해방 후 한국에서 열린 강연회치고 최고의 대성황이었다고 회고했다.[40] 이날 린위탕은 'Hurry, Hurry, Hurry'라는 연제로 약 1시간 동안 영어로 연설을 진행했으며 통역은 고정훈전 『조선일보』 논설위원이 맡았다. 입장권을 받지 못한 시민은 이날 KBS와 CBS의 실황중계를 통해 린위탕의 강연을 들을 수 있었다.[41] 『조선일보』에서는 '전진, 전진, 전진'이라는 연제로 펼친 린위탕의 연설이 "현대를 사는 생활인의 가슴 속에 커다란 감동의 물결"을 불러일으킬 것을 기대하고 있다며[42] 6월 20일 『조선일보』 제3면 전면에 린위탕의 사진, 프

38 「조선일보 주최로 19일에 강연 갖는 어록으로 본 임어당」, 『조선일보』, 1968.6.16.
39 「임어당 박사 강연회 성황리에 마쳐, 만당의 감명, 열변 1시간」, 『조선일보』, 1968.6.20.
40 윤영춘, 「임어당 박사의 생애와 사상」, 『동아일보』, 1976.3.29.
41 「오늘 임어당 박사 강연회, 연제 "전진, 전진, 전진", KBS-CBS 전국중계방송」, 『조선일보』, 1968.6.19.
42 위의 글.

로필과 함께 연설문 전문을 실었다.[43]

린위탕은 강연 내내 "우리"라는 주어를 즐겨 사용하며 같은 아시아인으로서의 공동체 인식과 연대감을 환기시켰다. 그는 강연 시작과 함께 단도직입적으로 한국 국민에게 말하고자 하는 요점은 개발도상국인 아시아와 아프리카의 여러 나라들, 즉 "못 가진 나라들이 앞으로 많은 것을 가질 수 있는 위치와 시점에 놓여 있다"는 점을 강조하는 데 있다며, 미래(근대화)에 대한 낙관적 전망을 갈파했다. 또 "동양문화가 정신적이고, 서양문화가 물질적"이라는 인식이 잘못된 견해, 난센스라고 지적해 아시아의 문화와 유산에는 자랑스러운 것과 부끄러운 것이 공존한다는 점을 강조했다. 또한 민주주의, 평등주의-자유의 기조 등 서양문화의 장점을 높이 평가하면서, 현재 가장 나쁜 것으로 ABC, A는 무신론, B는 비틀즈, C는 코뮤니즘공산주의을 지목했다.

한국 국민을 대상으로 하는 강연회인 만큼 린위탕은 한국의 현실에 초점을 두고 자신의 의견을 개진했다. 그는 한국이 장차 부유해질 거라고 거듭 강조했다. 일본의 식민통치에서 벗어나 독립과 자유를 획득한 한국이 선진국으로 성장할 수 있느냐 없느냐 하는 것은 오직 한국 국민의 노력에 달려 있다며, "우리"들의 열정으로 국가의 근대화를 실현해야 한다고 설파했다. 그는 영국, 스위스, 네덜란드처럼 천연자원이 없는 나라라도 과학기술의 발달로 얼마든지 선진국으로 도약할 기회가 있다며 타이완의 급격한 성장과 과학기술, 교육사업의 중시와 증진을 예로 들면서 한국 국민의 근대화에 대한 열망을 한층 더 고무시켰다. 이와 더불어 린위탕은 특별

---

43 「본사 주최 강연회 세계의 석학 임어당 박사가 한국민에게 주는 메시지 전진, 전진, 전진」, 『조선일보』, 1968.6.20.

히 한국 학생들에게 "비틀즈 흉내나 내고 록큰롤이나 고고춤을 추는 방탕한 생활을 할 시간적 여유가 없다"며 "정열을 다해 빈농의 아들처럼 큰 포부"를 갖고 나아가야 한다고 신신당부했다. 마지막으로 린위탕은 "전진, 전진, 전진"이라는 구호와 함께 연설을 마쳤다.

요컨대 린위탕은 청중의 성격과 수준에 따라 상이한 연설 주제를 취하는 그야말로 '맞춤형' 발화 책략을 택했다. 이러한 발화 방식은 그가 1930년대 이래 줄곧 사용해 온 것이며 특히 1942년을 기점으로 한층 더 분명해진 그의 코즈모폴리턴의 정체성에서 비롯된 것이었다. 논외의 이야기지만, 후스 역시 이와 비슷한 발화 전략을 애용했다. 다시 말해 린위탕은 세계시민으로 자처하고 있는 만큼 세계대학총장회의처럼 세계의 여러 석학들이 참여한 자리에서는 서양이 동양(중국)의 철학을 많이 배워야 한다고 설파했지만, 한국 국민을 대상으로 삼을 땐 한국의 실제 사정을 도외시한 채 동양철학이나 전통문화의 우월성을 계속 힘주어 강조할 수 없었다. 따라서 그는 시민회관에서 한국 국민을 향해 "다시 한번 아시아인의 한 사람으로 말씀드릴 것은 문화와 아시아의 유산에는 자랑스러운 것과 수치스러운 것이 엇갈려 있다는 점"이라고 천명하며, 지금 시점에서 동양(후진국)은 "스스로 기회를 찾아" 서양의 근대화를 빨리 따라잡아야 한다고 피력한 것이다. 흥미롭게도 이러한 이중적 태도는 1932년 린위탕이 영국 옥스퍼드대학 평화회에서 영국인을 대상으로 연설할 때에는 동양문명, 중국문화의 우수성을 피력했지만, 정작 그 연설문을 중국어로 발표할 때에는 별도로 서문을 추가하여 중국인이 망국의 운명을 모면하려면 국수주의적 자부심에서 벗어나 중국의 약점을 깊이 사고하라고 신신당부했던 것에서도 발견할 수 있다.[44] 30여 년의 시간적 간격에도 불구하고 그의 태도는 상호 조응하고 있다. 린위탕에게는 상반된 태도의 이 두 차례 연설이야말로 상호 보완적이며 공통적으로 그의 '동서융합'의 방안이 가진 완전한 내포를 구현해 낸 것이었다.

3) 두 가지 발화를 향한 엇갈린 시선

린위탕의 시점에서 본다면 그는 발화 대상의 성격에 따라 아주 "주도면밀하게" 한국에서의 두 차례의 연설을 완수한 셈이다. 그러나 이에 대한 한국의 반응은 과연 어땠을까?

우선 일차적으로 린위탕의 "동양사상+근대화"의 두 맞춤형 연설은 1968년 당시 '조국 근대화', '민족중흥의 길'에 한창 속도를 내고 있던 한국의 총체적인 국면에 비추어 본다면 더없이 "시의적절한" 발언이었다. 5·16 군사 쿠데타 직후부터 '자립경제'와 '도의재건'을 위시한 혁명 담론을 선도해 왔던 박정희 정권은 1960년대 중후반에 이르러 그 태도를 달리하여 긍정적인 자민족 역사관 정립, 민족 주체성 회복에 입각한 "서구화 없는 근대화" 사업에 본격적으로 착수하게 되었다. 1968년에 공포된 「국민교육헌장」에서 시사해 주듯 국가가 지향하는 근대화는 "조국의 근대화", "민족중흥의 역사적 사명", "조상의 빛난 얼을 되살리"는 것으로 명시되었다.

당시 한국 경제는 실제로 미국과 일본에 크게 예속되어 가고 있던 상황이었다. 그럼에도 불구하고 박정희 정권은 이러한 경제적 예속화를 도외시한 채 다만 1960년대 중후반부터 산업화가 초래한 문화·정신적 서구화에

---

44 林語堂, 「中國文化之精神」, 『大荒集』(『林語堂名著全集』 13), 東北師範大學出版社, 1994, p.140.

큰 우려를 표하면서 자유주의나 물질만능주의, 이기주의 등을 모두 서구에서 유래한 것으로 규정하며 그것들을 사회적 균열과 불안을 초래한 주 요인으로 지목하면서 공공연히 극도의 혐오감을 드러냈다.[45] 그 결과 산업화를 정신적 기반으로 뒷받침하는 동시에 문화·정신적 서구화를 수정하고 사회적 불안을 극복하는 관官 주도의 전통문화 복원, 민족주의적 문화 사업이 대대적으로 전개되었다.[46] 1960년대 후반부터 역사, 전통예술, 문화재 등 다양한 분야에서 '민족적인 것', '한국적인 것'이 끊임없이 소환·재조再造되었다. 예컨대 1967년에 민족 수난 극복사를 부각하는 대형 민족 기록화가 탄생하고, 경복궁 미술관이 설립되었으며 1966년부터 1975년까지 총 네 차례에 걸쳐 현충사 성역화 사업[47]이 진행되었다. 특히 린위탕이 방한한 1968년에는 광화문에 이순신의 동상이 세워졌으며 관 주도 민족주의 문화 사업을 총체적으로 관리하는 문화공보부가 창설되었다.

요컨대 정부가 문화재 관리 사업과 위인 현창 사업, 국난 극복 유적 복원 사업 등에 대한 대규모 재정 투입을 통해 동양적인 정신문화, 민족의 전통성·우월성을 대대적으로 가시화하는 데 집중하는 와중에 세계적으로 명망 높은 "동양의 철인"인 린위탕이 한국을 찾은 것이다. 따라서 정부의 입장에서는 동양정신과 자국의 전통문화를 옹호하고 그 우수성을 정당화하는 데 있어서 한국 국내와 세계를 통틀어 린위탕보다 더 적절한 이

45 황병주, 「새마을운동과 농촌 탈출」, 김성보 외, 앞의 책, 2016, 107쪽을 참고.

46 이처럼 전통, 민족주의를 근대화와 접목시키는 것, 즉 민족주의적 근대화론은 비단 한국뿐 아니라 다른 후진국들도 흔히 채택하는 정책이었다. 가령 박영자가 제시했듯이 1970년대 중반 이후 북한 역시 독자적 '주체형 사회주의' 구축을 위해 민족주의를 활용하여 전통문화 복원사업을 전개했다.(박영자, 「북한의 민족주의와 여성」, 『국제정치논총』 45(1), 2005, 96쪽)

47 이상록, 앞의 글, 김성보 외, 앞의 책, 2016, 125쪽.

는 없었을 것이다. 그들에게 '린위탕'이라는 문화적 아이콘은 딱 동원하기 좋은 방편으로 비쳐졌을 것이다. 이러한 맥락에서 린위탕이 세계대학총장회의에서 서양문명의 병폐를 거침없이 들춰내며 인류의 공통된 유산이라는 맥락에서 동양사상의 당위성을 거듭 강조한 것은 결과적으로 박정희 체제의 민족주의적 문화 복원 사업에 있어 더없이 적절한 이론적 기반이 되어 주었을 뿐 아니라, 1960년대 전반적인 민족주의적 분위기의 대두에 더없는 활력소로 기능했다고 할 수 있다.

그리고 세계대학총장회의 연설이 있던 다음 날 "동서의 교량"인 린위탕은 시민회관으로 장소를 옮겨 한국의 일반 대중을 직접 마주하고 한바탕 근대화 고무론을 펼쳤다. 어제만 해도 동양 문화정신의 장점을 피력했던 그가 다음날 한국인들을 마주한 자리에서는 태도를 달리하며 동양(중국)의 문화전통의 약점을 지적하고 과학기술과 교육사업을 한층 더 진흥시킴으로써 근대화를 빨리 달성할 것을 적극 주문했다. 린위탕이 연설에서 펼친 근대화 자극론은 속도·효율성·경제적 이해를 최우선 가치로 삼은 박정희 군사정권의 국가 근대화 담론과 비교했을 때 그 화법이 지극히 유사하다는 점에서 주목을 요한다. 무엇보다 연제로 채택된 'Hurry, Hurry, Hurry', 또는 '전진, 전진, 전진'이라는 말은 박정희가 공식 발언에서 매우 애용하는 수사였다. 심지어 박정희는 이번 세계대학총장회의의 치사에서도 "분쟁을 넘어서 평화로, 압제를 벗어나 자유로, 무지로부터 지성의 계몽으로, 빈곤으로부터 번영의 추구로 부단히 전진해 나간다"고 강조하기도 했다.[48]

---

48 박정희, 「치사 - 제2회 세계대학총장회의」, 『박정희 대통령 결재문서』 273, 대통령비서실, 1968, 364~365쪽.

지금 비약적인 발전을 하고 있는 한국에서 볼 때 장래는 풍족히 가질 수 있고 부유해질 수 있는 찬란한 시점입니다. **만일 우리가 무능하지 않다면 지금은 가장 자극적이고 찬란한 시점입니다.** (…중략…) 우리들은 가끔 어째서 이런 불행한 나라에 태어났을까 하는 생각을 하게 됩니다. 그러나 나는 재상의 아들보다는 농부의 아들이 더 낫는 얘기를 하려는 것입니다. 빈농의 아들이 근면하고 노력해서 재상이 되었습니다. (…중략…) **한 나라와 한 가정의 어려움은 이를 극복해 나가야 할 도전과 기회로 받아들여야 합니다. 못 가진 나라의 젊은 아들인 우리는 아버지가 돈을 대주는 것보다 자신이 스스로 창조하는 기회를 찾을 수 있다는 점에서 다행스러운 환경으로 생각해야 할 것입니다.** (…중략…) 재상의 아들은 자극이나 새로운 흥분제를 구할 수 없어 주어진 환경에서 생활에 지치고 새롭고 신선한 것을 맛볼 수 없으나, **빈곤한 농민의 아들인 개발도상국가의 국민은 자신의 능력을 발휘하려는 새로운 흥분과 자극에 가득 차 있습니다.** (…중략…) **이제 한국이 근대 선진국이 되느냐 못 되느냐 하는 것은 오직 여러분에게 달려 있습니다.** 그 책임을 일본에 지울 때는 이미 지나간 것입니다. 우리가 우리와 새로운 나라를 근대화하는 일은 우리들이 가진 열정으로 그 꿈을 실현해야 할 아름답고 흥분된 창조 과정입니다. (…중략…) 여기서 자원을 못 가졌다는 것이 뒤떨어진 요인이 될 수 없다는 행복한 메시지를 발견하게 됩니다. 자원을 못 가진 작은 나라들이 **과학기술**로 일어서는 예를 얼마든지 찾을 수 있기 때문입니다. (…중략…) 조국의 근대화 작업에서 **교육**만큼 중요한 사업이 있을 수 없습니다. (…중략…) **정열을 다해서 빈농의 아들처럼 큰 포부를 갖고 나가야 합니다. 여러분 앞에 할 일이 산적해 있음을 잊지 말아야 하겠습니다. 그러기 위해 여러분은 오직 전진, 전진, 전진해야 할 것입니다.**

— 린위탕 연설문(고정훈 역)[49]

성실한 마음과 튼튼한 몸으로, 학문과 기술을 배우고 익히며, 타고난 저마다의 소질을 계발하고, 우리의 처지를 약진의 발판으로 삼아, 창조의 힘과 개척의 정신을 기른다. 공익과 질서를 앞세우며, 능률과 실질을 숭상하고, 경애와 신의에 뿌리박은 상부상조의 전통을 이어받아, 명랑하고 따뜻한 협동정신을 북돋운다. 우리의 창의와 협력을 바탕으로 나라가 발전하며, 나라의 융성이 나의 발전의 근본임을 깨달아, 자유와 권리에 따르는 책임과 의무를 다하며, 스스로 국가건설에 참여하고 봉사하는 국민정신을 드높인다. (…중략…) 길이 후손에 물려줄 영광된 통일조국의 앞날을 내다보며, 신념과 긍지를 지닌 근면한 국민으로서, 민족의 슬기를 모아 줄기찬 노력으로, 새 역사를 창조하자.(강조는 인용자)

—「국민교육헌장」(1968)

위에서 볼 수 있듯이 린위탕이 시민회관에서 한국 국민을 대상으로 한 연설은 흥미롭게도 불과 반년 후인 12월 같은 장소에서 박정희가 선포한 「국민교육헌장」과 그 요지와 어조에 있어 매우 흡사하다. 예컨대 선진국에서 태어나지 못하고 빈곤한 나라에서 태어났다고 신세타령만 하지 말고 가난을 딛고 스스로 창조하는 기회를 찾으라는 자력갱생과 근면에 대한 당부, 그리고 무능에 대한 경계와 부정, 근대화의 책임을 국민 개개인에게 전가하는 린위탕의 언설은 놀랍게도 반년 후 공포된 「국민교육헌장」의 내용을 거의 예고하다시피 했다.

린위탕의 연설이 박정희 정부의 관변 입장과 가장 뚜렷하게 공유하는 코드는 바로 자력갱생과 노동이다. 1960년대에 들어서면서 박정희 정권

49 「본사 주최 강연회－세계의 석학 임어당 박사가 한국민에게 주는 메시지 전진, 전진, 전진」, 『조선일보』, 1968.6.20.

은 한국전쟁 피해 복구를 위해 제공하던 각종 구호 정책을 축소하기 시작했다. 무상구호가 의타심을 조장하고 자립정신을 쇠퇴시킨다는 판단에서였다. 박정희 정권은 경제적 약자들의 고통의 원인을 개인의 나태함으로 돌리면서 근면한 노동을 강조해 나갔다. 이에 따라 서울 역시 1960년대 중반에 들어서면서 무상구호 정책은 폐지되고 근로구호 정책으로 전환되었다. 이러한 흐름은 1970년대까지 지속되었다.[50] 사대보험제도, 산업재해보험 등이 도입되기 시작했지만 그 또한 노동하는 국민만을 대상으로 한 것이었다. 이와 맞물려 정부는 단결, 생산, 전진을 구호로 삼아 1965년을 "일하는 해", 1966년을 "일하는 해", 1967년을 "전진의 해"로 정의하기도 했다. 이러한 맥락에서 린위탕이 한국 국민에게 전달한 "가난 속에서 스스로 창조하는 기회를 찾아", "빨리, 빨리, 빨리"라는 메시지는 한국 정부가 비슷한 무렵에 취한 정책·법령상의 움직임과 맞아떨어지는 것이었다. 그리고 연설 마지막에 당시 비틀즈, 고고춤에 빠진 청년문화 현상을 예리하게 포착해 꼬집는 린위탕의 태도 역시 얼마든지 박정희 정부의 관변 발언으로 이해될 수 있었다. 이러한 맥락에서 바라보았을 때, 군사정권은 린위탕이 방한해 가진 두 차례 연설을 통해 그로부터 동양정신의 우월성, 전통문화 부흥의 정당성뿐만 아니라, 근대화를 향한 자활정신, 속도전이라는 이중적 코드를 성공리에 뽑아낸 셈이다.

그러나 린위탕의 두 가지 발화를 바라보는 정부의 "흐뭇한 시선"과 달리 현장에서 연설을 듣는 대중의 반응은 다소 다를 수 있다는 점에서 주의를 요한다. 언론에 의하면 고무하는 듯한 린위탕의 연설이 성황리에 끝나

---

50 이상 박정희 정권의 관련 정책과 조치에 관해서는 오제연, 「4·19혁명 전후 도시빈민」, 김성보 외, 『한국현대생활문화사-1960년대』, 창비, 2016, 49쪽을 참고.

고 시민회관에 모여든 청중들이 뜨거운 박수갈채를 보냈다는 등, 회장 밖에서 린위탕이 남녀 대학생의 "사인 공세"를 받았다는 사실 등이 보도되었다.[51] 그러나 이날의 강연 내용이 사전에 조선일보사에서 홍보했던 회의의 기조와 상당한 거리가 있다는 사실을 감안하면, 린위탕이 연설을 통해 이토록 뜨거운 환영을 받았다는 사실에 의구심이 들지 않을 수 없다.

앞서 기술한 것처럼 대회 주최 측은 "정치 역사 철학 문학 등 온갖 분야에 걸쳐 해박한 지식과 심오한 논리를 보여준" 린위탕이 이번 시민강연에서 "그의 생애의 경험과 지식을 피력할" 것이라고 예고했다.[52] 그리고 그 "경험"과 "지식"의 축소판 격으로 인생의 행복론과 조(애)국관을 간추린 린위탕의 어록까지 만들어 지면에 실었다. 뿐만 아니라 강연회 전날인 18일에도 조선일보사는 린위탕이 그의 독특하면서도 유머러스한 필치로 동양의 진가와 정신을 서양에 소개함으로써 동서간의 거리를 좁히는 데 커다란 공헌을 했다는 사실을 보도하고, 내일 있을 강연 역시 감동의 철학이 펼쳐질 것으로 예상된다며 홍보하기에 바빴다.[53] 그러나 정작 다음날 시민회관을 찾은 린위탕은 사전 홍보와는 완연 다른 내러티브를 펼쳐 '뜻밖의 지식'을 전달했던 것이다.

사실 『조선일보』의 사전 강연 홍보가 어떠했든 간에 주최 측이 "새삼 소개할 필요도 없이"[54] 『생활의 발견』이 이미 애독서로 널리 읽혔으며, 그의 글이 고교·대학 교과서에까지 실렸을 정도로 린위탕은 한국인에게 전혀 생소하지 않은 인물이었다. 제5장에서 1960~70년대 당시 출판 독서

---

51 「임어당 박사 강연회 성황리에 마쳐, 만당의 감명, 열변 1시간」, 『조선일보』, 1968.6.20.
52 「세계의 석학과 한자리에-임어당 박사 강연회」, 『조선일보』, 1968.6.14.
53 「임어당 박사 강연회 세계의 석학이 펼칠 감동의 철학」, 『조선일보』, 1968.6.18.
54 「세계의 석학과 한자리에, 임어당 박사 강연회」, 『조선일보』, 1968.6.14.

계의 린위탕 문학에 대한 수용 상황을 총체적으로 살펴보겠지만, 그동안 텍스트로서의 '린위탕'은 당시의 평어로 요약하자면 "서양적 교양을 주무기로 동양의 지혜를 갈파하는 생활의 철학인"이었다.[55] 그는 한국 독자에게 도가적 색채가 짙게 깔린 동양정신과 독서, 여행, 교우交友, 음주 등 "빈둥빈둥 지내는" 생활철학을 설파했을 뿐 아니라, 그의 독특한 유머 감각과 풍부한 교양 지식을 전달해 왔다. 그리고 바로 어제 있었던 세계대학총장회의에서 린위탕 역시 그러한 기조의 연설을 했다. 당연히 한국 대중은 린위탕이 이번 시민회관 강연회에서도 세계대학총장회의 연설과 유사하게 그들에게 가깝고도 먼 중국의 이야기, 아니면 소박한 일상의 행복학, '한가'의 즐거움과 그 정당성을 연설해 주길 (무)의식적으로 기대했을 것이다.

당시 한국의 일반 국민들은 국가적으로는 경제적 호황이었음에도 불구하고 여전히 가난과 불행에서 허덕이고 있었다.[56] 여기에 더해 1968년에 북한의 돌발 행위와 각종 사태로 인하여 한국 국내의 정치적 분위기는 한층 더 얼어붙었다. 온갖 "노동, 노동, 노동", "반공, 반공, 반공"이라는 구호에 시달리며 살아가던 한국 국민 앞에 모처럼 중국의 세계적 석학이 다가왔던 것이다. 그러나 뜻밖에도 한국 국민에게 익히 알려져 왔던 '린위탕'은 오늘 눈앞에 서 있는 실제 모습과 큰 균열을 초래했다. 그에게서는 유유자적한 "동방의 철인" 이미지는 찾아볼 수 없었고, 그 대신에 "가난 속에서 스스로 창조하는 기회를 찾아 눈앞에 산적해 있는 일에 오직 전진,

---

55 「임어당박사 대담 작가 최인훈씨 동양사상과 서구문명과…」, 『경향신문』, 1968.6.19.

56 1960~70년대의 한국은 세계에서 가장 높은 수준의 자살률을 기록했다.(천정환, 「유신 시대 한국의 자살」, 권보드래 외, 『1970 박정희 모더니즘』, 천년의상상, 2015, 347쪽)

전진, 전진"하라며 근대화를 외치는 투사가 서 있었다. 그것은 회장 밖의 담벼락, 현수막, 석비 도처에 도배된 구호와 별반 다를 바 없는 메시지였다. 즉 한국 대중에게 "만만디", 즉 느림, 멈춤의 미학을 가르쳐 왔던 "동방의 지혜"는 정작 그들 앞에서 "콰이콰이디", 즉 빨리빨리, 속도의 당위론을 펼친 것에 다름 아니었다.[57]

린위탕의 이러한 갑작스러운 변신은 시민회관을 가득 채우는 것도 부족해 회장 밖을 가득 에워싼 한국 청중들에게 커다란 혼선을 초래하지 않을 수 없었을 것이다. 무엇보다 회장에 들어가지 못해 밖에서 스피커에서 울려 퍼지는 한국어 통역을 통해 강연 내용을 듣던 한국 청중들은 그것이 관변방송이 아닌가 하고 의심을 품었을 것이다. 이렇듯 한국 대중에게는 린위탕이 펼친 두 차례의 연설은 익숙하면서도 낯설었다. 특히 시민회관에서의 강연은 뜻밖의 지식이면서 실망스런 지식이었을지도 모른다. 비록 대대적인 갈채와 환영을 받았다고 보도되었지만 그것은 이번 강연 내용에 대한 대중의 반응이라기보다는 기왕에 조성되어 왔던 '린위탕'의 아우라가 큰 몫을 했다고 보아야 할 것이다.[58]

---

57 참고로 린위탕의 저서 중 *My Country and My People*(1935)은 『만만디 만만디』라는 제목으로 번역·출판되기도 했다. 린위탕, 조양제 편, 『만만디 만만디』, 덕성문화사, 1991.

58 물론 강연회에 참석한 청중의 실제 반응은 수용 주체의 개인적 맥락에 따라 상이할 수밖에 없었다. 린위탕과 직접 볼 수 있다는 데서 오는 흥분, 연설을 듣는 동안 느낀 적지 않은 위화감, 혼선, 회의 내지 실망감이 수반된 것 이외에 분명 다른 반응도 존재했을 가능성이 충분히 있다. 예컨대 당시 시민회관 연설을 직접 들었던 연세대 교수 최정호가 자신에게 "다른 임어당의 이미지를 심어주었다"며 그날의 인상을 회고한 바 있다. "사주장이, 관상장이들이 간판까지 걸고 동양철학을 독점하고 있는 서울이요, 한국이다"는 시대적 상황에서 "무턱대고 근대화다, 서양화다 하는 판국에서는 중국의 전통문화를 옹호했던 임어당이 이번에는 덮어놓고 중국문화, 정신문명을 치켜 올리는 밀물 앞에서는 서양의 근대문화를 옹호하고 나선 것이다. 변절이 아니다. 제3문화인으로 옳게 처신하고 있는 것"이라며 동양문명을 무조건적으로 피력하지 않은 린위탕의 모습을 매우 긍정적으로 바라보기도 했다.(「복권부 영수증」, 『경향신문』, 1978.3.24) 다만 여기서는 1960~70년대 출판계에서 린위탕

4) 린위탕의 동양사상·근대화론과 관변담론 사이

그렇다면 박정희 정부의 입장에서 바라보면 매우 시의적절하게 이루어진 듯한 린위탕의 두 차례의 "동양사상+근대화" 연설이 과연 관변 연설로 규정될 수 있을까?

결론부터 말하자면 린위탕은 한국 정부와는 전혀 다른 맥락에서 동양사상의 중요성과 근대화의 필요성과 시급함을 문제 제기한 것으로, 그것은 박정희 정부가 내놓은 "전통+근대화"의 조국 근대화론과는 질적으로 다르다. 이 점을 명확하게 규명하기 위해서는 린위탕의 총체적 사상 체계를 집대성한 저작 *The Wisdom of China and India*1942와 *Between Tears and Laugher*1943를 소환할 필요가 있다.

린위탕의 총체적 지식사상 체계는 1942년을 기점으로 정점에 도달했다. 당시 제2차 세계대전이 치열해지고, 특히 일본이 진주만을 기습하면서 린위탕은 더 이상 '중국의 철학자'에 그치지 않고 코즈모폴리턴의 자세로 범세계적 근대성 문제에 비판적 시야를 갖게 되었다.[59] 이 무렵에 그는 세계적 범주의 전쟁과 평화 문제에 천착하여 그 사상적 성과를 *The Wisdom of China and India*와 *Between Tears and Laugher* 등 저작에 담았다. *The Wisdom of China and India*는 출판사 랜덤하우스가 내놓은 팸플릿에 실려 있듯이 "1,104쪽에 이른 보고寶庫는 영원한 아시아의 지혜, 진미眞美와 영성靈性을 담고 있으며, 힌두교·불교·유가·도가의 정수를 모두 아우르고 있다. 우화, 속담, 아포리즘, 시가, 소설, 서신, 소품, 어휘목록, 인용문

문학을 대대적으로 출간하면서 조성한 린위탕의 이미지와 일반 대중의 독서체험을 감안할 때 린위탕의 시민강연에 대한 청중의 보편적 반응이 정부의 그것과 서로 배치되었을 가능성이 높다는 점을 환기하고자 한다.

59 錢鎖橋, 『林語堂傳』, 廣西師範大學出版社, 2019, p.252.

해석 등 다양한 소재를 총망라한다".[60] 예컨대 *The Wisdom of China*편은 제1부 「중국의 현학玄學」 노자·장자, 제2부 「중국의 민주주의 관련 문헌」 『상서(尙書)』·『맹자』·묵자(墨子)·『논어』·『중용(中庸)』, 제3부 「중국 시가와 희곡」, 제4부 「중국인의 생활 수필」 『부생육기(浮生六記)』 외, 제5부 「중국의 예지叡智와 지혜」 등으로 구성되어 있다. 린위탕은 서양문명이라는 지평을 거울삼아 중국과 인도의 다양한 문화정신의 자원들을 재평가하고 재정립하는 대작업을 획기적으로 완수했다.

특히 *The Wisdom of China*편에 실린 긴 서문[61]에서 린위탕은 과학적 물질주의가 유럽의 인문학을 마비 상태에 몰아넣었다고 단언했다. 그에 따르면 오늘날 지식의 파편화와 가치관의 붕괴는 인류의 가치관을 재건할 것을 요청하고 있으며 근대지식의 파편 위에서 새로운 세계를 구축하고 그 신세계는 반드시 동서양이 조화를 이루어야 한다는 것이다. 그는 상대론相對論을 위시한 당대 과학의 진보는 근대사상이 더 높은 차원으로 발전하고 기계와 영혼, 물질과 정신이 새로이 통합되어 있는 방향으로 나아가도록 재촉하고 있다고 역설했다. 그리고 특별히 노자의 『도덕경』, 『상서』, 『맹자』, 『부생육기』 등을 강조하며 동양 문화정신의 풍부한 유산과 사유방식을 통해 서양의 과학·물질주의적 사유방식과 그것이 초래한 병폐들을 대항하고 수정하기를 기원했다.

한편 *Between Tears and Laugher*는 서양 독자를 대상으로 이론의 측면에서 매우 체계적으로 서양문명을 진단·비판한 저작이다. 린위탕은 여기서 과학 물질주의를 서양문명의 핵심적 병증으로 지목하며 동양철학의 중요

60 錢鎖橋, Ibid., p.268.

61 林語堂, 『中國印度之智慧－中國的智慧』, 湖南文藝出版社, 2012, pp.1~10.

성을 재차 피력했다. 세계대학총장회의에서 린위탕이 한 발언의 요점들은 그가 *My Country and My People, The Importanc of Living* 등 1930년대에 쓴 글에서도 산발적으로 나타나지만 그 이론적 기반과 궁극적 지향점은 모두 *Between Tears and Laugher*에 담겨 있다고 할 수 있다. 이 책은 「국세局勢」, 「도술道術」, 「징상徵象」, 「치도治道」 등 네 권으로 나누어져 있다. 차례로 제1권은 아시아의 부상이 초래한 새로운 국면, 제2권은 종족적 편견, 서구화에 대한 우견愚見, 수학에 대한 맹신, 기계적 심리 등 지엽적 대목들, 제3권은 오늘날 서양이 토의한 평화 방안, 제4권은 학술사상, 철학의 기초문제를 거론했다. 린위탕은 국제국세 · 강권정치제1~2권 — 물질주의제3권 — 과학정수론科學定數論 · 자연주의 · 비관주의제4권 당대편(當代篇), 화물편(化物篇) — 철학과 휴머니티의 재건 및 세계평화의 원리제4권 제물편(齊物篇), 궁리편(窮理篇), 일규편(一揆篇)의 문맥에 따라 논술해 나가면서 세계의 혼란, 충돌과 전쟁은 강권정치에서 비롯된 것이라고 단정했다. 강권정치는 인류사회에 대한 자연주의적 관념에서 비롯된 것이며, 인류사회에 대한 자연주의적 관념은 인문학 연구와 근대사상에 끼친 물질주의와 과학정수론의 영향에서 기인한 것이라는 결론을 도출했다.[62] 즉 종합하자면 세계적 긴장과 불화는 과학주의적 사유방식에 그 근원이 있는 것이고 "물질주의의 신도는 절대 전쟁을 끝내거나 세계평화를 건설하지 못한다"[63]는 것이다.

린위탕은 서양에서 유물주의 기계론이 인류의 자유의지를 잠식하고 자연율이 도덕률을 대신하며 과학적 이성이 휴머니티 정신을 침범하고 있는 현상에 대해 큰 우려를 표했다. 당시 동·서양을 통틀어 세계의 불화

---

62 林語堂, 『啼笑皆非』(林語堂名著全集 23), 東北師範大學出版社, 1994, p.191.
63 Ibid., p.192.

현상이나 서양의 물질 지상주의, 과학 지상주의의 징후를 문제 삼은 이는 적지 않았으나 린위탕처럼 방대한 이론적 분석과 추론을 통해 과학적 사유방식의 과잉이야말로 세계적으로 온갖 불화와 충돌을 초래하고 세계평화를 방해하는 근본적 요인이라고 결론을 도출한 이는 드물었다. 이와 더불어 린위탕은 오늘날 평화철학의 시급성을 지적하고 그 대안으로 중국의 정신사상을 제시했다. 예컨대 그는 강권사상을 타파하는 노자의 '불쟁不爭 철학', 공자의 '예악치국禮樂治國', 그리고 "우리 인간으로서의 정신관을 회복시켜 인류 평등의 원칙, 세계 협력의 기반, 그리고 자유의 가능성"을 마련해 주는 맹자의 '인본사상'을 내세웠다.

이러한 맥락에서 린위탕이 세계대학총장회의에서 중국과 서양의 철학을 비교하는 데 있어서 시종일관 중국 문화정신과 중국인의 사유방식에 그 역점을 두었던 것은 중국의 자긍심 강화나 중국 전통문화의 세계 진출이라는 일국적 측면을 이미 훨씬 뛰어넘었음을 알 수 있다. 그는 중국의 정신적 유산을 당시 극히 불안정한 국제 정세, 동·서 문명을 조화시키는 데 있어서 꼭 필요한 평화철학으로 보고 있으며, 중국철학의 인본주의적 사유방식을 통해 서양철학의 딜레마와 한계, 과학·유물주의적 사유방식의 과잉을 수정하고자 한 것이었다. 린위탕의 시야에 비친 후자는 세계적으로 날로 심각해진 물질 지상주의, 강권정치, 온갖 불안과 충돌 사건을 유발하는 궁극적 기원이었다. 이 점에서 동양사상을 옹호하는 린위탕의 태도는 박정희 정권의 국가 근대화, 정부 통치, 사회 안정에 유익한 전통문화 복원사업과는 질적으로 다른 것임을 알 수 있다.

물론 전통문화 문제보다 훨씬 복잡한 것은 근대화론 대목이다. 앞서 살펴본 것처럼 린위탕의 근대화론은 박정희 체제의 그것과 화법이 지극히 유사하다. 그러나 당시 아시아에서 산업화는 공동의 당위이고 노동은 공통의 언어였다. 이를테면 북한은 1950년대 중후반부터 1960년까지의 천리마운동을 성황리에 마쳤고, 1960년대부터 천리마작업반운동을 한창 활기차게 전개하는 중이었다. 중국 대륙에서도 중공업과 군사업에 열을 올리고 있던 때였다. 타이완 역시 린위탕이 연설에서 언급한 대로 "수지공업 분야에서 선진국에 못지않은 기술 개발로 세계와의 경쟁에 나서고 있으며 앞으로 해야 할 더 많은 일을 남겨 놓고 있었다". 더욱이 린위탕은 비록 정신문명에 주목해 왔지만 물질문명 자체를 반대했던 것은 아니었다. 다만 서양 물질지상주의 현상을 우려했던 것이다. 그는 일찍이 1929년에 당시 중국의 현황을 보면서 "오늘날 중국은 물질문명이 있어야 그다음에 정신문명을 말할 수 있고 비로소 국수國粹를 보존할 여유와 재력을 가질 수 있다"며 물질문명과 정신문명의 관계를 설파한 바 있다.[64] 여기서 *Between Tears and Laugher*의 중국어 판본에 실린 린위탕의 서문은 그가 한국에서 가진 시민강연의 핵심을 파악하는 데 유용하다.

> 우리나라(중국-인용자)로 시선을 돌리면 물질문명의 병폐는 '미달'에 있는 것이지 '과도'에 있는 것이 아니다. 그 사람들(서양 국가-인용자)이 이미 지나쳤고 우리는 아직 미치지 못했기 때문에 따라잡지 않으면 안 된다. 우리나라는 지금 한창 생활수준을 높이고, 우리의 가난한 백성들을 구제하여, 의식주행衣食住行을 개선할 것을 큰소리로 외쳐야 할 때이다. 그러나 의식주행은 모두 물질적인 요건을 가리키는 것들이다. 따라서 반드시 물질문명을 따라잡아야 된다. 오늘은

64 林語堂, 「機械與精神」, 『大荒集』(林語堂名著全集 13), 東北師範大學出版社, 1994, p.138.

> 우리 백성이 입는 옷, 먹는 음식, 사는 집, 가는 길이 모두 형편이 안 된다. 민생주의가 바로 우리 공동의 좋은 꿈이다. 따라서 백성 모두가 잘 입고, 잘 먹고, 잘 살고, 길이 편리하고, 부유 안녕한 사회가 될 수 있도록 모두들 서둘러 우리나라를 잘 건설해야 한다. 그리고 "생산구국生产救国", 활기차게 산업화 시대에 진입하는 것을 열정적으로 호소해야 한다. 그러지 않으면 오늘 세계에서 자존할 수 없을 것이다. 이것은 부유한 국가를 건설하는 데에서 유일한 기반이며, 건국의 대전제이다.[65]

위 인용문은 비록 린위탕이 1940년대의 중국을 바라보면서 쓴 글이지만 1960년대 후반 한국이 처한 상황에서도 여전히 유효했다. 중국이나 한국과 같은 후진국은 산업화에 박차를 가하고 서양의 물질문명을 따라잡아야만 서양의 헤게모니에 의해 좌우되는 세계 질서의 판도 속에서 자존할 수 있다는 것이다. 그리고 여기에서 눈여겨보아야 할 것은 린위탕이 국가의 근대화, 산업화의 궁극적 귀착점을 구체적인 국민 생활에 수렴시키고 있다는 점이다. 개인과 공동체 사이에서 개인의 자유와 행복을 더 중요시해 왔던 자유민주주의자인 린위탕은 "백성 모두가 잘 입고, 잘 먹고, 잘 살고, 길이 편리하고, 부유 안녕한 사회가 될 수 있도록 모두들 서둘러 우리나라를 잘 건설해야 한다"고 호소하며 국가주의보다 민생주의를 더 우위에 두었다.

또 시민회관 강연회의 연설문에서 보여준 것처럼 린위탕에게 근대화란 "우리"와 "새로운 나라", 즉 개인과 공동체 모두를 근대화하는 것이다. 그

---

65 林語堂, 「序言」, 『啼笑皆非』(林語堂名著全集 23), 東北師範大學出版社, 1994, pp.3~4.

가운데 개인의 근대화는 부유한 생활과 진정한 근대적 가치관을 갖추는 것, 다시 말해 풍요롭고 건전한 물질문명과 정신문명을 함께 향유할 수 있는 것을 뜻하는 것이지, 결코 근대화된 국가 공동체에 예속된 국민의 일원으로 살아가는 것을 의미하지 않는다. 이는 린위탕과 박정희 정부의 근대화론이 질적으로 가장 다른 대목이다. 사실 린위탕의 시민강연과 박정희 정부가 내놓은 「국민교육헌장」은 그 어조가 매우 흡사한데도 불구하고 결정적인 구별 지점 또한 내장되어 있다. 그 단적인 예로 린위탕의 발화에 의하면 "우리가 앞으로 부유한 나라가 된다는 것은 모든 사람들이 부유하게 된다는 것"을 뜻하는 것이고, 이에 비해 박정희 정부에서는 "나라의 융성은 나의 발전의 근본"이라고 규명하고 있었다. 양자는 비록 모두 국민 개개인과 국가를 직결시켰지만 자세히 짚어보면 전자는 모든 국민의 부유와 행복을 확보함으로써 국가의 부를 실현한다는 논리인 데 반해, 후자는 국민 개개인의 발전보다 국가의 발전을 그 근본으로 규정하고 우선하고 있다.

제2차 세계대전이 한창이던 때 린위탕은 전쟁에 휘말린 중국을 바라보면서 만약 세상의 최후의 위대한 평화주의 문화즉 중국문화가 점차 사라져서 그 대신에 "효율성이 매우 높은 근대화 병영"으로 변해 버린다면 이 세상은 그 어떠한 이점도 얻지 못할 것이라고 말한 바 있다.[66] 그러나 박정희 정권이 추진한 근대화는 경제성장을 위해 민주주의를 "정당하게" 유예하고 한국을 근대화 병영으로 구축하는 데에 그 궁극적 목표를 두고 있었다. 결과적으로 민생주의와 민주주의를 중요시한 린위탕의 근대화론은 박정

66 林語堂, 郝誌東 · 沈益洪 譯, 『中國人』, 浙江人民出版社, 1988, p.319.

희 정권의 그것과 전혀 상반된 지향을 갖고 있다고 할 수 있다.

그러나 그럼에도 불구하고 결과적으로 린위탕의 "동양사상+근대화"의 연설은 한국의 국가 근대화 계획과 같은 목소리로 수렴되어 받아들여졌을 가능성이 크다. 설령 그가 전달하려는 메시지가 대중들에게 다르게 받아들여질 여지가 있다고 하더라도 후자의 막강한 공세에 의해 한결 희석되었을 것이다. 특히 린위탕은 한국의 일반 대중에게 아름다운 근대화의 전망을 보여주고 그것으로 나아갈 수 있는 구체적인 방안까지 명시했지만, 정작 개인과 국가 공동체의 근대화가 구체적으로 어떠한 내포와 관계를 가지고 있는지는 설명해 주지 않았다. 그렇다고 통역 시간까지 합쳐 고작 1시간에 불과한 린위탕의 근대화 강연을 듣고 그것을 관변 근대화론과 구별 지어 소화할 지적 능력을 한국의 일반 대중에게 기대하는 것은 무리였다. 아마 청중 대부분은 일상에서 수백 번이나 보고 들은 탓에 거의 세뇌되다시피 한 '근대화'라는 말을 듣는 순간 자동반사적으로 그것을 국가주의적 근대화 계획과 동일시해 버렸을 공산이 크다. 한국 청중의 뇌리에는 강연 내내 되풀이 되었던 'hurry, hurry, hurry, 전진, 전진, 전진'이라는 구호만이 각인되었을지도 모른다.

이처럼 린위탕의 근대화론이 박정희 정권이 추구하는 그것과 결과적으로는 같은 목소리로 받아들여졌을 가능성이 매우 높은 것은 결코 우연이라고 볼 수 없다. 앞서 거론했듯이 당시에는 동아시아의 개발도상국이나 제3세계가 노동, 근대화, 산업화의 과제를 공유하고 있었고, 또 박정희 정부의 국가주의적 프로파간다가 강력했다는 것, 아울러 린위탕이 메시지를 전달하는 과정에서 나타난 불명확성 등은 모두 쉽게 간과할 수 없는 요인들이다. 그리고 한 가지 덧붙여 짚고 넘어가야 할 것은 린위탕의 사상적 한계 역시 이러한 결과를 초래하는 데 큰 몫을 했다는 점이다. 린위탕은 후기(만년)에 들어서 자신의 지식인으로서의 소명을 "국가 정치체제에 대항하는 것"이 아니라 "거기에 지적 힘을 보태는 것", 린위탕 자신의 말로 표현하자면 "글로 국가에 대한 충성을 다한다文章報國"로 삼았다.[67] 다시 말해 린위탕은 결코 국가권력에 보조를 맞추지는 않았지만, 지식인의 소임을 국가권력의 정책을 수정하고 보완하는 역할에 한정했다는 것이다. 이 점에서 린위탕과 국가권력은 결국 같은 궤도에 놓여 있다고 보아도 무방하다.

예컨대 1930년대에 린위탕은 비록 난징南京 국민정부의 억압적 언론 통제를 날카롭게 비판하고, 장제스나 왕징웨이汪精衛 등 정부인사를 비아냥거리는 글을 다수 발표했지만 그 비판의 자세는 어디까지나 합법적으로 허용하는 선을 넘지 않았다. 즉 린위탕은 당시 '지하조직'이나 다름없었던 좌익과는 그 성격부터가 달랐다. *My Country and My People*1939년 증보판에서는 장제스를 위대한 민족 지도자, 중국 인민의 구세주로 수렴했으며 1940년대에 들어서는 친親 장제스 정부의 우경화 태도를 훨씬 더 명확히 노출했다. 1966년에 린위탕은 장제스의 80세 생일을 맞이하여 발표한 「총통 생신-친구에게 보내는 서신總統華誕與友人書」이라는 글에서 장제스를 "지혜롭고 제왕의 재지才智가 있다睿智天縱"고 칭송하기도 했다.[68] 타이완에 정착한 그는

---

67 저우즈핑(周質平)은 「張弛在自由與威權之間-胡適, 林語堂與蔣介石」(『魯迅硏究月刊』 12, 2016)에서 자유주의자인 후스와 린위탕이 타이완에 정착한 이후의 정치·사상적 행보를 비교 검토하면서 전자의 성격을 "이도항세(以道抗勢)", 후자를 "이도부정(以道輔政)"으로 규정한 바 있다. 본고는 저우즈핑의 의견에 동의한다. 린위탕은 1945년에 쑹메이링(宋美齡)에게 보낸 편지에서 "내가 장(蔣) 위원장에게 받고 싶은 것은 단지 '문장보국(文章報國)'이라는 네 글자뿐이다. 그것이면 나는 죽어도 여한이 없다(All I want is four words from the Generalissimo 文章報國, and with that I shall die content)"고 고백했다. 서신의 원고는 타이베이 린위탕 기념관에 소장되어 있으며 여기서는 周質平, 「張弛在自由與威權之間-胡適, 林語堂與蔣介石」, 『魯迅硏究月刊』 12, 2016, p.36에서 재인용했음을 밝혀 둔다.

현지의 교육제도나 어문현상, 정부가 당시 추진한 중화문화 부흥운동中華文化復興運動에 대한 자신의 견해를 적지 않게 발표했지만 1930년대와 비교해 보면 정부 담론과 정책에 대한 비판적 태도는 훨씬 온화해졌다. 이에 반해 마오쩌둥을 공격한 린위탕의 목소리는 타이완의 지면에 나타났을 뿐 아니라 한국까지 전해졌다. 요컨대 린위탕은 장제스와 장제스 정부에 상당히 우호적인 자세를 취했고, 정부 입장과 정면으로 맞서는 것이 아니라 그것을 부분적으로 보완하거나 잘못된 부분을 바로잡으려는 위치에 서 있다. 따라서 그의 근대화론이 동시기 타이완의 정치체제와 기본적으로 친연성을 지니고 있었던 한국 정부의 국가주의적 프로파간다와 비교해 봤을 때, 비록 그 구체적 내포가 다름에도 불구하고 결국 같은 성격으로 보일 수 있었던 것은 린위탕의 이러한 지식인의 소명의식, 정치적 입장과도 밀접한 관련이 있다고 볼 수 있다.

3. 1970, '유머대사' 린위탕 한국에 오다

1) 제37차 서울 국제펜대회 개최

문학의 유엔총회라고도 불리는 국제펜International PEN은 세계적으로 가장 규모가 큰 글로벌 작가 단체이자 유네스코가 유일하게 인정한 국제 간 작가 단체이다. 한국의 경우, 1954년 10월 23일 서울에 한국 펜본부가 설립되었으며 이듬해인 1955년 6월 비엔나 국제펜대회에서 정식 회원국

68 林語堂, 「總統華誕與友人書」, 『無所不談』, 台北 : 開明書店, 1974, pp.706~707; 周質平, Ibid., p.42에서 재인용.

이 되었다. 한국 펜본부는 설립과 함께 국제펜 회의에 참가해 민요, 그림, 공예품부터 영어로 번역된 한국문학 작품까지 한국문화를 지속적으로 홍보하며 국제문화교류를 촉진해 왔다.[69] 그러나 성장을 거듭하면서도 뚜렷한 해외교류 실적을 거두지는 못했고 계속 미온적인 활동에만 머물러 있었던 것이 사실이다. 또 여기서 짚고 넘어가야 할 것은 한국 펜본부가 초창기부터 줄곧 아시아재단의 후원을 받아왔다는 사실이다. 박연희가 지적한 것처럼 예총, 문화자유회의, 한국비교문학협회, 한국 펜본부 등 한국의 여러 문화단체와 긴밀한 관계를 맺고 있던 아시아재단은 1950~60년대까지 한국 펜이 주최한 문학연구회, 문학강습회, 창작기금, 한국 단편소설의 영문판 간행사업 등 여러 활동을 적극적으로 후원했다.[70]

한국 펜본부와 한국문단에는 이번 서울대회 유치 성공은 주변에서 중심으로의 획기적 도약으로 간주되었기에 그 상징적 의미가 지대했다. 특히 이에 더해 서울 펜대회 개최 계기로 한국 펜본부는 스웨덴 한림원으로부터 노벨문학상 후보작 추천을 의뢰 받았다. 구체적 작품 선정이나 실제 수상 여부와 별개로 이 소식이 세계문학의 변두리에 속했던 한국문단에

69 박연희, 「제29차 도쿄 국제펜대회(1957)와 냉전문화사적 의미와 지평」, 『한국학연구』 49, 인하대 한국학연구소, 2018, 193쪽. 한국 펜본부는 1957년 도쿄 펜대회를 계기로 각국대표 17명(13개국)을 한국으로 초청해 고도(古都)와 서부전선, 해병대 전차부대를 관광시켰으며, 또 이 해쯤부터 문학작품 번역에 중점을 두고 을유문화사의 협조를 얻어 최초로 한국번역문학상 제도를 마련해 매년 출판되는 번역 작품 중 가장 우수한 작품을 선정하여 번역문학상과 부상(副賞)을 수여했다. 이 외에 한국의 대표 소설을 영어로 번역한 영문소설집 *Collected Short Stories from Korea*(1961)를 출판하고, 1962년 제1차 아시아작가 강연회 및 문학토론회를 주최하며 1963년부터 영문기관지 *The Korea P.E.N.*연간을 발행하여 한국의 단편소설, 시, 희곡, 평론, 수필의 번역을 정기적으로 실었다.(이근삼, 「국제펜클럽 한국본부」, 한국문인협회편, 『해방문학 20년』, 정음사, 1966, 160~162쪽)

70 박연희, 「1950년대 한국 펜클럽과 아시아재단의 문화원조」, 『한국학연구』 40, 인하대 한국학연구소, 2016, 111쪽.

가져다 준 흥분은 어마어마했다. 이번 서울대회의 대회장을 맡은 한국 펜 회장인 백철은 한국으로서는 100년에 한 번 있는 귀중한 국제적 모임이라며 당시 벅찬 감격을 술회했다.[71]

이처럼 이번 서울대회의 개최는 한국문단은 물론 국가 체면과 직결된 일이었으므로 민관에서 여러모로 총력을 기울였다. 일단 가장 중요한 대회경비 문제에 있어서 정부가 5,600만 원을 조달하고 각계인사들로 구성된 펜대회 후원회가 1,000만 원을 모금했다. 유네스코와 아시아재단 역시 경제적 지원을 해줬다.[72] 그리고 정부는 동구권 대표들에게 입국 비자 발급에 있어서 특별한 편의를 제공했을 뿐 아니라, 심지어 펜 회원국이 아닌 소련의 작가를 옵서버로 초청하는 데에도 아무런 이의를 제기하지 않았다.[73] 이와 더불어 정부 주도로 서울대회의 개최에 맞춰 대한문을 이전하는 대공사도 진행되었다.[74] 또한 펜 대회의 원활한 개최를 위해 다원적 기구들이 설치되었다.[75] 그런가 하면 한국 펜본부는 한국문학을 세계적으

---

71 백철, 「제37차 세계작가회의에 한국 P.E.N.은 어떻게 임할까?」, 『시사』 9(5), 내외문제연구소, 1970.5, 21쪽. 당시 『매일경제』에서 서울대회의 의의를, "첫째, 대회 자체의 규모나 의제보다 공산권의 집요한 반대를 분쇄하고 분단된 국가에서 열린다는 '펜'의 정신적 가치, 둘째, 1957년의 도쿄대회에 이어 두 번째의 아시아대회가 됨으로써 아시아의 문학지리를 새롭게 인식시킬 수 있다는 범아(汎亞)적 의의, 셋째, 체계적으로 정리되거나 분석되지 못했던 한국문학을 재발견하고 다듬는 계기로 삼아 항속적인 문단 의욕의 항진을 꾀하는 것"이라고 정리한 바 있다.(「세계의 문인들 한자리에」, 『매일경제』, 1970.6.25)

72 국제 P.E.N.한국본부, 『동서문학의 해학－제37차세계작가대회회의록(1970.6.28~7.3)』(이하 회의록으로 약칭)부록에 기부자 명단(List of Donors)이 실려 있다.

73 백철, 「간행사」, 국제 P.E.N.한국본부, 『회의록』, viii쪽.

74 「대한문 후퇴」, 『동아일보』, 1970.2.27. 이상경, 「제37차 국제펜서울대회와 번역의 정치성」, 『외국문학연구』 62, 한국외대 외국문학연구소, 2016, 71쪽에서 재인용.

75 펜클럽 위원장인 백철와 사무국장인 곽복록으로 이어지는 기존 라인은 대외국 관계의 일을 맡고, 대회 준비를 위한 국내 문제는 새로 구성된 준비위원회(위원장 모윤숙, 사무국장 전광용)가 맡았다. 한편 문공부가 주축이 된 펜대회 후원회와 정부관계 부처 간 협조위원회도 따로 구성되었다.(「서울 세계 펜대회」, 『동아일보』, 1970.3.9)

로 전시할 계획으로 정부문화공보부에서 600만 원을 지원 받아 영역선집 세 권*Modern Korean Short Stories and Plays, Modern Korean Poetry, A Classical Novel Ch'un-hyang*을 발간했다. 다만 실질적인 준비기간이 매우 짧았던 탓에 촉박한 시간적 압박 속에서 모든 준비를 마쳐야 했다.

1957년 도쿄 대회 이후 아시아에서 두 번째로 개최된 제37차 서울 국제펜대회는 이윽고 1970년 6월 29일에 조선호텔에서 성황리에 막을 올렸다. 31개국 39개 센터, 1개 옵서버 국에서 귀빈작가 19명, 정대표 50여 명을 포함한 약 150여 명이 내한했다. 여기에 펜 사무국과 한국 대표를 포함하면 230여 명 정도가 이 대회에 참석했다. 백철은 한국대회 참가자가 일찍이 유럽지역에서 열렸던 다른 대회의 참석자 규모와 비교했을 때 그 숫자가 비록 적긴 하지만, 국제회의의 면모를 살리는 데는 조금도 부족한 숫자가 아니었다고 판단했다.[76] 한국 측 참석자 명단옵서버 포함은 모윤숙, 정인섭, 박종화, 김팔봉, 이은상, 주요섭, 강용흘, 김은국 등 약 79명으로 구성되었다.

서울 펜대회의 주 의제는 '동서문학의 해학'이었다. 당시 대회주제를 정하는 과정에서 "성장하는 나라에 있어서 문학의 직능" 등과 같은 "성급하게" 한국의 현실과 직결시킨 제목들이 많이 제기되었으나 "순수한 문학회의 구실을 다하고 싶다"[77]는 한국 펜본부는 문학의 정치성을 배제하기 위해 '해학'이라는 주제를 채택했다. 이것은 무엇보다 제2차 세계대전 이후 동유럽 회원국이 공산주의국가 블록으로 변한 뒤 국제펜 회의에서 항상 회원국 간의 이데올로기적 대립이 드러났던 상황[78]을 감안한 결과였다.

---

76 백철, 「간행사」, 『회의록』, vii쪽.

77 백철, 「제37차 세계작가회의에 한국 P.E.N.은 어떻게 임할까?」, 『시사』 9(5), 19쪽.

과연 이 주제는 세계적으로 좋은 반응을 불러왔으며 당시 망똥대회1969에서 "문학의 이념 간에 깃들이기 쉬운 날카로운 논쟁보다도 세계의 친목에 빛이 될 지성의 정상들을 기쁘게 맞고 기쁘게 보내자는 인류애적 스케일이 그 기조에 흐르고 있다는 인상을 풍기고 있어 대체로 참가국 대표의 호감을 샀다".[79] 당시 파리 유네스코 본부의 문화 담당책임자인 가이오아는 해학이라는 주제를 마음에 들어 하며, 서울대회의 주제발표를 유네스코에서 책으로 발간해 주겠다는 약속까지 했다.[80]

해학이라는 큰 테마 아래 구체적 회의 진행방식은 '해학의 지역적 특성(1)', '해학의 지역적 특성(2)', '현대사회에 있어서의 해학의 기능', '연극에 있어서의 해학' 등 4차례의 분과회의와 '국제이해 증진 수단으로서의 해학'을 주제로 하는 원탁회의, 그리고 마지막 종결토론으로 구성되었고, 이것과는 별개로 특별강연이 안배되었다. 특별강연에서 토니 메이에르프랑스는 '위트와 해학의 차이'6월 30일를, 존 업다이크미국는 '소설에 있어서의 해학'7월 1일을, 이은상한국은 '해학의 동양적 특성'7월 2일을, 마지막 날에는 린위탕중국이 '동서양의 해학'7월 3일을 주제로 연설했다. 한국 측의 경우 이은상 외에 장왕록, 황순원, 피천득, 이근삼, 김은국, 김동리 등 몇몇 대표가 각 분과회의에서 7분 동안 발표할 기회를 가졌으며, 정인섭과 김용권이 종합토론에 참가했다. 『회의록』에 의하면 특별강연문을 포함한 총 발표논문 수는 48편이었다. 한국 8편, 일본 · 베트남이 각 7편, 중국－타이베이 · 미국이 각 3편, 타일랜드 · 영국 · 인도 · 프랑스가 각 2편, 에스

78 백철, 「세계 작가회의의 수확－제37차 P.E.N.회의를 마치고」, 『국회보』 104, 국회사무처, 1970.7 · 8, 73쪽.

79 「「세계의 지성」 한자리에…서울은 기쁘다」, 『매일경제』, 1970.1.12.

80 「동구권서도 서울대회에 큰 관심」, 『경향신문』, 1969.11.8.

토니아 · 중국-홍콩 · 소련 · 이란 · 터키 · 아이보리코스트 · 유고슬라비아 · 벨기에 · 필리핀 · 레바논 · 오스트레일리아 · 이슬라엘이 각 1편이었다. 대회 공용어는 영어, 불어 그리고 한국어로 지정되었다. 대회일정을 보면 정규 학술회의를 진행하는 가운데 한국 민속예술페스티벌 관람, 판문점 시찰, 국립박물관 · 창덕궁 방문, 부산 · 울산 · 경주 · 대구 코스 관광 등 홍보 프로그램도 안배되었다.

발표문 숫자의 배정에서도 엿볼 수 있듯이 이번 서울대회에서 나타난 뚜렷한 특징은 동양아시아 국가와 문학의 급부상이었다. 서울대회가 아시아지역에서 개최된 대회인 만큼 아시아에서 무려 16개국이 참여했으며 연설과 토론에 참가한 아시아대표의 수도 전체의 2/3를 차지했다. 이는 아시아 국가들이 능동적으로 참여한 까닭이기도 하지만, 한국 펜 회장 백철이 애초에 이번 서울대회를 계기로 아시아문학의 비중을 높임으로써 "아시아문학과 함께 한국의 문학적 유산을 세계에 알리"겠다는 계획과도 결코 무관하지 않았다.[81] 이처럼 아시아문학의 '대집결'이 가져온 가장 가시적 성과로 아시아 16개국이 참여하는 아시아작가 번역국AWTB이 설치되었다. 회장국은 한국이 맡아 정인섭이 사업의 총책임자로 지정되었으며, 부회장에 린위탕, 우마샨카르 요시Umashankar Joshi, 인도, 사무국장에 슈와니 · 슈콘더잉Suwannee Sukonthiang, 태국이 선출되었다. 번역국은 아시아문학을 영어로 번역하여 세계문단에 내놓는 데 그 목적을 두었다.[82]

81 「펜서울총회 점검 (1) 규모」, 『경향신문』, 1970.5.26.

82 번역국은 연 3회 『아시아문학』이라는 잡지를 펴내기로 했는데, 우선 일차로 3개월 내에 제1권을 『한국문학』 특집으로 발간하기로 했다. 재정 문제는 각 센터의 기부와 유네스코의 협조를 얻기로 했다.(박용수, 「제37차 국제 〈펜〉대회」, 『경찰고시』 70, 경찰고시사, 1970.8, 61쪽; 「서울에 아주번역국 설치」, 『경향신문』, 1970.6.29) 그러나 한국문학을 세계로 진출시키자는 애초의 포부와는 달리, 재정 문제와 원고난 등으로 인해 10년 동안 작품선집 『아시

그리고 서울 펜대회에 참가한 각국 대표는 이번에 비단 서울 펜대회에만 참석해 한국의 고유문화와 새로운 건설상을 체험한 것이 아니었다. 그들은 우선 6월 15~19일 사이 자유중국 펜본부가 타이베이에서 주최한 제3차 아시아작가대회에 참석하고, 그 다음 타이베이 측의 안배로 타이완 본도本島관광과 일본 오사카에서 열린 엑스포 참관, 마지막에 '아시아투어'의 종착지인 한국에 도착해 서울대회에 참석한 것이었다. 비록 이처럼 자유중국-일본-한국에 걸친 아시아 국가의 '궐기'는 린위탕이 피력한 "동양문학의 세계진출", 내지 "서양에 대한 동양의 대범한 도전"으로 보일 수도 있으나, 실제 따져보면 타이베이의 아시아작가대회이건 서울총회이건 모두 서양의 헤게모니가 주도한 '국제펜회'라는 타이틀 아래 성사된 행사인 만큼 그 저변에 대對 서양 '전시'의 성격을 면치 못했다. 요컨대 이 두 대회는 겉으로는 아시아 국가(문학)의 주체성이 매우 부각된 것처럼 보이지만 다른 한편으로 그 속에 수반돼 있던 수동성 역시 쉽게 간과할 수 없다. 이를테면 자유중국의 본도투어, 일본의 엑스포 참관, 한국의 고도古都관광, 아시아작가 번역국 설치 등 프로그램에서 명시해 준 것처럼 말이다. 그리고 미리 말하지만 이러한 개최 배경은 한국 주최 측의 구체적 대회 계획과 아시아 발표자들의 연설 경향을 거의 예언하다시피 했다.

2) 동서양의 해학, 린위탕의 유머철학 및 실천

린위탕은 마지막 특별강연 연사로 대회에 나가 '동서양의 해학'을 주제

아문학』 제3권을 출간하는 데 만족해야 했다.(이상경, 앞의 글, 83~84쪽) 냉전체제 하에서 한국이 미국을 비롯한 서양의 도움 없이 독자적으로 번역국을 운영하고, 아시아문학을 세계로 진출시키기에는 역부족이었다.

로 그의 유머론을 강연했다. 린위탕의 연설문은 『경향신문』, 『조선일보』, 『동아일보』 등 한국 여러 신문 잡지에 잇따라 실렸으며, 중문판 전문은 타이완 정부기관지인 『중앙일보』, 『유사문예幼獅文藝』 등에 실렸다.[83] 린위탕은 연설을 시작하며 유머는 "인간정신이 피운 꽃"이며 "문명의 귀한 선물"이라고 높게 평가했다. 그는 빅토리아 여왕의 유언을 인용하면서 여기에는 "건전하고 따뜻한 인간의 지혜"가 깃들어 있기에 가장 좋은 유머로 꼽을 수 있다고 했다. 이어서 유머를 위트나 냉소(풍자)와 구분해야 한다며, 가장 좋은 유머는 "회심의 미소会心的微笑"를 자아낼 수 있는 해학이라고 주장한다. 린위탕이 보기에 "인간의 생활은 슬픔과 비애, 어리석음과 좌절로 가득 차 있"기 때문에 "인간을 강하게 하는 활력소"인 유머정신이 필요하다. 그리고 그것은 부처와 예수 같은 위대한 인류만이 가지고 있는 "범우주적 연민"에서 찾아볼 수 있다고 설파한다.

이처럼 린위탕은 우선 거시적인 측면에서 유머의 함의, 성격, 역할을 설명한 뒤, 서양의 소크라테스, 에이브러햄 링컨, 중국의 노자, 장자, 공자 등 몇 명의 위인이 남긴 유머 일화를 그 예로 거론했다. 그는 중국에 노자와 장자가 없었더라면 중국인들은 "신경쇠약의 민족"이 되고 말았을 것이라는 농담을 했고, 일반적으로 "엄격하고 예의 바른 훈장으로" 알려진 공자의 유머를 새삼 설파했다. 그리고 린위탕은 끝으로 공자의 인내, 유머, 인간적인 따뜻함을 지워버리고 공자의 가르침을 오로지 전족纏足, 과부의

83 「동서문학의 해학 임어당박사 특별강연」, 『경향신문』, 1970.7.3; 「동서양의 해학 서울세계작가대회…임어당박사의 특별강연 전문」, 『조선일보』, 1970.7.3; 「임어당박사 특별강연「동서양의 해학」」, 『동아일보』, 1970.7.4; 「해학 정의 백가정명(諧謔定議百家爭鳴) 인간심성의 개화 유머」, 『세대』 85, 세대사, 1970.8, 155~158쪽; 林語堂, 「論東西方的幽默」, 『中央日報』, 1970.7.5; 林語堂, 宋穎豪 譯, 「論東西方的幽默」, 『幼獅文藝』 32(10), 1970.10.

수절守節 등과 같은 엄격한 도덕률로 한정해 버린 신유학자들의 도학道學적 글에는 유머가 부재하다고 규탄했다.

토니 메이에르, 존 업다이크, 이은상 등 특별연사들이 매우 진지하고 학술적인 자세로 논점을 체계적으로 진술해 나간 나머지 다소 지루하고 딱딱한 감이 없지 않았는데 이에 비해 린위탕의 연설은 한결 평이해 보인다.[84] 당시 동행한 타이완 펜 회원 펑거彭歌는 린위탕이 '유머대사'답게 자유자재로 연설을 이어나가 엄숙한 대회 분위기를 한결 부드럽게 만들었으며 서울대회에서의 연설은 자신이 들었던 린위탕의 유머에 관한 연설 중 가장 훌륭한 것이었다고 회고하기도 했다.[85] 그렇다면 유머는 린위탕의 총체적 사상 체계에서 과연 어떠한 개념이고 그 궁극적 목적의식은 어디에 있는가? 이러한 유머철학 또는 유머정신은 그가 펜대회에서 가졌던 유머 연설과 어떠한 관계를 가지는가?

사실 린위탕은 일찍이 1924년에 『신보부간晨報副刊』에 「번역산문 모집과 '유머' 주창征譯散文併提倡"幽默"」과 「유머잡회幽默雜話」라는 글[86]을 발표했다. 이 두 편의 글은 중국에서 처음으로 예술창작의 차원에서 유머를 제창하고 연구한 글이라는 점에서 의미가 있다. 그는 글에서 유머를 제창하는 원인,

---

84 토니 메이에르는 '위트와 해학의 차이'를 주제로 한 특별강연에서 유머의 성격, 기능, 특징, 여러 종류, 표적 대상을 토의하고 기치와 비교하며 한국을 포함한 다양한 나라의 유머 사례를 거론했다. 존 업다이크는 '소설에 있어서의 해학'이라는 연설에서 이론적 측면에서 유머, 웃음의 개념을 제시한 뒤 세르반테스의 『돈키호테』, 볼테르의 『캉디드』, 마크 트웨인의 『허클베리 핀』 등 세계적 거장의 문학 작품 속에 담긴 유머적 요소를 분석했다. 이은상 역시 동서양 해학의 기원을 논한 다음, 다양한 동양 고전과 일화를 통해 "유능제강(柔能制剛)과 해학", "측면풍자와 해학", "여유와 해학", "초탈과 해학", "풍간(諷諫)과 휼간(譎諫)"을 차례로 해석했다.

85 彭歌, 「林語堂 筆會與中西文化交流」, 正中書局 編, 『回顧林語堂－林語堂先生百年紀念文集』, 正中書局, 1994, pp.64~66.

86 「征譯散文併提倡"幽默"」, 『晨報副刊』, 1924.5.23; 「幽默雜話」, 『晨報副刊』, 1924.6.9.

'homour'의 번역, 중국에서 유머문학이 발달하지 못한 원인, 유머에 담긴 "진실적이고 포용적이며 동정적인眞實 寬容 同情" 인생관 등을 일일이 거론하며 유머와 풍자를 구별했다. 영어의 'humour'를 중국어 '幽默'로 처음 음역한 것도 그였다.[87] 그 후 린위탕의 유머론은 시간에 따라 계속 발전해 나갔으며 대체로 '어사' 시기, '논어' 시기, 1936년 린위탕 출국 이후, 1970년 제37차 서울 국제펜대회 시기로 나누어 볼 수 있다.[88] 그 가운데 '논어' 시기에 린위탕은 비교적 성숙한 유머론 체계를 구축했으며 후기에 들어서는 그것을 부분적으로 수정하거나 심화시켰다.

린위탕이 가장 체계적이고 집중적으로 그의 유머론을 설명한 것은 상-중-하 세 편으로 나누어진 「유머를 논함論幽默」1934이란 글을 통해서였다.[89] 이 글은 훗날 서울 펜대회에서 한 연설의 기본적 토대가 돼 줬다. 린

---

87 린위탕은 '幽默'의 뜻을 "유머에 능한 사람의 유머 감각은 반드시 은밀하고 미세한 곳에서 나온 것이며 유머를 잘 감상할 수 있는 사람은 반드시 마음속에서 조용히 음미할 줄 알고 남에게 말로 표현할 수 없는 재미를 느낀다. 저속하고 식상한 우스갯소리와 달리 유머는 은밀하고 조용할수록 절묘해진다"라고 풀이했다.("凡善於幽默的人, 其諧趣必幽隱, 以善於鑒賞幽默的人, 其欣賞猶在於內心靜默的理會, 大有不外與外人道之滋味, 與粗鄙顯露的笑話不同, 幽默愈幽愈默愈妙, 故倣幽默."「幽默雜話」, 『晨報副刊』, 1924.6.9)

88 이러한 분기법은 施建偉, 「林語堂幽默觀的發展軌跡」(『文藝硏究』 6, 1989); 鄭月娣, 「論林語堂的幽默觀」(福建師範大學 碩士學位論文, 2012)을 참고했다.

89 林語堂, 「論幽默」, 『論語』 33, 1934.1.16; 『論語』 35, 1934.2.16. 그는 상편에서 『시경(詩經)』으로까지 거슬러 올라가 중국 전통사상문화와 문학 저변에 잠복해 있던 유머의 맥락을 추적하여 노자, 장자, 공자, 도연명(陶淵明) 등 성현과 문인을 대거 발굴하고 그들을 중국의 전형적 유머대가로 치켜세웠다. 그리고 유머를 두 종류로 나누면서 장자의 유머를 시국의논·비판형의 유머, 도연명의 유머를 시적이고 한적한 유머로 구분하기도 했다. 린위탕은 중편에서 이론적 측면에서 유머의 본질과 역할을 논했다. 서양의 희극 관련 이론, 가령 영국 소설가이자 시인인 조지 메러디스(George Meredith)의 「희극론(On the Idea of Comdey and the Uses of the Comic Spirit)」(1877), 영국 비평가 수필가 윌리엄 해즐릿(William Hazlitt)의 「영국희극작가론」(1819), 블로흐(Edward Bullough)의 '심리적 거리설'(1912)과 프로이트의 「위트와 무의식과의 관계」(1905) 등은 린위탕의 유머론이 형성되는 데 매우 중요한 이론적 기반을 마련해 주었다.(施建偉, op. cit., p.114) 린위탕은 그 가운데 자신에게 가장 많은 영향을 준 메러디스의 「희극론」을 중편에서 대거 번역 소개

위탕은 메러디스의 희극이론을 위시한 서양이론과 서양 소품문을 중국문화(학) 전통 속 유머의 맥락과 결합해 자신의 방식으로 소화함으로써 유머를 "도리와 이치에 대한 철저한 깨달음에 근거하여基於明理, 道理之參透之上", "태연자약하고 달관적인 태도一種從容不迫的達觀態度", "일종의 인생관, 인생에 대한 비평一種人生觀, 對人生的批評"으로 규정하기에 이르렀다. 그리고 그가 크로체의 표현주의론과 명나라 공안 경릉파公安 竟陵派의 성령설性靈說의 공통항을 발견·전유하고 이를 바탕으로 그의 예술론을 심화시키면서 '유머'는 점차 '성령', '한적閑適'과 함께 그의 사상 미학세계를 구축하는 데 있어 서로 떼려야 뗄 수 없는 요소로 승급되었다.[90] 그는 유교(공자)가 세상이치를 모두 깨달은 후 도달한 범우주적 연민정신, 인간미가 깃든 사고방식近情精神과 도가의 달관정신을 모두 흡수하여 공자의 '너그러운 풍자寬容的諷刺'와 도연명의 '한적한 유머閑適的幽默'를 동시에 지향함으로써 '유머' 개념을 어학, 문학, 미학의 측면을 넘어 유도합일儒道合一의 철학적 차원으로 승화시켰다.

그러나 '유머'의 언어·문학적, 미학적 또는 철학적 내포가 어떻든 간에 린위탕은 이것을 근본적으로 지식인의 사회실천으로 간주하고 있었으며 여기에 그 궁극적 의미를 기약하려 했던 것이다. 우선 유머는 일종의 "인생관"으로서 린위탕이 신문화운동 시기에 '쑨중산孫中山식 급한 성격'에 이

했다. 하편에서 린위탕은 유머의 넓은 의미와 좁은 의미를 거론하면서 좁은 의미의 유머와 위트, 풍자, 야유와의 차이를 구별했다. 린위탕에 따르면 최상급의 유머는 "심령의 빛과 지혜의 풍부"를 표현하는 것이며 메러디스가 지적한 "회심의 미소"가 바로 그것이다. 이처럼 린위탕이 1930년대에 쓴 「유머를 논함」은 펜회 연설의 내용과는 강한 상호적 텍스트성을 갖고 있다.

90 린위탕은 유머의 가장 근본적 특징을 거짓 없는 성실함으로 보고 있으며 유머를 제창하려면 성령의 해방부터 제창해야 한다고 주장한다. 그는 "성령의 자유를 획득하고 거짓 없는 자아가 드러나며 도리이치를 깨달은 후에야 비로소 유머를 구현할 수 있다"고 판단했다.(林語堂, 「論文」(下篇), 『披荊集』(『林語堂名著全集』 14), 東北師範大學出版社, 1994, p.155)

어 1930년대의 중국과 중국인을 위해 구상한 새로운 근대적 처방전과 근대적 인격이었다.[91] 당시 '애국·구국救國'을 당위로 삼았던 '정치혁명'의 1930년대에 린위탕은 여전히 1920년대의 '문화혁명', '신문화운동', '사상계몽'의 연장선에 서 있는 채로, 지식인의 사회적 사명을 실제적 정치운동 참여가 아니라 사상문화변혁으로 판단했다. "나라가 위급하고 시국이 어려울수록 온 국민에게 더더욱 정신적 흥분제가 필요하다"[92]고 확신한 그는 이윽고 서양에서 유머라는 치료약을 발견했다. 그는 유머를 통해 19세기 낭만주의 사조의 세례를 거친 서구문화의 건전하고 활발한 인생관을 도입함으로써 새로운 국민성을 조성하고 당시 중국 사회를 피폐하게 만들었던 중국식 '유머'의 현실을 일거에 타파하고자 했다.[93]

다른 한편으로 유머는 일종의 "인생에 대한 비평"으로, 새로운 사회정치적 담론환경에서 린위탕 스스로가 설정해 놓은 자신의 지식인으로서의 사회적 입지라고도 할 수 있다.[94] 그는 일찍이 1928년부터 서양 교육을 받은 중국 지식인이 중국 국내에서 간행한 첫 영문 간행물인 *The China Critic*

91 린위탕은 "어느 나라의 국민이든 유머의 정신이 없으면 그의 문화는 반드시 점차 허위로 흐르고, 생활은 거짓으로 점철되어 가고, 사상은 진부해지고, 문학은 메말라 가고, 인간의 영혼은 반드시 점점 더 완고해질 것이다"라고 확신했다.(林語堂, 「論幽默」下篇, 『行素集』, op. cit., p.17) 그가 보기에 중국인들에게 유머가 없지 않지만 그러한 당대 중국식 유머는 전통적 맥락에서의 유머와 거리가 멀었을 뿐 아니라, "부정적 면이 지대하고 중국이 지속적으로 가난하고 쇠약해진 데에 있어 큰 몫을 했다".(林語堂, 「答青崖論幽默譯名」, Ibid., p.161)

92 林語堂, 「"笨拙"記者受封」, op. cit., p.162.

93 林語堂, 「方巾氣研究」, 『披荊集』, op. cit., pp.170~171.

94 그는 목전 중국 시국의 총체적 난국을 해결하는 길은 중국을 "글이 번영하고 사상이 침체하는 시기"를 "글이 쇠약하고 사상이 융성하는 시기"로 전환시키는 데에 있으며, 이것은 근대적 비평의 역할에 달려 있다고 주장했다. 근대적 문화는 비평의 문화이고 동양과는 달리 서양문화에는 진정한 비평이 존재하기 때문에 사회, 정치, 종교, 경제, 문학사상이 지속적으로 진보할 수 있다는 것이었다.(林語堂, 「論現代批評的職務」, 『大荒集』, 『林語堂名著全集』 13, pp.120~124)

지에 투고하고, 1930년 "The Little Critic"이라는 칼럼을 마련해 1936년 도미하기 전까지 계속 주필을 맡으면서 사회비평, 문화만담 등 영문 소품문을 해외 독자, 국내의 서양인, 특히 영어에 능통한 중국 지식인을 대상으로 발표하는 한편, 『논어』, 『인간세』, 『우주풍』 등 중문 잡지를 창간해 본격적으로 중국 대중을 상대로 그의 유머 소품문을 보급하면서 비평가로서의 정체성을 확립해 나갔다. 그의 '유머적 비평'은 이중언어적, 문화횡단적 차원에서 거의 동시간적으로 진행되었던 작업이었다.

요컨대 '논어' 시기에 집대성된 린위탕의 유머론은 단순히 어떤 언어나 문학적 격조 또는 유형만을 가리키는 것이 아니라, 미학, 철학, 특히 사상 문화적 사회실천 등을 총망라한 매우 복합적인 개념이다. 이러한 린위탕식의 유머가 지닌 다중적 성격은 1936년 도미 이후, 그리고 1966년 타이완에 정착한 후에도 변함없이 견지되었다. 그는 *My Country and My People*과 *The Importance of Living*을 기점으로 본격적으로 서양 독자를 대상으로 목전의 중국 사회 도처에 만연해 있고 중화민족을 파멸시키고 있는 "아시아식 유머"를 그려내는 한편,[95] 그의 '유머－성령－한적' 삼위일체의 '동양의 지혜'를 지속적으로 심화시켜 나갔다. 특히 *The Importance of Living* 중 「유머감을 논함」이라는 글은 훗날 1970년 그가 서울대회에서 가진 유머 연설 배후의 궁극적 문제의식을 잘 함축하고 있다는 점에서 주목할 필요가 있다.

유머의 중요성이 오늘날까지 충분히 인정받아 왔는가, 유머의 사용 여하에 따라

---

95 林語堂, 『吾國與吾民』, (『林語堂名著全集』 20), 東北師範大學出版社, 1994, pp.64~69.

인간의 모든 문화생활의 질이니 성질이니 하는 것이 변화될 수 있는가, 유머가 정치 학문 인생에서 어떤 위치를 차지하고 있느냐 하는 점들이 충분히 인정받아 왔는가? 나는 이것을 의심한다. 유머의 기능은 물리적이라기보다는 화학적인 것이므로 그것은 사상과 경험의 기반을 변형시킨다. 국민생활에 있어서 그것의 중요성은 재론의 여지가 없다.

(…중략…)

이것은 유머의 화학적 작용, 다시 말하면 사상의 바탕을 변화시키는 작용이라고 하겠다. 이 작용이야말로 인류 문화의 본질에까지 영향력을 미쳐 장래 인류사회가 중용시대中庸時代에 이르는 길을 개척하게 될 것이라고 나는 생각한다. 인류에게는 이 중용시대보다 더 위대한 이상은 없을 것이다. (…중략…) 솔직히 말하면, 그거야말로 인류가 바랄 수 있는 최선의 것이고, 실현되리라고 기대해도 무리가 없는 최고의 꿈이다. 그 속에는 다음과 같은 것이 내포되어 있는 듯하다. 그것은 소박한 사고와 명랑한 철학, 그리고 중용 문화를 가능케 하는 섬세한 상식이다. 그런데 이상의 세 가지는 우연히도 유머의 특질이 되는 것으로, 마땅히 유머에서 발생해야 할 것들이다.

(…중략…)

우리들은 생활과 사상의 단순성은 문명과 문화에 대한 지고지선의 이상이라는 것, 문명이 단순성을 상실하고 난삽한 궤변이 순정한 철리哲理로 돌아가지 않는 한, 문명은 점점 퇴폐하고 말 것이라는 점을 시인하지 않으면 안 된다. 이런 사태가 지속된다면 인간은 스스로가 만들어 낸 개념, 사상, 야심, 사회조직의 노예가 될 것이다. 인류는 이와 같은 짐을 어깨에 메고 있기 때문에 여기서 벗어나 이것들을 지배할 수 있는 지위에 오를 가망이 전혀 없어 보인다. 그러나 다행히도 이런 모든 개념, 사상, 야심을 초월하여 미소로 그것을 바라볼 수 있는 인간정신의 힘이 있다.

이 힘이야말로 유머리스트의 묘미다.

(…중략…) 나는 장차 유머적 사고방식이 지금보다 훨씬 광범위하게 이루어지게 될 때, 생활과 사고의 단순성을 특징으로 하는 건전하고도 중용적中庸 정신이 비로소 성취될 수 있다고 확신한다.[96](강조는 인용자)

위 인용문에서 보여준 것처럼 유머가 지닌 이른바 "화학적 작용", 사상문화적 영향력의 범위는 더 이상 중국에 갇혀 있지 않고 전 세계로 확대되었다. '논어' 시기의 린위탕이 유머를 통해 중국의 국민성을 개조하려고 했다면, 이 시기에 이르러 그 목적은 코즈모폴리턴의 지평 위에서 유머를 통해 전 세계인류의 정신사상을 개조함으로써 인류 문화의 본질에까지 영향력을 미쳐 인류의 이상사회, 최고의 꿈인 "중용시대"를 개척해 나가고자 하는 데까지 확장되었다. 그가 이토록 유머를 추종하게 된 것은 현재 인류가 살고 있는 세계가 과도하게 "복잡한 생활", "엄숙한 학문", "침울한 철학", "난잡한 사상"으로 도배되어 인류의 불행을 초래했다는 데 그 근본적 원인이 있다. 린위탕은 이러한 세계적 국면에 맞서 유머라는 처방전을, 유머의 최초 발원지였으나 당시에는 파시즘의 기원지가 돼 버린 서양에 내놓았던 것이다. 린위탕에게 유가의 인본주의적 사고방식과 도가의 달관정신이 담긴 유머는 오늘날 물질·과학지상주의가 초래한 온갖 개념·사상·야심을 초월할 수 있는 치유책이자, 그 모든 것들을 극복할 수 있는 진정한 "인간정신의 힘"이다. 그리고 이러한 유머적 사유가 훨씬 광범위하게 가능하게 될 때 "문명과 문화에 대한 지고지선의 이상"이 비로소 실

96 인용문에 대한 번역은 린위탕, 문상득 역 『생활의 발견』, 민성사, 1994, 60~67쪽; 린위탕, 김병철 역, 『생활의 발견』, 범우사, 1995, 125~132쪽에 의해 정리했다.

현될 수 있다고 본 것이다. 요컨대 린위탕은 유머정신을 통해 서양의 과학·산업문명이 초래한 온갖 폐해를 바로잡고 인류문명과 문화의 최고 경지로 진입하는 것을 그가 지식인으로서 계속 견지해 온 유머 실천의 궁극적 사명으로 삼고 있었던 것이다.

한 가지 더 보충 설명을 해야 할 것은 1970년 서울 펜대회 개최 무렵에 린위탕은 타이완에서 역시 거의 동시간적으로 유머 실천을 수행하고 있었다는 사실이다. 린위탕은 1966년 미국 생활을 청산하고 타이완에 정착한 후 당시 중앙사 사장인 마싱예馬星野의 초청으로 정부 기관지인 『중앙일보』 부간副刊의 "무소불담無所不談"이라는 칼럼의 주필을 맡아 30년 만에 다시 중국어 글쓰기에 착수하여 타이완의 사회 문화, 언어, 교육 등 문제에 대해 견해를 발표했다. 당시 타이완 정부는 중국 대륙의 문화대혁명에 맞서 한창 중화문화부흥운동을 추진하는 중이었다. 이 운동은 요堯, 순舜, 우禹, 탕湯, 문文, 무武, 주공周公, 공자로부터 쑨중산, 장제스에 이르기까지의 도통道統"[97]을 확립함으로써 자유중국이 지닌 중화민족문화의 정통성과 국민당정부 통치의 정당성을 강화시키고자 하는 일환으로 전개된 것이다. 그 결과 정부의 문화정책을 옹호하는 '국책문학'이 타이완에서 일시적으로 유행했다. 갓 타이완으로 돌아온 린위탕은 그러한 글 가운데 대부분이 가식적이고 도학적 기질이 난무하며, 그가 추종하는 '성령문학'과 거리가 멀다고 판단했다. 따라서 그는 "무소불담" 칼럼에서 「공자의 유머를 논함論孔子的幽默」, 「조소에 대한 해명論解嘲」, 「우스갯거리笑話得很」 등 글을 발표하고 그리고 30년 전에 쓴 「유머를 논함」을 다시 수록하면서 그의 유머 실

97 洪俊彦, 『近鄉情悅』, 蔚藍文化, 2015, p.160.

천을 통해 문단의 가식적인 도학문학을 비판하려 했다. 그러나 유머와 유머적 글쓰기를 제창하는 린위탕을 환영하는 목소리도 적지 않았지만(당시 린위탕은 타이완에 정착한 후 '세계적 석학'이라는 타이틀 덕분에 각처에서 연설 초청이 끊이지 않았으며 그는 거의 매주 공무를 수행하듯이 강연에 나가야 했다), 반면에 린위탕의 문학관과 사상을 부정적으로 바라보는 시선 또한 만만치 않았다.

특히 린위탕은 공적 자리에서 거듭 유머를 주제로 하며 공자를 유머화하고, 『홍루몽』의 등장인물 중 묘옥妙玉이라는 여성을 "색정광色情狂에 빠진 비구니"로 독해해 버리고, 특히 중국의 유명한 곤곡崑曲 작품인 「속세를 그리워하는 비구니尼姑思凡」에 대해 왕년에 썼던 영어 번역문을 다시 발표하면서 맹렬한 비판의 소용돌이에 말려들었다. 공격자들은 그의 '저속한 유머'를 향해 끊임없는 공격과 욕설을 퍼부었을 뿐 아니라, 심지어 문화부흥운동의 대의를 내세워 "문부文復의 역류"라며 린위탕에게 온갖 오명을 뒤집어 씌웠다. 린위탕이 한국에서 주최한 국제회의에 참석하고 인산인해의 시민회관에서 성공리에 강연을 하고, 최인훈·차주환 등 한국 지식인과 대담을 갖고, 한국에서 '린위탕 열풍'을 점화했던 그 시기에 오히려 타이완에서는 '사범사건思凡風波'으로 인해 사회 각계로부터 가장 냉대를 받고 맹공격을 당하고 있었던 것이다.[98] 물론 '유머대사'가 이처럼 타이완

98 그는 1968년 7월 1일 『중앙일보』와 『중화일보』 부간에 「〈尼姑思凡〉英譯)」을 발표했다. 그러나 뜻밖에도 이 왕년의 구작(舊作)은 원본중 "俺娘親愛念佛(어머니는 염불을 좋아한다)"라는 구절이 린위탕에 의해 "And my mother, she loves the Buddhist Priests(어머니는 승려를 좋아한다)"로 번역된 것이 도화선이 되어 순식간에 타이완 불교계, 문화계, 정부관변은 물론이고 타이완 전역을 휩쓴 '사범사건'이 일어났다. 린위탕은 일시에 "음란물을 전파하는 염치없는 모리배", "공산유물주의의 신도", 심지어 "공비(共匪)"로 낙인찍혔다. 1968년에 리솽칭(李霜青)은 『사범사건(尼姑思凡的風波)』이라는 책을 편하면서 린위탕을 비판하는 글을 대거 수록했고, 1969년 쉬티(許逖)는 『문화기(文化旗)』 제15기에 「린위탕에 대한 연구와 비판」이라는 특집을 마련했다. 그리고 1970년에 리솽칭은 『학인논전집(學

에서 커다란 파장을 불러일으킨 것은 그가 제창한 유머 자체가 문제적이었다기보다는 당시 타이완의 복잡한 역사적 배경과 불교계가 오래전부터 갖고 있던 고질병이 큰 몫을 했다. 그러나 어찌되었건 유머대사의 타이완 생활은 그리 순탄하지 않았다. 그는 '건전한 유머'를 제창하려다 오히려 '저질 유머'로 취급당하며 공격을 당했다.

그러던 와중에 1970년 린위탕은 국제펜 서울총회에 참석해 '동서양의 해학'이라는 주제로 연설을 하게 된 것이다. 여기서 특기할 것은 그가 연설문에 「유머를 논함」의 요지를 논술의 밑바탕으로 삼고, 그 사이사이에 "무소불담" 칼럼에 실었던 「우스갯거리」 중 베르그송의 '웃음의 철학'의 명언, 「공자의 유머를 논함」 중 공자의 일화, 그리고 「조소에 대한 해명」 중 소크라테스, 링컨의 사례 등을 재차 인용했다는 사실이다. 그리고 연설문 마지막에 공자의 유머를 강조하고 그의 인간상과 가르침을 왜곡시켰다고 신유교학자를 규탄한 것은 당시 타이완 중화문화부흥운동 추진 과정에서 선동된 송유이학宋儒理学과 '존공尊孔' 사조에 대한 비판과 경계의식과 무관치 않다.[99] 이렇듯 서울 펜대회에서 린위탕의 연설은 비록 국제적인 자리를 빌

人論戰集)』을 출판해 린위탕의 문학관을 날카롭게 비판했다. 장톄쥔(張鐵君)은 여기에 실은 「유머대사가 도통에 반대함(幽默師反道統)」이라는 글에서 린위탕을 문화부흥의 장애물로 지목했다. 이 와중에 국민당 신분이었던 낙관법사(樂觀法師)는 중앙위원회 제5부에 직접 상서(上書)하여 관의 권력으로 린위탕을 처벌할 것을 요구하며 사건을 더 쟁점화시켰다. 이윽고 중앙당국은 헌법까지 내세워 종교 분쟁을 일으킬 여지가 있는 글을 발표 금지하면서 사건은 점차 마무리되었다. 물론 그 가운데 린위탕을 적극적으로 옹호한 지식인도 없지 않았다. 예컨대 1968년 『인간세』 8월호에 「〈속세를 그리워하는 비구니〉 문제 특집」이 실렸는데 여기서 다수의 지식인은 이 작품의 문학적 가치를 인정했다. 사범사건에 관한 자세한 상황은 張佩佩, 「林語堂主要爭議事件的梳理與反思」, 閩南師範大學, 碩士學位論文, 2017, pp.57~65; 洪俊彥, op. cit., pp.184~190 및 「부록3－林語堂與臺灣年表」를 참고.

99 1960~70년대 타이완의 '존공'(尊孔) 사조와 대륙의 '반공'(反孔) 사조가 동시 대두한 상황에서 린위탕은 「〈關雎〉正義」, 「說誠與偽」, 「論孔子的幽默」, 「再論孔子近情」, 「論情」, 「孟子說才志氣欲」, 「論泥做的男人」, 「溫情主義」, 「論文藝如何複興法子」, 「戴東原與我們」, 「論中

린 것이지만, 그가 타이완에 정착한 후 그곳에서 다시 유머를 제기하는 실천과 서로 맞물려 있었다는 점에서 한국과 타이완을 아우른 국가(지역)·언어 횡단적 측면도 내재돼 있다.

요컨대 린위탕이 1970년에 방한해 서울 국제펜대회에서 특별연사로 유머 연설을 가졌던 것은 결코 일회성에 그치는 행위가 아니라, 그가 1920년대부터 줄곧 정진시켜 왔던 유머철학과 실천의 연장선상에 놓여 있으며, 그 연설 요지와 문제의식 또한 이전(비슷한 시기)에 썼던 유머 논평과 강한 상호적 텍스트성을 갖고 있다. 특히 린위탕이 타이완에서 유머정신과 유머적 글쓰기를 제창하려다 큰 좌절을 겪고 있던 시점에 내한을 결행했다는 것은 그가 타이완에서 자주 참석해 왔던 다분히 관례적인 '공무 연설'과 달리 매우 자발적이고 능동적인 선택으로 봐야 타당하다. 다시 말해 타이완 현지에서 다소 실의失意에 빠져있던 린위탕은 유머사상의 의미와 가치, 인류의 이상사회 구축에 미치는 유머의 긍정적 "화학 작용"에 대한 그의 변함없는 소신을 재차 표명하고 부각시키는 매개로 세계적 영향력이 매우 컸던 국제펜회라는 자리를 적극적으로 이용했다. 자신의 세계적 명망에 힘입어 국제 펜대회의 서울 유치를 적극적으로 도왔던[100] 그는 훗날 서울 펜대회를 자신의 욕망을 구현시키는 장으로 활용했다는 점에서 애초 조력의 이득을 누린 셈이다. 그리고 다른 한편으로 린위탕의 지지에 힘입어 성공리에 성사된 서울 펜대회는 "동서문학의 해학"이라는 테마에 더없이 적절한 세계적인 '유머대사' 린위탕을 특별연사로 초청함으로써 대회의 수준을

外的國民性－由動轉入靜的儒道」, 「論東西思想法之不同」 등 유교사상을 논한 글을 다수 발표했다. 그는 이 글들을 통해 유교학자의 도학(道學)적 형식주의를 비판하고 유교의 인본주의사상(近情思想)과 향후 발전 방향 등을 거론했다.

100 「진통하는 70년 '한국대회'」, 『동아일보』, 1969.9.18.

끌어올릴 수 있었다. 이 점에서 린위탕과 한국 펜(대회)은 미처 의도했든 안 했든 간에 공모의 관계에 있었다고 할 수 있겠다.

그러나 이처럼 린위탕의 매우 주체적인 선택이었던 펜회 연설은 여타 연사들의 발표 경향과 내용, 그리고 대회의 전반적 성격과 같이 놓고 봤을 때 실제적으로 어떻게 받아들여졌으며 그가 한국행에 걸었던 기대를 과연 충족시킬 수 있었는가? 그리고 린위탕과 한국 펜(대회)의 이해관계는 대회 내내 유지될 수 있었을까?

3) '범세계적 보편'과 '지방적 특수' 사이의 괴리

린위탕은 펜대회 연설에서 문학적 측면에서 입각하여 동양 중국전통의 유머문학, 그가 중요시해 온 성령문학을 피력하는 길을 택하지 않았다. 그리고 30여 년 전 미국 뉴욕에서 열린 제17차 국제펜대회에 중국 대표로 참가했을 때 히틀러를 중국의 가장 악명 높은 환관 위중현魏忠賢에 비유했던 것처럼 세계의 시국현황에 대한 그의 실시간적 '장자莊子식 유머 논평'을 하지 않았다. 그 대신에 린위탕은 보다 더 초국가적이고 초시대적인 발화 방식을 취했다. 그는 앞서 인용된 *The Importance of Living*중 「유머감을 논함」이라는 글에서 시사해 준 사상적 지평 위에서 계속적으로 코즈모폴리턴의 자세로 '유머문학'이 아니라 '유머정신'이 지닌 문화사상적 "화학작용"을 피력했다. 그는 유머가 "인간정신이 피운 꽃"이고 "문명의 귀한 선물"이라며 최고의 찬사를 아끼지 않았다. 1930년대에 린위탕이 대거 번역 소개했던 메러디스의 「희극론」이 자연스레 떠오를 정도로 그는 메러디스의 희극적 정신 못지않게 유머정신에 지고의 영예를 바쳤다. 이러한 화법은 언뜻 보기엔 마치 무슨 유머만능주의의 망상으로 비쳐질 수 있다. 그러나 린위탕의 유머 개념이 지닌 다중적 성격과 역사·사상적 맥락, 특히 그가 지식인으로서 줄곧 견지해 온 유머 실천의 측면에서 바라봤을 때에는 그렇지 않다. 1970년 서울총회 연설은 물질 과학주의가 범람한 근대문명이 산출한 폐해들, 파시즘을 잇는 또 다른 불행과 그 변종인 냉전 체제를 극복하고, 인류문화의 밑바탕까지 수정하여 평화와 자유가 충만한 인류문명의 최고의 이상세계로 진입하는 데에 있어 유머정신이 그 필수조건으로 갖춰져야 한다는 그의 문제의식에서 비롯된 발화였다.

린위탕이 여타의 연사와 가장 다른 점은 바로 여기에 있다. 후자의 경우 대부분이 그저 국제펜회의 의제에 맞춰 유머의 성격과 기능, 특히 문학적 측면에서의 유머, 또는 자국의 유머 사례를 중심으로 일회적인 연설을 완수했을 뿐이다. 또 어떤 참석자는 고급 유머와 저속한 유머를 구분하기도 했고, 유머가 지닌 부정적 작용을 피력한 이도 있었다. 이를테면 영국 대표 캐들린 C. 노트는 '농중유골弄中有骨'이라는 연설에서 "자발적이고 인간적인 유머와 위트는 현대사회에 긍정적인 작용을 하는 완화제나 치료제가 아니라 근본적으로 파괴적인 것으로 보는 것이 현명할 것"이라고 지적하기도 했다. 또 초청된 특별연사들의 연설문은 비교적 체계적으로 이루어진 것에 비해 여타 대표들의 연설문은 그 내용이 빈약하고 급조된 감이 없지 않았으며 심지어 발표 주제에서 멀리 벗어나 전혀 엉뚱한 내용을 늘어놓은 연사도 있었다. 당시 서울신문사 기자 박용수는 대회에 참가한 일부 대표가 뚜렷한 견해 없이 계속 단순한 '해학'의 소개로 일관된 느낌을 주고 있었다며, 그것도 문학 작품에 나타난 해학이 아니라 닥치는 대로 속담, 전설, 농담, 심지어 음담패설에 가까운 이야기들을 소개하는 예까지 있었다며, 대회의 토의 분위기를 퍽 못마땅해 했다.[101] 이와 같은 박용수의 지적은 다소 과한 면이 없지 않으나 어느 정도 참고할 가치가 있다.

40여 명의 발표자 가운데 유독 린위탕만이 유머에 남다른 의의를 부여했다는 것은 자명한 사실이다. 그의 사상 체계에 있어 유머정신은 거의 최고의 심급으로 간주되었다. 그리고 이 최고의 심급은 이번 연설에서 보여준 바와 같이 '서양적'도, '동양적'도 아닌 동서양을 모두 아우른 인류의 공통항으로 규명되고 있으며 범세계적 보편성을 나타낸다. 린위탕은 '동양의 지혜'라는 타이틀에 얽매인 채 유머를 동양·중국적 맥락에서만 발화하는 것을 의식적으로 거부했다. 그 대신에 빅토리아 여왕의 유언으로부터 동양의 부처와 서양의 예수가 보여준 사랑, 자비, 범우주적 연민정신을 이어, 소크라테스, 링컨, 중국의 노자, 장자, 공자에 이르기까지 시종일관 동서양을 아울러 유머가 지닌 범세계적 보편성에 그 역점을 두었다.

그러나 린위탕이 이와 같이 국제적 무대에서 의식적으로 노정시킨 코즈모폴리턴다운 연설 자세는 대회 주최 측의 취지와 여타 연사들의 성향 사이에서 명확한 균열을 일으켰다. 실제 각 분과회의의 의제 설정, 일정 배치나 강연자들의 연설 제목만 봐도 알 수 있듯, 제37차 국제펜대회를 주최한 한국 펜본부는 유머가 지닌 보편성보다 민족·국가·지역적 특수성을 중심으로 소의제를 계획했고 발표자들 역시 (무)의식적으로 "자기나라의 생활과 문학에 나타나 있는 특수한 해학문학에 대한 일종의 비교문학적인 검토"[102]를 위주로 했다. 이를테면 '해학의 지역적 특성'이라는 분과회의는 다른 분과회의와 달리 두 차례 걸쳐 진행되었다. 여기서 한국, 에스토니아, 중국, 베트남, 일본, 태국, 소련, 이란, 터키 등 국가의 고유의

101 박용수, 앞의 글, 62쪽.
102 백철, 「간행사」, 『회의록』, xi쪽.

유머가 연이어 소개되었다. '연극에 있어서의 해학'이라는 분과회의 역시 한국, 벨기에, 중국, 미국, 베트남, 일본, 인도 등 각국의 유머 요소가 담긴 연극 유형과 작품을 발표하는 장이었다. 여타의 회의에서도 발표자들은 자국의 맥락에 입각해 토의에 나선 경향을 보였다. 예컨대 태국, 일본, 한국, 레바논, 오스트리아, 일본, 베트남 등 나라 대표가 집결한 '국제 이해 증진 수단으로서의 해학'이라는 원탁회의는 제3차 '해학의 지역적 특성' 분과회의라고 말해도 무방할 정도였다. 서양의 연사들은 유머에 대한 서양적 맥락과 이해를 중심으로 설파하는가 하면, 동양국가 연사의 경우 유머는 서양의 특산물이 아니라 자신의 나라, 특히 전통문화 속에도 매우 풍부하다는 것을 입증하려고 애썼다. 당시 종결토론에서 키인은 다소 과도하게 자국의 유머에만 국한해 발표하는 대회 분위기를 보고 "무엇이 한국인이나 중국인이나 에스토니아인을 웃게 하느냐에 관하여 많은 개별적인 지식을 얻었지만 우리가 다른 나라의 해학을 어떻게 보느냐에 대해 이야기한다면 더욱 깨우치는 바가 많을 것"이라며 문제의식을 제기했다.[103] 타이완 대표인 펑거 역시 훗날 비슷한 의견을 내놓았다.[104]

그러나 연설 주제가 이처럼 자국(문학)의 유머 특색에 치중된 것을 발표자 개인의 책임으로 귀착시키는 것은 타당치 못하다. 여기서 참고로 한국의 배후사정을 들여다보자면 한국 펜본부 준비위원회는 애당초 "이번 대회를 한국문학 소개의 계기로 최대한 이용하기 위해서는 강연 내용을 '한국문학개관'으로 안배할 수밖에 없다"[105]는 입장을 취했다. 실제 한국 대

103 『회의록』, 267~268쪽.
104 洪俊彦, op. cit., p.80에서 재인용.
105 「펜서울총회 점검(6) 강연원고 시비」, 『경향신문』, 1970.6.10.

표와 펜본부는 강연문 내용을 두고 의견충돌이 끊이지 않았다.[106] 그러나 한국(문학)의 특수한 유머를 중심으로 연설을 준비하기에는 매우 현실적인 어려움이 존재했다. 비록 유머를 통해 대회를 유지하는 데 성공했지만 한국문학에서 유머는 실로 다루기가 난처한 주제였다.[107] 백철은 대회 환영사에서 유머를 한국문학상의 귀중한 특징이라고 설파하는 한편, 유머는 한국의 고전문학 속에 적지 않게 나타났지만 서양문학의 영향을 깊이 받은 현대문학에 와서는 이미 그 자취를 감춰버리다시피 했다고 고백했다.[108] 이근삼은 아예 발표문에서 "현대연극에서 해학이 사라지고 있다"고 지적했으며 김동리는 "한국 현대문학의 특징特長은 해학보다도 다른 면에 있다"며 직설적으로 밝히기도 했다.[109] 유머를 세계문학의 공통항으로서 다 같이 토의하는 데에 있어 한국문학의 맥락 속 서양적 유머의 흔적은 몰

---

106 일례로 「해학의 동양적 특성」이란 초고를 제출한 이은상은 비교적 거시적인 측면에서 동서양 해학의 기원을 논하고, 다양한 동양 고전과 일화를 통해 동양 해학의 근본 성격과 여러 특성, 특히 철학적 바탕을 설명했다. 그러나 펜본부에서는 이은상의 원고가 한국 외에 중국·일본의 작품까지 언급하고 있을 뿐 아니라, 린위탕 발표문의 앞부분과 내용이 중복된다는 이유로 「한국문학에 있어서의 해학」으로 수정하라고 요청하며 그의 원고를 반송 처리했다. 이외에도 대표의 강연 내용이 준비위원회에서 생각했던 것과 차이가 있다는 이유로 세미나란 명목의 내용 토론과 브리핑이 진행되기도 했다.(「펜서울총회 점검(4) 한국대표 연설원고 모두반송」, 『경향신문』, 1970.6.5; 「펜서울총회 점검(6) 강연원고 시비」, 『경향신문』, 1970.6.10; 「펜서울총회 점검(완) 마지막 리허설」, 『경향신문』, 1970.6.16)

107 한국 펜본부의 주제 설정은 한국문학의 해학성에 대한 한국문단 내부의 공론화 과정을 촉발시켰다. 잡지들은 대회를 앞두고 경쟁적으로 문학특집을 기획하여 해학성과 관련된 다양한 논의들—'해학'이 무엇인지, 문학적 주체성을 구성함에 있어 '한국적인 것'으로서 '해학(성)'은 얼마만큼의 대표성을 지니고 있는지, 고전문학과 현대문학 텍스트에 나타난 '해학'은 무엇인지, 그리고 한국문학의 해학성이 어떠한 맥락에서 '세계성'과 연결될 수 있는지 등—을 생산했으며, 주요일간지들은 심포지엄을 개최하여 대중의 호기심을 불러일으키는 데 일조했다.(이종호, 「1970년대 한국근현대소설의 영어번역과 세계문학을 향한 열망」, 『구보학보』 19, 구보학회, 2018, 477쪽)

108 백철, 「제37차 세계작가회의에 한국 P.E.N.은 어떻게 임할까?」, 『시사』 9(5), 20쪽.

109 『회의록』, 187·258쪽.

라도 전래적 해학은 이미 부재했다. 따라서 한국 발표자들에게는 고전문학과 현대문학 사이의 단층을 요령 있게(억지로라도) 봉합하고 무난하게 '한국문학의 특수한 유머'라는 명제작문命題作文을 완수하는 것만으로도 이미 벅찬 작업이었다. 여기서 더 나아가 종결토론에서 키인이 지적한 대로 다른 나라의 해학을 어떻게 바라봐야 하는지에 대해 이야기하고 유머가 지닌 세계적 보편성 문제까지 토의할 여력은 없었다. 요컨대 다른 나라보다 연설 시간을 길게 배정받은 한국의 속사정이 이러한데, 어렵게나마 자국문화(학)를 세계적으로 알릴 기회를 얻은 다른 동양국가의 상황이 어땠을지는 가히 잠작이 간다. 당시 발표자들 대부분은, 특히 동양권 발표자는 자국의 맥락에 국한해 발표했을 뿐 아니라 하나같이 약속이나 한 듯이 '현대'가 아니라 '전통' 속의 유머를 중심으로 연설한 경향이 농후했다. 아무래도 다들 한국과 비슷한 딜레마에 처해 있었던 것으로 보인다.

이처럼 현대문학에서 쉽게 발견할 법한 서양 유머의 흔적을 (무)의식적으로 희석·은폐하고 이미 부재한 자국의 전래해 온 유머 양상을 강제 소환시키는 행위는 그 이면에 동양권 국가가 지방적 특수성을 확보함으로써, 더 노골적으로 표현하자면 서양이 바라던 '토속적 오리엔탈리즘'을 의식적으로 조형해 전시해야만 비로소 세계성을 획득할 수 있다는 논리가 작동하고 있었다. 사실 서울대회가 타이베이 제3차 아시아작가대회–타이완 본도 관광–일본 엑스포 참관이라는 '아시아 투어'의 마지막 일환으로 개최된 만큼 이들 아시아 발표자들은 그 애초부터 서양을 향해 자국을 '전시'해야 할 운명에 놓여 있었다. 그러나 문제는 이들이 그 논리를 너무나도 적극적으로 내면화하고 실천했다는 것이다. 예컨대 베트남 연사 기엠 수안 비에트는 베트남 국민의 유머를 소개하면서 "외국의 문학과의 접촉 이전에 민중으로부터 나왔거나 민중을 위한 속담 속에서 뽑은 것이다. 즉 우리 국민에게만 특유한 본질적으로 베트남적인 모습들인 것이다"라고 강조한 것,[110] 이은상이나 일본 대표 소노 아야코曽野綾子 등이 발표에서 서양과 구별되는, 내지 서양보다 더 높은 차원의 '동양적 특수', '일본의 특수'를 누차 내세운 것, 그리고 종결토론에서 서양권 대표 이브 강동, 존영 등이 유머의 보편성 문제를 거듭 제기함에도 불구하고 정인섭이 아시아·한국의 지역적 특색을 계속 고수한 것은 모두 이러한 논리가 작용한 결과였다.

그리고 그 누구보다도 '지방적 특수=세계적 보편'이라는 등식을 깊이 내면화하고 극대화시킨 사람은 이번 서울 펜대회의 주최 측 한국 펜본부의 회장인 백철이다. 그는 『회의록』에 실린 「간행사」, 「서울대회 본의제 해설」, 「세계 작가대회의 수확」 등 여러 글에서 당시 린위탕을 위시한 대회 발표자들의 연설 내용을 분명히 왜곡시킬 수 있음에도 불구하고 대회의 전체적 토의 내용을 '동양 대 서양'이라는 두 줄기의 대조항 아래 재해석하여 '동양적 특수'를 거듭 부각시켰다. 이를테면 그는 「간행사」에서 동서양 특별연사가 펼친 해학론이 퍽 대조적이라며 "전자가 자연 그대로의 자연발생적이고 단순한 것에 비하여 후자의 것은 의도가 있고 실제적인 이해관계가 있는 심리에서 발생한 것"이라고 결론지었다.[111] 또 「세계 작가대회의 수확」에서 그는 발표 주제와 그 토의를 통해 동서의 유머 특질이 대조적이라는 것, 즉 동양의 유머는 정서적이고, 서양의 유머는 지적知的이라는 것을 재차 확인했다고 밝혔다. 유머의 기본성격과 더불어 그는

110 기엠 수안 비에트, 「베트남 국민의 해학」, 『회의록』, 40쪽.
111 백철, 「간행사」, 『회의록』, xiii쪽.

유머의 현대사회에서의 기능에 대해서도 동서양의 견해가 차이가 있음을 장황하게 역설하기도 했다.[112] 그러나 이와 같은 일련의 해설은 실제 대회 발표 내용과 대조해 봤을 때에는 논리상 적지 않은 억지, 충돌 내지 명확한 오독이 발견된다.[113] 그리고 무엇보다 문제적인 것은 린위탕의 연설에 대한 백철의 태도였다. 그는 린위탕의 연설 중 동양적 맥락만 뽑아내어 "석가여래釋迦如來의 회심의 미소야말로 최고의 해학"이라고 소개하며 린위탕이 "동양의 해학과 서양문학에 나타난 풍자를 비교했다"고 설명했다.[114] 그러나 이것은 린위탕의 문제의식에 대한 명백한 오독·왜곡이었다. 린위탕은 분명 동양적 각도에서만이 아니라 의식적으로 동서양을 동시에 아우르며 유머사상의 세계 보편적 성격과 의미를 강조했었다. 서양문화에 대한 이미테이션을 경계하고 서양과 동질되는 것 대신에 그것과 차별되는 한국 고유의 민족문화를 재발견함으로써 민족적 주체성을 확립하고자 한 백철은 유머를 동서양의 공통분모로 설명하는 린위탕의 자세를 포착하지 않았(못했)다.

요컨대 서양권을 향해 전근대적인 '민족·국가 내지 동양적 특수'를 제

112 백철은 "서구의 현대 작가들은 유머를 단순한 웃음의 치료제로 보지 않고 현대의 문명에 대한 비판과 풍자의 수단으로 보고 그 모순의 인간 상황에서의 탈출구로 보고 또는 표현상의 테크닉 같은 것으로 보는 대신에 동양적인 해학의 기능에선 현대사회의 모순과 대립의 인간상황에 대하여 그 긴장을 완화시키고 평화의 분위기를 조성하는데 부지간의 힘이 돼야겠다는 뜻이 되는 것 같다. 현대문명을 같은 기계주의라고 하더라도 너무 메말라 빡빡한 기계틀이 기름을 부어서 그것이 좀 더 원활하게 순조롭게 회전하도록 어떤 조직적인 기능을 다해야겠다는 것이다"라고 상세하게 설명했다.(백철, 「세계 작가회의의 수확－제37차 P.E.N.회의를 마치고」, 『국회보』 104, 76쪽)

113 예컨대 서양권 특별연사 토니 메이에르는 유머와 위트의 차이를 거론하면서, 유머는 감성과 사상이 모두 작용하고 기질과 관련이 있는 것에 비해 위트는 교육, 교양이 병행하고 순전히 지성적인 것이라고 결론 내렸다.(토니 메이에르, 「위트와 해학의 차이」, 『회의록』, 60~61쪽)

114 백철, 「간행사」, 『회의록』, xi쪽.

시함으로써 (서양)세계로의 입장권을 획득하려는 한국 주최 측과 여타 동양권 발표자들의 경향과 달리, 린위탕은 그 시발점부터 '지방적 특수'라는 지평을 뛰어넘어 초국가 초시대적인 자세를 취했던 것이다. 불과 2년 전인 1968년 제2차 서울 세계대학총장회의에서 '세계인류의 공통된 유산을 찾아'란 제목으로 연설했던 린위탕은 흥미롭게도 2년 후인 서울 국제펜대회에서 유머를 진정한 세계인류의 공통된 유산으로 그 누구보다도 명확하게 제시했던 것이다. 그는 대회에서 마지막 특별연사로 등장하여 각 나라 대표가 보여준 유머의 다양한 스펙트럼, 민족·국가 또는 범지역적 특수성과 차이성을 하나의 보편성으로 봉합시켰다. 이 점에서 린위탕은 비록 국제펜 서울대회의 전반적 분위기, 한국 펜(백철)의 입장과 적지 않은 충돌을 일으킨 것이 사실이었지만, 결과적으로는 '동서의 유머'를 추구한 대회의 중심과제를 궁극적으로 완수했다고 할 수 있겠다.

4) 회심의 미소會心的微笑의 폐막, 블랙유머의 변주

린위탕은 서울 펜대회에서 참석자들의 갈채를 받았다. 그 가운데 특히 인도 대표 와디아는 종결토론에서 린위탕의 "감탄할 만한 연설"이 모든 사람의 감정을 표현했고, 그가 말한 보편적 자비, 자비에서 생겨나는 해학의 정의가 인도 대승불교大乘佛教의 정전을 상기시킨다며 이에 크게 감명받았다고 했다.[115] 린위탕의 연설문은 『경향신문』, 『조선일보』, 『동아일보』, 『세대』 등 신문잡지에 대대적으로 보도되며 1960년대 이래 계속되어 온 '린위탕 열풍'에 한층 더 불을 붙이며 세간의 이목을 집중시켰다.

---

115 『회의록』, 285쪽.

그러나 린위탕은 유머철학을 통해 국제펜대회와 한국 사회에서 재차 환영을 받았지만 여기서 꼭 상기해야 할 점이 하나 있다. 한국 주최 측은 애초부터 의제를 채택할 때 문학의 정치성을 배제하는 것을 그 대전제로 삼았다는 것이다. 한국 측이 추구하려던 대회 이미지는 "문학의 이념 간에 깃들이기 쉬운 날카로운 논쟁보다도 세계의 친목에 빛이 될 지성의 정상들을 기쁘게 맞고 기쁘게 보내자는 인류애적 스케일"[116]에 있었으며, 따라서 문학 속에 담긴(비쳐진) 정치·사회·문화적 쟁점들을 정면 돌파하고 그 해결안을 모색하는 것이 아니라, 아예 그 원점에서부터 분쟁을 차단할 생각으로 유머를 채택했던 것이다. 다시 말해 유머는 정작 린위탕이 중요시한 인류의 근본적 정신사상을 바꿀 수 있는 "화학적 작용"을 지니거나, 또는 연설에서 강조한 바와 같이 "인간정신이 피운 꽃", "문명의 귀한 선물", "인간지성의 귀한 선물"이기 때문에 사람들에게 진지하게 문제시되었다기보다는, "시의時宜에 맞고 적절하게 무난함" 때문에 대회의 주제로 선정될 수 있었다.

> 오늘날과 같이 국제 간 민족 간에 있어서 상호이해가 요청되는 시기는 없읍니다. 현대사회와 같이 인간의 표정이 얼어 있는 시대에 있어서 우리는 해학이라는 해독제를 가지고 그 얼어붙은 표정을 녹여가야 되지 않을까요. 해학을 그 해결을 위한 가장 좋은 수단으로는 보지 않읍니다. 다만 우리는 이번 대회의 의제로서는 이것이 가장 시의時宜에 맞고 적절하다는 이유에서 이 의제를 채택한 것입니다.[117]

116 「세계의 지성 한자리에…서울은 기쁘다」, 『매일경제』, 1970.1.12.
117 백철, 「간행사」, 『회의록』, x쪽.

위에서 백철의 글이 잘 보여주듯이 유머는 기껏해야 일종의 일시적인 "해독제"로 동원되었을 뿐, 문제해결을 위한 최선의 수단으로 간주된 적은 없었다. 1960~70년대는 동서 간 냉전과 한반도에서의 남북 갈등이 심화되면서 국제정치는 그 어느 때보다 긴장이 고조된 시기였고, 닉슨독트린1969을 위시한 미국발 데탕트 분위기가 점차 무르익어가는 무렵이었다. 이러한 국제정치적 상황에서 다 같이 화기애애하게 '인류애적 스케일', '평화 페이스'를 조성하고 연출하는 데에 있어서 웃음의 철학을 추구하는 '유머 송'보다 더 "시의時宜에 맞고 적절한" 것은 없었을 것이다. 또 한국 측에서 추구한 서울 펜대회의 궁극적 목표는 '문학의 올림픽'이라고 불린 국제펜대회가 지닌 강력한 범세계적 파급력에 힘입어 한국문학을 세계로 진출시켜 한국의 국제적 이미지를 쇄신하는 데에 있었다. 좀 더 부언하자면 백철을 위시한 한국 펜본부 인사들은 이번 서울대회를 한국문단에서 그들이 처한 주변적 위치를 역전시킬 수 있는 절호의 기회로 활용하고자 했다. 한국의 입장에서 서울 펜대회는 유머를 둘러싼 의제 내용보다 그 상징적 의미가 더 중요했으며 따라서 유머를 통해 평화로운 대회 분위기를 조성하고 세계적인 긴장 태세를 일시적으로나마 완화하는 것만으로도 충분히 성공을 거둔 셈이었다. 그러나 표면적인 진정·완화 효과만을 기약하고, 국내외적 긴장관계와 문학 간의 이념적 충돌을 미리 차단한 채, 마치 '진공상태'에서 벌어진 범세계적 '유머 송', '평화 쇼'가 성황리에 막을 내리고, 다시 온갖 정치·사회문제에 둘러싸인 현실의 일상으로 돌아갔을 때, 서울 펜대회에서 전달하려 한 '평화 메시지'나 린위탕의 유머정신이 과연 "현대사회", 적어도 주최국인 한국에 실질적인 효과를 발휘할 수 있었을까는 또 다른 문제다.

린위탕이 출국할 때는 입국할 때와는 달리 관계 인사들이 단 한 명도 공항에 나오지 않아 혼자 출국수속 등을 하느라 "쩔쩔매고 낭패 중에 낭패를 봤다"고 한다.[118] 이 에피소드는 다른 무엇보다 당시 한국의 민낯을 적나라하게 보여준다. 린위탕의 유머는 한국 관변에게 그저 무대용이었던 것이다. 퍼포먼스가 끝나고 그 쓸모가 다하고 나니 찬밥으로 전락한 것이다. 애초 서울 펜대회는 미국의 아시아재단과 한국 정부로부터 물심양면의 원조를 받아낸 만큼 이중적으로 동원(악용)당할 수밖에 없었다. 유머는 그 자체가 내포한 정치적 무해성과 평화적 지향 때문에 결과적으로 미국과 박정희 정부에게 이용하기 딱 좋은 '평화의 가면'이 돼 준 셈이었다. 미국은 국제펜클럽의 '유머 엑스포'를 문화냉전 차원에서의 아시아정보 수집 작업에 활용했고, 더 나아가 국제적으로 새로운 데탕트 국면을 조성하는 데에 이용했다.

다른 한편으로 한국 정부는 '테러 한국'이 아니라 근대산업이 발달하고 '안전하고 우호적인 한국'의 이미지를 국내외적으로 선전하면서 한국 국민과 온 세계를 '평화의 착각'에 빠뜨렸다. 여기에 정부가 국제적 데탕트 추세에 발맞춰 화기애애한 서울 펜대회를 성공적으로 마무리함으로써 훗날 내놓은 8·15 평화통일구상 선언, 1971년 남북적십자회담, 1972년 7·4 남북공동성명과 유사하게 이것을 자국의 군사통치에 역이용하려던 심산이 없지 않아 있었다. 정권은 곧 데탕트 국면에서 위기상황을 선포하고 남북경쟁 체제를 강화했다.[119] 서울 펜대회가 개최된 지 불과 2년 뒤인 1972년에, 박정희 정권은 국제적 반감에도 불구하고 '평화의 가면'을 벗

118 「서울 새풍속도(72) 김포국제공항(6)」, 『경향신문』, 1971.1.16.
119 이와 관련된 구체적 상황은 홍석률, 『분단의 히스테리』, 창비, 2012, 249~280쪽을 참고할 것.

어던지며 유신 쿠데타를 일으켜 한국을 초강권 체제의 '겨울 공화국' 속으로 밀어 넣었다. 결국 일시적으로 한국에서 광범위하게 유행하며 핫이슈로 급부상했던 '웃음의 철학', '유머 담론'은 정부의 '유신을 위한 멍석 깔기'용으로 어느 정도 기능한 셈이다.

이러한 맥락에서 최고의 영예가 부여된 유머정신이 세계평화, 새 인류의 인간성 조성, 미래의 이상사회 구축에 좋은 '화학적 역할'을 실질적으로 발휘할 수 있기를 굳게 믿고 또 간절히 바랐던 린위탕의 숙원은 타이완과 한국에서 모두 일종의 블랙유머의 형태로 막을 내리면서 이중의 좌절을 겪었다고 할 수 있겠다. 서울 펜대회에서 이근삼과 이스라엘 대표 하임 구리가 지적했듯이 "건전한 유머는 교양 있는 사회에서만 가능"하고 "민주적인 각 사회를 특징짓는 현상이다".[120] 이러한 견해는 원탁회의로 표상된 민주정치제도가 없는 나라에서 진정한 유머가 존재할 리가 없다며,[121] 1930년대에 린위탕의 유머에 이의를 제기했던 루쉰의 관점과도 일맥상통한다. 아직 진정한 의미에서의 민주사회가 정착되지 못한 1960~70년대의 타이완이나 한국에서 린위탕의 유머정신이 뿌리 내리기를 기대하는 것은 무리였다.[122]

---

120 『회의록』, 185 · 259쪽.

121 "我不愛幽默, 幷且以爲這是只有愛開圓卓會議的國民才鬧出來的玩意兒."(魯迅, 「"論語一年"—借此又談蕭伯納」, 『南腔北調集』(『魯迅全集』 4), 人民文學出版社, 2005, p.582)

122 1972년을 기점으로 그 이후 오랫동안 린위탕이 갈망했던 "달관적이고 인간미가 깃든", "회심의 미소"를 나타내는 유머정신은 군사정권 치하의 한국에서 그 불씨조차 용납되지 않았다. 일반시민이 술김에 "이 김일성보다 더한 놈들아"라고 소리쳤다가 '북괴 찬양 고무' 혐의로 경찰에 구속되었다는 '막걸리 보안법', 또는 물고문을 연상시킨다는 이유로 한대수의 〈물 좀 주소〉, 단신인 대통령의 심기를 불편하게 할 수 있다는 이유로 이금희의 〈키다리 미스터 킴〉, 0시에 이별하면 통행금지 위반이라는 이유로 배호의 〈0시의 이별〉이 모두 한국예술문화윤리위원회에 의해 1975년 「가요 45곡 금지결정」의 블랙리스트에 올라갔다는 울지도 웃지도 못할 한국의 엄혹한 현실(서중석, 『사진과 그림으로 보는 한국 현대사』, 웅

1968년에 그가 처음 방한했을 때 세계대학총장회의와 시민강연회에서 중국·동양 철학사상과 근대화를 갈파한 것을 상기하면 린위탕은 늘 한국 정부로부터 뜻하지 않게 이용당했던 것이다. 그러나 관변입장과 별개로 실제 대중적 수용 맥락을 생각해 봤을 때에는 린위탕의 '유머대사'라는 이미지는 서울 펜대회를 계기로 사회적으로 더 널리 각인되기에 이르렀다. 그리고 그의 유머는 두 차례 방한이 일시에 폭발적으로 불러일으킨 '린위탕 문학 출판 붐'에 편승해 계속 퍼져나가면서 한국 독자에게 더 친근하게 다가가 호소력을 발휘할 수 있게 되었다. 이 점에 대해서는 다음 장에서 출판계와 독서계의 린위탕의 수용상을 구체적으로 살펴보면서 논의하겠다.

진 지식하우스, 2013, 357쪽)을 굳이 유머에 비유하라면 일종의 '블랙유머'라고 할 수 있겠다. 어쩌면 이것이야말로 박정희 정부가 내놓은 진정한 '한국의 특수한 유머'였을지 모른다.

제5장
개발독재기의 욕망 · 전유 · 균열, '린위탕 열풍'의 이면

1. 린위탕 문학 출판 붐의 윤곽

1950년대를 기점으로 중국 근대문학의 번역장에서 처음 황금기를 맞이한 린위탕의 문학은 1960~70년대의 출판 · 독서시장에서도 지속적으로 호황을 누렸다. 특히 린위탕이 1968년 세계대학총장회의, 1970년 국제펜대회의 특별연사로 연속 2차례 방한한 것은 광범위한 사회 · 대중적인 현상 급의 '린위탕 문학 붐'을 점화했다. 이 시기에 린위탕은 한국 독자에게 "생활의 예술", "동양의 체온", "재치와 유우머"[1]를 전달해 주는 세계적 석학으로 위상을 확실하게 굳히게 되었다.

1950년대 린위탕 문학의 한국어 번역장이 이명규, 김용제, 이종렬, 김신행, 유광렬 등 다섯 명에 의해 뒷받침되었다면, 1960~70년대에는 윤영

1 「임어당전집은」, 『동아일보』, 1969.1.13.

춘을 비롯하여 김병철, 차주환, 주요섭, 장심현, 안동민, 양병탁, 민병산, 김익삼, 조영기, 배한림, 김학주 등 무려 30여 인이 번역진을 이루었다. 1960~70년대에 린위탕의 수필, 소설, 희곡, 전기 등 여러 장르의 작품 약 60여 종이 한국 출판시장에 쏟아져 나왔다.[2] 그 가운데에는 내용이 유사하거나 동일한데 역자나 출판사만 바뀌어 출판된 사례도 적지 않았다. 이와 더불어 그의 짧은 글을 수록한 대학 교재와 수필선집류도 약 50여 종 출간되었다.[3] 이것으로부터 린위탕이 1960~70년대의 한국 독서 · 출판계에서 상당한 규모의 센세이션을 조성했음을 알 수 있다. 그의 방한이 '린위탕 문학 출판 붐'에 결정적인 역할을 했고, 1976년 그의 타계 또한 적지 않은 영향을 끼쳤다.

린위탕 문학 출판 전반을 살펴보면 ① 휘문, 을유, 우리들사, 영일 등 여러 출판사가 서로 경쟁적으로 임어당 전집, 문집을 펴냈고,[4] ② 소설, 희곡 등 장르에 비해 수필 작품이 압도적으로 출판되어, ③ 특히 *The Importance of Living*이 "생활의 발견", "생활의 예술", "처세론" 등 여러 제목으로 약 16종으로 (번역)출판된 현상이 가장 눈에 띈다. 그리고 1950년대에 이미 출

---

2 자세한 서지사항은 「부록 1」을 참고.

3 자세한 서지사항은 「부록 2」를 참고.

4 1968년 휘문판 『임어당전집』(전5권)은 수필 · 희곡 · 소설 · 강연 · 기행문 · 논문 등 여러 장르를 모두 망라하고, 번역진으로는 주로 경희대 교수가 참여한 것이 특징이다. 1970년 을유판 『임어당문집』(전4권)은 전부 양질의 완역본을 내놓았다는 점이 주목된다. 그리고 1976년 우리들사판 『임어당전집』은 무려 8권으로 구성되어 있으며 조영기 한 사람이 모든 번역을 도맡았다. 1977년 영일판 『임어당전집』(전6권)은 우리들사판의 해적판으로 확인된다. 그리고 작품집 출판 즈음에 맞물려 각종 신간이 쏟아져 나왔는데, 그 가운데 1968년에 첫 린위탕 전집을 내놓은 휘문출판사의 홍보가 가장 적극적이었다. (「유려한 문장으로 다듬어진 동양정신의 대하(大河) · 심오한 사상으로 부각시킨 중국의 지혜!」, 『동아일보』, 1968.11.5; 「『임어당전집』 전 5권 역간」, 『동아일보』, 1968.11.14; 「임어당의 근황, 특강의 나날, 한국선 전집발간」, 『조선일보』, 1968.12.10; 「심오한 사상과 지식의 전달자」, 『동아일보』, 1968.12.27; 「임어당전집은」, 『동아일보』, 1969.1.13)

판·소개된 바 있는 그의 소설 삼부작인 *Moment in Peking, A Leaf in the Storm, The Vermilion Gate*, 그리고 수필 앤솔러지인 『임어당수필집』, 『무관심』 등 대표작들이 지속적으로 번역 출판(재판)되었다. 이 가운데 *Moment in Peking*은 윤영춘, 박진석, 민중서, 조영기 등 여러 역자에 의해 다시 번역되었는데 박진석이 쓰루타 도모야鶴田知也 역의 『北京の日』1940[5]를 저본 삼아 처음이자 마지막으로 한국어 완역본을 내놓았다는 점이 특기할 만하다.

이 외에 새로 소개된 작품도 적지 않았다. 예컨대 린위탕의 유일한 희곡 「자견남자子見南子」1928, 그의 첫 출세작이라고 할 수 있는 *My Country and My People*1935, 무측천武則天의 삶을 그려낸 전기문학인 *Lady Wu : A True Story*1957, 1943~1944년경에 전시戰時 '자유구'自由區, 즉 국민당통치구역의 7개 성省을 6개월 동안 순방하며 쓴 전시 기행록인 *The Vigil of a Nation*1944, 그리고 공자의 생애와 사상을 해석한 *Wisdom of Confucius* 1938 등 작품은 휘문출판사, 을유문화사, 우리들사 등 여러 출판사에서 기획한 각종 임어당 전집·문집에 수록되어 출간되었다. 그리고 린위탕의 종교관의 변모 과정을 담아낸 *From Pagan to Christian*1959은 1977년에 김학주의 번역에 의해 독자와 만난 이후 거의 반년 내내 베스트셀러 리스트에 올랐다.[6] 아울러 1950년대에 미처 소개되지 않았던 1930년대에 쓴 소품문이나, 1966년 타이완에 정착한 후 동시기에 발표한 수필을 모은 앤솔러지인 『무소불담無所不談』, 그리고 그의 방한 연설 등도 각종 수필선집의 형태로 묶여 출간되었다.

---

5 林語堂, 鶴田知也 譯, 『北京の日』, 東京 : 今日の問題社, 1940.

6 「금주의 베스트셀러」, 『매일경제』, 1977.3.29·4.5·4.12·4.26·5.3·6.7·6.14·8.23·8.30.

린위탕의 작품은 또한 다수의 대학 국어 교재에 채택되었으며 러셀, 니체, 펄 벅 등 서양 지성의 글과 함께 인생론·세계에세이문학 선집의 형태로 출판되기도 했다. 그리고 루쉰, 주쯔칭朱自清, 쉬즈모徐志摩, 세빙잉謝氷瑩 등 중국(타이완) 지식인의 작품들과 배치되어 이 시기의 중국 근대문학의 면모를 보여주기도 했다.[7]

요컨대 1960~70년대의 한국 대중에게는 린위탕은 "새삼 소개할 필요도 없이"[8] 익히 알려져 있는 세계적 지성이자 중국문화(학)의 간판으로 위상을 굳히기에 이르렀다. 그의 작품은 이 시기 출판·독서계 내지 교육계에서 무시할 수 없는 비중을 차지했을 뿐 아니라, 국민적 교양·심성 형성에 큰 영향을 끼쳤다. 특히 동시기 타이완의 출판·독서계에서도 한국과 같은 인기를 누리지 못했던 상황, 그리고 일찍이 1930년대부터 린위탕의 작품을 본격적으로 번역 소개해 왔던 일본에서 1960~70년대에 이르러서는 오히려 그와 멀어졌던 사실을 함께 상기해 보면, 냉전 한국에서의 '린위탕 열풍'의 문제성은 한층 더 명확해진다.

그렇다면 린위탕이 1960~70년대에 한국에서 큰 센세이션을 불러일으킬 수 있었던 까닭은 무엇인가? 여기에는 물론 린위탕의 방한이 결정적인 계기가 되었지만, 간과할 수 없는 것은 린위탕 방한 이전부터 그의 작품이 이미 한국 대중의 애독서 리스트에 올라갔다는 사실이다. 한국의 수용 주체들은 과연 '린위탕 읽기'를 통해 무엇을 욕망하고 있었는가? 본 장에서는 1960~70년대 한국 출판계와 독서계에서 폭발적으로 일어난 '린위탕 열풍'의 양상을 구체적으로 조명하면서 그 내적 맥락과 성격을 짚어보도

7 구체적인 작품 수록 상황은 「부록 2」를 참고.
8 「세계의 석학과 한자리에, 임어당 박사 강연회」, 『조선일보』, 1968.6.14.

록 한다. 그리고 이처럼 식민지 시기 이래 '한국-린위탕'이라는 역학관계가 처음으로 권력, 자본, 지식인, 대중 모두 포섭한 상황에서 린위탕이 위치한 좌표와 그 의미를 규명하고자 한다.

2. *The Importance of Living*에 대한 대대적 경도와 소비 방식

1) 정전의 탄생-"동양의 지혜!", "인생의 지침서!"

이 시기에 린위탕은 휘문판 『임어당전집』의 광고에서 시사해 주듯이 "동양 정신과 서양문명과의 조화를 이룩한 세계적인 석학", "유우머와 재치가 번득이는 명문장에다 동서고금을 담아내는 박학의 수필가", "잠을 깬 사자·중국 속에 움직이고 있는 숱한 얘기들을 흥미진진하게 엮어내는 뛰어난 소설가", "날카로운 눈매로 동양의 어제와 오늘, 서양의 미래를 지켜보고 증언하는 형안炯眼의 저어널리스트" 등 여러 문구로 널리 알려졌다.[9] 이 가운데 특히 '수필가'라는 정체성은 린위탕이 이 시기 차지한 위상을 뒷받침해 주는 저변이자 심연으로 기능했다. 1960~70년대에 린위탕의 수필 작품의 출판은 소설 등 다른 장르에 비해 훨씬 위세를 떨쳤다. 특히 *The Importance of Living* 한 작품에 대한 일변도의 현상이 두드러진 것이 특징이다. 1957년 『임어당수필집』을 펴낸 김신행은 역자 서문에서 당시 한국에서 소개된 린위탕의 작품이 대부분이 소설이었다며 의식적으로 수필가로서의 그의 정체성을 환기시킨 바 있는데,[10] 이러한 상황은 1960~70

9 「유려한 문장으로 다듬어진 동양정신의 대하(大河)·심오한 사상으로 부각시킨 중국의 지혜!」, 『동아일보』, 1968.11.5.

년대에 이르러 완전히 역전되었다.

1960~70년대 한국 독서시장에 *The Importance of Living*은 "생활의 발견"김병철, 안동민 외역, "생활의 예술"윤영춘 역, "생활의 지혜"김광주 역, "처세론"김기덕, 이정기 역 등 여러 표제로 약 16종의 역본이 봇물 터지듯 쏟아져 나왔다. 비교적 정직한 완역본 외에도 각종 형태의 축약본과 해적판의 수도 상당했다.[11] 역본에 실린 수다한 작품해설[12]을 보면 하나같이 *The Importance of Living*에 최고의 찬사를 보내고 정전으로 치켜세우고 있다. 이 가운데 간혹 다소 남다른 지점을 제시한 이도 없지 않았으나, 공통된 내용 요지를 대략 간추려 보면 *The Importance of Living*에 대한 평가는 대체로 ① 서양문명・철학의 헤게모니에 도전하는 "동양의 지혜", ② 인생을 어떻게 살아야 가장 행복할 수 있는가를 가르쳐 주는 "인생 지침서", ③ 나아가 시대와 공간을 초월하는 "불멸의 교양", "불후의 정전"으로 수렴될 수 있다.

그러나 간과할 수 없는 것은 이들의 화법에서 추출한 세 가지 의미 코드가 일본문단의 문제의식과 매우 유사하다는 사실이다. 실제 김병철은 1957년 일본에서 출판된 개정판 『生活の発見－東洋の叡智』에서 사카모토 마사루阪本勝가 새로 작성한 역자 서언의 상당 부분을 차용하기도 했다.[13] 그러나 1950년대 린위탕 문학의 한국어 번역 과정에서 이미 보여줬

---

10 김신행, 「역자서문」, 린위탕, 김신행 역, 『임어당수필집』, 동학사, 1957, 1쪽.

11 "을유판 생활의 발견 잘 팔리자 문예출판사 다이제스트판으로 출판, 이것도 잘 팔리자 동대문 덤핑가에서 또 『생활의 발견』이 쏟아져 나왔다. 이런 현상을 두고 출판계 p씨는 '제작비의 낭비요 국가재정을 해치는 일'이라고 자탄한다. 베스터 셀러가 되었다 하면 너도 나도 덤비며 출판하는 풍조가 극심했다."(「양심 아쉬운 출판계」, 『매일경제』, 1969.11.7)

12 상세한 작품 해설문은 「부록 3」을 참고.

13 『生活の発見－東洋の叡智』(改訂), 阪本勝 譯, 創元社, 1957. 그리고 사카모토 마사루 외에 와타나베 쇼이치 (渡部昇一), 야나이하라 이사쿠(矢内原伊作), 하라다 미노루(原田稔) 등 일부 지식인도 1950년대 후반~1970년대에 한국과 유사한 맥락에서 *The Importance of*

듯이 이들 한국 역자들은 일본어 중역에 기대는 동시에 적극적인 탈일본적인 자세를 취했다. 김병철은 사카모토 마사루의 일본어본 역문을 참조했지만 의식적으로 영역본Reynal & Hitchcock, New York, 1937을 저본 삼아 완역하고자 했다.[14] 그리고 사카모토 마사루의 논점을 적극적으로 동원하면서도 다른 한편으로는 "번역을 하면서도 미운 일본의 욕이 나오는 데에는 신이 나서 그 점은 특히 정성을 들여 한 것인데 일역본阪本勝 譯은 해방 후에 나온 개역판改譯版임에도 불구하고 자기나라 욕 내지 임금 욕이 나오면 그 문장의 장단을 가리지 않고 쓱 빼버리고 있는지라 전체 문장의 십분지일은 아마 빼버리고 있는 모양이다"[15]라며 농후한 반일정서를 드러냈다. 1950년대부터 20여 년에 걸쳐 한국 지식인이 내놓은 *The Importance of Living*에 대한 해설을 읽어보면 이들은 일본의 감각을 그대로 차용하는 데서 시작해, 점차 자국의 사회 · 정치 · 문화적 현황과 맞물린 보다 주체적이고 성숙한 작품론을 제출하기에 이르렀음을 확인할 수 있다. 그렇다면 *The Importance of Living*의 의미코드에 있어서의 공통성 역시 이들 한국 지식인이 일본의 문제의식을 단순히 모방했다기보다는 자국의 맥락에 입각해 한발 뒤늦게 일본과 의견을 합치한 결과였다고 봐야 타당할 것이다. 그러나 문제점은 있다. 왜 그 시점이 1960~70년대였을까? 그리고 어째서 그들의 관심은 유독 *The Importance of Living* 한 작품에 치중되었던 것일까?

1950년대 당시만 해도 *The Importance of Living*의 첫 한국어 역본을 내놓은 이종렬은 일본 역자의 문제의식을 거의 그대로 빌려와 린위탕의 전

---

*Living*을 이해했다.(邢以丹, 앞의 글, 63~64쪽)

14 김병철, 「역자서문」, 린위탕 · 김병철 역, 『생활의 발견』, 을유문화사, 1963, 1쪽.

15 위의 글, 3쪽.

도顚倒적 동·서문화관을 집중적으로 예찬했지만 그 논조가 당시 공론장의 주류적 추세에 역행한 탓에 위화감이 적지 않았다. 그러나 1960~70년대에 이르러서는 린위탕의 이런 전도적 문화관은 강한 동양적 연대감과 자긍의식을 환기시키며 일약 "서양의 지혜"에 대항·비견할 수 있는 "동양의 지혜"로 급부상했다. 이러한 태도의 극적 변모는 당시 횡행한 국가 프로파간다 및 지성계·학계의 움직임과 결코 무관치 않다. 린위탕의 '동양 지식'은 4·19 이후 부상해 이 시기의 핵심 기표로 자리 잡은 '민족'과 교묘하게 맞닿아 있다.

제4장에서 이미 거론했듯이 박정희 정권은 1960년대 중후반에 들어서면서 산업화에 따른 문화·정신적 서구화를 사회적 균열과 불안을 초래하는 큰 요인으로 지목하고 이에 대한 검열과 통제를 심화시키는 동시에, "서구화 없는 근대화", "조국의 근대화", "민족중흥"의 기치를 적극적으로 내세우게 되었다. 문화재 관리 사업, 위인 현창 사업, 국난 극복 유적 복원 사업 등에 대규모 재정을 투입하고 "국적 있는 교육"을 추진하는 등 '민족적인 것', '한국적인 것'을 대대적으로 소환·재조再造하는 데 전력을 다했다.

그리고 이처럼 서양문화/문명, 특히 미국문화에 대한 경계와 타자화, 자민족 주체성의 회복과 강화로 급선회하는 태도는 정치 분야뿐만 아니라 당시 지성계와 학계에서도 공통적으로 나타난 흐름이었다. 최인훈의 『회색인』1964에서 "우리들이 가지고 있는 모든 것이 한국이라는 풍토에 이식된 서양이 아닌가"하는 외침이 당시 사회적으로 만연한 서구중심주의, 아메리카니즘에 대한 지성계의 비판적 목소리를 대변했다면, 한국문화와 한국인의 민족성을 논한 이어령의 『흙 속에 저 바람 속에』1962는 자민족 지식 정립에 대한 문제의식을 징후적으로 보여줬다.[16] 또 비슷한 맥락에서 1960년대 후반부터 역사학계에서는 식민사관을 청산하고, 당대 역사퇴행적 정치 현실로 인한 민족적 허무주의를 극복하고자 하는 내재적 발전론을 제기하고 추진했다. 1973년에 국문학계에도 조선 후기 영·정조대를 근대문학의 기원으로 보는 김현·김윤식의 『한국문학사』가 나왔다.[17]

물론 국가권력과 지성계 간에는 분명 길항적 맥동脈動이 존재한다. 그러나 거시적으로 봤을 때 이처럼 관官·지知 영역 모두에서 나타난 탈서구의 욕망, 민족적 자의식·주체성의 전면적 각성 분위기는 린위탕의 전도적 동서문화관을 "동양의 지혜"로 널리 수용하고 환영받을 수 있게 만든 가장 중요한 저변으로 기능했다. 이러한 시대적 분위기가 뒷받침되었기에 *The Importance of Living*은 한국 역자(독자)에게 서구와 구별되는 강한 동양적 연대감을 이끌어내고, 자긍의식을 심어줄 수 있었다. 김광주를 비롯하여 *The Importance of Living*의 여러 역자들은 "근대화", "이대문명理代文明", "전문화"가 날로 가속화되고 "남의 것만 배우려다 자기만 잃고 남도 제대로 못 배우는" 당시 서구화 과잉과 주체성 결핍의 시대적 난맥상 속에서 이 책은 독자 대중·지식인에게 많은 교훈과 시사점을 제공해 줄 것이며

16 특히 후자의 경우 비록 여전히 야나기 무네요시(柳宗悅)가 식민지 시기에 정초한 조선미학론에서 벗어나지 못했으며 극히 자의적인 비교문화론으로 구성한 측면이 강하지만, 천정환이 지적했듯이 당시 독서계의 풍토 자체를 바꿔놓았으며 대중·지식계 모두에게 민족적 자기지식의 탐색·상상·재구축에 적지 않은 자극을 가져다주었다.(천정환, 「민족 혹은 소명의 나르시시즘」, 권보드래·천정환, 『1960년을 묻다』, 302~305쪽) 이으고 조동일, 김지하는 야나기 무네요시의 조선관을 극복한 한국 "동적인 미", "남성미"를 제출할 수 있게 되었다.

17 이 지점에 대해서는 김원, 「민족사의 재발견과 국민 만들기」, 『1970 박정희 모더니즘』, 165~175쪽; 김주현, 「1960년대 '한국적인 것'의 담론 지형과 신세대 의식」, 『상허학보』 16, 상허학회, 2006을 참고.

"올바른 생활철학을 이룩하는 데 도움이 될 것은 말할 것도 없고 잃어버린 우리 자신을 되찾을 반성의 기회"를 가져다 줄 것이라 확신하며 작품 읽기의 필요성을 거듭 역설했다.[18] "잃어버린 우리 자신을 되찾기"라는 문구는 당시 출판·독서계의 화제작이었던 이어령의 『흙 속에 저 바람 속에』의 신문광고문에 단 백철의 멘트를 떠올리게 한다.[19] 이러한 언표의 일치는 린위탕의 '지혜'가 당시 한국의 지적 풍토와 잘 접목되고 있음을 입증해 준다. 그리고 바로 이런 맥락이 있었기에 국가권력·지식계·출판자본의 공동 협력으로 그의 방한이 성사될 수 있었던 것이다.

하나 짚고 넘어가야 할 흥미로운 사실은 린위탕이 항상 맞은편에서 시의적절하게 '맞장구를 쳤다'는 것이다. 그는 1968년 세계대학총장회의의 특별연사로 동양문명·문화의 우월성과 가능성을 열정적으로 피력했을 뿐 아니라, 국제펜총회에서 동양문학이라는 명제를 내세워 1970년 펜대회의 서울 유치를 적극적으로 옹호했다.[20] 그리고 한국에 대해 발언할 때마다 "한국의 근대화 속도가 매우 빠르다", "박 대통령이 그 회담호놀룰루 정상회담에서 보여준 의연한 자세에 같은 동양인으로서 새삼 감탄했다", "한국의 대학과 음악은 세계적이다", "천년 이상의 도자기나 석불상을 그대로 지니고 있어 장관이다", "한국 소고기 맛이 세계 제일이다" 등등 식으로 한국적인 것에 칭찬을 아끼지 않았다.[21] 이와 같은 린위탕의 발언은 관

---

18 김광주, 「해설」, 루쉰·린위탕, 김광주 역, 『아Q정전, 광인일기 외 생활의 지혜』(세계문학대전집 7), 동화, 1970; 홍순범, 「후기」, 린위탕, 홍순범 역, 『생활의 발견』, 보경출판사, 1974; 김학주, 「해설 : 임어당의 생애와 사상」, 린위탕, 이성호 역, 『생활의 발견』, 범조사, 1975.

19 「흙 속에 저 바람 속에」, 『경향신문』, 1963.12.6, 1면 하단 광고.

20 「진통하는 70년 '한국대회'」, 『동아일보』, 1969.9.18.

21 「임어당 박사 내한」, 『경남매일신문』, 1968.6.19; 「임어당 박사 차주환 교수 대담 펜총회

변 · 지성계가 그에 대한 우호적 감정을 갖게 하는 데 일조했다. 서양과 구별되는 동양의 긍지를 세우고, 자민족의 주체성을 부각시키는 데 있어서 한국 관官, 지知, 린위탕이 텍스트 안팎을 넘나들며 의기투합한 셈이다.[22]

한편 주의를 요하는 것은 1950년대에 비해 1960~70년대 The *Importance of Living*에 대한 이해 지평에는 "동양의 지혜"라는 거대한 타이틀 이외에, "인생론", "행복론" 등과 같은 비교적 구체적인 접근의 수식어가 새로 추가되었다는 점이다. 특히 1970년대에 접어들면서 린위탕이 제안한 '인생론', '행복론'은 그가 세계적으로 '동양의 지혜'가 될 수 있게 하는 기반이자김광주, 그 궁극적 목표로홍순범 규정되었다. 다시 말해 "동양의 지혜"라는 수식어가 점차 린위탕의 배경색이 되어 가고, 대신에 "인생철학"이라는 기표가 *The Importance of Living*의 핵심 메시지로 각인되었다는 것이다. 1954년 이 작품의 첫 한국어 역본의 해설문에서 이종렬이 취한 화법을 상기하면 더욱 명확하게 감지되는 이러한 초점의 변이는 *The Importance of Living*이 당시 한국 출판계와 독서계에서 인생론이나 에세이가 유행하는 과정에서 점차 정착 · 전유 · 순치되었음을 단적으로 보여준다.

1960~70년대에 인생론, 에세이류의 유행의 징조는 해방기까지 거슬러 올라갈 수 있다. 카네기의 *How to Win Friends and Influence People*1936과 그

―세계 지성을 찾는 작가와의 대화」, 『경향신문』, 1970.7.2; 「꿋꿋한 소신에 새삼 감탄」, 『경향신문』, 1968.6.20; 윤영춘, 「임어당과의 대화」, 『아름다운 인간상』, 서문당, 1973; 「한국의 민속음악을 극찬하는 임어당박사」, 『동아일보』, 1976.3.3; 윤영춘, 「임어당박사의 생애와 사상」, 『동아일보』, 1976.3.29; 윤영춘, 「임어당의 인간과 사상」, 『독서생활』 7, 1976.6.

22 물론 동양의 긍지나 중국의 긍지를 어떻게 한국의 긍지로 전화시키는가 하는 것은 한국 각 수용 주체가 완수해야 할 몫이다. 이 가운데 분명 불화, 균열 현상이 수반됐을 테고 이것 또한 이들이 감수해야 할 점이다.

속편인 *How to Stop Worrying and Start Living*1948 등 작품은 이미 『우도友道』숭문사, 1947, 『인간처세학』선문사, 1948, 『신처세술』국제사정연구소, 1950, 『사람을 통솔하는 법』건국사, 1950, 『처세술』대지사, 1951 등 각종 제명으로 출판·재판되었다. 1950년대 중후반에 들어서는 카네기의 처세학과 더불어, 알랭의 『아랑행복론』학우사; 인문각, 1954, 러셀의 『행복의 철학』민중서관, 1955, 중국 명나라 홍자성의 『채근담』정음사; 성봉각, 1955 또는 『채근담강화』학우사, 1955, 톨스토이의 『인생독본』학우사, 1954 또는 『톨스토이 인생의 진리』대문사, 1957 등 각종 인생철학이나 행복문제를 다룬 동서 교양서적들이 활발히 출판되었다. 이렇게 수다한 '외제' 인생독본 가운데 김진섭의 『생활인의 철학』선문사, 1949과 최요안이 쓴 『마음의 샘터』삼중당, 1959도 크게 유행했다. 사실 1954년 학우사 판의 『생활의 발견』의 출판도 이러한 맥락에서 이해할 여지가 충분하다. 비슷한 무렵에 같은 출판사에서 위와 같은 각종 인생론 교양서를 다수 출간했고, 역자 이종렬 역시 톨스토이의 『인생독본』이나 『채근담강화』등 작품의 번역을 담당했기 때문이다. 그러나 이종렬은 린위탕의 *The Importance of Living*을 번역·소개할 때 '인생론'이라는 측면을 의식적으로 부각시키지 않았다. 그는 식민지 시기에 나온 일본어 역본1938에서 노출된 역자의 문제의식을 따라 작품 독해의 각도를 전혀 다른 방향으로 안내했다.

1960년대 초반에 이르러서는 김형석의 『영원과 사랑의 대화』1961와 이어령의 『흙 속에 저 바람 속에』1962의 출현이 하나의 기폭제로 대대적인 에세이 붐을 점화시켰고, 여기에 자유교양대회와 새마을독서운동 등과 같은 관변 독서대중화운동까지 가열되면서 이른바 '교양·철학의 대중화', '국민개독國民皆讀'의 시대가 도래했다. 일시에 "고독·영원·행복·사색·

생활·교양 등의 이름이 붙은 아름다운 철학 책들"[23]이 신문광고를 도배하게 되었고 독서시장을 석권했다. 이 가운데 을유문화사는 1962~1970년 8년에 걸쳐 장자와 플라톤으로부터 사르트르에 이르기까지 동·서 지성 31명의 저서 41종을 국내에 본격적으로 소개한 『세계사상교양전집』 시리즈를 인기리에 출간했는데, 김병철 역의 『생활의 발견』1963이 바로 이 전집의 일환으로 출간되었다.[24] *The Importance of Living*이 러셀의 『사랑이 있는 기나긴 대화』, 앙드레 모루아의 『행복에의 초대』와 『지와 사랑의 생활』, 니체의 『인간적인, 너무나 인간적인』이나 『고독을 운명처럼』, 보리스의 『신념의 마력』 등 서양의 인생론·철학적 에세이와 함께 베스트 리더/셀러 리스트에 단골로 등장하기 시작한 것도 이 무렵이었다.[25] 그 와중에 *The Importance of Living*이 "처세론"이라는 제목으로 여러 차례 출판된 것은 당시 신조문화사에서 나온 베스트셀러인 쇼펜하우어 『나의 처세론』의 열기에 편승하고자 했던 마케팅 전략의 결과였다.[26] 그리고 인생론 에세이의 열기가 1970년대에도 이어지면서 이러한 분위기 속에서 린위탕의 *The Importance of Living*도 스테디셀러가 되어 계속 출판되고 읽혔던 것이다.[27]

이러한 맥락에서 봤을 때 1960~70년대 내내 린위탕의 수필 작품이 소

23 정창범, 「證言 糖衣錠哲學」, 『동아일보』, 1962.12.4.

24 「『세계사상교양전집』 26권 발간마쳐」, 『동아일보』, 1970.3.23.

25 「베스트리더」, 『동아일보』, 1967.3.2·4.5·5.9·6.1·7.13; 「전국의 베스트셀러」, 『중앙일보』, 1969.7.1·7.29.

26 「新潮文化社苦戰중 他社서자꾸베껴내」, 『매일경제』, 1969.11.27.

27 1950년대부터 1970년대까지 인생론, 행복론, 에세이류의 유행 맥락을 정리하는 데 있어서, 천정환, 「자기계발 혹은 실존을 위한 책읽기」, 권보드래·천정환 공저, 『1960년대를 묻다』, 387~405·616~619쪽 자료 목록; 권보드래, 「베스트셀러, 20세기 한국 사회의 축도」, 『근대서지』 10, 근대서지학회, 2014, 159쪽; 이용희, 「한국 현대 독서문화의 형성 : 1950~60년대 외국 서적의 수용과 '베스트셀러'라는 장치」, 성균관대 박사논문, 2018, 203~210쪽 및 부록을 참고했다.

설이나 다른 장르에 비해 더 왕성하게 출간·소비되었던 것은 어쩌면 당연한 일이다. 이 시기에 린위탕의 수필 작품은 단독으로 출판된 것 외에도 『세계의 수필문학-인생은 다시 반환한다』, 『세계의 인생론전집 5-인생과 생활』, 『인생이란 무엇인가-세계석학의 인생론』, 『젊은이를 위한 인생론』, 『그대의 삶도 나의 삶도-인생론적 엣세이』, 『잃어버린 생을 찾아서』, 『인간수업을 향한 에세이』, 『행복-이 행복한 순간을 위하여』 등 각종 인생론·에세이 앤솔러지에 편입되어 출판되었다.[28] 물론 이 와중에 1968·1970년 린위탕의 2차 방한은 매우 적절한 시점에 그의 문학 작품의 출판에 더없는 활력을 가져다 주었다. 그러나 설령 그것이 없었더라도 크고 작은 인생 문제, 인간의 행복을 다루는 *The Importance of Living*을 비롯한 그의 에세이만큼은 스테디셀러로 꾸준히 소비되었을 공산이 크다.

감미로운 제목 아래 "속임수"를 담은 사이비철학,[29] 그리고 '고독', '슬픔', '고난', 아니면 기독교적 금욕주의, 성공학을 늘어놓는 수상물·인생론의 홍수 속에서, 인간생활과 관계되는 절실하거나 사사로운 문제들을 두루 다루면서 중국인의 중용적이고 관대한 철학, 즉 현세적 쾌락을 누리면서 인간의 과실을 용서할 줄 아는 가치관을 전달하는 린위탕의 인생론은 출판시장에서 독특성을 확보할 수 있었다. 여기에 독자를 마치 옛 친구를 대하는 듯한 친근하고 유머러스한 한담체閑談體 필법, 한국 독자들과 "매우 가까운 호흡"[30]을 공유할 수 있는 동양문화와 사상, 그리고 2차 방한으로 극대화된 린위탕의 아우라까지 더해져 *The Importance of Living*은

28 자세한 서지사항은 〈부록 2〉를 참고.

29 정창범, 「證言 糖衣錠哲學」, 『동아일보』, 1962.12.4.

30 박재경, 「역자후기」, 린위탕·박재경 역, 『생활의 발견』, 문음사, 1968.

독서시장에서 확고한 경쟁력을 지니며 환영받을 수 있었다. 역자들은 "생활의 명감", "이 책을 읽지 않고 인생을 다 아는 것처럼 논한다는 것은 한낱 공염불에 불과할 뿐"[31]이라며 린위탕의 인생철학에 온갖 찬사를 바쳤다. 그러나 이 가운데 김학주는 다소 화법을 달리하고 있다는 점에서 눈에 띈다.

김학주는 1956년에 서울대 중문과를 졸업한 후 1959년 국비 유학생으로 타이완으로 유학해 1961년에 국립타이완대학 중문연구소에서 석사학위를 받았다. 귀국한 후에는 서울대 중문과에서 강의를 하면서 1975년 동대학원에서 박사학위를 받았다. 그 후에는 서울대학교 동아문화연구소 소장, 중문과 교수로 있으면서 중국학회 회장1973~1983, 중국희곡연구회 회장1992~2002을 역임했다. 고전문학을 전공한 김학주는 중국 제자백가의 주요 고전을 다수 번역했으며,[32] 탈놀이 '나희儺戲'를 비롯한 중국 전통 가무와 잡희 관련 연구논저를 내놓았다. 1977년에는 린위탕의 *From Pagan to Christian*1959을 『이교도에서 기독교로』라는 제목으로 번역해 태양문화사에서 출판하기도 했다.

이성호 역본에 수록된 김학주의 「임어당의 생애와 사상」이라는 글은 상당히 체계적이고 성숙한 린위탕론이라 할 수 있다. 논자는 이 글에서 린위탕이 가지고 있는 "세계적 교양"을 인정하고 그의 생애와 문학 활동을

---

31 홍순범, 「후기」, 린위탕, 홍순범 역, 『생활의 발견』, 보경출판사, 1974; 장백일, 「역자서문」, 린위탕, 장백일 역, 『생활의 발견』, 계원출판사, 1978.

32 그는 1960년대부터 『書經』(광문출판사, 1967), 『易經』(광문출판사, 1967), 『詩經』(탐구당, 1969), 『大學·中庸』(명문당, 1970), 『荀子·韓非子』(대양서적, 1970), 『논어이야기』(한국자유교양추진회, 1970), 『墨子·孫子』(대양서적, 1971), 『列子·管子』(대양서적, 1972), 『장자』(한국자유교육협회, 1973), 『歸去來兮辭』(민음사, 1975), 『樂府詩』(민음사, 1976), 『老子와 道家思想』(태양문화사, 1981) 등 중국 고대 경전을 다수 번역했다.

상세히 규명하며 당시 한국에서 이 작품이 가진 높은 가치를 강조했다. 그러나 이와 동시에 논자는 "그의 생활철학이 중국의 현실주의나 인본주의 또는 중용사상을 바탕으로 꾸며져 있기는 하지만 한편 그것들이 지니는 성실성은 부족"하고 "그 자신은 서양과 동양의 가교를 자처하고 있지마는 다분히 서구화된 중국의 지성이기 때문일까? 현대 중국의 이지李贄나 김성탄처럼 생각되면서도 그들이 지녔던 반항 정신이 결여되고 있는 것이 아쉽게 느껴진다"고 지적했다.[33]

김학주가 *The Importance of Living*에 대해 내린 이러한 판단은 나름 타당하다. 린위탕도 서문에서 "한 중국인으로서만이 아니라 현대생활을 영위하는 한 현대인으로서도 이야기해 보려고 하며 따라서 고인의 말의 취사선택은 완전히 자기 자신의 자유재량自由裁量에 의한 것이고 어느 한 시인이나 철학자의 전모를 여기다 그리려고는 하지 않았다"고 밝히고 있다.[34] 그는 이 책에서 유교의 인본주의나 중용사상, 그리고 이지나 김성탄의 문화정신을 원래의 모습 그대로 묘사하지 않고 그 속의 '날카로운' 요소들을 의식적으로 제거하고 교묘하게 순치시키고 통속화했다. 그러나 여기서 김학주가 조심스럽게 문제 삼은 린위탕의 극히 서구화된 성장·교육 배경이 *The Importance of Living*(린위탕)이 이와 같은 한계/특징을 띠게 하는 데 영향을 끼친 것은 사실이지만, 그것이 결정적인 요인은 아니다.

사실 김학주의 이러한 비판적 목소리는 이들 '정전 만들기' 과정에 참여하는 주체들이 흔히 간과하거나 망각 또는 의식적으로 은폐한 사실을 상기시킨다. *The Importance of Living*이 아무리 이들에 의해 "시간과 장소

33 김학주, 「해설」, 린위탕, 이성호 역, 『생활의 발견』, 범조사, 1975, 12쪽.
34 린위탕, 김병철 역, 앞의 책, 9~10쪽.

의 한계를 초월해서 영원성과 보편성을 지닌 불멸의 교양서이다"윤영춘, "때와 장소를 초월하는 인생의 고전이요, 생활의 명감明鑑이다"홍순범라고 재포장되었다 해도, 이 책은 애초부터 1930년대 후반의 미국 독자를 위해 설계된 "동양의 지혜"였고 "인생의 지침서"이었다. 미국의 출판자본―월쉬부부와 존데이출판사가 이 책의 기획 · 제작 · 유통 과정에 적극적으로 참여했다. 린위탕이 1937년 *The Importance of Living*을 집필할 때 중국 『우주풍』지의 지면을 빌려 고백했듯이 "대부분의 미국 독자들은 유독 내가 *My Country and My People*에서 짧은 편폭으로 중국인의 음식, 정원庭園 예술을 소개하는 「인생의 예술」이라는 마지막 장에 많은 관심을 가졌다. 이것은 실로 단순한 꽃구경, 달구경을 넘어서 이 장에서 담겨 있는 중국 시인의 광회달관曠懷達觀, 고일퇴은高逸退隱, 도정견흥陶情遣興, 조번소수滌煩消愁의 인생철학이 딱 마땅히 이들 바쁜 생활 리듬에 시달린 미국인을 치유할 수 있기 때문이다"라고 했다.[35] 중국 전통문인의 생활미학인 '한적철학閑適哲學'을 전면적으로 소개한 *The Importance of Living*은 미국 독자들의 이러한 취향과 욕구를 철저히 반영한 결과물이다. 이 점에서 김학주가 문제 삼았던 '성실성의 부족, 반항정신의 결여'는 미국 독자와 출판자본, 그리고 린위탕 본인이 의도한 결과라고 해도 무방하다.

그렇다고 해서 이 책이 저항정신이나 현실참여의 정치적 감각이 전혀 없는 것은 아니다. 권보드래가 분석했듯이 린위탕은 '우유優遊의 멋'을 설파하는 동시에, 개인의 자유를 침범한 파시즘 독재와 공산주의에 대한 비판과 경계를 곳곳에 병치시킴으로써 자유주의자의 정치적 입장을 확연하

35 語堂, 「關於「吾國與吾民」」, 『宇宙風』 49, 1937.10.16, p.31.

게 드러냈다.[36] 그러나 김학주는 이와 같은 *The Importance of Living*(린위탕)의 '저항정신'을 미처 포착해 내지 못했다. 이러한 경향은 김학주 한 사람에게서 뿐만 아니라, 1960~70년대 이 책을 번역한 한국 역자들에게서 공통적으로 찾아볼 수 있다. 1960년대 초반 김병철은 "이 책은 무슨 시사문제를 다룬 것도 아니고 또 시사성을 띤 것도 아니다"라고 명시했는가 하면, 1970년대에 접어들어서는 이 책을 소개하면서 "유유자적", "여유", "한가", "한적閑適", "달관達觀", "한거閑居" 등 도가道家적 색채가 짙게 깔린 수식어가 더 가시적으로 부각되는 경향이 나타났다. 좀 더 거칠게 요약하자면 *The Importance of Living*은 한국 출판계에서 20여 년의 번역 과정을 거쳐 점차 '동양 도가적 인생론' 정도로 순치되기에 이른 것이다. 그리고 이와 더불어 린위탕의 다른 작품에 비해 *The Importance of Living*의 후광에 시선이 쏠려 이 책의 「독서하는 예술」, 「인생의 향연」, 「빈들빈들 놀며 지냄을 논함」, 「인생은 한 편의 시」, 「행복이란 무엇인가」, 「행복은 관능적인 것」, 「유쾌한 한때에 관한 금성탄의 글」, 「누가 가장 인생을 즐길 수 있느냐」, 「중국인의 유우머」 등 의미 키워드를 반복적으로 호출한 각양각색의 교재, 인생론·에세이 앤솔러지의 출판은 '린위탕—『생활의 발견』—인생론—노장'이라는 연상을 각인시키는 데 더 조력했다.

이처럼 한국 출판계에서 대대적으로 부각된 린위탕의 '한적철학'은 김학주에게는 다소 아쉽게 느껴졌을지 모르나, 1980, 90년대까지 교육계에서 산출된 각종 '양서 리스트'에 단골로 올랐다.[37] 그리고 이 책의 두 종의

36 권보드래, 「임어당, '동양'과 '지혜'의 정치성」, 118~119·124~125쪽.

37 「放學동안에 勸하고 싶은 책」, 『동아일보』, 1963.8.1; 「대학학자들이 읽기를 권하는 감명깊었던 한권의 책」, 『조선일보』, 1973.9.22; 「여름 독서 한권의 양서로 복더위를 잊자」, 『경향신문』, 1975.7.21; 「고교생들 양서 읽기 활발」, 『경향신문』, 1980.10.6; 구인환, 「책

역본인 문예출판사판 안동민 역의 『생활의 발견』1968과 광음사판 김기덕 역의 『처세론』1970은 린위탕이 처음으로 한국을 방문한 해인 1968년, 그리고 2차 방한한 다음해인 1971년에 총 세 차례에 걸쳐 마을문고 '교양' 부문 추천도서로 선정되었다.[38] 이와 같은 사실은 이 책(린위탕)에 대한 국가 당국의 태도를 직접적으로 드러냈다. 안동민 역본은 대중적 가독성을 고려하여 전문 14장 가운데 중요한 내용이 담겼다고 판단되는 8장만을 간추려 번역했다. 김기덕 역본은 제3장과 제11장을 제외한 나머지 내용을 실었고, 1968년 린위탕의 시민회관 연설문인 「가난 속에서 스스로 창조하는 기회를 찾으라」도 수록했다. 국가권력의 입장에서는 이렇다 할 정치색을 띠지 않고, '온순한' 동양·전통중국의 지혜를 대중이 읽기 편하도록 소개하고안동민 역본, 한국의 근대화를 고무하는 린위탕의 육성까지 추가한김기덕 역본 『생활의 발견』은 더없는 '양서'로 판단되었던 것이다.

그러나 출판자본, 교육계, 국가권력의 공동 협력에 의해 정전화된 *The Importance of Living*은 사회적으로 널리 퍼져나갔을 때 과연 어떻게 소비되고 전유되었을까? 무엇보다 1930년대 후반 특히 미국 중산층 독자를 위해 설계된 이 '동양의 지혜', '인간 행복의 지침서'가 1960~70년대의 한국 독자의 처지와 심성에 들어맞았을까?

안 읽는 「빈수레」」, 『동아일보』, 1982.9.27; 「읽을 만한 책」, 『동아일보』, 1984.7.14; 「청소년이 읽을 만한 34권의 책 간행물윤리委 선정」, 『동아일보』, 1995.9.1.

38 문예출판사판 안동민 역본은 각각 제4회(1968.12)와 제7회(1971년 4차)에 선정되었고, 광음사판 김기덕 역본은 제7회(1971년 1차)에 선정되었다.(김경민, 「1960~70년대 독서국민운동과 마을문고 연구」, 성균관대 석사논문, 2012, 「부록1 마을문고용 추천도서 목록」 124·127·130쪽을 참고)

2) 린위탕발 교양과 한적 철학의 일상화, 소통의 접점과 균열

*The Importance of Living*은 갖은 찬사로 장식된 채 대대적으로 출간되어 하나의 정전으로 자리 잡았다. 이와 맞물려 이 책에 담겨 있는 지식은 매우 빠른 속도로 광범위하게 유통되고 흡수되었다. 1960~70년대 특히 1968년 린위탕의 방한을 기점으로 언론 지면에서 그의 아포리즘을 인용한 사례는 눈에 띄게 증가했는데 그 지적 출처의 대부분은 *The Importance of Living*이었다.[39] "여적"이나 "횡설수설"같은 칼럼을 비롯해 이 시기의 신문 지면에는 독서, 교양, 음식, 담배, 술, 유머, 자연, 여행, 여가, 가정, 문명, 종교에 이르기까지 폭넓은 스펙트럼의 각종 "린위탕 왈曰"이 높은 빈도로 출현했다. 여기서 '린위탕'이 전달하는 앎은 단순히 제한적인 '중국 문화 · 지식'이라는 영역 안에서만 이해되지 않고, 그보다는 보편적인 지식 · 상식 · 교양으로 일상화되었다. 특히 특정한 한 작품에서 비롯된 타국 지식인의 아포리즘과 지식이 사회적으로 널리 통용되고 일상생활의 곳곳에 깊이 침투한 사례는 달리 찾아보기 힘들다.

예컨대 독서를 논할 때에는 "청년으로 책 읽는 것은 창틈으로 달을 보는 것과 같고, 중년으로 책 읽는 것은 뜰에서 달을 보는 것 같으며, 또 노년으로서 책을 읽는 것은 노대露台에서 달을 보는 것 같다"라는 명언을 즐겨 인용하고,[40] 교양인의 기준을 논할 때에는 "교양인이란 반드시 독서를

---

39 아주 드물게 *My Country and My People, Moment in Peking*, "The little Critic" 등 작품과 칼럼에서의 문구를 인용한 사례가 없지 않았으나(「여적」, 『경향신문』, 1966.8.22; 「횡설수설」, 『동아일보』, 1977.3.19; 「中國歷代書畫展 紙上감상 (4) 秋山雲影」, 『경향신문』, 1978.11.9), 그 대부분은 *The Importance of Living*과 연동된 지식들이었다. 바꿔 말해 언론 지면에 인용된 린위탕의 지적 앎은 *The Importance of Living*의 범위에서 벗어나지 않았다고 할 수 있다.

40 「횡설수설」, 『동아일보』, 1962.9.13; 「횡설수설」, 『동아일보』, 1962.10.26; 「여적」, 『경향신문』, 1975.9.30; 「여적」, 『경향신문』, 1978.8.4.

많이 한 사람이나 박식한 사람을 가리키는 것이 아니라, 사물을 올바르게 받아들여 애호하고 올바르게 혐오할 줄 아는 사람을 말한다"는 그의 양식론良識論을 동원한다.[41] 음식 하면 "생의 최고의 기쁨은 맛있는 음식을 먹을 때"와 같은 린위탕의 말을 자연스레 떠올리고,[42] 담배 이야기를 꺼내면 "흡연이란 어디까지 정신적인 작위", "궐련은 인간의 창조력을 북돋워 주며 파이프담배를 피우는 사람은 아내와 다투지 않는다"는 린위탕의 담배 예찬이나, 한동안 금연을 하다가 "금연을 용서할 수 없는 도덕적 타락이라 규정짓고 니코틴 신전 앞에 재개종을 맹세한" 그의 일화는 결코 빠뜨릴 수 없다.[43] 1970년대에 아직 생소한 어버이날을 맞이해 "중국의 석학 임어당은 '아버지의 의의는 인간의 문명 속에 자라난 하나의 감정이지만 어머니의 의의는 천성불멸의 것이다'라고 말했다. 이 얼마나 정곡을 찌른 말이겠는가"하며 공감을 표하고는,[44] 계절의 변화, 비를 보면서 "동양철인 임어당의 말이 구수하다. 봄비는 영전榮轉을 알리는 칙서勅書와 같고, 여름비는 죄수에게 내리는 사면장赦免狀과 같고, 가을비는 만가輓歌와 같다. 그래서 봄비는 독서하기에 좋고 여름비는 장기두기에 좋고 겨울비는 술 마시기에 좋다" 하고 즐겨 읊는다.[45] 그런가 하면 린위탕의 말에 빗대 "인생은 아름다운 한 편의 시"를 주제로 꽃꽂이 전시회가 열리기도 하고,[46] 겨울의

41 「여적」, 『경향신문』, 1978.12.19.
42 「여적」, 『경향신문』, 1977.10.4; 「해외에 사는 한국인(61) 대북(臺北)의 불고기집 「아리랑」 이백림 씨(상)」, 『경향신문』, 1976.10.8.
43 「금연연습」, 『경향신문』, 1970.3.5; 「의학 에세이(21) 단연(斷煙)성공률 겨우 삼백분의 일(3)」, 『동아일보』, 1973.11.13; 「여적」, 『경향신문』, 1977.6.3; 「외국선 맛도 값도 10년씩 안변한다는데… 대담=이성호 경제부차장」, 『경향신문』, 1979.2.3.
44 「여적」, 『경향신문』, 1974.5.8; 「名詩 名曲을 찾아서(7) 어머니의 마음」, 『경향신문』, 1976.5.1.
45 「여적」, 『경향신문』, 1975.1.22 · 7.8 · 1976.5.1.
46 「26,27일 조선호텔 꽃꽂이 40인 展」, 『동아일보』, 1973.10.25.

계절병을 이겨내도록 "린위탕의 유머론으로 정신적인 탄력을 기르는 것도 하나의 지혜"로 제안되기까지 한다.[47] 요컨대 1960~70년대에 린위탕의 '생활의 지혜'는 한국의 범계층적 '생활의 지혜'로 공유되고 내면화되기에 이르렀다.

그러나 린위탕발 지식은 위와 같이 단순히 정치색을 띠지 않는 교양, 일상 잡사의 영역에서만 순수하게 사용된 것은 아니었다. '린위탕'이라는 이름은 현실을 비판하고 고발하는 데도 권위적인 지적 출처로 동원되었다. 예컨대 "일본이 한자를 혼용했으므로 해서 비교적 빨리 서양문물을 소화했다", "한자는 문자의 장성"이라는 린위탕의 아포리즘을 끌어오면서 정부 당국의 한글전용정책을 비판하고, 중학교육에 한문과 신설문제에 대한 자신의 제안을 제출하는가 하면,[48] 린위탕의 유머를 준거 삼아 "정계, 재계財界인사들이 야비한 언사를 농하는 대신 그와 같은 해학으로써 말고비를 부드럽게 넘길 수 있는 소양과 위트가 있어야 할 것이 아닌가?" 하고 국가의 지도층을 규탄한다.[49] 그리고 사랑과 정情의 중요성을 피력한 린위탕의 논점을 내세우며 신문에 등장한 각종 재벌 관련 추문을 논하면서 "우리나라의 실업가들은 사람을 사랑할 줄 모른다"고 개탄하기도 한다.[50]

하지만 '린위탕'을 통해 정부, 권력층을 공격하는 것보다 그 비판의 화살을 막연한 "오늘의 세계가 공통으로 겪고 있는 고민",[51] '현대사회'와

---

47 「여적」, 『경향신문』, 1976.11.16

48 「횡설수설」, 『동아일보』, 1970.3.6; 「횡설수설」, 『동아일보』, 1972.1.18; 「한글정책은 긴 눈으로」, 『경향신문』, 1968.5.6; 「한자교육의 기본적 방향과 방법」, 『경향신문』, 1972.2.23.

49 「무리없는 경제정책을…」, 『매일경제』, 1970.7.13.

50 장기천, 「임어당박사의 사랑」, 『黃昏에 쓴 落書』, 문왕사, 1969, 45~48쪽.

51 「여적」, 『경향신문』, 1976.4.15.

'현대문명'의 병폐에 돌리는 편이 더 많았다. 예컨대 현대문명의 난맥상을 비판하고, 개체로서의 생명과 인간적인 것을 옹호한 린위탕의 각종 아포리즘을 동원해 극심한 계층적 격차,[52] 인명경시의 풍조,[53] 특히 '자연상실'·'인간성 상실'의 도시생활[54]에 대한 온갖 불만과 비판을 쏟아내는 발화들이 지면에 빈번하게 등장한다. 린위탕의 '동양의 지혜'는 1960~70년대 산업화·도시화의 부작용을 절실하게 체감한 이들에게 "인간의 두뇌까지도 기계화하는 인공의 시대"[55]를 공격하는 유력한 무기이자, 자연을 되살리고 인간성을 회복하자는 이른바 "국민정신 순화운동"[56]을 호소하는 이론적 기반으로 계속 호출되었다.

요컨대 대체로 아포리즘의 차원에서 *The Importance of Living*에 함축된 지식을 편의적으로 차용한 국면 가운데 아래 두 사례는 구체적인 독서체험과 심리상태를 잘 드러내고 있어 린위탕발 지식에 대한 대중·사회적 수용의 표상을 넘어 그 이면적 성격을 파악하는 데 유용하다.

> 그의 익살과 유머철학에 내가 너무도 깊이 심취해 있었기 때문인지 모른다.
>
> 나는 많은 책을 읽지 못했기 때문에 그의 문학이나 철학을 다른 거장들에 비교할 능력을 가지고 있지는 못하다. 그러나 그의 글이 나에게 으뜸 되게 작용하였

---

52 「해변의 갈비씨들」, 『동아일보』, 1975.8.13.

53 「여적」, 『경향신문』, 1977.5.30.

54 「여적」, 『경향신문』, 1976.4.15·1977.12.15·1978.8.30; 「自然즐김은 바로健康」, 『경향신문』, 1969.8.25; 「한국의 돌(9) 생활속의 수석」, 『경향신문』, 1970.6.11; 「주부의 경제학교실(22) 집 값 올리는 비결…자연의 속삭임이 여울지는 정원 가꾸기」, 『동아일보』, 1977.3.8.

55 「한국의 돌(9) 생활속의 수석」, 『경향신문』, 1970.6.11.

56 「한국의 돌(9) 생활속의 수석」, 『경향신문』, 1970.6.11.

기 때문에 그를 제일이라고 생각한다. 그렇다고 나를 탓할 이는 없을 것이다.

그의 생각은 언제나 나의 사고의 기준이 되고 사물을 보는 눈을 만들어 주었다. 또 독특한 소재의 선택방법에서나 기술법은 늘 나의 생각이 미치지 못하는 저 높은 곳에 있어서 나로 하여금 동양인의 위대한 유머의 긍지를 갖게도 하였다. 특히 과학이나 학문으로는 규명 못하는 어려운 일들을 보기 좋게 결론짓곤 하였다. 그것이 나는 좋았다. 그는 자기 글 속에 자주 다른 사람의 글을 인용하는 버릇이 있었다. 나는 그 인용문들이 또 좋았다. 나의 생활에 가장 많이 반영되고 있는 인용문의 하나를 다시 그의 책을 펼쳐 여기 적어 본다. (중략: 1968년 휘문판 윤영춘 역『생활의 예술』, 「차와 교우에 대하여」 부분 인용) 차를 즐겨 마시는 나의 버릇도 이 때문인지도 모른다.[57]

*The Importance of Living*에 나타난 린위탕의 전도적인 동서문화관과 유머철학은 일찍이 식민지 시기, 늦어도 1950년대 첫 한국어 역본이 나오고 나서부터 지식인들 사이에서는 이미 "감명 깊게" 읽힌 예가 없지 않았지만[58] 사회적으로 널리 소비된 것은 1960~70년대에 이르러서였다. 위 인용문에서 보여주듯이 당시 "조국 근대화의 추진력 강화를 위해 교육된 시민의 고도의 상식과 교양이 필수적"[59]이라는 시대적 분위기에서 린위탕은 문학·철학·과학 등 접근하기 어려운 지식과 지적 앎이 상대적으로 결핍된 일반 독자 사이를 연결해 주는 매우 권위적인 매개자로 기능했다.

---

57 이경희, 「임어당의 글」, 『봄시장』, 금연제, 1977, 20쪽.

58 선우휘, 「나의 젊은 시절을 매혹시킨 임어당」, 린위탕, 안동민 역, 『생활의 발견』, 문예출판사, 1968; 「最高経営者 洪健憙 韓國타이어 사장"타이어製造기술 5년내 자립"」, 『매일경제』, 1988.3.9; 김우옥, 「다시 읽고 싶은 책 생활의 발견」, 『매일경제』, 1988.4.19.

59 편집실, 「올해의 조국근대화 그 모습–대통령 연두연서 사회·문화·교육 부분」, 『여상』, 1967.4.

한때 그의 '박학다식'은 배호나 다케우치 요시미에 의해 지나치게 현학적인 것으로 치부되었지만, 1960~70년대의 일반 독자에게는 이렇게 대중적 가독성이 높고 풍부한 앎들이 매우 필요했다. 린위탕은 이들 독서 주체의 "사고의 기준이 되고 사물을 보는 눈을 만들어 주며" 지적 열망을 적잖이 충족시켜 주었다. 위 인용문의 필자가 린위탕을 제일이라고 부르면서 그렇다고 자신을 탓할 이가 없을 거라고 확신하는 데는 출판계 및 교육계, 그리고 국가권력의 공적 힘에 의해 정착된 린위탕, 그리고 *The Importance of Living*의 '세계적 석학', '정전'으로서의 위상이 크게 작용했다.

여기서 좀 더 눈여겨봐야 할 것은 위 인용문을 쓴 이가 여성이라는 점이다. 1960~70년대 독서계에서 상당한 비중을 차지한 여성 독자 집단은 린위탕과 그의 작품이 대중적으로 소비되는 데 결코 간과할 수 없는 수용 주체들이었다. 이 책에서 통속적이고 유머러스한 필법으로 동서 고전과 전문지식들을 풀어내며, 남성보다 여성의 생활영역과 밀접히 관련되는 문제들을 두루 다룰 뿐 아니라, 여성의 지위 향상을 옹호하는 린위탕의 발화는 그 출발부터 여성 독자에게 상당한 호소력을 갖고 있었다고 할 수 있다. 여기서 글쓴이는 린위탕의 글이 자신에게 "으뜸"되게 작용했다고 고백하며 차를 즐겨 마시는 버릇까지 생길 정도로 린위탕의 지知를 학문교양의 차원을 넘어 일상생활의 지혜로 적극적으로 내면화하고 있다.

그리고 하나 짚고 넘어가야 할 점은 린위탕이 이 책에서 제시한 여성관은 1960년대 이후 1970년대 중반까지 여성의 보수화 경향과 잘 맞물린 측면이 있다는 것이다. 그는 「가정의 즐거움」이라는 장절에서 여성의 독신주의를 문명의 기형으로 규정하면서 가정 안에 있는 여성의 지위와 역할의 중요성을 호소하고, '현모양처'를 가장 이상적인 여성상으로 내세우고 있다. 이와 더불어 린위탕은 따로 장절을 할애해 『부생육기浮生六記』의 운芸이라는 여성을 묘사했다. 린위탕은 중국문학사상 가장 사랑스러운 여성으로 운을 꼽았다. 그 이유는 '운'이 대자연의 아름다움을 발견할 줄 알고, 생활의 예술을 즐길 줄 아는 여인이었기 때문이다. 요컨대 현대여성보다 정적이고 전통적인 현모양처의 형상을 더 긍정적으로 바라본 린위탕은 1960년대 중반 이후 공적 담론장에서 '신사임당' 표상에 대한 선전 분위기 속에서 가정으로 발길을 돌린 여성 주체들과 소통의 접점을 형성했다.[60] 위의 글쓴이처럼 린위탕을 매개로 학문교양을 습득하고 끽다喫茶를 통해 여가생활을 즐기는 것 이외에도, 운芸을 연결고리로 그와 공감대를 형성한 여성의 글도 찾아볼 수 있다. 가령 소설작가 정연희는 "인연에 집착하여 허덕거린 일 없이 오직 금생을 고맙게 알아 즐기고", "유유자적 멋지게 살다가 간" 운에게 부러움을 표했고, 시인 허영자는 혼잡한 사회상을 직면해 "세상에 존재하는 아름다움을 발견할 줄 알고 또한 그것을 사랑할 줄 안 운의 슬기와 마음"에 못내 아쉬움을 표하기도 했다.[61]

> 이제는 사회의 초년생으로서 설움 많은 '샐러리 맨' 노릇을 하자니 아침부터 저녁까지 사무 보느라 한가한 시간이 전혀 없는 형편이다. **임어당은 '사람에게 글을 읽게 하며, 명소고적으로 여행을 하게 하며, 좋은 친구를 사귀게 하며, 술을 마시게 하는 한가만큼 세상에 즐거운 것은 없'고 하였는데 이러한 한가는 이미 나에게서는 떠나가 버린지 오래이니 어쩌면 좋으랴.**

60 권보드래, 「아프레걸 변신담 혹은 신사임당 탄생설화」, 권보드래 · 천정환 공저, 앞의 책, 505쪽.

61 정연희(작가), 「浮生(부생)에서 멋을」, 『동아일보』, 1971.12.4; 허영자(시인), 「「운」이의 슬기」, 『동아일보』, 1977.3.16.

물론 한가한 시간이 없으니까 '생활의 모토'를 생각할 겨를이 없다는 주장은 말이 안 된다. **오히려 바쁜 생활일수록 짜임새 있고 합목적적인 생활태도가 필요한 것이며 직장인으로서는 성실 · 근면이 '생활의 모토'가 되어야 할 것이다. 특히 발전 도상에 있는 우리로서는 일정한 직업을 천적으로 생각하고 자기의 쾌락 · 영예를 희생시키면서 엄격한 규율과 조직 밑에서 직책에 헌신적으로 노력하는 '프로테스탄티즘'의 금욕주의적 직업윤리가 요구되기도 한다. 다만 한낱 개인으로서의 나 자신의 인간적이고 정서적인 생활설계를 할 수 없는 이 현실에 대하여 약간의 신경적인 짜증이 난다는 것이다.**(강조는 인용자)[62]

린위탕의 '지적 계몽'을 통해 학문교양을 높이고 여가, 삶의 여유의식에 주목한 여성 주체와는 달리 한국 산업화의 주력군이었던 한 샐러리맨의 독서체험은 사뭇 다른 뉘앙스를 풍긴다. *The Importance of Living*에서 한가의 즐거움을 조목조목 상세히 가르치는 린위탕의 '한적철학'은 그에게 즐거움은커녕 "한낱 개인으로서 자신의 인간적이고 정서적인 생활설계"를 할 수 없다는 "설움 많은" 현실을 더 절감하게 하여 이에 대한 "신경적인 짜증"을 불러일으켰다. 여기서 린위탕의 메시지는 여가가 보장된 개인적인 생활 패턴에 대한 욕망, "성실근면", "자기의 쾌락 · 영예"를 희생시킨 "프로테스탄티즘의 금욕주의"를 요구하는 국가 프로파간다에 대한 내적 균열을 불러일으키는 촉매제로 작용하고 있다.

당시 독서시장에는 각종 인생론 서적이 쏟아져 나왔지만 대체로 '바르게살기', 인고나 금육을 선도하고 독려하는 것이 주를 이루었다. 린위탕

---

62 조수영, 「직장일언(108) 짜증뿐인생활설계」, 『매일경제』, 1966.10.15.

처럼 "이 세상에서 인간은 유일하게 일하는 동물"이라고 외치며 생명, 가정, 일상, 자연, 여행, 교양의 즐거움, 즉 '엔조이사상enjoyment'을 집중적으로 예찬하는 인생 멘토는 드물었다.[63] 그의 한가론은 미국인을 대상으로 하는 것이었지만, 한창 조국의 성실 근면한 산업역군으로 달리던 한국인에게도 분명 상당히 매혹적으로 다가왔을 것이다.[64] 비슷한 무렵에 독서계에서 많이 읽힌 러셀도 『행복의 철학』에서 행복 추구와 여가생활의 중요성을 강조하고 성공지상주의와 과도경쟁을 경계하고 있지만, 이와 동시에 상당한 편폭제10장, 제14장을 할애해 일하는 즐거움과 일의 적극적 의미를 설파하며 노동을 행복의 필수불가결의 조건으로 규정하고 있다. 이렇듯 매우 합리주의적인 러셀의 가치관에 비해 린위탕의 생활철학은 중용주의를 주장하면서도 휴식과 향락에 대한 명확한 편향성을 드러냈다.

특히 이처럼 당시 독서시장에서 '한가'의 독보적인 대변인으로 기능한 린위탕과 그 매개물인 『생활의 발견』이 출판·교육계로부터 정전/베스트셀러/양서로 널리 인정받았던 사실은 이러한 '한가·쾌락'의 메시지를 더 정당화 내지 극대화시켜, 이윽고 수용 주체로 하여금 린위탕의 입을 빌려

63 이 책의 한국어 역자 중의 한 명이었던 윤영춘은 아예 "「인간은 단 하나의 일하는 동물」은 『생활의 발견』의 일면을 잘 나타내는 스타일"이라고 설명했다.(윤영춘, 「임어당론」, 『생각의 변』, 윤영춘 역, 범우사, 1976, 17쪽)

64 "아마도 미국인은 다만 세상사람들이 무엇인가 일을 하고 있을 때에 자기만 '빈둥빈둥' 놀고 있다는 말을 듣기를 부끄러워하고 있는 데 지나지 않는다. 허나 어쨌든 확실히 내가 알기에는 미국인일지라도 역시 한 개의 동물임에는 틀림이 없다. 때로는 사지를 쭉 펴고 쉬고 싶을 때도 있을 것이며, 또는 모래 위에 벌떡 누워보고도 싶을 것이며, 또는 한쪽 다리를 기분 좋게 구부리고 팔베개를 베고 한가하게 쉬고 싶을 때도 있을 것이다. (…중략…) 오직 내가 원하는 바는 그러한 경우에 사람은 정직해야만 할 것이며 자기가 그 일을 하고 싶을 때에 그 일을 해야 하며 '인생은 아름답다'고 그의 심령이 외칠 때는 결코 사무실에서 일을 하고 있을 때가 아니라 모래 위에 벌렁 한가하게 나자빠져 있을 때라고 하는 것을 그가 온 세상을 향하여 외쳐야만 하겠다는 것이다."(린위탕, 김병철 역, 『생활의 발견』, 을유문화사, 1963, 20~21쪽)

이에 대한 갈망과 체제에 대한 불만을 공적 언론 지면에서 발화하게 만들었다.

당시 박정희는 1965년 연두교서에서 그 해를 "일하는 해"로 정하고 근면·검소·저축을 행동강령으로 삼아 증산·수출·건설에 매진할 것을 호소했다. 그리고 이듬해인 연두교서에서도 그 해를 "일하는 해"로 정하고 근면·검소·저축을 강조했다.[65] '직장일언' 시리즈에 투고한 다른 글을 보면 똑같이 바쁜 생활 리듬에 대해 쓰면서도 "오늘도 여유 있는 마음으로 버스의 러시아워에 도전하느니보다 신선한 공기도 마실 겸 공원을 끼고 출근하면서 월급날을 손꼽아 보며 이달엔 얼마나 저축되어질 것인가? 생각하는 총총걸음의 내 모습이 비할 데 없이 흐뭇한 것 같다"거나, "스피드 있는 생활에 과감하게 뛰어들어 새로운 용광로 속에 내 인생을 불사를 수 있도록" 하며 체제에 순응하는 모습을 보였다.[66] 그러나 위 글은 '린위탕'이라는 지적 출처를 앞세워 관변 프로파간다에 의해 규율된 자신의 일상에 대한 개인적 짜증을 표현했다는 점에서 사뭇 이질적이다. 물론 글쓴이는 끝내 한가에 대한 열렬한 호소보다 '성실근면'이라는 생활의 모토, 금욕주의적 직업윤리에 타협하고 굴종하는 태도를 보였다. 그러나 이와 동시에 시간적 여건이 확보되는 순간 생활모토니, 직업윤리니 하는 집단적 도덕으로부터 벗어나 린위탕의 '한가의 즐거움'의 유혹 속으로 달려갈 가능성 또한 열려 있었다. 결국 관변으로부터 '양서'로 인정받은 린위탕

---

65 국회도서관 입법조사국 편, 『大統領年頭敎書 및 各黨의 基調政策演說集 1964-1965』, 국회도서관 입법조사국, 1965, 23·34쪽; 국회도서관 입법조사국 편, 편, 『大統領年頭敎書 및 各黨의 基調政策演說集 1966연도』, 국회도서관 입법조사국, 1966, 11쪽.

66 「직장일언(100) 신념을 준 저금통장」, 『매일경제』, 1966.10.6; 「직장일언(95) 스피드와 욕망혁명」, 『매일경제』, 1966.9.30.

의 텍스트가 실제로는 역설적으로 국가 체제의 대척점에서 재맥락화되어 반反규율, 탈선의 '불온성'을 유발하는 기제로 작용할 수 있었던 것이다.

린위탕의 지知는 체제순응적인 일면과 반反체제적인 일면을 동시에 갖고 있다. 그는 비록 *The Importance of Living*에서 동양의 긍지, 점잖은 교양과 보수적인 가정관과 여성관을 전달하고 있지만, 궁극에는 독자들에게 이 책이 "자유인의 예찬에 최선을 다한 것"으로 기억해 주기를 바라고 있다. 린위탕은 「이상으로서의 자유인」이라는 장절에서 "민주주의와 개인적 자유가 현시대처럼 위협을 받고 있는 시대에선 훈련이 되어 있고 순종적이며 조직화되고 획일적인 쿨리들의 무리 속에서 번호순대로 취급되지 않으려면 오직 이 자유민과 자유민적 정신이 있을 뿐일 것"이라고 주장한다. 이러한 맥락에서 그는 자유인을 인간의 가장 영광스러운 형태라고 규정하면서 병사/군인을 가장 저급한 전형으로 꼽았다.[67] 린위탕의 생활철학 저변에 이러한 자유주의적 정신적 지향이 관통하고 있는 이상, '노동지상勞動至上'을 외치며 자기희생적이고 획일적인 국민으로 구성된 현대병영을 구축하려고 하는 박정희 레짐과 본질적으로 충돌하는 역학관계에 놓여 있다. 이런 맥락에서 더 나아가면 냉전기 한국에서의 린위탕에 대한 광범위한 독서 행위 이면에는 자유(주의)를 향한 집단심리가 투영되어 있다고 할 수 있으며, 그것은 또한 '린위탕 읽기' 과정에서 계속 (무)의식적으로 자극을 받았던 것이다. *The Importance of Living*에서 확연하게 드러나는 반反독재, 민주·자유를 옹호하는 메시지는 수십 년 동안 한국 사회에서 계속 전파되며 공통의 언어가 되다시피 했다.

67 린위탕, 김병철 역, 앞의 책, 30면.

또 하나 주목해야 할 점은 린위탕의 생활철학에 내포되어 있는 현세적 행복관이 당시 한국 사회의 보편적 감성과 잘 맞아떨어졌다는 것이다. 1960년대 후반부터 경제개발의 실효성이 본격적으로 가시화되기 시작했다. 1962년 2.2%, 1963년 5.8%였던 경제성장률은 1966년을 기점으로 13.4%를 기록했다. 1967년에 도시 근로자의 월평균 소득이 처음으로 지출을 초과했고, 1960년대 초반까지 계속 50%를 상회했던 엥겔계수도 처음으로 50% 아래로 내려갔다.[68] 이러한 경제의 고도성장과 소득의 향상은 개인의 행복, 물질적 풍요에 대한 대중적 욕망을 더 강렬하게 자극했다. 1960년대 초반 '열심히 일하면 잘 살 수 있다'는 것을 보여준 '상경한 또순이'의 서사는 더 이상 헛된 희망이 아닌, '나'에게도 일어날 수 있는 일로 느껴지게 되었다. 그랬기에 기독교적 내세보다 현세, 영혼보다 육체와 관능, 사회보다 개인의 행복을 옹호한 린위탕의 논리는 한국 독자들에게 큰 호소력을 발휘할 수 있었다.

그러나 엄격히 따지면 린위탕과 한국 대중과의 공감대는 딱 여기까지다. 린위탕의 행복론은 어디까지나 과도가 아닌 중용적인 것이다. 그가 추종하는 한적한 삶 또는 여유의식은 권력자, 부유층, 성공자의 독점물이 아닌 평민적인 것이며 인생의 야심, 우둔, 명리의 유혹 모두를 간파한 도가적 초탈정신과 직결된다. 이러한 맥락에서 린위탕은 가장 조화롭고 이상적인 생활을 누리는 전범으로 도연명을 꼽았다. 그가 보기엔 금전이 없어도 여유를 즐길 수 있으며 돈 있는 자보다 오히려 돈을 등한시한 사람이 여가의 낙을 누릴 수 있다는 것이다.[69] 비록 그가 가정 · 일상 · 자연 · 여행

68 이종호, 「1960년대 한국문학전집의 발간과 문학 정전의 실험 혹은 출판이라는 투기」, 『상허학보』 32, 상허학회, 2011, 120쪽.

·교양 등의 크고 작은 즐거움들을 피력했지만 그것은 본질적으로 생활의 예술화, 예술의 생활화, 즉 인생과 미학의 결합을 환기시키려 한 것이다. 그가 제시한 '쾌락' 항목 속에 가장 탈선적이고 '불량스러운' 것으로 보인 것은 기껏해야 흡연 정도였다. 의자에 걸터앉는 묘미를 한바탕 늘어놓으면서도 "이런 말을 하는 것도 결국 근육을 쉬이는 것은 반드시 죄악이 아니라는 것을 밝히고 싶은 마음에서 오는 것에 지나지 않는다. 하루종일 내내 근육을 이환시켜주지 않으면 안 된다는 이유도 없으며, 또 그것이 온종일 취하여야 할 가장 위생적인 자세라는 것도 아니다. 그것은 나의 진의眞意와는 아주 거리가 먼 것이다. 인간생활이란 결국 일하는 것과 노는 것, 즉 긴장과 이완의 순환이다"라고 보충 설명하며 과도함을 경계하고 있다.[70]

그러나 바쁜 일상에 쫓기는 샐러리맨은 설사 여가시간이 확보된다 해도 결코 린위탕의 가르침대로 도연명을 롤모델로 유유자적하게 "우유優遊의 멋"을 즐기는 데 만족하지 못했을 것이다. 당시의 경제 수준과 인프라를 훨씬 초과하는 범위에서 소비문화와 레저문화를 누리고, 여가를 즐기는 인파로 야외가 초만원이고 신문 지상에 "바캉스준비 강도"[71]까지 등장하고 있는 광경이야말로 1960년대 후반 1970년대 한국 사회의 군상群像이었다.[72] 1950년대부터 계속 억눌려 왔던 '행복'에 대한 대중의 욕망이 일단 현실적으로 실현 가능해지는 순간 적당한 선에서 멈추기는 어렵다. 1970년대 박정희 정부의 소비억제정책이 일정한 효과를 거두었지만 소

69 린위탕, 김병철 역, 앞의 책, 154~157쪽.

70 위의 책, 207쪽.

71 「여적」, 『경향신문』, 1977.7.2.

72 송은영, 「1960년대 여가 또는 레저문화의 정치」, 『한국학논집』 51, 계명대 한국학연구원, 2013; 송은영, 「1970년대 여가문화와 대중소비의 정치」, 『현대문학의 연구』 50, 한국문학연구학회, 2013을 참고.

비지출 규모는 단기간에 큰 폭으로 늘었다. 경상시장가격으로 1961년 민간소비지출 총액은 2,457억 원이었던 것이 10년 뒤인 1971년에는 2조 4,166억 원으로 10배 가까이 상승하였고, 1977년에는 6년 전에 비해 4배 이상 상승한 10조 4,001억 원이 되었다. 생계형 소비를 넘어 주거비, 피복비, 보건미용비, 교통통신비, 유흥비, 연초비 등에 대한 지출은 큰 상승폭을 보였다.[73] 한국 대중이 선망하는 이상적인 생활 모델은 미국이나 최소한 일찌감치 "전후가 끝났다"고 선언한 이웃나라 일본이 한창 누리고 있는 풍요로운 일상이었으며, 린위탕이 제시한 중국 전통문인들의 한적한 생활미학, 유도합일儒道合一의 중용주의가 아니었다. 한때 막연하게 '잘 살 수 있다'는 욕망은 '남보다 잘 살 수 있다', '남에게 뒤지면 안 된다'는 물질적인 것에 대한 과시·경쟁 심리와 불안의식으로 구체화되고 변형되었다.

결국 한국 사회의 보편적 심성은 행복, 쾌락, 여가생활에 대한 추구라는 출발점에서는 린위탕과 공감대를 형성했지만 궁극적으로는 그의 생활철학과 배치되었다. 이 점에서 1960~70년대의 한국 사회는 사상 초유의 형태로 린위탕의 지知, 특히 그의 한적정신에 가장 가까이, 그리고 대규모적으로 다가갔지만, 또 그만큼 그의 정신적 내핵과 가장 멀리 떨어져 있었다고 할 수 있겠다. 물론 *The Importance of Living*이 당대 독자들에게 풍부한 교양을 전달하고, 따뜻한 위로가 되어주었다는 점만큼은 긍정적으로 평가해야 한다. 이는 또한 *The Importance of Living*이 그 후에도 계속 활발하게 출판되고 지식인에게도 인정받은 이유일 것이다.

---

73 이상록, 「1970년대 소비억제정책과 소비문화의 일상정치학」, 『역사문제연구』 17, 역사문제연구소, 2013, 150·157~160쪽.

3. 린위탕 '달리 읽기'와 문학사적 좌표

1960~70년대 린위탕에 대한 수용과 이해는 *The Importance of Living*을 위주로 이루어졌다. 이 작품은 애초 미국(서양)을 대상으로 기획·편집한 중국 문화 지식이었음에도 불구하고 한국에서 대대적으로 유행하며 대중의 일상 속으로 깊게 파고들었다. 이와 맞물려 린위탕의 기본 형상은 세계적 교양을 갖춘 '코즈모폴리턴', 서양과 현대문명의 병폐를 비판하고 중국 전통문인의 한적철학을 표방하는 '동양의 지혜', 재치가 넘친 '유머대가' 이 세 가지 키워드로 구축되었다.

그러나 주목할 점은 린위탕이 막상 한국과 직접 소통할 때에는 항상 이런 기존 이미지와는 다소 다른 모습을 보여주며 린위탕 이해의 새로운 가능성을 열어줬다는 것이다. 예컨대 방한 직전에 『동아일보』를 통해 한국 독자에게 전하는 메시지에서 아시아 국가들이 하루빨리 보수적인 입장에서 벗어나 영광의 과거를 청산하고 근대화를 꼭 실현해야 함을 강조했다.[74] 그리고 2차 방한기간에는 시민회관에서 한국 대중에게 익히 알려진 그의 유유자적한 '동양의 긍지'를 설파하는 대신 '전진·전진·전진hurry, hurry, hurry'이라고 외치며 근대화를 독려했다. 최인훈, 차주환 등 지식인과 대담할 때에도 역시 "동양의 고매한 정신으로 (서양의) 병적인 것, 퇴폐적인 것, 지나치게 현미경적인 것을 배타해야 된다", "서구화에 대한 두려움을 가져선 안 된다", "서양의 형식을 모방한다고 해서 동양문화의 좋은 면에 손상이 가리라고는 생각하지 않는다" 하고 되풀이하며 서양문명을

---

74 「본지 독자를 위한 해외 석학들의 신춘논단 시리즈-아시아 근대화와 전통사상」, 『동아일보』, 1968.1.5.

비판한 것이 아니라, 오히려 한국의 근대화와 서구화를 적극적으로 옹호하는 편에 섰다.[75] 이와 더불어 1970년 서강대에서 학생들을 대상으로 강연할 때에는 "많은 젊은이들이 대학에 진학하여 집단교육을 받고 사회에 진출하는 것은 그런대로 의의가 있겠지만 그러나 무엇보다 중요한 것은 '자기 스스로에 의한 교육'을 통해 젊은이들이 자기계발을 해 나가야 한다"고 강조했다.[76]

그러나 매우 제한적인 시간에 또는 공간에서 이루어진 직접적인 소통은 그 효과가 미미할 수밖에 없었다. 앞서 제4장에서 분석했듯이, 린위탕이 시민강연을 할 때 개인과 국가의 근대화의 관계를 자세히 규명하지 않았기 때문에 그가 발언한 내용이 단순한 국가 프로파간다로 오해될 여지가 많았다. 그리고 린위탕은 빠듯한 방한일정에 쫓겨 한국 지식인과 보다 더 생산적인 지적 교류를 가질 수 없었다. 가령 1968년 최인훈과 대담할 때, "현대동양인이 서구사상의 침식과 전래의 동양적인 중압 때문에 이중의 고민을 지녔다"는 최인훈의 문제의식에 대해 린위탕은 다소 막연하게 동양인이 "동물적 신념", "건강한 생의 감각"을 지녀야 한다고 강조했을 뿐, 어떻게 "동양의 고매한 정신"으로 한국의 서구화의 부작용을 수정할 수 있는지에 대해서는 구체적인 방안을 제시하지 않았다. 그리고 2년 후 차주환과 대담을 가질 때에도, 린위탕은 유머를 단순한 우스갯소리나 익살로 생각하는 것이 잘못된 견해라고 지적하고, 또 문학에서의 유머가 깊은 뜻이 있다고 강조했지만 두 사람의 대화는 더 깊이 나아가지 못했다.

---

75 「임어당박사 대담 작가 최인훈씨 동양사상과 서구문명과…」, 『경향신문』, 1968.6.19; 「임어당 박사 차주환 교수 대담 펜총회－세계 지성을 찾는 작가와의 대화」, 『경향신문』, 1970.7.2.

76 「임어당박사는 서강대서 강연」, 『매일경제』, 1970.7.3.

그리고 린위탕이 서강대에서 가진 강연의 경우, 한국의 언론 지면에 개요만 보도되었을 뿐 구체적인 내용은 거의 전해지지 않았다. 이것은 1968년 시민회관 강연에 대한 태도—『조선일보』 제3면 전면 보도, 전국 중계방송 실시 그 이후에도 린위탕 작품에 계속 수록됨—와는 확연히 구별된다. 일찍이 교사를 거쳐 교장으로 재직한 경험이 있는 린위탕은 학생의 자기계발과 교육제도에 깊은 관심을 갖고 있었다. 그는 "진학을 위한 고시, 고시를 위한 교육"으로 요약될 수 있는 중국의 교육 문제에 대해 그 공리적 교육정책을 비판하고 "참 인간을 세우는 것立人"이야말로 진정한 교육의 목적이라고 강조하면서, 이런 맥락에서 구체적이고 생산적인 제안들을 상당히 많이 제출했다.[77] 그러나 그의 학생 강연은 한국 교육정책 추진과 대학생 통제에 불온 요소가 될 것으로 판단돼서 그런지는 모르겠으나 한국에서는 별로 조명받지 못했다. 한국 대중은 미디어를 통해 린위탕이 1968년에 인산인해의 시민회관에서 학생들에게 비틀즈 흉내나 내고 록큰롤이나 고고춤을 추는 방탕한 생활을 경계해야 한다고 강조한 사실만 익히 알고 있을 뿐, 2년 후 그가 서강대에서 학생들에게 구체적으로 어떠한 메시지를 전달했는지는 알 길이 없었다. 이것은 린위탕의 지知가 한국의 공적 권력에 의해 또 다시 한번 조종된 사례라고 할 수 있다. 요컨대 린위탕이 한국과 소통할 때에 그가 서양에서 흔히 사용했던 화법을 달리했지만, 이는 한국 사회에서 *The Importance of Living*을 통해 구축된 그의 주요 이미지에 실질적인 변화를 가져다주기에는 역부족이었다.

다른 한편으로 한국 출판계는 다양한 루트와 각도에서 린위탕의 지知를

---

77 린위탕의 구체적인 교육사상에 대해서는 林緋璠, 「林語堂的教育思想研究」, 閩南師範大學 碩士學位論文, 2020을 참고할 것.

도입하는 데 지속적인 노력을 경주했다. *The Importance of Living* 외에도 여러 작품이 번역되어 주목을 받았고, 린위탕에 대한 사상적 이해 역시 도가적인 측면에만 국한되지 않았다. 예컨대 린위탕의 *Wisdom of Confucius*1938는 1969년에 민병산에 의해 『에세이 공자』라는 제목으로 번역되어 현암사에서 출판되었는데 이 책은 『손자병법』, 『난중일기』와 함께 "대망의 70년대를 위한 기업과 인생의 지침서"로 계열화되면서 대대적으로 홍보되었다. 출판사(역자)는 오늘날 공자에 대한 망각이 "일종의 망은배덕한 짓일지도 모른다"고 통탄하면서,[78] 린위탕의 앎을 통해 노장, 도연명의 한적정신이 아니라, 고난·불후 속에서 불굴의 의지와 낙천적인 성격을 보여준 '인간 공자'의 형상을 추출해 부각시켰다.[79] 여기서 린위탕발 지식은 재치, 유머, 대중적 가독성, 인본주의의 특색을 여전히 유지하고 있지만, '행복론'이라기보다 '성공학'의 범주 속에서 의미화되었다. 이 책은 출판된 후 곧 『손자병법』과 나란히 서울과 지방의 베스트셀러 목록에 올랐다.[80] 이 책은 1974년에는 또 루이제 린저의 『고독한 당신을 위하여』와 함께 다시 베스트셀러 리스트에 올랐다.[81] 이외에 린위탕이 공자에 관해

78 민병산, 「머리말」, 린위탕, 민병산 역, 『에세이 공자』, 현암사, 1969, 2쪽. 번역 주체의 이런 발언은 비슷한 무렵에 중공정권이 대륙에서 문화대혁명을 일으켜 공자 타도 정책을 펼쳤다는 사실을 환기시킨다.

79 "가난 속에서 태어나 일찍이 양친을 여의고 외롭게 성장하지 않을 수 없는 공자. 이러한 불운이 공자로 하여금 뚜렷한 사명감을 불러일으키기 시작한다. 춘추전국시대의 사회적 혼란. 공자의 교의가 널리 알려지고, 여러 나라에서 그를 초청하지만 잇단 모함으로 끊임없이 편력하지 않을 수 없는 공자. 때로 미워하고, 때로 분노하여, 혹은 농담을 즐기고, 혹은 비꼬기도 하고, 음식과 복장에 대해 너무 지나치게 신경을 쓴 나머지 그의 아내가 달아나 버리고…… 그러나 공자는 비를 맞으며 노래를 부를 줄 알고 있었다. 인간의 척도는 인간이다 라는 이 인본주의사상은 이천여년이 지난 오늘날에도 우리들 속에 살아 있다."(「대망의 70년대를 위한 기업과 인생의 지침서!!」, 『경향신문』, 1969.12.22)

80 「전국의 베스트셀러」, 『중앙일보』, 1969.7.1·7.15·7.29; 이용희, 앞의 글, 「부록1」, 283~285쪽에서 재인용.

쓴 글이 『(대학)교양국어』, 송병수 저의 『공자』와 이기석 편역의 『교육세대를 위한 논어선』에 채택된 것[82]을 보면 린위탕의 공자론은 이 시기의 교육·지식계에서 어느 정도 인정·주목받았음을 알 수 있다.

이와 더불어 린위탕 일생에 걸친 종교적 추구의 궤적을 전경화한 *From Pagan to Christian*1959은 1977년 김학주에 의해 『이교도에서 기독교로』라는 제목으로 번역되어 태양문화사에서 출판되었다. 김학주는 역자 서언에서 이 책은 "그의 문필가로서 또는 학자로서의 일생을 총결산하고 인간 임어당으로서의 진실한 면모를 털어놓은 것"이라고 소개하면서, "종교인은 물론 모든 지성인들로 하여금 참된 인간으로서의 자기 자신을 발견하고, 세상을 올바른 자세로 살아가는 길을 모색하는 길잡이가 되어 줄 것"을 확신하고 있다. 그리고 책의 성격을 "동서양을 총망라한 세계적인 인간 정신사"로 규정하면서 기독교에서 출발해 공자의 인본주의와 합리주의, 노장의 도가사상, 선사상禪思想을 추구하던 그가 종국에는, "자연과학적 사고방법의 발달과 유물론적 우주관에서 온 현대의 혼란과 위기"를 해결할 정신적 대안으로 다시 기독교로 귀의한 종교적 행로를 자세히 설명했다.[83] 이 책은 1977년 3월부터 8월까지 계속 베스트셀러 리스트에 올랐다.[84] 요컨대 상술한 두 작품의 유행은 당시 독서계에서 린위탕의 한적철

81 「금주의 베스트셀러」, 『매일경제』, 1974.6.11.

82 린위탕, 「공부자의 일면」, 대학교양국어편찬위원회(편집대표 백철) 편, 『(대학)교양국어』, 일신사, 1964; 린위탕, 「부록 – 공자의 사상과 성격」, 송병수, 『공자』, 문장각, 1965; 한양출판사, 1971; 린위탕, 「어당이 본 공자사상의 근거」, 이기석 편역, 『교육세대를 위한 논어선』, 배영사, 1976.

83 김학주, 「역자서문」, 린위탕, 김학주 역, 『이교도에서 기독교로』, 태양문화사, 1977.

84 「금주의 베스트셀러」, 『매일경제』, 1977.3.29·4.5·4.12·4.26·5.3·6.7·6.14·8.23·8.30.

학에 대한 폐쇄적인 수용을 넘어, 동서양의 종교사상에 대한 그의 복수적 앎과 그 변모 과정을 적극적으로 접하려고 했던 한국 독서 주체들의 열망을 드러내 준다.

한편 이전 시기, 특히 식민지 시기와 달리 1960~70년대의 지식계는 린위탕의 작품을 소개하면서 그의 현실참여의 일면과 강렬한 민족의식과 반일정서를 분명하게 포착해 냈다. 예컨대 장심현은 1968년 『임어당전집』의 일환으로 *A Leaf in the Storm*을 『폭풍속의 나뭇잎』이라는 제목으로 번역 소개했는데, 이명규보다 일본어 역본인 『嵐の中の木の葉』1951에 실린 역자 다체우치 요시미의 작품 분석과 전쟁에 대한 문제의식을 더 충실하게 중역하면서 이 작품이 지닌 강렬한 항일의식을 비중 있게 소개했다.[85] 그리고 동일한 작품을 번역한 조영기 역시 역자 서언에서 소설의 항일적 성격을 집중적으로 조명했다. 그는 제명과 저자의 말을 빌려 일본 침략 세력의 야욕과 잔혹성을 상기시키면서 "일본의 학정 밑에서 신음했던 우리는 임어당의 이 말을 결코 남의 말로만 들을 수는 없을 것"이라며 연대감을 표했다.[86] 앞서 *The Importance of Living*의 한국어 역본을 내놓은 김병철 역시 작품의 반일 요소들을 더 정성들여 번역했다고 고백한 바 있다.[87] 이와 더불어 윤영춘은 린위탕의 항일발언을 여러 지면에서 반복 인

85 장심현, 「작품해설」, 린위탕, 장심현 역, 『폭풍속의 나뭇잎』(『임어당전집』 4), 휘문출판사, 1968, 462쪽.

86 조영기, 「서문」, 린위탕, 조영기 역, 『폭풍속의 나뭇잎』(『임어당전집』 3), 우리들사, 1976. 조영기에 대해서 좀 더 부언하자면 그는 우리들사에서 출간된 총 8권의 『임어당전집』의 작품 번역을 전적으로 도맡았다. 그는 "이번 본 전집을 번역하게 된 동기는 아마도 내가 동양철학을 전공했다고 해서 기회가 주어진 모양이나 솔직히 말해서 동양철학과 임어당의 작품 세계는 별개의 것임을 말하고 싶다"고 고백했다. 조영기의 말은 다소 지나친 면이 없지 않으나 그의 말에서 린위탕에 대한 출판사 측의 인식과 실제 작품 사이의 간극을 확인할 수 있다.

용하며,[88] 그가 "항일전쟁 중에 미국에 건너가 영문으로 일본을 통박하는 글을 써서 난처한 중국의 입장을 유리하게 했다"는 사실을 강조했다.[89]

린위탕 열풍에 힘입어 그의 가장 대표적인 소설인 *Moment in Peking* 또한 전수광, 윤영춘, 박진석, 민중서, 조영기에 의해 각각 번역 소개되면서 작품에 대한 독해방식도 1950년대에 비해 한결 풍부해졌다. 가령 쓰루타 도모야 역의 『北京の日』1940[90]을 저본 삼아 이 소설의 첫 완역본인 『북경의 추억』을 내놓은 박진석은 일본 역자의 문제의식을 옮기면서도 자신의 이해를 적지 않게 덧붙였다. 그는 이 소설이 노벨문학상 수상작 골즈워디의 『포사이트가의 이야기』에 비견할 수 있는 삼부작으로 1941년 노벨문학상 후보로 선정되었다는 사실을 상기시키면서, 여러 장면에서 톨스토이나 발자크의 면목이 약동하고 있다며 이 작품이 "동양문학의 대수확"을 넘은 세계적인 대작임을 강조했다. 이와 더불어 "부분적으로 일본인과 한국인들이 등장하는데 특히 후자의 경우 우리들이 얼굴을 붉히지 않을 수 없는 경우가 있다"며 민족적 주체의식을 드러내기도 했다.[91]

또 박진석, 전수광 등 역자들이 하나같이 이 작품에서 동양인으로서의 동질감을 읽어낸 가운데, 민중서는 소설의 "시대적 배경과 중국의 사회적 배경이 우리 독자에게는 다소 생소"하다고 사뭇 다른 평가를 내렸다.[92] 그

---

87 김병철, 「역자서문」, 린위탕, 김병철 역, 앞의 책, 3쪽.

88 윤영춘, 「五·四이후의 중국문학 林語堂 謝氷瑩」, 「중국문학사」, 백영사, 1965, 191쪽; 윤영춘, 「임어당의 방한」, 『조선일보』, 1968.6.13; 윤영춘, 「임어당의 생애와 사상」, 린위탕, 윤영춘 역, 『임어당의 생애와 사상 前篇』, 박영사, 1976, 19쪽.

89 윤여춘, 「해설」, 린위탕, 윤영춘 역, 『임어당신작에세이집』, 서문당, 1974, 314쪽.

90 林語堂, 鶴田知也 譯, 『北京の日』, 東京 : 今日の問題社, 1940.

91 박진석, 「해설」, 린위탕, 박진석 역, 『北京의 追憶(상)』(『林語堂文集』 3), 을유문화사, 1971, 2~3쪽.

92 민중서, 「머리말」, 린위탕, 민중서 역, 『마른 잎은 굴러도 大地는 살아 있다』, 영흥문화사,

런가 하면 조영기는 소설의 장르적 특징과 작품의 가독성에 더 눈길을 기울였다. 그는 철학적인 입장에서 많은 에세이를 발표한 린위탕이 이처럼 부드러운 소설을 썼다는 것은 확실히 경이로운 일이라며 그의 소설이 전혀 난해하지 않을뿐더러 범계층적 공감을 자아낼 수 있으며 소설을 통해 철학자로서의 임어당과는 전혀 다른 면모를 보여주고 있다고 지적했다.[93]

이 가운데 윤영춘이 제시한 작품 해설은 가장 문제적이다. 윤영춘은 린위탕의 "섬부한 지식과 유우머와 고결한 품위"를 감복·흠모하는 사람으로서 "그의 글이 어쩐지 마음에 들어서 우리에게 교양이 되고, 위안이 되고, 기쁨이 되고, 희망이 되고, 웃음이 되고, 살이 되고 피가 되기"[94]를 바라며 한국 지식인 가운데 가장 열정적으로 린위탕의 작품을 번역 소개했다. 윤영춘은 이 시기에 『생활의 예술』1968을 비롯해 린위탕이 1930년대에 쓴 소품문, 그리고 린위탕이 타이완에 정착한 후 발표한 최신의 글들[95]을 『임어당신작엣세이』1969, 『시공을 넘어서』1972, 『임어당신작에세이집』1974, 『임어당에세이선』1975, 『생각의 변』1976, 『임어당 에세이선집』1976, 『임어당의 생애와 사상』1976 등 여러 권으로 묶어 출판했다. 그는 작품 번역본에 실린 해설문을 포함해 여러 지면을 빌려 린위탕에 관한 글을 발표했다.[96]

1976.

93 조영기, 「번역노트」, 린위탕, 조영기 역, 『북경호일』(『임어당전집』 6), 우리들사, 1976, 7~8쪽.

94 윤영춘, 「역자의 말」, 린위탕, 윤영춘 역, 『임어당신작엣세이』, 배영사, 1969, 9쪽.

95 윤영춘은 린위탕이 타이완에 정착한 후 2, 3년 동안 "자유중국의 최고 우수 신문"인 『중앙일보』와 기타 언론 잡지에 발표한 글들을 모아 최근 출판된 책을 자신에게 직접 보내 주었다고 고백한 바 있다.(윤영춘, 「역자의 말」, 린위탕, 윤영춘 역, 『임어당신작엣세이』, 배영사, 1969, 9쪽)

96 해방기부터 1970년대까지 윤영춘이 한국어 역본이 아닌 다른 지면을 통해 발표한 린위탕 관련 평론의 서지사항은 다음과 같다. 「魯迅與林語堂」, 『대조』 3(4), 1948.12; 「수필문학」, 윤영춘, 『현대중국문학사』, 계림사, 1949; 「수필문학」·「五四이래의 중국문학」, 윤영

뿐만 아니라 린위탕의 방한 기간에 그의 일정을 일일이 안배해 주면서 그 어떤 한국 지식인보다도 린위탕과 가장 많은 대화를 가졌다. 주로 린위탕의 수필 작품을 번역·소개하는 데 힘을 기울인 윤영춘이 유일하게 특별한 관심을 보인 소설 작품이 바로 *Moment in Peking*이다. 그는 이 소설을 직접 번역했을 뿐 아니라 여러 지면을 통해 이에 대한 평론을 제출했다. 그러나 그가 내놓은 관련 작품 해설문들을 들여다보면 비슷한 내용이 계속 반복되고 있을 뿐 아니라 적지 않은 오독이 발견된다.

홍루몽과 비슷하다는 말도 있는 이 『북경호일』의 여주인공 만니와 그의 동생 목란은 전형적인 중국여성이었으나, 귀족 집안의 딸인 만니가 불란서 파리에서 공부를 마치고 고향으로 돌아오는 데서부터 이야기는 시작된다. 자유연애와 자유결혼 및 여성의 사회참여 등을 내세우며 새로운 사조에 흠뻑 물들어 온 만니가 집에 오면서부터, 봉건적으로 다져 있던 집안은 뒤숭숭해져 갔다. 그의 동생 목란은 전형적인 보수주의의 중국여성인 데 반하여 만니의 자유주의가 가정에 흘러 들어와서 두 파로 나눠짐에 따라 결혼문제조차 부모와 상반되는 입장에 서게 되었다. 부모는 그녀에게 우수한 몇 명의 청년들을 소개시켜 주고 빨리 그 중 한 명과 결혼하도록 강요하지만 그는 막무가내로 거부하고 자신의 몸담은 사회를 위해 무엇인가 할 수 있는 일만을 생각했다. 만니의 동생 목란은 집안에서만 키

춘, 『중국문학사』, 백영사, 1954; 「임어당문학의 세계성」, 『신태양』 5(4), 1956.4; 「중국학문의 실체－자유중국을 다녀와서」, 『동아일보』, 1962.6.2; 「수필문학」·「五·四이후의 중국문학 林語堂 謝氷瑩」, 윤영춘, 『중국문학사』, 백영사, 1965; 「임어당의 방한」, 『조선일보』, 1968.6.13; 「임어당의 방한」, 윤영춘, 『윤영춘 수상집－내일은 어디 있는가』, 문예출판사, 1969; 「임어당과의 대화」, 윤영춘, 『아름다운 인간상』, 서문당, 1973; 「수필문학」·「5·4 이후의 중국문학」, 윤영춘, 『현대중국문학사』, 서문당, 1974; 「임어당박사의 생애와 사상」, 『동아일보』, 1976.3.29; 「임어당의 인간과 사상」, 『독서생활』 7, 1976.6; 「임어당의 「北京好日」」, 윤영춘, 『윤영춘 수필집－나 혼자만이라도』, 일지사, 1976.

워진 가정적이고 보수적인 여성으로 매사에 있어 부모의 칭찬을 듣는다. 여기서 단란했던 가정은 자유주의와 보수주의의 두 파로 미묘한 갈등과 정신적인 고통을 겪는다. 만니의 고민과 괴로움은 더 말할 수 없었다.

가족을 저마다의 주장과 개성이 펼쳐지면서 중국의 이색적인 풍물, 전통적인 가정의 윤리관 및 기이한 습성 등이 파도처럼 펼쳐진다. 두 자매는 각기 자신이 택한 남성과 결혼하여 아이들을 낳는다. 이 아이들도 각각 부모의 영향을 받아 한 쪽은 자유주의, 다른 한 쪽은 전통주의로 흘러간다. 그러나 종말에 가서는 어느 쪽 가정에나 새로운 사조가 자연스레 받아들여지고 옛사조는 조용한 밀물처럼 밀려가고 만다. 이 소설은 남녀가 이상을 꿈꾸며 때로는 웃고 질투와 시기와 용서와 고민 속에서 살아가는 이야기로 인간생활의 고된 면에서도 명랑한 면을 그린 작품이다.

(…중략…)

중국 전통문학의 낙천적인 면을 보여주는 동시에 변화무쌍한 사회상을 종횡무진으로 그려냄으로써 공백상태에 있던 중국 창작계에 신풍을 불러일으켜 많은 인물들을 등장시켰다. 새로운 스타일로 등장한 인물은 80여 명이다. 등장인물들의 성격은 개성적이며 유우머러스하면서도 경쾌하고 명랑한 인물들이다.[97]

*Moment in Peking*에 대한 윤영춘의 평론은 여러 지면을 통해 확인할 수 있지만, 그가 1976년에 「임어당林語堂의 생애生涯와 사상思想」이라는 글을 통해 제시한 작품 해설이 가장 구체적이면서도 문제성을 드러낸다. 위 인용문에서 보여주듯이 여자 주인공의 이름부터, 그들의 성격·경력, 그리고

97 윤영춘, 「임어당의 생애와 사상」, 린위탕·윤영춘 역, 『임어당의 생애와 사상 前篇』, 박영사, 1976, 15~16쪽.

소설의 기본 플롯까지 *Moment in Peking*과는 상당한 거리가 있다. 이 글을 읽고 있노라면 전연 다른 작품을 소개한 것이 아닌가 하는 착각이 들 정도이다. 그는 또 다른 지면에서 *Moment in Peking*을 소개하면서 린위탕은 "중국사회에서 옛날부터 내려오는 폐습인 여성들의 전족纏足을 여성들의 육체에 뼈아픈 괴로움을 주는 것이라 하여 이 폐풍에 대해 강력히 반대했다고 지적했는데,[98] 이 또한 근거 없는 설명이다. 린위탕은 *My Country and My People*에서 특별히 "전족의 풍습"이라는 대목을 다루면서 전족을 통렬히 비판하기는커녕 오히려 이 풍습에 대한 기존의 편견을 바로잡으려 한다. 그리고 *Moment in Peking*에서 저자는 분명 여주인공인 목란의 눈을 빌려 "桂姐"라는 전족한 여성의 아름다움을 상세히 묘사한 바 있다. 이렇듯 윤영춘의 *Moment in Peking*에 대한 해설은 무난하게 알맞은 부분이 없지 않지만 많은 오류가 발견된다. 그가 내놓은 한국어 번역본을 보면 이명규 등 역자가 선택한 후지와라 구니오藤原邦夫 역의 『北京暦日』을 저본으로 삼아 원작의 줄거리를 번역했다. 그런데도 불구하고 작품 해설과 실제 번역본 사이에 왜 이렇게 명백한 간극이 나타나게 되었는지, 그리고 소설을 소개하는 데 있어서 어째서 맞는 설명과 오류가 있는 설명이 계속 여러 지면에서 번갈아 등장하게 되었는지는 현재로서는 그 이유를 알 수 없다. 1950년대에 이미 린위탕에 대한 불안정한 이해를 보여주었던 윤영춘은 이 시기에도 그 '불안정함'을 완전히 극복하지 못했다.

윤영춘은 일찍 해방기부터 린위탕을 주목하기 시작해 그의 생애와 사상을 입체적으로 조명하기 위해 여러모로 노력했고, 린위탕의 대중적 수

98 윤영춘, 「임어당의 인간과 사상」, 『독서생활』 7, 1976.6, 190쪽.

용과 이해에 있어 적지 않은 역할을 했다. 특히 그는 린위탕이 타이완에 정착한 이후 동시기의 활동 궤적과 창작 작품, 그가 방한 기간에 했던 사적 담화까지 상세하게 소개하며 한국에서 보다 동시대적인, 인간 린위탕의 모습을 더 가까이 접할 수 있게 해 주었다. 다시 말해 윤영춘은 주로 1930~40년대의 작품들, 특히 *The Importance of Living*을 통해 알게 된 과거시제의, 텍스트로서의 '린위탕'과 1960~70년대에 방한하여 한국 대중에게 직접 다가온 실제 린위탕 사이의 간극을 메워주는 데 있어서 적지 않은 역할을 했다. 그럼에도 불구하고 이 못지않게 중복된 관점과 에피소드를 지겨울 정도로 계속 반복하고 있을 뿐 아니라 여러 지면을 통해 린위탕의 생애 경력과 작품사상에 대한 잘못된 안내를 적지 않게 생산한 것도 사실이다. 위 사례는 그 단적인 예다.

물론 그가 이 시기에 발표한 수다한 린위탕론을 읽어보면 린위탕에 대한 그의 이해는 1950년대에 「임어당문학의 세계성」이라는 글을 발표했을 때에 비해서는 훨씬 진전해 있다. 그러나 오독 문제와 별개로 그는 같은 시기 린위탕을 적극적으로 소개한 여타 지식인과 특별히 구별되거나 그들을 뛰어넘는 문제의식을 보여주지 못했다. 윤영춘은 린위탕을 높이 평가하는 근거를 기본적으로 1950년대부터 제기한 '세계성'에 두고 있다. 중·영문학 전공자이며 비교문학적인 문제의식을 가지고 있던 윤영춘에게는 린위탕이 가장 빛난 점은 작품 자체의 가치보다 그의 세계적인 교양, 코즈모폴리턴적인 글쓰기 자세, 뛰어난 영어 실력이었다. 그렇기에 그는 영어로 쓰인 『북경호일』이 루쉰의 『아Q정전』보다 세계적으로 더 많은 독자를 가지고 있으며, 이 점에서 린위탕은 "행운아"로도 볼 만하다고 평가하기도 했다.[99]

이처럼 린위탕을 가장 열심히 소개하면서도 동시에 크고 작은 오류를 계속 보여준 윤영춘은 1960~70년대에도 그가 서술한 중국문학사에서 린위탕을 위해 지면을 할애했다. 그는 1965년판 『중국문학사』와 1974년판 『현대중국문학사』에서 1954년 초판 중 린위탕에 대한 설명을 그대로 유지하고, 또 추가적으로 그의 생애 경력과 작품사상에 관해 두 페이지 넘게 소개했다.[100] 그리고 린위탕을 셰빙잉謝冰瑩과 함께 「5·4 이후의 중국문학」의 마지막 부분에 배치했다. 이렇듯 그는 1936년 이후 중국 본토의 경계 밖에서 활동한 디아스포라였던 린위탕을 대륙 오사문학의 정통을 이은 작가로 재맥락화시키면서 그의 문학사적 의의를 확보했다.[101]

여기서 유의할 것은 당시 중국문학 학술계에서 유일하게 린위탕에게 특별한 문학사적 지위를 부여한 인물이 윤영춘이었다는 사실이다. 린위탕의 문학은 비록 이 시기에 독서·출판계에서 큰 센세이션을 불러일으키고 높은 명망을 얻었지만, 이 시기에 새로 출간된 몇몇 중국문학사, 가령 문선규의 『중국문학사』경인문화사, 1972, 김학주·정범진의 『중국문학사』범학도서, 1974에서는 여전히 뚜렷한 문학사적 의의를 획득하지 못했다. 상술한 저서들은 중국근대문학사의 흐름을 정리하는 데 있어서 린위탕을 아예 언급하지 않거나, 그가 1930년대 추진한 유머 소품문(운동)을 간략하게

---

99 윤영춘, 「작품해설」, 린위탕·윤영춘 역, 『북경호일』(『임어당전집』 3), 휘문출판사, 1968, 293쪽.

100 그는 여기서 대체로 큰 착오 없이 무난하게 썼지만 "중국의 고답적(高踏)인 정신으로써 관능적이며 이교도적인 서구사상에 대하여 도전하는 반면에 서구의 과학적 사고방식으로 중국의 봉건과 무능한 생활철학에 도전해 왔다"와 같은 논점은 재고할 여지가 있다.(윤영춘, 『중국문학사』, 1965, 190쪽)

101 참고로 그는 종종 린위탕에게 "끈질긴 대륙성"이라는 수식어를 붙였다.(윤영춘, 「서문」, 린위탕·윤영춘 역, 『임어당신작에세이집』, 서문당, 1974, 3쪽; 윤영춘, 「임어당론」, 린위탕·윤영춘 역, 『생각의 변』, 범우사, 1976, 16쪽)

소개하면서 "그의 글은 가벼운 재치로 유머와 풍자를 일삼고 있지마는 깊은 맛이 없어 싱겁다"고 평가한 것이 전부였다.[102] 이는 앞서 거론한 1958년 초판된 『중국문학사』 근세·현대편에서 차주환의 관련 논평과 맥을 같이 하고 있다.[103]

여기서 김학주가 다른 지면에서 제기한 린위탕론은 참조할 만하다. 그는 "임어당은 전통적 중국의 역사나 사상·문학 등에 대한 뛰어난 연구 업적은 적지만 세계의 수많은 지식인들에게 중국의 석학이라 인식되어 있고, 중국의 현대문학을 대표할 만한 두드러진 작품이 별로 없는데도 많은 사람들에게 중국의 대표적인 작가로 알려져 있다. (…중략…) 그의 저서에 담긴 세계적인 교양은 그를 중국의 석학으로 인식시키기도 하고 그의 예리하고 독특한 필치는 중국의 현대문학을 대표할 만한 작가라고 생각케 만드는 것이다"[104]라고 지적했다. 다시 말해 김학주의 입장에서는 린위탕의 성과는 흔히 '중국의 석학'으로 받아들여진 후스나 '중국의 대표적인 작가'로 인정받는 루쉰에게는 미치지 못하지만 그가 가진 세계적인 교양과 유머적 필법 덕분에 과대평가될 수 있었다는 것이다. 여기서 김학주는 비록 린위탕

---

102 김학주·정범진 공저, 『중국문학사』, 범학도서, 1975(1974), 436·445쪽. 린위탕의 문학사적 의의에 있어서 한국 중문학계가 취한 태도와 논조는 동시기 타이완의 중국문학사 저술에서의 그것과는 구별된다. 가령 류신황(劉心皇)은 1971년에 출판한 『現代中國文學史話』 제3권 「1930년대 문학이 중국에 끼친 영향(卅年代文學對我國的影響)」에서 제5장 「유머, 재미, 풍자, 한적 등에 관하여－『인간세』의 정간부터 린위탕의 주간 시리즈 간행물에 이르기까지(關於「幽默 風趣 諷刺 輕松」之類－由『人間世』的停刊到林語堂系列的刊物)」, 제6장 「린위탕의 시리즈 간행물을 논함(2)(再談林語堂的系列刊物)」, 제7장 「린위탕의 시리즈 간행물을 논함(3)(三談林語堂系列的刊物)」 3장의 분량을 할애하여 1930년대 린위탕의 유머소품문과 주간잡지를 중점적으로 소개하고 긍정적인 평가를 내렸다.(劉心皇, 『現代中國文學史話』, 正中書局, 1971, 제1장 pp.21~22를 참고)

103 구체적 논평 내용은 제3장 pp.111~112를 참고.

104 김학주, 「임어당의 생애와 저서」, 린위탕, 이성호 역, 『생활의 발견』, 범조사, 1975, 11~12쪽.

을 높게 평가하려는 의도에서 문제제기를 한 것이었지만, 린위탕의 작품 자체가 지닌 가치와 의의를 제한적인 것으로 본 것이 분명하다.

김학주의 이러한 문제의식은 당시 중국문학 학술계에서 린위탕과 그의 문학사상에 대해 가졌던 보편적인 시각을 잘 드러내 준다. 윤영춘이 비록 린위탕의 작품을 의식적으로 고평하고 그에게 문학사적 지위를 부여했지만 린위탕의 세계적 교양을 작품 자체의 가치보다 더 우선시하는 태도에 있어서는 김학주의 입장과 상통한다. 그리고 그가 1962년, 1976년에 각각 후스와 린위탕의 타계를 추모하며 발표한 글[105]을 보면 이들 두 사람에 대한 명확한 태도 차이를 포착할 수 있다. 그는 후스를 "20세기 동양학자의 최고일인자", "중국의 국보", "문학혁명의 국부"라고 치켜세우면서 "그가 문학뿐만 아니라 철학과 정치에 이르기까지 해박한 지식을 가졌을 뿐더러 외교관으로서도 높은 관록을 가진 희대의 불세출이었으니만큼 그에게 국가적으로 영예스런 칭호"를 선사해도 아깝지 않다고 최고의 평가를 부여했다. 이에 비해 그는 린위탕에 대한 추도문에서는 자신과 수년간 교류했던 옛 친구를 회고하는 논조를 취했으며 다소 소박하게 린위탕의 생애와 사상을 살펴봤다. 윤영춘에게 린위탕은 흠모·존경할 대상이지만 문학사적 위상에 있어서 후스와 명확한 거리가 있다.

사실 린위탕 문학은 이 시기에 뜨거운 사회적 열풍을 불러일으키며 집중적으로 출간되었음에도 불구하고, 중문학계로부터 그 문학사적 의의를 인정받지 못했을 뿐 아니라, 1950년대 한국의 중국근대문학 독서장에서 차지했던 독보적인 위상 역시 이미 희미해졌다. 1960~70년대가 되면 루

105 윤영춘, 「중국문학혁명의 아버지」, 『동아일보』, 1962.2.27; 「임어당박사의 생애와 사상」, 『동아일보』, 1976.3.29.

쉰, 위다푸郁達夫, 쉬즈모徐志摩, 주쯔칭朱自清, 쉬디신許地山 등 1920~30년대에 활동했던 대륙작가의 작품들이 서서히 등장하기 시작한다. 특히 루쉰의 경우, 정종현의 통계에 의하면 1960~70년대에 총 19종의 번역본이 출간되었고, 각종 세계문학전집 · 선집의 중국 파트에 확고한 자리를 차지했다. 이 가운데 이가원은 1973년에 동서문사 『세계문학사상전집』의 일환으로 루쉰 번역서 중 가장 많은 수의 작품을 수록한 『아Q정전 · 광인일기』를 내놓았다.[106] 그리고 1950년대와 달리 이 시기에는 타이완문학에 대한 관심이 명확하게 대두했다. 예컨대 셰빙잉謝氷瑩, 천지잉陳紀瀅, 린하이인林海音, 왕란王藍, 황춘밍黃春明, 바이셴융白先勇, 자오쯔판趙茲蕃의 문학작품과 위츠원尉遲文, 워룽성臥龍生 등의 무협소설류가 활발하게 출간되었다. 이 가운데 타이완 여성문학에 대한 권희철의 번역 소개 작업은 특기할 만하다. 그는 1960년대 초반부터 1970년까지 『여원』, 『자유문학』, 『중도일보』 등을 통해 약 100여 편의 타이완 여성문학을 번역했는데,[107] 특히 그가 1965년에 여원사에서 출판한 『중국여류문학20인집』은 베스트셀러가 되어 널리 읽혔다. 또 1967년에 신태양사판 『20세기세계여류문학선집』에 셰빙잉, 퉁전童真, 치쥔琦君, 린하이인林海音, 아이메이艾枚 등 타이완 여성 작가의 작품을 수록하기도 했다. 이렇듯 1960~70년대의 중국 근대문학장은 1950년

106 루쉰, 이가원 역, 『아Q정전 · 광인일기』, 동서문화사, 1973. 정종현, 앞의 글, 「부록 : 루쉰 작품 번역목록(1945~1980)」, 96~99쪽을 참고. 한국에서 루쉰 작품의 유통은 그에 대한 일련의 순치 · 변형 작업을 거쳐서야 비로소 가능했다. 이 시기 출판된 각종 교과서, 인문교양, 루쉰선집, 세계문학전집 속에 루쉰이 배치되는 각각의 방식을 분석한 정종현은 이 시기에 루쉰은 그의 경력의 초창기에 초점이 맞춰져 휴머니즘, 계몽주의자 나아가 반공주의자로 변형되었다고 지적했다.

107 「문화단신－권희철 허세욱씨에 중국문예장장」, 『경향신문』, 1970.5.1.(최진석, 「근대/중국/여성의 자기서사와 1940~1960년대 한국의 중국 이해 — 셰빙잉(謝氷瑩) 자서전의 수용사를 중심으로」, 『한국근대문학연구』 18, 한국근대문학회, 2017, 93쪽)

대에 비해 훨씬 활성화해졌다고 할 수 있다. 이런 맥락에서 린위탕의 문학은 더 이상 중국 근대문학을 접할 수 있는 최적의 대안으로 기능하지 못했으며, 중국문학의 간판으로 기능했던 그의 역할 역시 크게 약화되었다.

린위탕은 루쉰, 주쯔칭, 셰빙잉, 위다푸, 쉬즈모 등과 함께 중국 근대문학, 또는 수필문학을 대표하는 작가로 각종 세계문학전집·선집의 중국편에 실리는 경우가 종종 있었지만,[108] 루쉰·위다푸나 셰빙잉을 비롯한 몇몇 타이완 작가에 밀려 중국편에 아예 포함되지 않은 경우도 적지 않다. 예컨대 1966년 계몽사판 『세계단편문학전집』, 1971년 삼진사판 『세계단편문학전집』의 중국편에는 루쉰·쉬즈모·위다푸·셰빙잉·천지잉·왕란·쉬쑤徐速 등 여러 작가의 작품이 수록되었는데, 정작 동시기 한창 출간되었던 린위탕의 작품은 여기서 제외되었다.[109] 그리고 1976년 김상일이 편역한 『세계단편문학전집』 제12권에서 루쉰과 위다푸의 작품이 중국편을 대표하고 있는 것에 반해 린위탕은 타고르와 함께 제19권에 배치되었다.[110] 요컨대 1950년대의 루쉰 작품과 타이완문학에 대한 소극적인 수용 태도가 변화를 보이면서 중국문학장에서 중국도 서양도 아닌 애매한 경계선에 서 있는 린위탕 문학의 입지는 사실상 매우 불안정해지며 축소되었다.

그리고 마지막으로 중문 학계, 중국문학장의 지형을 넘어 당시 린위탕 열풍의 배후에 한국 지식계에서 그에 대한 보편적인 시선이 어떠했는지 이병주의 회고문을 통해 조망해 보겠다.

---

108 「부록 2」: 5·6·7·8·10·11·20·40·54·55번 책 서지사항을 참고할 것.

109 김광주·조연현 편, 『세계단편문학전집 7－동양편』, 계몽사, 1966; 김광주·김기태 편, 『세계단편문학전집 8－亞阿篇』, 삼진사, 1971.

110 김상일 편역, 『세계단편문학전집』 12·19권, 금자당, 1976(미도문화사, 1978).

재치가 넘칠 만큼 박식한 인사이긴 하나 대大 자字가 붙을 문인은 아니란 얘기도 나왔고 그 정도로 동양의 사상을 분석적으로 이해한 사람이라면 동양 문인으로선 제일급이 아니겠느냐는 얘기도 나왔다. **그러나 결론적으로 말해 노신에겐 비유할 수 없는 인물이란 데 낙착되었다.** 그리고 아까운 재주가 그 보람과 빛을 다하지 못한 사례 가운데의 하나일 것이라고 아쉬움을 표명하는 사람도 있었다.

하여간 임어당씨를 통해 얻은 결론은 대재大才일수록 가장 큰 문제, 가장 중요한 문제를 스스로의 문제로 하고 정진해야 하며 지사志士적인 기백과 정신으로 관철해야 하지, 그렇게 하지 못했을 땐 모처럼의 재능이 되려 회한의 씨앗이 된다는 것이다.

임어당의 경우엔 합당하지 않은 말이지만 지사적인 기백과 정신이 결여된 문학은 끝끝내는 허망한 것으로 되고 만다. 어떤 평자는 유우머를 찾기 위해선 자기 어머니의 치맛자락을 뒤질 사람이라고 임어당을 평하기도 했다. 아닌게 아니라 그는 공자까지도 유우머의 재료로 하는 데 서슴치 않았다. 그만큼 임어당의 태도엔 지나친 데가 있고 재치에 넘쳐 범한 과오가 한두 가지가 아니다.(강조는 인용자)[111]

이병주는 린위탕의 타계를 계기로 이 회고문을 쓴 것으로 보인다. 이병주 일행의 린위탕에 대한 인물평은 그들이 1971년에 타이완 갔을 때 린위탕을 방문하려던 계획이 무산된 후에 나온 것[112]이니만큼 과한 면이 없

---

111 이병주, 「臺灣, 林語堂, 日本人」, 『李炳注 世界紀行文－바람소리 발소리 목소리』, 한진출판사, 1979, 117~118쪽.

112 이병주의 회고에 의하면 그들 일행은 타이완 고궁박물관을 관람하고 나서 "마침" 린위탕의 저택이 근처에 있다는 이야기를 듣고 무작정 찾아가기로 했다. 그러나 당시 린위탕의 딸이 미국에서 교통사고로 사망해 린위탕이 미국에 가 있었을 때라 방문이 성사되지 못했다.(의사소통의 문제였을지 모르나 린위탕 부부는 실은 큰딸이 타이완의 숙소에서 자살한 것에 상심해 홍콩에 살고 있던 둘째 딸의 집으로 이주했다.) 이 와중에 린위탕의 자택을 지키던

지 않지만, 출판계나 관변의 린위탕에 대한 정전화 분위기 너머 지식계 일각에서 그의 문학사상에 대한 개인적 태도를 입체적으로 노정해 보여줬다는 점에서 그 가치가 있다. 이들 지식인은 대체로 린위탕의 의의를 일정 정도 인정하고 있으면서도 루쉰에게 못 미친다는 데 의견을 같이 하며 "아까운 재주"를 가장 큰 문제, 중요한 문제에 쓰지 못했다는 점에 아쉬움을 표하고 있다. 이러한 평가는 대체로 린위탕의 '세계적인 교양', '한적 철학', '유머' 등의 고정적인 이미지를 겨냥해 나온 것들인데 당시 한국의 중문학계뿐만 아니라 사실 오늘날 중국 대륙에서의 린위탕에 대한 보편적인 시각과도 상통한다.

린위탕의 문학사상에는 분명 "지사志士적인 기백과 정신"이 함축되어 있다. 그는 중일전쟁 시기 중국 전통문화의 정수를 서양에 소개해 중국의 국제적인 이미지를 제고하고, 서양의 언론 지면을 통해 수많은 영문 시사평론을 발표함으로써 항전 중인 중국의 민족의식을 강조했다. 다시 말하면 그는 '문사文士'로서 당시 중국이 직면하고 있던 가장 절박한 문제에 최대한의 노력을 쏟았다고 할 수 있다. 그리고 인도의 전통사상을 포함해 동양고전을 영역하는 작업에 있어서는 린위탕보다 더 적극적인 인물은 드물었다. 또 1960년대 중후반부터 타이완의 언론 지면을 통해 당국의 문화·언어·교육정책과 현황에 대해 발언했을 뿐 아니라, 1967년 12월 22일에 장제스에게 직접 '상서上書하여' 당시 문화부흥운동 추진 과정에서 나타난 문제점을 피력하기도 했다.[113] 그 밖에도 린위탕은 유교의 발전 방향을 모색하고, 혼

노인은 린위탕의 속사정도 모르고 불쑥 방문한 이병주 일행을 다소 거친 태도로 대했다.

113 「林语堂上蒋中正书」(1967), 林语堂故居所藏书信资料. 서신 내용은 洪俊彦, 「近鄉與盡情－論林語堂在台灣的啟蒙之道」, 國立中央大學 碩士學位論文, 2011, p.72을 참고.

자의 힘으로 1,720쪽에 달하는 중영대사전을 편찬하고, 홍루몽 연구를 추진하는 등 일련의 실천적인 모습을 보여줬다.

그러나 이러한 다층적인 린위탕의 상은 1960~70년대의 한국에서 개체적인 차원에서는 포착되었을지 몰라도 대중적 수용에 있어서는 매우 굴절된 방식으로 취사선택되었다. 한국 언론계는 동시기 린위탕의 활동을 별반 보도하지 않았고, 보도한다 해도 대체로 짤막한 몇 마디로 요약하고 말았다.[114] 비록 린위탕 본인과 지식계 일각에서 교양·한적·유머를 넘어 그를 달리 읽을 수 있는 시야를 열어주기도 했지만, 그것은 대대적으로 정전화된 *The Importance of Living*을 통해 정착된 주류적 수용 태도를 뒤흔들 수 있는 역량이 되지 못했다. 결국 린위탕은 "대大 자字가 붙을 수 없는 문인"으로 여겨졌고, 유머를 찾기 위해 "자기 어머니의 치맛자락을 뒤질 사람"이라고까지 평가되었다. 요컨대 중국 전통문화/도가사상, 유머의 자원은 린위탕에게 상하이, 구미, 한국에서 커다란 후광을 얻게 해준 동시에 평생 벗어나지 못할 족쇄를 씌웠다(물론 그가 이러한 후광과 족쇄에 계속 안주하려고 했던 측면도 같이 상기해야 한다).

쉬쉬徐訏는 만년에 린위탕을 회고하면서 "우리는 항상 예술가나 시인의 낭만적인 생활 또는 그의 작품 속의 어떤 특유한 취향에 매혹되어 그의 엄숙한 일면을 망각하기 쉽다"고 지적한 바 있다.[115] 린위탕의 수용과 이해에 있어 1960~70년대의 한국 사회만큼 쉬쉬의 말을 입증한 사례는 달리 찾아보기 어려울 것이다.

---

114 「「紅樓夢」作者하나 林語堂박사의 主張」, 『경향신문』, 1967.5.5; 「한자어휘 대폭 줄여 신문선 상용자 채택」, 『동아일보』, 1969.11.4.

115 徐訏, 「追思林語堂先生」, 子通 主編, 『林語堂評說70年』, 中國華僑出版社, 2003, p.138.

제6장

1980년대 이후, '세계 지성'의 잔열殘熱과 주변화

1960~70년대에 대대적으로 출판되었던 린위탕 문학은 1980년대에 접어들어서도 그 열기가 식지 않으며 약 55종이 출판되었다.[1] 하지만 그 가운데 시종에 이미 출간된 책이 재판된 경우가 상당하며 새로 출간된 서적은 약 24종이었다.[2] *The Importance of Living*을 위시한 수필 작품이 압도적인 비중을 차지했다. 이 가운데 대호출판사, 성한출판사는 1976년 우리들사에서 출판된 조영기 역의 전8권 『임어당전집』을 다시 출판했고 휘문출판사도 1968년 본사 출판의 『임어당전집』을 재판했다. 대호출판사

1 자세한 서지사항은 〈부록 4〉를 참고.

2 이 시기에는 대체로 이전에 이미 소개된 작품이 계속 번역 출판되었다. 이 중에시 김광렬, 진영희의 번역활동을 주목할 말하다. 김광렬은 1986년에 린위탕의 *Famous Chinese Short Stories*(1948)에 수록된 전 20편을 모두 번역해 『붉은 수염의 야망(野望)』이라는 제목으로 토판에서 출판했다. 그리고 린위탕의 *The Gay Genius : The Life and Times of Su Tungpo*(1947)가 진영희에 의해 『소동파평전』으로 처음 번역되어 지식산업사에서 출판되었다. 훗날 영남대 중문과 교수 이장우는 신문 지상에 서평을 발표하기도 했다.(이장우, 「임어당 「소동파평전 쾌활한 천재」의 예술과 사상풀이」, 『조선일보』, 1988.1.8)

의 경우, 『임어당전집』을 "정서의 순화와 교양의 완성을 돕는 양서", "동양이 낳은 세계적 대석학이자 진정한 의미의 코즈머폴리턴인 임어당의 사상과 문학의 총결산"이라며 신문에 대대적인 홍보를 했다.[3] 인생론이나 에세이류에 대한 사회적 소비가 지속되면서 린위탕 역시 이러한 맥락에서 "박종화 3대 걸작", "톨스토이 인생론 전집"과 함께 스테디셀러로 계속 읽혔다.

1980년대 『경향신문』의 "여적", 『조선일보』의 "만물상"과 "이규태 코너" 등 칼럼을 비롯한 신문 지면에서는 주도酒道, 꽃, 나무, 음식 · 요리, 담배, 비, 봄 · 가을 · 계절, 독서, 여행, 예술, 유머, 웃음, 가정, 문명, 행복, 인간성, 공자, 중용정신, 독재, 교육, 체면, 무측천武则天, 한자, 경노敬老사상 등에 관한 린위탕의 아포리즘이 계속 활발하게 인용되었다. 1960~70년대에 이미 인용했던 문장을 계속 되풀이하는 경향이 있는 가운데, 새로 추가된 아포리즘의 수도 적지 않다. 그리고 이전처럼 린위탕발 지식을 그대로 인정하고 사용하는 경우도 많았지만, 간혹 "그 사람 특유의 익살로 돌려야지 현실은 그렇지 않다"거나 린위탕의 "꾸짖음에 모반이라도 하듯" 한다거나 하는 식으로 그의 메시지를 부정하는 사례나 린위탕이 예찬한 한적 · 행복한 삶이 "이제 영 멀어져가는 것 같"다고 개탄하는 사례도 종종 섞여 있었다.[4] 그 사용법이 어찌되었건 린위탕의 앎은 1980년대에도 한국 사회의 일상과 계속 밀접하게 연동되었던 것이 확실하다. 이와 맞물

---

3 「韓國讀書界 36年史上 代表的 롱셀러 全集群 3가지를 大廉價 長期割賦 同時配本!!」, 『경향신문』, 1981.2.24 · 2.25 · 3.5 · 3.11.

4 「여적」, 『경향신문』, 1980.4.21; 「데스크送年에세이82 두려운 活字의 魔術」, 『경향신문』, 1982.12.27; 「工場」에 맡긴 입맛」, 『동아일보』, 1984.1.19; 「악수」, 『매일경제』, 1984.11.19; 허유(시인), 「표준人生」, 『매일경제』, 1984.6.16; 「計量할수없는 행복」, 『매일경제』, 1987.8.29.

려 *The Importance of Living*은 여전히 각종 양서 · 애독서 리스트에 올랐고,[5] 구인환은 "어찌 파스칼의 『팡세』나 임어당의 『생활의 발견』을 안 읽고 인생이나 생활을 통찰할 수 있"는가 하고 호소하며,[6] 권덕주는 "우리 집에만 해도 이 책은 세 권이나 뒹굴어다니고 있다"고 고백하면서 이 작품에 "삶의 지혜가 한아름 가득"히 담겨 있다고 높이 평가하기도 했다.[7]

1960~70년대에도 그러했지만 1980년대에 더욱 극명하게 나타난 것은 린위탕의 지知가 '중국 문화 · 지식'이라는 특정한 영역보다 더 보편적인 '인생론'의 범주에서 호소력을 유지 · 발휘했다는 것이다. 이 시기에 *The Importance of Living*을 번역한 책 제목을 살펴보면 "생활의 발견", "생활의 예술", "생활의 지혜", "처세론" 등 1960~70년대에 이미 사용했던 제명 이외에, "임어당인생론", "현대인의 영혼을 위한 임어당 인생론 : 인생을 위하여 행복을 위하여", "임어당 인생론 : 생활의 발견", "생활인의 철학" 등등 "인생"이라는 키워드를 내세운 표제들을 다수 찾아볼 수 있다. *The Importance of Living*뿐만 아니라 1968년 휘문판 주요섭 역의 『나의 조국 나의 겨레』마저도 이 시기에 재판되면서 "왜 사느냐고 묻는다면"이라는 표제를 앞세웠다. 린위탕의 여타 수필집 가운데 『인생을 읽어라 — 임어당의 웃음』대우출판공사, 1983, 『젊은이들에게 주는 글』효종출판사, 1984, 『임어당 수상록 — 참사랑 · 참인생 · 참예술』융성출판사, 1985, 『임어당 대표 인생론 — 인생을 어떻게 살 것인가』백양출판사, 1987 등 타이틀로 재포장된 것도 적지

---

5 「고교생들 양서읽기 활발」, 『경향신문』, 1980.10.6; 「읽을만한 책」, 『동아일보』, 1984.7.14; 「이 가을에 읽을만한 책」, 『조선일보』, 1984.9.20; 「여대생 애정소설 많이 읽는다」, 『동아일보』, 1982.5.27; 「「청소년권장도서」 발표」, 『동아일보』, 1986.7.30.

6 구인환, 「책 안 읽는 「빈수레」」, 『동아일보』, 1982.9.27.

7 권덕주, 「林語堂의 「生活의 發見」 「삶의 智慧」가 한아름 가득」, 『동아일보』, 1984.1.7.

않았다. 여기서 짚고 넘어가야 할 것은, 『젊은이들에게 주는 글』이라는 책은 다름 아니라 1957·1958년 김신행 역의 『임어당수필집』과 『무관심』을 거의 그대로 합치고 김신행의 부분적인 작품 해설까지 포함한 해적판이라는 사실이다. 한때 한국 지식인이 사회비판과 자아성찰을 하는 데 "고귀한 영양소"가 담겨 있다고 평가되며 정치적 연대감을 불러일으켰던 이 두 수필집은 30년이 지나 "철학을 읽지 않고 직접 인생을 읽는 생활에세이"로 그 이미지가 확연히 변모되기에 이르렀다.

이러한 전유 과정 속에서 린위탕의 지知는 그 안에 함축돼 있는 순 '중국적인' 정체성과 그 시사성이 더 탈색되고 주변화되었다. 사실 1960~70년대 린위탕 열풍 와중에도 중국 지식으로서 린위탕의 앎이 지닌 가치를 부정하는 목소리가 뚜렷이 나타났다. 가령 김광희는 1975년에 「중공의 스포오츠 술수術數」라는 글을 발표하여 "오늘날 중공과 중공인은 1930년대에 임어당이 지적한 그러한 중국인은 아니고 더구나 옛날 중국인과는 거리가 멀다"고 밝혔다. 또 1976년 『경향신문』에 실린 「타계한 중국 석학 임어당의 생애」라는 글에서 글쓴이는 린위탕의 영어 저작 대부분은 "서양인에게 중국을 이해시키기 위해 전체적으로 변형된 중국의 모습을 부각, 중국의 현실과는 유리되어 있"다고 평가했다.[8] 요컨대 린위탕이 일상 속에 깊이 스며든 지적 기제로서 한국 사회의 범계층적 교양과 심성 양성에 중요한 영향력을 끼친 것은 사실이었지만, '실제 중국/중공'을 접할 수 있는 유용한 통로로는 간주되지 않았던 것이다.

냉전 한국의 공론장에서 '중공'은 이데올로기적인 측면에서 금기시되

8 김광희, 「중공의 「스포오츠術數」」, 『동아일보』, 1975.12.11; 「타계한 중국석학 임어당의 생애」, 『경향신문』, 1976.3.29.

었지만 '지피지기'의 명목 하에 최소한의 지적 접촉과 관련 지식의 생산은 가능했다. 대표적으로 국가권력이 추진하고 미국의 지원을 받은 '외국도서 번역사업 5개년 계획'의 일환으로 『중국미술사』휴고 만스터버그, 박충집 역, 문교부, 1957, 『중국문화사총설』钱穆, 차주환 역, 한국번역도서, 1959, 『중국 선사시대의 문화』앤더슨, 김상기·고병익 역, 한국번역도서, 1959, 『중국문학사』胡云翼, 장기근 역, 한국번역도서, 1961, 『중국고대철학사』胡適, 민두기 외역, 대한교과서주식회사, 1962 등 번역 서적이 출간되었다. 사상계사는 1950년대 후반부터 '사상문고' 시리즈를 기획하여 『중국공산당사』김준엽, 1958, 『중국최근세사』김준엽, 1963, 『공산정권하의 중국(상/하)』周鯨文, 김준엽 역, 1963 등 중공 관련 서적을 출판했다. 그리고 1957년에 설립된 고려대 아세아문제연구소는 국제학술회의를 개최하는 등 학술적인 차원에서의 중공연구를 지속적으로 추진했다. 그 가운데 김준엽이 일부 학술성과를 모은 『중공권의 장래―아세아에 있어서의 공산주의』범문사, 1967는 이봉범이 설명하듯이 문화대혁명, 수소탄실험 등 격동하는 중공의 실태뿐 아니라 마오주의의 세계적 확산, 중공의 직간접적인 영향 속에 있는 북한, 베트남, 필리핀, 인도네시아, 캄보디아, 인도 등을 포괄한 아시아 전역 공산주의에 대한 최초의 종합적 연구였다.[9] 한편 김상협은 1964년에 파격적으로 지문각에서 『모택동사상』을 내놓았는데 이 책은 이후 판을 거듭하며 계속 읽혔다.

1970년대에 이르러 각종 중공연구서가 활발하게 출간되는 가운데 리영희는 『전환시대의 논리』창작과비평사, 1974, 『8억인과의 대화』창작과비평사, 1977, 『우상과 이성』한길사, 1977 등 저술(역술)을 통해 한국의 중공 이해의

9 이봉범, 「냉전과 두 개의 중국, 1950~60년대 중국 인식과 중국문학의 수용」, 95쪽.

전환에 중대한 영향을 끼쳤다. 이와 함께 신문저널리즘이 중공 관련 지식을 대중적으로 대량 보도했다. 예컨대 1971년에 『매일경제신문』에 73회에 걸쳐 '이것이 중공이다'라는 시리즈1971.8.20~12.30가 기획되었으며 1979년에 『동아일보』에 9회에 걸쳐 「모습 드러나는 중공의 문화」1979.1.22~2.21가 실렸다.[10]

중공에 대한 지적 관심 내지 우호적 시선은 1980년대 한·중공 사이의 해빙무드가 본격적으로 대두되면서 더욱 가시화되었다. 1984년 한길사에서 덩샤오핑鄧小平, 자오쯔양趙紫陽 등 중국 최고지도층의 글을 모은 『오늘의 중국대륙』[11]을 신호탄으로 일시에 출판사들이 정치 분야뿐만 아니라 경제·사회·역사·문학 등 다방면의 중공 관련 서적을 서로 경쟁적으로 출간하는가 하면, 대형서점들은 독자를 위해 중공 서적 코너까지 따로 마련했다.[12]

어찌 보면 한때 해방기에 구축된 중국 지식망 속에서 린위탕이 차지했던 '계륵'과 같은 위치가 이 시기에 이르러 다시 재현되었다고 할 수 있다. 비록 1983년 핫이슈였던 중공 여객기 피납사건[13]이나, 1986년 아시아경기대회 참가차 서울을 찾은 중공대표단을 거론할 때에도 린위탕의 중국국민성론이 종종 소환됐지만,[14] 그가 제공한 중국 문화·지식은 1980년대에 극적으로 국내에 착륙한 중공에 대한 한국 사회의 지적 갈증을 채워주기에는 역부족이었다.

---

10 1950~70년대 한국의 중공 지식 생산 과정에 대해서는 이봉범, 위의 글, 91~97쪽을 참고.
11 『오늘의 中國大陸 – 정치 사회 경제 사상의 변동과 지향』, 유세희 편, 한길사, 1984.
12 「출판가에 "중공 열풍"」, 『조선일보』, 1985.2.20.
13 1983년 한국에 불시착한 중공민항을 구하기 위해 중공 대표들이 한국을 찾았던 사건.
14 「여적」, 『경향신문』, 1983.5.9; 「談談打打…협상의 명수(名手) 심도(沈圖)대표 기자가 본 「불시착홍정」테이블」, 『동아일보』, 1983.5.10; 이채주, 『서울에서 본 북경』, 『동아일보』, 1986.9.24.

전전에는 우리나라에서도 많이 읽혀졌고 노신보다도 훨씬 유명했던 임어당도 지금은 여러 가지 뜻에서 독서가의 주변에서 잊혀져 가고 있는 지성인인 만큼 그는 알 만한 사람만이 알고 있다는 것이 현재 실태이다.

임어당이 여러가지 의미에서 등한시되기에 이르는 이유로는 그가 중국대륙에서 떠나 오랫동안 외국에서 살았고, 중국에서는 반동파라는 낙인이 찍혀졌다고 하는 정치적 사상적 원인이라든가, 영어로 쓴 저서가 태반인 데다가, 또한 코스모포리탄으로서 살아왔기 때문에, 반은 국적이 없는 문학자가 되어버렸다는 것과, 지나치게 다방면의 분야에 걸쳐서 일을 해왔기 때문에 도리어 업적이 분산화 되었다는 것 등을 생각할 수 있겠다.[15]

김동사는 1982년에 *The Importance of Living*을 번역하면서 당시 독서가에서 린위탕의 실제 처지를 위와 같이 설명했다. 린위탕의 작품은 1980년대에 계속 적지 않게 출판되었는데도 불구하고 그의 전성기는 이미 1960~70년대의 순치 과정에서 종결되었고, 인생론의 한구석에 정착된 채 "알 만한 사람이 알고 있는" 처지로 전락했다는 것이다. 1950년대부터 한국에서 린위탕 문학을 수월하게 유통될 수 있게 해주고 높은 명망까지 안겨줬던 기반들, 예컨대 오랫동안 대륙과 절연된 디아스포라의 삶, 반공적 정치 이데올로기, 유창한 영어 글쓰기, 코즈모폴리턴이라는 정체성, 그리고 복수적 앎이 1980년대에 와서는 역설적으로 그를 "여러 가지 의미에서 등한시"하게 만드는 악조건으로 간주되었다. 하긴 온전한 중국 대륙성이 보장된 본토 작가들, 예컨대 라오서老舍, 바진巴金, 진서우오우秦瘦鷗, 마오둔

15 김동사 역, 「임어당의 인간과 사상」, 『임어당인생론』, 내외신서, 1982.

茅盾 등 민국시기부터 활동했던 중국 근대문학의 대표 작가뿐만 아니라, 루신화盧新華, 장셴량張賢亮, 량샤오성梁曉聲, 구화古華 등 중공 '문혁'이후 신시기 문학新時期文學 작가까지 서서히 도입 가능해진 시대적 국면[16]에서 린위탕의 '혼혈적인' 문학은 인생론의 영역에서 계속 살아남았을지는 몰라도 중국 문학장에서는 잉여의 운명에 놓일 수밖에 없었다.

김동사가 짚어준 린위탕의 주변화 실태는 곧 1989년 중앙일보사에서 획기적으로 출간된 전20권의 『중국현대문학전집』을 통해 적나라하게 입증되었다. 이 전집은 소설 16권, 산문 1권, 시 1권, 극본 1권, 평론 1권 총 20권의 규모로 루쉰을 비롯하여 예성타오葉聖陶, 위다푸, 마오둔, 샤오쥔蕭軍, 샤오훙蕭紅, 라오서, 차오위曹禺, 선충원沈從文, 자오수리趙樹理, 바진, 딩링丁玲, 뤄광빈羅廣斌, 양이옌楊益言, 우윈둬吳運鐸, 저우리보周立波, 루즈젠茹志鵑, 천룽諶容, 저우커친周克芹, 왕멍王蒙 등 1920년대부터 1980년대 후반까지 각 시기의 중국·중공 현대문학의 발전 흐름과 경향을 대표하는 주자들, 그리고 이전에 이미 소개된 바 있는 바이셴융白先勇, 자오쯔판趙茲蕃, 천잉전陳映真 등 타이완 작가까지 총망라하고 있다. 그러나 이처럼 다양한 작가를 망라한 전집에서 린위탕은 제외되었다. 냉전기 세계문학전집의 중국편에 계속 불안정하게 위치해 왔던 린위탕 문학은 1980년대의 막바지에는 시사적

16 루쉰·라오서, 김하중 역, 『阿Q正傳 外, 駱駝祥子』(『세계문학대전집』 23), 금성출판사, 1984; 바진, 강계철 역, 『가(家)』, 세계, 1985; 바진, 최보섭 역, 『가』, 청람문화사, 1985; 바진, 박난영 역, 『가』, 이삭문화사, 1985; 루신화(盧新華) 외, 박재연 역, 『중국대륙현대단편소설선집 : 상흔』, 세계, 1985; 라오서, 최영애 역, 『루어투어 시앙쯔』, 통나무, 1986; 바이화(白樺) 외, 권덕주 역, 『현대중국대륙문제단편소설선－짝사랑 외』, 문조사, 1987; 장셴량(張賢亮), 정성호 역, 『남자의 절반은 여자』, 태광문화사, 1986; 진서우오우(秦瘦鷗), 정노영 역, 『너의 가슴에 별로 뜨리라』, 홍익출판사, 1988; 구화(古華), 김단기·황대연 공역, 『부용진』, 서당, 1988; 마오우둔(茅盾), 함종학 외역, 『누에도 뽕잎을 먹지 않는다』, 문덕사, 1989; 량샤오성(梁曉聲) 외, 김의진 역, 『눈보라치는 흑룡강』, 한울림, 1989.

으로 중국문학을 대표하는 자격을 상실했다. 김동사의 입에서 한때 루쉰보다도 "훨씬 유명했던" 린위탕은 중앙일보사판 『중국현대문학전집』의 편성을 통해 루쉰과의 명확한 위상 격차를 노정했다.[17] 이런 맥락에서 보자면 *Moment in Peking*이 "세기의 석학 임어당의 유일한 소설"이라는 부제를 달고 시중에 나온 것도 놀라운 일이 아니다.[18]

그러나 여기서 유의할 점은 린위탕의 중국 지식이 시사적인 중공 정보(문학)를 제공·보충하는 데 별로 실질적인 역할을 담당하지 못했지만 그의 철저한 반공 이데올로기는 '사회주의의 항체'로서 한국 지식인에게 재호출되었다는 것이다.

이러한 문제의식을 단적으로 보여준 이는 양흥모였다. 그는 1984년 『자유공론』에 린위탕이 1958년에 완성한 *The Secret Name*을 '소비에트혁명과 인간성'이라는 제목으로 소개했다. 양흥모는 이 작품이 린위탕이 러시아 혁명 직후부터 1958년까지 약 40여 년의 소련의 역사를 전 세계에 고발한 내용을 다루고 있다며 간단명료한 필치로 소비에트체제를 비판하

17 여기서 하나 짚고 넘어가야 할 점은 루쉰과 린위탕 사이의 '불화'가 1980년대에 재차 환기되었다는 사실이다. 리영희는 1987년 7월 6일 자의 『동아일보』에 발표한 「기회주의와 지식인」이라는 글에서 루쉰이 1920년대 린위탕의 '패어 플레이' 정신을 비판한 「패어 플레이는 아직 이르다」라는 글을 거론하며 당시 지식계에서 정치의 풍향만 따라 무조건적인 관용과 망각을 미덕으로 선도한 소위 '민주주의론자'들의 기회주의적인 성향을 비판했다. 리영희의 화법에 의해 린위탕은 루쉰의 반대편에 위치하고 있을 뿐 아니라 그의 관점은 당시 한국의 사회정치적 상황에 있어 경계·비판해야 할 것으로 의미화되었다.(리영희, 「기회주의와 지식인」, 『동아일보』, 1987.7.6) 참고로 루쉰과 린위탕이 '패어 플레이'를 둘러싸고 의견 충돌을 벌였던 것은 이전의 한국 언론지상에 이미 세 차례 거론된 바 있다.(「횡설수설」, 『동아일보』, 1960.8.4; 「대체 무소속이란 것이 무엇인가?」, 『국민보』, 1960.8.31; 「만물상」, 『조선일보』, 1966.1.19) 한국 지식인들은 이 구절을 인용할 때 흔히 두 사람의 입장 충돌에만 초점을 두었으며, 린위탕이 그 후에 루쉰과 관점을 같이하여 "물에 빠진 개를 때리"는 글과 풍자만화를 적극적으로 발표했다는 사실은 언급하지 않았다.

18 린위탕, 김종석 역, 『마른잎은 굴러도 대지는 살아 있다』, 삼한출판, 1988.

는 데에 있어서 앙드레 지드와 비슷하다고 설명했다.[19] 그리고 소련 공산당을 향한 린위탕의 비판을 세세하게 소개하면서 조지 오웰의 『1984년』을 소환하는가 하면, 이는 "북한 등 마르크스 레닌주의자"의 경우와 동일하다고 지적했다. 이렇듯 양홍모는 대체로 교양 · 유머 · 한적의 차원에서 린위탕발 지식을 이해하고 수용했던 방식을 달리하여 린위탕의 반공적 정치성, 그리고 그와 같은 정치 이데올로기를 공유한 앙드레 지드와 조지 오웰 등 지식인을 연쇄적으로 공론장에 재소환했다. 이것은 당시 급격하게 사회를 휩쓴 공산주의 열풍에 대한 논자의 경계의식을 반영하고 있다.

비슷한 무렵에 선우휘 역시 지면에서 린위탕을 호출하고 있다. 선우휘는 일찍 식민지 시기에 일본어판 사카모토 마사루 역의 『生活の發見』1938을 통독하고 나서부터 린위탕에게 빠져들기 시작했다. 그는 린위탕의 작품을 계속 찾아 읽었을 뿐 아니라 1959년 창작한 장편소설 『깃발 없는 기수』에서 등장인물의 입을 빌려 린위탕의 아포리즘을 인용하기도 했다.[20] 그리고 1968년 안동민 역의 『생활의 발견』에 「나의 젊은 시절을 매혹시킨 임어당」[21]이라는 서언을 실으면서 린위탕의 경력과 문학사상을 소개한 바 있다. 같은 시기 여타 지식인이 제출한 린위탕의 작품 해설과 비교하면 선우휘의 글은 매우 정치적인 맥락에서 린위탕의 유머를 독해하고 있다는 점에서 이질적이다. 그는 린위탕이 높이 평가하는 유머정신과 독재 · 비인간성 · 공산주의와의 대치적 관계를 강조하고, 『생활의 발견』과 더불어 *The Secret Name*의 내용과 필법을 거론하면서 린위탕의 유머와 풍자가

---

19 양홍모, 「임어당의 『소비에트革命과 人間性』」, 『자유공론』 203, 한국반공연맹 자유공론사, 1984.2.

20 선우휘, 『선우휘 단편선 - 불꽃』, 문학과지성사, 2006, 261쪽.

21 선우휘, 앞의 글, 앞의 책, 1968.

지닌 격조를 설명했다. 그리고 린위탕을 중공을 싫어하는 대표적인 자유주의자로 규정하면서 그와 철저한 반공 입장을 공유했다. 선우휘는 1968년 중공 대륙에서 한창 진행하고 있었던 문화대혁명을 "비문화적이고 반지성反知性적이며 고래의 중국적인 전통을 옥석구분玉石俱焚"하고 있다고 규탄하며, 이런 공산주의자들에게 유머 감각이 가장 결핍되어 있다고 지적한 린위탕의 문제의식을 재차 환기했다. 평생 확고한 반공주의를 고수한 선우휘는 린위탕의 문학사상이 지닌 정치성에 특별한 관심을 보였다. 이런 맥락에서 봤을 때 1968년 린위탕이 처음 방한할 시 조선일보사 주최로 시민회관 강연회가 성공리에 열릴 수 있었던 것은 당시 본사 편집국장으로 재직하고 있던 선우휘와도 결코 무관하지 않았을 것이다. 그러나 선우휘는 1968년을 기점으로 독서·출판계에서 린위탕 열풍이 본격적으로 일어나고 그의 아포리즘이 언론 지면에 빈번하게 출현하게 된 후로는 더 이상 지면을 통해 린위탕을 거론하지 않았다.

그러다가 1980년대 초반에 이르러 『조선일보』에 '선우휘 칼럼'이 마련되면서 그는 새삼스레 린위탕의 아포리즘을 수차례 인용했다.[22] 특히 1982년 10월 3일 자의 「匹夫不可奪志」라는 논설에서 선우휘는 1968년을 이어 린위탕에 대한 향수와 애정을 다시 뚜렷하게 활자화했다. 그는 지금 사무실 벽에 걸려 있어서 "하루에도 몇 번씩 안 보려야 안 볼 수가 없"는 "필부불가탈지匹夫不可夺志"라는 구절이 적힌 린위탕의 친필 휘호 액자를 실마리로, 1968년 시민회관에서 열렸던 린위탕 강연회의 대성황과 그 배후

22 「선우휘 칼럼－3천8백만분의 1」, 『조선일보』, 1981.9.20; 「선우휘 칼럼－사람은 버릇으로 사는가」, 『조선일보』, 1981.11.22; 「선우휘 칼럼－생각하는 것과 일하는 것」, 『조선일보』, 1982.2.7; 「선우휘 칼럼－匹夫不可奪志」, 『조선일보』, 1982.10.3; 「선우휘 칼럼－원숭이가 웃지 않도록」, 『조선일보』, 1986.1.22.

사정, 그리고 린위탕과 그의 인연을 회고했다. 그리고 린위탕이 직접 쓴 문구를 빌려 지인과 독자에게 매우 소극적이라고 지적당한 자신의 비평 태도를 해명했다. 그는 "나라의 내외에서 큰 일이 꼬리를 물고 일어나고 있는" 가운데 자꾸 "자질구레한 문제만 가지고" 논설을 쓴다는 친구의 불만과 "이제 〈불꽃〉도 다 사그라져가는구나" 하고 안타까운 심정을 전한 여고생의 편지를 떠올렸다. 그리고 이에 대해 내외의 큰 문제만 주목해 평론하는 것은 "풍차를 향해 돌격하는 돈키호테 꼴밖에 못 될 것"이라며 그 대신에 일상의 작은 문제의 중요성과 그것에 대한 애착심을 날로 느껴 그것을 쓰겠다는 것이 "어느 누구한테도 빼앗길 수 없는 필부의 뜻匹夫之志"이 되었다고 천명했다. 그리고 이와 더불어 지금의 글쓰기 방식, 즉 "작은 문제를 조용히 해결할 뜻으로 낮은 음성으로 속삭이는 것"은 "불씨/필부"가 약해서가 아니라 "활활 타오르는 듯하던 불길이 갑자기 자취를 감추는 불꽃놀이"와 같음을 은연중에 설파하면서 독자들이 "힘찬 인상보다 진실한 인상의 말과 글에 보다 더 관심"을 기울여 줄 것을 호소했다. 요컨대 선우휘는 지인과 여고생의 발화, 특히 "불꽃", "불씨", "불길"과 같은 연관어를 의식적으로 끌어옴으로써 그의 변함없는 반공 입장과 시대적 주류담론과의 거리두기 의식을 전략적으로 표명했다.

비록 선우휘는 린위탕의 아포리즘을 인용한 여타의 논설에서는 린위탕의 반공 이데올로기를 노골적으로 드러내지 않았지만 역시 정치적 메시지들을 계속 전달했다. 그는 소련을 위시한 공산주의 국가에서는 언론자유가 여전히 없으며 신문은 "관보官报 이상의 역할"을 하지 못하는 사실을 강조하고, "자유세계", 특히 미국의 언론자유와 미국의 국민적 "양식良识"에 부러움을 표하는가 하면, "민주주의 미국", "반국가적 좌익이론"과 같은 수사를 전제로 논술을 전개하기도 했다. 그리고 「원숭이가 웃지 않도록」이라는 글 말미에서는 "정신적인 에이즈도 인간과 인간의 부자연하고 잘못된 접촉에서 생겨나는 것"이라고 의미심장하게 끝맺었다. 당시 사회적으로 공산주의 열풍이 팽배해 있던 시점에 있어서 언론지면에서 새삼 나타난 '선우휘 · 린위탕'이라는 친밀한 연동체는 선우휘의 화법을 통해 독자들에게 두 사람이 공유하고 있는 철저한 반공 이데올로기를 환기시키기에 충분했고, 당시 새로운 정치 분위기를 경계 · 방어하는 이중 기제로 작동할 수 있었다.

한편 이 시기에 『생활의 발견』, 『임어당의 생애와 사상』, 『이교도에서 기독교로』, 『북경호일』 등 작품이 계속 (재)출간되면서 린위탕의 반공 이데올로기는 문상득, 김병철, 김동성, 윤영춘, 김학주, 이성계 등 역자의 소개문에서 계속 언급되었다. 물론 이러한 역자 안내가 없었더라도 텍스트 내부에서 공산주의에 대한 비판의식이 이미 분명하게 드러나 있고 또 해방기부터 린위탕의 반공 발언이 한국 언론을 통해 줄곧 원활하게 전달되어 왔기 때문에 린위탕이라는 지적 기표를 호출하고 접촉하는 것은 자연스레 그의 반공적 정체성을 마주치거나 연상하게 된다. 이런 맥락에서 1980년대 *The Importance of Living*을 비롯한 린위탕발 지식에 대한 지속적인 수용과 소비 행위 이면에는 그의 반공 이데올로기를 계속 수신하고 수긍하려는 한국 사회의 집단심성이 내재돼 있다고 할 수 있겠다. 더 나아가 해빙무드 하에 나타난 공산주의 · 중공 열풍과 린위탕발 지식(저서 출판, 아포리즘 인용 모두에서)의 다하지 않은 열기, 이 두 가지 이질적인 현상의 공존은 당시 공산주의에 대한 한국 사회의 양가적 태도를 가시화해 줬다고 할 수 있다.

이러한 공존 국면은 1990년대 한 · 중 수교 후 "온통 중공 붐이 일"[23]게 되면서, 린위탕발 지식의 명확한 퇴조로 전환된다. 김혜준의 통계에 따르면 한·중 수교가 이루어진 1992년 이후부터는 한국 도서시장에 유입된 중국 현대소설의 수는 비약적으로 증가했으며 수년간 해마다 30권 이상을 기록했다. 수필의 경우, 루쉰의 각종 잡문집, 궈모뤄의 자서전 전4권일월서각, 1990·1994, 주쯔칭·후스·바진 외 77명의 수필 작가의 작품을 수록한 『중국차 향기담은 77편의 수필』지영사, 1994, 루쉰을 비롯해 "중국 현대 작가 중 최고의 작가 40명의 산문집"으로 홍보된 『비 오는 날의 책』당그래, 1995,[24] 그리고 당시 타이완 대륙 모두에서 환영을 받은 싼마오三毛의 수필집 등 다양한 서적이 출간되었다.[25] 중국 현대문학의 출판 호황과 대조적으로 린위탕의 작품은 출판시장에서 현저한 하락세를 보인다. 1980년대만 해도 약 55종이 출판·재판되었던 것이 1990년대에는 거의 절반이나 급감했다. 그리고 이와 맞물려 신문 지면에 린위탕의 아포리즘을 인용한 사례도 확연히 줄어들었다.[26] 1980년대까지만 해도 '인생론'을 의식적으로 강조하지 않고 계속 판을 거듭해 왔던 1968년판 안동민 역 『생활의 발견』은 1990년대에 재판될 때 그러한 성격의 안내문이 책표지에 명시되기에 이르렀다.[27] 린위탕의 책은 '동양고전'과 '인생론'의 협소한 영역에서

23 「여적」, 『경향신문』, 1992.9.22.

24 이와 같은 "최고 작가진"에는 장아이링(张爱玲)까지 포함되어 있는 것에 반해 린위탕은 제외되었다.

25 김회준, 「중국현대문학과 우리 말 번역」, 『중국어문논역총간』 6, 중국어문논역학회, 2000, 6쪽; 김혜준, 「한글판 중국 현대문학 작품 목록」, 『중국학논총』 27, 고려대 중국학연구소, 2010.

26 린위탕발 지식이 신문 지면에서 거의 자취를 감추어 가는 흐름 속에서도 유독 『조선일보』 "이규태 코너"에서는 1980년대를 이어 2000년대 초반까지 린위탕이 계속 인용되었다는 점(1980년대 약 11회, 1990년대 이후 약 19회)은 특기할 만하다.

27 "인생은 너무나 진지하고 엄숙하기에 우리에겐 역설적으로 유머가 요구된다. 사람은 어떻게 살아야 가장 행복할 수 있는가. 넓고 깊은 지식을 바탕으로 잔잔하게 펼쳐지는 행복에

독자의 눈길을 기다려야 했고, 중국 현대문학의 범주 또는 '중공'을 경계하는 이데올로기적 기표로서의 존재감은 희미해졌다.

2000년대에 접어들면서 위화余华, 쑤퉁苏童, 모옌莫言, 차오원쉬안曹文轩 등 대륙 작가의 작품이 활발하게 출간되는 가운데 한때 "세기의 총아"[28]였던 린위탕은 출판계의 주변부에서 보일까 말까 한 채 거의 잊히게 되었다. 심지어 그동안 계속 재번역되어 왔던 *The Importance of Living*마저도 더 이상 새로운 번역본이 나오지 않았다. 이청준의 말을 그대로 빌리자면 "린위탕의 『생활의 발견』이나 앙드레 모루아의 『지와 사랑의 생활』 등 따위의 책은 지금으로선 이미 시효가 많이 떨어졌다"는 것이다.[29] 물론 간과할 수 없는 것은 린위탕의 글이 그의 올드팬들에게 여전히 매력적이었다는 사실이다. 1990년대에도 린위탕 작품의 번역을 의뢰·지원하고 이를 출판하기 위해 출판사까지 설립한 열성 팬이 있었다. 2000년대에 화가 사석원은 안동민 역의 『생활의 발견』을 오랫동안 가까이 두고 틈틈이 읽으면서 여전히 재미있고 유익하다고 고백했다. 사기업인 "억대 CEO 출신 북마스터" 김종헌1947은 "임어당의 『생활의 발견』 같이 한국인의 삶에 깃든 가치를 밝히는 책을 쓰고 싶다"는 작가로서의 포부를 밝히기도 했다.[30]

여기서 특별히 환기하고자 하는 것은 린위탕에 대한 사회적 주변화와

관한 삶의 예지와 동양적 해학. 경쟁의식에 시달릴 때, 외로울 때, 실패를 인정해야 할 때, 누군가가 미울 때, 질투를 느낄 때, 욕심을 느낄 때, 가족이나 연인의 죽음을 겪을 때, 그리고 왜 사는지 이유를 모를 때, 이 책은 옛 친구처럼 우리의 마음을 다독거려준다."(린위탕, 안동민 역, 『생활의 발견』, 문예출판사, 1999, 뒷표지)

28 윤영춘, 「임어당의 방한」, 『조선일보』, 1968.6.13.

29 이청준, 「문학의 숲 고전의 바다 나이를 넘어선 평생 독서의 모습」, 『조선일보』, 2001.6.16.

30 김영수, 「옮긴이의 말」, 린위탕, 김영수 역, 『유머와 인생』, 아이필드, 2003, 275~276쪽; 「문화계 책벌레 5인이 추천하는 '고향가는 길 이 책과'」, 『조선일보』, 2005.9.17; 「억대 CEO출신 북마스터 김종헌씨」, 『조선일보』, 2006.12.13.

망각은 역설적으로 그동안 편파적이었던 수용 태도에서 벗어나 새로운 지평에서 '린위탕 다시 읽기'의 가능성을 열어줬다는 점이다. 냉전기에 소개된 바 없는 『베이징 이야기』, 『중국미술이론』 등 작품이 출판되었으며 그간 거의 망각되었던 소설 *The Vermilion Gate*도 『붉은 대문』이라는 이름으로 다시 등장했다.[31] 그리고 문학의 종교적 차원, 기독교의 문화적 성격과 역할에 깊은 관심을 갖고 있던 김주연은 린위탕이 기독교와 갈등, 반목, 그리고 다시 화해하는 전 과정은 진리를 체험하고자 하는 생생한 삶의 기록으로서 눈물겹다고 긍정적으로 평가하면서 그와 유사한 종교적 행로를 보여준 헤르만 헤세의 사례와 함께 주목했다.[32] 이와 맞물려 1977년 초판된 김학주 역의 『이교도에서 기독교도로』는 계속 여러 차례 재판되었으며 2014년에 포이에마 출판사에서 홍종락에 의해 새 번역본이 나오기도 했다. 린위탕의 『생활의 발견』이 사회적으로 호소력을 잃어가는 가운데 그의 기독교사상은 지식인의 관심을 받게 되었을 뿐 아니라, 여전히 시장성을 갖고 있음을 증명했다.

그리고 무엇보다 주목을 요하는 점은 1990년대 중후반부터 린위탕에 대한 학술적인 접근이 김미정을 비롯한 학자들에 의해 본격적으로 시작되었다는 것이다. 김미정은 1995년에 「주작인周作人 · 임어당林語堂의 심미관審美觀과 1930년대의 소품문小品文운동」[33]이라는 논문을 발표하여 "소품문을 평가할 때마다 의례 따라다녀온 '한적', '유머' 등의 구호적인 용어

31 린위탕, 김정희 역, 『베이징 이야기』, 이산, 2001; 린위탕, 최승규 역, 『중국미술이론』, 한명출판, 2002; 린위탕, 윤해연 · 윤성룡 공역, 『붉은 대문』, 깊은샘, 2018.

32 김주연, 『레르만 헤세와 임어당』, 작가, 2004, 81~92쪽.

33 김미정, 「주작인(周作人) · 임어당(林語堂)의 심미관(審美觀)과 1930년대의 소품문(小品文)운동」, 『중국문학』 24, 한국중국어문학회, 1995.

로는 간단히 덮을 수 없는 작가들의 다양한 풍격과 깊이"에 진지하게 주목했다. 논자는 중국 현대산문의 개념 형성, 소품문과 잡문의 두 가지 발전 방향을 짚어주면서 저우쭤런의 자연주의적 심미관과 린위탕의 도가적 심미관, 그리고 각자의 소품문론을 상세히 비교 분석했다. 끝으로 1930년대 소품문운동에 있어서 저우쭤런과 린위탕이 각각 맡았던 역할을 분명하게 설명하며 "이들이 소품문을 근대적인 자유의식과 개인의식을 가장 잘 표출할 수 있는 문학 형식으로 끌어냄으로써 현대산문의 발달에 기여"했다는 점을 강조했다. 이 논문은 린위탕의 사상적 한계를 지적한 대목도 없지 않지만 식민지 시기 이래 린위탕 수필에 대한 지식인·중문학계의 저평가와 대중적 수용 방식에 비춰봤을 때 매우 진취적인 연구 성과라고 할 수 있다.

특히 김미정의 문제의식은 당시 출간된 『중국 현대문학의 이해』김하림·유중하·이주로, 한길사, 1991에서 린위탕을 바라본 논자의 매우 부정적인 시선과 선명한 차이를 드러내는 반면, 김시준의 『중국현대문학론(사)』1987·1992[34]에서의 린위탕에 대한 우호적인 논조와 상호 조응한다. 김하림을 비롯한 논자들은 소품문 논쟁의 경위를 소개하는 데 린위탕을 비롯한 '논어'파를 "자산계급문학유파"라고 규명하면서 "전반적으로 값싼 웃음거리로 뭇사람의 환심을 사고, 한적이란 겉모습 아래 공허하고 퇴폐적인 정서를 유포시켰다"고 지적하며 "노신과 진보적인 문예이론가들의 비판을 받아 '논어'파는 날이 갈수록 그 영향력을 상실하였으며 독자에게서 멀어져갔다"고 평가했다.[35] 한편 김시준은 역시 '논어'파와 루쉰, 좌련 사이의 갈등에

34 김시준·이충양, 『중국현대문학론』, 한국방송통신대, 1987; 김시준, 『중국현대문학사』, 지식산업사, 1992.

주목했는데 전자와는 전혀 상반된 접근 방식을 취했다. 그는 좌련 계열의 잡지인 『태백太白』과 『망종芒种』이 '논어'파가 주간한 『논어』와 『인간세』에 대항하기엔 매우 미약하다는 사실을 강조했다. 이는 다른 문학사 서술에서는 찾아보기 힘든 시각이다. 그리고 '논어'파는 1930년대부터 소품문운동을 전개하여 많은 수작을 창작했으며, 소품문운동은 그 후에도 문단에 큰 영향을 끼쳤다고 지적했다. 이와 더불어 김시준은 린위탕은 1930년대 "중국 산문의 왕국"을 구축했고 그가 "무파벌을 내세워 유우머와 풍자를 기본 작풍으로 삼아, 자유사상과 독립된 판단을 작가적 기본태도로 표방하는 자세"는 『어사』의 정신을 계승했다고 긍정적으로 평가했다.[36]

이처럼 린위탕에 대한 문학사적 평가가 엇갈리는 가운데, 김미정은 린위탕의 소품문과 그의 심미관을 밀도 있게 조명했으며, 이후에도 「林語堂의 가족문화관－그의 문화사상의 특징에 대해」와 「임어당林語堂의 동서문화론東西文化論에 대한 일고찰」 등 논문[37]을 통해 린위탕에 대한 학술적 탐구를 지속했다. 김미정의 연구를 시작으로 그동안 한국 대중의 인식 지평 속에 익히 알고 있던 '생활의 철학인 임어당'이 아니라 중국 현대문학의 대표작가인 '린위탕'으로서 한국에서 재평가 받을 수 있는 시기가 찾아왔다.

한국의 린위탕 열풍이 식어간 것과는 대조적으로 중국 대륙에서는 1980년대부터 린위탕이 서서히 주목받기 시작했다. 중국 현대문학사에 대한 재정리작업이 활발히 추진되면서 그동안 '반동파'로 낙인찍혔던 린

---

35 김하림 · 유중하 · 이주로, 『중국 현대문학의 이해』, 한길사, 1991, 116~121쪽.

36 김시준, 『중국현대문학사』, 지식산업사, 1992, 246 · 277쪽.

37 김미정, 「林語堂의 가족문화관－그의 문화사상의 특징에 대해」, 『중국문학』 38, 한국중국어문학회, 2002; 김미정, 「林語堂의 東西文化論에 대한 일고찰」, 『문예비교연구』 2, 서울대 인문대학 대학원 협동과정 비교문학 전공, 2002.

위탕의 문학사상도 재평가되기 시작했다. 그리고 학계의 움직임과 맞물려 상하이서점上海書店, 시대문예출판사時代文藝出版社 등 몇몇 출판사에서 『剪拂集』, 『大荒集』, 『我的話』, 『京華煙雲』, 『生活的艺术』 등 린위탕의 "반동작품"을 조심스럽게 출판하게 되었다.[38] 이 가운데 석 달의 검열 과정을 거쳐 이윽고 출판 허가를 받은 『京華煙雲』은 사회적으로 큰 화제가 되며 "1987년 중국 독서출판계 십대뉴스" 중 하나로 꼽혔다.[39] 그리고 린위탕의 수필은 저우쭤런周作人, 량스추梁實秋, 펑쯔카이豐子愷 등의 수필과 함께 일시에 독서시장에서 '한적' 열풍을 불러일으키기도 했다. 이 와중에 1988년에 시대문예출판사에서 전4권의 『林語堂選集』, 1989년에 상해서점上海書店에서 전9권의 『林語堂小说集』, 1994년에 동북사범대학출판사東北師範大學出版社에서 전30권의 『林語堂全集』을 출판한 것은 세간의 눈길을 끌었다. 2000년대가 되면 린위탕의 고향 장저우시漳州市에 린위탕기념관이 세워지고 2005년에 *Moment in Peking*을 각색하여 중국 대륙과 타이완이 합작한 드라마 「京華煙雲」이 cctv1중국국영방송사에서 높은 시청률을 기록하며 인기리에 방송되었다. 요컨대 1936년 이후 중국 본토에서 공격과 매도를 당하고, 주변화되고 망각되었던 린위탕은 이윽고 '조국'에서 뒤늦게 빛을 보게 되었다. 그러나 이번에 린위탕이 온전한 모습으로 재조명받기까지 또 어떠한 취사선택의 과정을 거쳐야 했던 것일까? 이 문제에 대해서는 질문으로써 끝을 맺는다.

---

38 林語堂, 『剪拂集』, 上海書店, 1983; 林語堂, 『大荒集』, 上海書店, 1985; 林语堂, 『生活的藝術』, 上海文学杂志社, 1986; 林語堂, 『我的話』, 上海時代書局, 1987; 林語堂, 『生活的藝術』, 北方文藝出版社, 1987; 林語堂, 『京華煙雲』, 時代文藝出版社, 1987.

39 梅中泉, 「编辑需要胆识－写在林语堂『京华烟云』出版之后」, 『出版工作』 12, 1988.

제7장
맺음말
한국에서의 린위탕의 궤적

린위탕은 식민지 시기 한국에서 큰 주목을 받지 못했다. 그러나 이 시기에 '린위탕 읽기'에 대한 공적 권력의 대규모적 간여가 없었기 때문에, 한국 지식인은 자유롭고 개인적인 읽기 자세를 취할 수 있었다. 이들은 각각의 취향에 따라 린위탕의 다양한 유형의 텍스트들, 예컨대 소품문김광주, 배호, 대표소설인 *Moment in Peking*박태원, 한설야, 이효석, 명수필인 *The Importance of Living*유진오, 김건, 중국과 중국인의 국민성을 논한 "The little Critic"이석훈 등에 관심을 보이며 비교적 주체적인 독해법을 내놓았다는 점에서 눈여겨볼 필요가 있다.

이들은 대체로 중국문단의 내부적 맥락에서 린위탕과 그의 작품을 소개하고 검토했다. 린위탕은 늘 루쉰과 저우쭤런의 그늘에서 응시와 '심사'를 받았던 탓에, 문학적 가치나 사회적 실천성이 부족한 것으로 평가되었다. 한국 지식인은 린위탕(의 문학사상)의 외부적세계적 맥락을 충분히 인식하지 못했다. 식민지 시기에 한국 지식인과 언론환경의 정체성停滯性과 지연성遲延性으로 인해 린위탕이 내포한 다양한 스펙트럼의 가능성은 한국에서 점화되었는데도 불구하고 크게 가시화되지 못했다.

해방기에 이르러서는 식민지기와 달리 중국과 세계, 문학·정치·언어학 등 다양한 범주를 넘나들며 활약한 린위탕의 형상은 이 시기의 언론 지면에서 비로소 입체적으로 조명되었다. 이와 더불어 특기할 것은 중국에 대한 지적 욕망이 한창 강렬했던 해방조선에서 린위탕은 그가 제공한 중국 문화·지식에 의해 중국담론장 내로 진입하는 데 성공했다는 점이다. 예컨대 그의 「지식과 견식」과 「중국인의 연령」이라는 글 두 편이 1946월 7월호 『신천지』 '중국특집'에 수록될 때 린위탕의 글은 에드거 스노와 루쉰의 글과 나란히 배치되었다. 그러나 '신중국'의 사회와 문단의 시대적인 맥박과 한국의 국내외적 정세를 파악하는 데에 있어서, 린위탕은 에드거 스노나 루쉰처럼 유용한 '중국 소식통', '타자의 눈'으로 기능하지 못했으며, 중국 관련 담론의 한가운데로 진입하지 못한 채 주변부에 머물러야 했다.

그러나 린위탕에 대한 이러한 소극적인 수용 태도는 1950년대에 이르러 질적 변모를 보인다. 이 시기에 린위탕 문학은 번역장에 급격하게 부상했으며 (근대)중국과 중국(근대)문학을 접할 수 있는 거의 유일하고도 최적의 대안적 통로로 기능했다. 우선 수필 작품의 구체적 번역·수용양상부터 살펴보면 1954년에 이종렬은 사카모토 마사루阪本勝 역의 『生活の發見』(正/續) 1938을 저본으로 삼아 *The Importance of Living*을 『생활의 발견』이라는 제목으로 번역해 학우사에서 출판했고, 1957, 1958년에 김신행은 린위탕이 1930년대 중문과 영문으로 창작한 유머 소품문을 『임어당수필집』과 『무관심』 등 두 종의 앤솔러지로 모아 동학사에서 번역 출판했다.

이종렬은 일본어 역자의 논조에 따라 세계적 헤게모니인 서양문명을 공격한 린위탕의 태도를 높이 평가했다. 그러나 *The Importance of Living*에서 나타난 린위탕의 기존 동서문화관에 대한 전도顚倒는 당시 시대적 국면에 질의하는 주변적 목소리로만 기능할 수 있었을 뿐, 1950년대의 주류 담론인 '아시아 정체론停滯論'과는 기본적으로 상충된다. 한편 중국대륙발發의 근대문학을 접촉할 수 있는 경로가 거의 차단되었던 상황에서 김신행은 린위탕 1930년대의 정치·문화(학)적 문제의식을 1950년대 전후 한국의 현장으로 가져와 근대 중국(대륙)과 탈냉전적인 국제적 연대를 모색했다. 이는 당시로서는 매우 파격적인 시도였다고 평가할 만하다.

소설 작품의 경우, 린위탕이 창작·편역한 소설 작품인 *Moment in Peking*1939, *A Leaf in the Storm*1941, *The Vermilion Gate*1953, *Famous Chinese Short Stories*1948는 각각 『마른 잎은 굴러도 대지는 살아 있다』1956, 『폭풍 속의 나뭇잎』1956, 『붉은 대문』1959, 『중국전기소설집』1955이라는 제목으로 번역 출간되었다. 이명규는 *Moment in Peking*을 번역할 때 일본 후지라와 구니오藤原邦夫 역의 『北京歷日』1940을 저본으로 삼고, 그의 논조에 따라 소설의 제재와 문학적 가치를 높이 평가하고 특히 린위탕의 소설을 '동양문학'의 범주로 귀결시켜 중국문학에 연대감을 표출했다. 그러나 이와 동시에 일본군의 폭행을 은폐하려는 일본어본의 관련 내용을 따르지 않고 사실대로 바로잡았다는 점에서 주목을 요한다. 이명규는 이어 *A Leaf in the Storm*을 번역할 때 다케우치 요시미竹內好 역의 『嵐の中の木の葉』1951을 저본으로 삼았다. 하지만 일본어 역자의 린위탕(문학)에 대한 비판적 관점, 그리고 일본의 군사침략에 대한 그의 반성의식을 일절 제거하고 *A Leaf in the Storm*에 대한 일반적이고 긍정적 평가만을 간추려 부각했다. 김용제 역시 일본의 번역 성과인 『朱ぬりの門』1954을 적극적으로 활용했지만 역자 사토 료이치佐藤亮一와는 구별되는 견해를 제시했다. 한편 *Famous Chinese Short Stories*의 한국어 번역본은 비록 린위탕 원작의 전모를 미처 보여주지 못했지만 세계적인 동시대성을 보여주었다.

린위탕의 수필과 소설을 번역하는 과정에서 일본어 중역의 문제가 노출되었지만, 김신행, 이명규, 김용제를 비롯하여 각 번역 주체가 보여준 탈일본적인 움직임은 주목할 만하다. 린위탕 문학은 1950년대에 이들 한국 지식인에 의해 상당히 다양한 스펙트럼에서 이해되고 수용되었다. 다시 말해 린위탕 문학의 이해에 있어서 1950년대가 가지는 특징과 가치는 바로 그 "다양성"에 있다고 할 수 있겠다.

이종렬, 김신행, 이명규, 김용제 이외에 주목할 만한 인물로는 이 시기 장문의 린위탕론을 발표한 윤영춘이 있다. 그는 식민지 시기 이래 처음으로 '세계성'이라는 시점에서 린위탕의 생애 경력과 문학사상을 조감했다. 그러나 이와 동시에 이 글에서는 린위탕과 그의 문학사상을 소개·독해하는 데 있어서 다수의 착오와 애매한 논점이 발견된다. 윤영춘은 1950년대에 막 린위탕을 본격적으로 소개하고 그의 문학사상을 진지하게 사색하기 시작한 무렵에는 강한 '린위탕 소화불량증'을 보여주었다. 1950년대는 린위탕의 시대적 급부상과 맞물려 보다 체계적이고 성숙된 린위탕론이 생산되기에는 아직 시기상조였다.

식민지 시기 이래 한국에서 일방적으로만 수용되거나 매우 제한적으로 당대 문단·지식계와 교류를 가졌던 루쉰, 후스, 바진 등 여타 중국 지식인과는 달리 린위탕은 1960년대에 이르러 한국과 상당히 능동적인 소통방식을 취했다. 린위탕은 1968년에 제2차 서울 세계대학총장회의에 특별연사로 참가했고, 시민회관에서 한국의 일반 대중을 위해 열띤 강연을 펼쳐 열광적인 환영을 받았다. 그는 청중의 상이한 성격에 따라 연설 주제도 달리했다. 세계대학총장회의에서는 동서융합의 기반 위에 동양사상의 중요성을 거론했고, 한국 일반 대중을 대상으로 한 강연에서는 동양(중국)의 문화전통을 찬양하는 대신에 그 약점을 지적하고 동양의 후진국들이 나아가야 할 방안을 제시하며 "가난에서 스스로 기회를 찾아" "빨리 빨리 빨리" 근대화를 실현할 것을 호소했다. 이러한 '맞춤형' 연설은 당시 "조국의 근대화", "민족중흥의 길"을 향해 한창 전력질주하고 있던 박정희 정권에게는 매우 "만족스러운" 발언이었지만 일반 대중들에게는 혼선을 유발할 수밖에 없었다. 비록 린위탕이 강조한 중국·동양의 전통사상과 근대화의 배후 맥락과 내포가 박정희 체제의 그것과 질적으로 달랐음에도 불구하고, 후자의 강력한 공세로 인해 대중에게는 양자가 결국은 같은 목소리로 받아들여졌을 공산이 크다.

그리고 2년 후 린위탕은 제37차 서울 국제펜대회의 특별연사로 다시 한국을 찾았다. '동서문학의 해학'을 주 의제로 하는 펜대회에서 그는 '동서의 해학'을 주제로 그의 유머철학을 펼쳐 참석자들의 갈채를 이끌어냈다. 유머는 그의 사상 체계에 있어 단순히 어떤 언어나 문학적 격조 또는 유형만을 가리키는 것이 아니라 미학, 철학, 나아가 지식인으로서 수행해야 할 사상문화적 사회실천의 차원을 내포하고 있는 매우 복합적인 개념이다. 1970년에 방한해 국제펜대회에서 특별연사로 유머 연설을 가졌던 것은 린위탕에게 결코 어떤 돌발적 사건이나 관례적인 '공무 행위'가 아니었다. 이번 내한은 그가 1920년대부터 줄곧 정제해 왔던 유머철학과 실천의 연장선상에 놓여 있으며 특히 매우 자발적이고 능동적인 성격을 띠고 있다. 린위탕은 펜대회에서 유머를 동서양의 공통항으로 규정하고 최고의 찬사를 바쳤다. 그리고 '지방적 특수'에 경도된 한국 주최 측이나 여타 동양권 연사들과는 달리 그는 '범세계적 보편'이라는 지평을 보여줬다. 그러나 세계적인 '유머대사' 린위탕을 위해 마련한 것처럼 보였던 서울 펜대회는 결국 정부의 '유신을 위한 멍석 깔기'용으로 어느 정도 기능했다. 이 점에서 린위탕이 의식적으로 선택한 방한과 펜대회 연설은 그가 애초에 갖고 있었던 기대를 충족시키지 못했다고 할 수 있다.

린위탕의 2차 방한은 그 이면 맥락이 어찌되었건 간에 결과적으로 광범위한 사회·대중적인 현상 급의 '린위탕 문학 붐'을 점화했다. 린위탕의 다양한 장르의 작품이 대대적으로 출판되면서 '수필가'라는 정체성은 린위탕이 이 시기 차지한 위상을 뒷받침해 주는 저변이자 심연으로 기능했다. 린위탕 문학 출판 전반을 살펴보면 수필 작품은 다른 장르에 비해 환영을 받았는데, 특히 그 가운데서도 유독 The *Importance of Living* 한 작품에 대한 일변도의 현상이 두드러지게 나타났음을 알 수 있다. *The Importance of Living*은 출판계, 교육계, 국가권력에 의해 대대적으로 정전화되었으며 "동양의 지혜", "인생의 지침서"로 널리 받아들여졌다. 이처럼 *The Importance of Living*에 대한 적극적 수용은 당시 '민족주의' 담론의 전면적 부상과 출판계의 인생론이나 에세이류의 유행과 밀접한 관련이 있다. *The Importance of Living*의 출판 호황과 맞물려 이 책에 담겨 있는 지식은 한국 사회에서 매우 빠른 속도로 광범위하게 유통되고 흡수되었다. "여적"이나 "횡설수설" 같은 칼럼을 비롯해 이 시기의 신문 지면에는 폭넓은 스펙트럼의 린위탕의 아포리즘이 인용되었다. 여기서 '린위탕'의 앎은 단순히 제한적인 '중국 문화·지식'이라는 범주 안에서만 수용되지 않고,

보편적인 상식·교양으로 전유되었다. 특정한 한 작품에서 비롯된 타국 지식인의 아포리즘이 사회적으로 널리 통용되고 일상생활의 곳곳에 깊이 침투한 사례는 달리 찾아보기 힘들다.

'교양 대중화'와 '국민개독國民皆讀'의 시대적 분위기에서 린위탕은 수준 높은 지식과 지적 앎이 극도로 필요했던 일반 독자 사이를 매개해 주었다. 그가 *The Importance of Living*을 통해 전달한 여가의식, 한적정신은 여성주체와 직장인에게 적극적으로 받아들여지면서 불온성을 유발하기도 했다. 그리고 기독교적 내세보다 현세, 영혼보다 육체 또는 관능, 사회보다 개인의 행복을 옹호한 린위탕의 논리는 당시 한국 사회의 집단심성과 맞닿았다. 그러나 한국 사회의 보편적 멘탈리티는 행복, 쾌락, 여가생활에 대한 추구라는 점에서는 린위탕과 같지만, 궁극적으로는 그의 한적철학의 정신적 내핵과는 거리가 멀다.

비록 린위탕 본인과 지식계 일각에서 교양·한적·유머를 초월해 그를 달리 읽을 수 있는 시각을 제공했지만, 그것은 대대적으로 정전화된 *The Importance of Living*을 통해 정착된 주류적 수용 태도를 뒤흔들 수 없었다. 그리고 린위탕 작품은 이 시기에 뜨거운 사회적 관심을 불러일으키며 다수 출간되었지만, 중문학계로부터 그 문학사적 의의를 인정받지 못했을 뿐 아니라, 1950년대 한국의 중국 근대문학 독서장에서 차지했던 독보적인 위상 역시 약화되었다. 1950년대의 루쉰 작품과 타이완문학에 대한 소극적인 수용 태도에 명확한 변화가 생기면서 린위탕 문학은 중국문학장에서의 입지가 사실상 매우 불안정해지며 축소되었다.

1980년대에 접어들어서도 린위탕의 열기는 다하지 않았다. 그러나 1960~70년대에도 그러했지만 1980년대에 더 극명하게 나타난 것은 린위탕의 지知가 '중국 지식'이라는 특정한 영역보다 '인생론', '상식 교양'의 범주 속에 순치화되었다는 점이다. 특히 1980년대를 기점으로 한·중공 사이의 해빙무드가 본격적으로 대두되면서 중국 문화·지식으로서 린위탕의 앎이 안고 있는 시효성 문제는 더 가시화되었다. 현대 중공 신시기문학新時期文學 작가들까지 서서히 도입 가능해진 시대적 상황에서 린위탕의 '혼혈적인' 문학은 인생론의 영역에서 계속 살아남았을지는 몰라도 중국 문학장에서는 잉여의 운명에 놓일 수밖에 없었다. 그러나 여기서 주의를 요할 점은 린위탕의 중국 문화·지식이 시사적인 중공 정보(문학)를 제공·보충하는 데 실질적인 역할을 발휘하지 못했지만 그의 철저한 반공 이데올로기는 '사회주의의 항체'로서 한국 지식인에게 재호출되었다는 사실이다.

1992년 한중 양국이 수교를 한 이후 린위탕발 지식은 명확한 퇴조 현상을 보였다. 린위탕의 책은 '동양고전'과 '인생론'의 협소한 영역에 국한되었고, 중국현대문학 작가 또는 '중공'을 경계하는 이데올로기적 기표로서의 존재감은 미미해졌다. 2000년대 이후가 되면 린위탕은 출판계의 주변부에서 보일까 말까 한 채 거의 망각되었다. 그러나 린위탕에 대한 사회적 주변화와 망각은 역설적으로 새로운 지평에서 '린위탕 다시 읽기'의 가능성을 열어줬다.

중국과의 교류가 활발해지면서 우리는 더 나은 번역으로 중국의 소설이나 수필 같은 창작물들을 향유할 수 있게 되었다. 그 가운데 한국에서 중국 못지않은 인기를 누리는 작가들도 여럿 있다. 하지만 과거 린위탕이 누렸던 인기에 견줄 만한 이는 없는 것이 사실이다. 물론 린위탕은 그동안 한국에서 획득한 명망과 대중적 지명도에 비하면 린위탕 작품의 번역과 수용은 그 과정에 있어서 분명한 한계를 드러낸다. 루쉰은 정래동, 이명선, 리영희 등 지식인에 의해, 차오위曹禺가 김광주에 의해 한국의 문학·담론장에서 본격적으로 조명되고 진지하게 주목받았던 것에 반해, 린위탕의 '한국 대리인' 격인 윤영춘은 제 역할을 다하지 못했다. 어쩌면 린위탕은 그가 누렸던 인기로 인해서 제 본 모습은 더욱 은폐되어야만 하는 처지에 놓였는지도 모른다. 린위탕 문학사상의 다층적인 함축은 한국 국가권력, 출판자본, 언론매체, 지식인, 일반 대중과 같은 각 주체의 욕망에 따라 굴절된 방식으로 취사선택될 수밖에 없다.

그러나 다른 한편으로 바로 이러한 다양한 주체의 공동 협력, 특히 저널리즘의 적극적인 참여가 있었기에 한국 사회에서 '린위탕 문화'라고 부를 만한 이채로운 풍경이 광범위하게 펼쳐질 수 있었다. 이것은 린위탕이 한국에서 제한적인 범위에서만 주목받았던 다른 중국 지식인과 확연히 구별되는 지점이며, 린위탕의 적극적 의의는 바로 여기서 읽어내야 한다고 본다.

한국의 '린위탕 읽기'를 통해 린위탕의 복합적인 성격은 한층 더 강렬해진다. 그는 중국인이면서 세계인인 동시에 냉전기의 한국 대중과 가까이 지냈던 일상의 벗이기도 했다. '임어당'이라는 기표는 냉전기를 겪은 세대에게는 지울 수 없는 역사적 기억이며, 문화·정신적 표상이었다. 린위탕 문학에 스며있는 교양, 유머, 한적, 행복, 자유의 메시지는 수십 년 동안 광범위하게 전파되는 과정에서 국가 체제와 화해와 길항을 거듭하며 한국 사회의 공통의 언어가 되었다.

선우휘는 린위탕 열풍이 막 시작되었던 무렵에 린위탕을 추종할 것이 아니라 그를 넘어서야 한다고 새삼 강조하며, 이것이 린위탕과의 결별을 뜻하는 것이 아니라 그와의 접촉의 차원을 높이는 것이라고 역설한 바 있다.[1] 이 말은 오늘날 한국의 린위탕 이해와 린위탕 연구에도 여전히 유효하다. 린위탕을 사회적으로 망각하다시피 한 지금의 한국은 이대로 린위탕과 결별할 것이 아니라 그와 접촉의 차원을 높여야 할 때다. 그것은 단순히 최근 몇 년 사이 유행하게 된 '킨포크', '소확행'이라는 라이프스타일과 린위탕의 중용주의적인 생활철학 간의 관련성이나 공통점을 검토하는 차원에 그쳐서는 안 된다. 코즈모폴리턴/세계성, 자유주의자, 이중언어적 글쓰기 등 키워드에 주목한 첸쉬챠오錢鎖橋의 연구 시각이나 천위란陳煜斕의 주도로 민남사범대학閩南師範大學에서 활발하게 진행하고 있는 린위탕의 다양한 재조명 작업이 좋은 참조가 돼 준다. 그리고 린위탕의 세계성과 복합적인 면모를 고찰하는 데 있어서 린위탕의 한국적 좌표를 살펴보는 작업 역시 매우 중요하다. 린위탕이 텍스트 안팎을 넘나들며 한국 사회, 문화, 문학과 소통한 방식과 그 구체적 양상에 대해서 보다 폭넓고 높은 차원에서의 학술적 관심이 요청된다.

1 선우휘, 「나의 젊은 시절을 매혹시킨 임어당」, 앞의 책, 1968.

부록 1_1960~70년대 한국에서 단독 번역 출판된 린위탕 작품 단행본 목록*

소설

작품 제목	원작 제목 및 출처 (초판연도)	역자	출판사	출판연도
주홍문	*The Vermilion Gate*(1953)	김용제	여명문화사; 청수사	1960; 1963
주홍문(임어당 전집 8)		조영기	우리들사	1976
폭풍속의 나뭇잎(임어당전집 4)	*A Leaf in the Storm*(1941)	장심현	휘문출판사	1968
폭풍속의 나뭇잎(임어당전집 3)		조영기	우리들사; 영일문화사	1976; 1977
마른 잎은 굴러도 대지는 살아있다	*Moment in Peking*(1939)	이명규	동학사; 동학사; 양문출판사	1960; 1961; 1965
마른 잎은 굴러도 대지는 살아있다		전수광	동서출판사; 광희; 유림당	1968; 1975; 1977
북경호일(임어당전집 3)		윤영춘	휘문출판사	1968
북경의 추억(상)(임어당문집 3)		박진석	을유문화사	1971
북경의 추억(하)(임어당문집 4]		박진석	을유문화사	1971
마른 잎은 굴러도 대지는 살아있다		민중서	제문; 영흥문화사; 오성출판사	1972; 1976; 1979
북경호일(임어당전집 6)		조영기	우리들사	1976
북경호일(임어당전집 6)		조영기	영일문화사	1977

희곡

작품 제목	원작 제목 및 출처 (초판연도)	역자	출판사	초판연도
孔子와 衛候夫人(임어당전집 1)	子見南子(1928)	차주환	휘문출판사	1968
子見南子(임어당전집 1)		조영기	우리들사; 영일문화사	1976; 1977

* 장르별로 목록을 작성했고 동일한 작품의 한국어 역본은 함께 묶어 배열했다. 작품 제목이나, 출판사가 다르나 동일한 역본인 경우 같은 행(작품제목 a;b;c, 출판사 a′;b′;c′, 초판연도 a″;b″;c″)에 정리했다. 또 우리들사와 영일문화사에서 출판된 조영기 역의 『임어당전집』에 대해서는 서적이 완전히 일치하는 경우에는 같은 행에 정리했고 내용상 다소 차이가 있을 때는 따로 나열했음을 밝혀둔다.

전기

작품 제목	원작 제목 및 출처(초판연도)	역자	출판사	초판연도
則天武後(임어당전집 5)	*Lady Wu : A True Story* (1957)	양병탁	휘문출판사	1968
女傑則天武後(임어당전집 2)		조영기	우리들사	1976
女傑則天武後(임어당전집 2)		조영기	영일문화사	1977

수필

작품 제목	원작 제목 및 출처(초판연도)	역자	출판사	초판연도
임어당 수필집	*The Chinese Critic*지 "The Little Critic" 칼럼, 린위탕 주간 중문잡지 『논어(論語)』와 『인간세(人間世)』(1930년대 초반)	김신행	입문사	1960
무관심		송상섭	한림사	1961
수양의 발견		김동철	철리문화사	1961
수필집–양심		정동훈	청산문화사	1962
임어당수필집[1]		정동훈	청산문화사	1968
임어당의 가정(임어당전집 2)	린위탕의 딸인 린아타이(林阿苔)·린야나(林亞娜) 공저, 『吾家』(1942)	차주환	휘문출판사	1968
기계와 정신 외(임어당전집 2)	린위탕이 1930년대 상기한 중·영문 잡지에 발표한 수필, 및 1966년 타이완에 정착 이후 『중앙일보』 등 지에 발표한 중문 수필	윤영춘	휘문출판사	1968
중국인의 유우머 외(임어당전집 3)		윤영춘	휘문출판사	1968
임어당신작엣세이		윤영춘	배영사	1969
시공을 넘어서		윤영춘	중앙출판공사	1972
임어당수필집		노태준	청산문화사	1974
임어당명문선		정범진	박영사	1974
임어당신작에세이집; 임어당에세이선		윤영춘	서문당	1974; 1975
생각의 변		윤영춘	범우사	1976
임어당 에세이선집		윤영춘	주부생활사	1976
임어당의 생애와 사상 전편 후편		윤영춘	박영사	1976
임어당 에세이		이준범 박정온	신임출판사	1978
새벽을 기다린다(임어당전집 5)	*The Vigil of a Nation*(1944)	주요섭	휘문출판사	1968
대지의 여명(임어당전집 7)		조영기	우리들사	1976
(임어당의)에세이 공자; 공자의	*The Wisdom of Confucius*	민병산	현암사	1969; 1972

작품 제목	원작 제목 및 출처 (초판연도)	역자	출판사	초판연도
사상	(1938)			
공자의 지혜(임어당문집 1)		김익삼	을유문화사	1971
나의조국 나의겨레(임어당전집 2)	*My Country and My People* (1935)	주요섭	휘문출판사	1968
내나라 내 민족(임어당문집 2)		안동민	을유문화사	1971
잠자는 사자(임어당전집 4)	*My Country and My People* (1935) 1~4장 및 기타 수필	조영기	우리들사; 영일문화사	1976;1977
생활의 지혜(임어당전집 5)	*My Country and My People* (1935) 5~9장, 맺는말 및 기타 수필	조영기	우리들사;영일문화사	1976; 1977
중국인	*My Country and My People* (1935)	배한림	아카데미	1979
생활의 발견	*The Importance of Living* (1937)[2]	편집부; 정동훈; 노태준	청산문화사	1962; 1969; 1976
생활의 발견		김병철	을유문화사	1963
생활의 발견(임어당문집 1)		김병철	을유문화사	1971
생활의 발견		박재경	문음사; 학진출판사; 유림당	1968; 1974; 1977
생활의 예술(임어당전집 1)		윤영춘	휘문출판사	1968
생활의 발견		안동민	문예출판사	1968
생활의 발견(세계수상문학전집 5)		김기덕	문원각	1968
처세론		김기덕	문원각; 광음사; 집문당	1969; 1970; 1971
처세론(세계인생론전집2)		이정기	보경출판사	1976
누가 가장 인생을 즐길 수 있느냐 – 임어당선집		전인재 편	삼일각	1970
생활의 발견		김종관	삼성당; 삼덕출판사	1974; 1979
생활의 발견		홍순범	보경출판사	1974
생활의 발견		이성호	범조사	1975
생활의 발견		이재헌	삼중당	1975
생활의 발견		문상득	상서각	1976
생활의 발견(임어당전집 1)		조영기	우리들사;	1976; 1977

작품 제목	원작 제목 및 출처 (초판연도)	역자	출판사	초판연도
			영일문화사	
생활의 발견		조영기	명문당	1979
생활의 발견		박익충	동서문화사	1977
생활의 발견		장백일	계원출판사	1978
이교도에서 기독교도로	*From Pagan to Christian* (1959)	김학주	태양문화사	1977

1 김동철 역의 『수양의 발견』(1961)은 각각 1957, 1958년에 출간된 김신행 역의 『임어당수필집』과 『무관심』의 일부를 합친 해적판이고, 그리고 정동훈 역의 『수필집-양심』(1962), 『임어당수필집』(1968)은 『무관심』과 동일한 책으로 확인된다.

2 시중에 출판된 *The Importance of Living*의 한국어 역본은 완역본과 절역본이 있는데, 린위탕의 여타 수필이나, 방한 연설, 최인훈 등 지식인과의 대담을 추가로 수록한 판본도 간혹 있다. 후자에 대해서는 원작 출처 항에 일일이 부기하지 않았음을 밝혀둔다.

부록 2_1960~70년대 한국에서 출판된 린위탕 단편 작품 수록 선집 목록

번호	단행본 제목	저자/편자/역자	출판사	초판연도	수록작품 제목	비고
1	대학국문선	숙명여자대학교 국어교재연구회 편	신고전사	1961	나의 신조	
2	교양국어	이화여자대학교 교양국어편찬위원회 편	이화여자대학교 출판부	1962	독서하는 예술	
3	(대학)교양국어	대학교양국어편찬위원회 (편집대표 백철) 편	일신사	1964	공부자의 일면	
4	(대학)신교양국어	대학교양국어 편찬위원회 편	신아사	1964	유모어의 감각에 대하여	
5	현대지성전집 5 중국 일본편 – 여명의 언어들	정성환 역	동서출판사	1964	인생의 향연; 빈들빈들 놀며 지냄을 논함	루쉰의 「죽음」, 「非攻」 외 여러 글과 함께 수록
6	세계수필문학전집 2 – 중국 일본편	정성환 역	동서출판사	1966	인생의 향연; 빈들빈들 놀며 지냄을 논함	5번 책과 제목만 다를 뿐 내용 일치함
7	세계수필문학전집 7 중국편 – 快哉三六 외	이항녕 외	세진출판사	1976	인생의 향연; 빈들빈들 놀며 지냄을 논함; 중국인의 유우머	몇 편의 글을 제외하고 5번 책과 내용 일치함
8	세계대표 수필문학전집 7 – 아름다움을 체험하는 순간들	전수광 외	한성출판사	1978	인생의 향연; 빈들빈들 놀며 지냄을 논함; 중국인의 유우머	7번 책과 제목만 다를 뿐 내용 일치함
9	(세계의)인간산맥 – 위트 유모어로 엮은 인간의 역사	안동림 편저	박문사	1964	열심히 들어준 여인은?	
10	세계의 명저 – 문학편	이휘영 · 이어령 편	법통사	1964	우리나라와 우리 국민	루쉰의 「아Q정전」과 함께 수록
11	세계문학의 안내(하권)	김용성 편	국민서관	1973	우리나라와 우리 국민	제목과 역자 표기를 제외하고 10번 책과 내용 일치함
12	공자	송병수 저	문장각; 한양출판사	1965; 1971	부록 – 공자의 사상과 성격	

번호	단행본 제목	저자/편자/역자	출판사	초판연도	수록작품 제목	비고
13	고등교양현대문 –상급용	전광용 · 송민호 · 유창돈 · 이태극 편	국제문화사	1965	한 편의 시	
14	고교국어정선	고교국어연구회 편	민중서관	1965	인생은 한 편의 시	
15	교양한국어	이화여자대학교 교양한국어편찬위원회 편	이화여자대학교 출판사	1965	양심	
16	세계의 수필문학 –인생은 다시 반환한다	김진만 · 이휘영 · 이어령 편	보성; 정일출판사	1966; 1967	인생은 한 편의 시; 성적 매력에 대하여	루쉰의 「隨感錄(抄)」 「小雜感(抄)」도 전집에 수록
17	어느 고독한 순간엔가	이목삼 역	문음사	1970	인생은 한 편의 시; 성적 매력에 대하여	글 1편을 제외하고 16번 책과 내용이나 구성 일치함
18	문장의 향기	황금찬 편	규문각	1968	두 사람의 중국 부인	
19	대입현대문	장순하 편	삼지사	1969	전진 전진 전진	
20	세계문학대전집 7 –아Q정전 광인일기 외 생활의 지혜	김광주 역	동화	1970	생활의 지혜	루쉰의 작품과 함께 수록
21	세계의 인생론전집5 –인생과 생활	박재삼 · 성춘복 · 우주형 · 지창해 공역	삼정출판사; 영림사; 대호출판사	1970; 1977; 1978	생활의 발견	펄 벅의 작품과 함께 수록
22	동양의 고전	고려대학교 교양학부 편	일신사	1970	동양의 고전에 대하여	
23	오늘의 교양	박목월 편	한양대학교 출판부	1970	독서론	
24	한국은 어디로 가나 –외국인들이 본 한국과 지도자	김재완 역편	선문출판사	1970	전진 · 전진 · 전진	
25	東洋의 知性二人集	함석헌 · 임어당 저	삼일각	1970	누가 가장 人生을 즐길 수 있느냐	
26	대학국어	한국어문학회 편	형설출판사	1971	독서하는 예술	
27	인생이란 무엇인가 –세계석학의 인생론	박상규 · 최혁순 공역	범우사	1972	평범한 인생	
28	현대주요인물30인선 2 –세계인물들의 어록선	독서신문사 편	독서출판사	1972	"레닌과 스탈린" 외 짧은 어록	정치가 편 쑨중산과 문학가 편 루쉰의 어록과 함께 수록
29	세계의 명언	독서신문사 편	독서출판사	1973	"레닌과 스탈린" 외 짧은 어록	표제 제외하고 28번 책과 내용 일치함

호	단행본 제목	저자/편자/역자	출판사	초판연도	수록작품 제목	비고
0	세계인생론대전집 3 – 오늘을 사는 지혜 외	양주동 외 편	태극	1972	생활의 발견	
1	세계사상교양전집 7 – 명언집	김기덕 역	신조사; 한국독서문화원	1972; 1974	린위탕 어록	
32	대학국어	대학국어교재편찬회 편	개문사	1972	독서하는 예술	
33	말자국	최철구 편저	숭문각	1972	린위탕 어록	
34	교육세대를 위한 논어선	이기석 편역	배영사	1976	어당이 본 공자사상의 근거	
35	젊은이를 위한 인생론	독서신문사 편	독서출판사	1973	행복이란 무엇인가; 행복은 관능적인 것; 유쾌한 한때에 관한 김성탄의 글	
36	(생활인을 위한)실용문장대백과	박목월 편저	삼성출판사	1973	인생은 한 편의 시	루쉰의 「紳士論」과 함께 수록
37	영미문학걸작선집	정자봉 편	예일출판사	1974	중국인의 성격	
38	지성의 발견 – 세계의 지성 24인의 에세이선	최혁순 편역	지문출판사	1974	인생의 향연	
39	미래를 창조한 지성	최혁순 편저	근덕문화사	1974	인간의 이모저모; 인간의 장	
40	세계명수필선	장백일 편	현암사	1975	해학성	주쯔칭(朱自淸)의 「뒷모습」, 셰빙잉(謝冰瑩)의 「어머님」과 함께 수록
41	세계의 명언 2	임종국·원형갑 편	삼진사	1975	린위탕 어록	쑨원(孫文), 량치차오(梁啓超), 루쉰의 어록과 함께 수록
42	세계 명언 일화선	안동림 편역	을유문화사	1976	린위탕 어록	
43	세계단편문학전집 19 – 옛날에 임금님이 있었다 외	김상일 역	금자당; 미도문화사	1976; 1978	어느 채식가의 고백; 선달 그믐날; 마른 잎은 굴러도 대지는 살아 있다	타고르의 글과 함께 수록, 루쉰과 위다푸(郁达夫)의 글이 전집 12권에 수록
44	명저해제 1 – 논저 편	건국대학교 교양독서지도위원회 편	건국대학교 출판부	1976	임어당 에세이선	루쉰의 「아Q정전」이 『명저해제』 2 – 문학편에 수록

번호	단행본 제목	저자/편자/역자	출판사	초판연도	수록작품 제목	비고
45	어디서 무엇을 위해 사나	황문수 편역	대운당	1976	유우머의 슬기	
46	그대의 삶도 나의 삶도 인생론적 엣세이	황문수 편	대운당; 한그루	1976	유우머의 슬기	제목과 글 몇 편 순서를 제외하면 4 번 책과 내용 일치
47	잃어버린 생을 찾아서	안병욱 편	백만사; 여원문화사 출판국	1977; 1979	평범한 인생	
48	마음의 등불을 찾는 에세이	안병욱 편	백만사	1978	평범한 인생	제목만 다를 뿐 4 번 책과 내용은 일 치함
49	인간수업을 향한 에세이	지명관 편	백만사	1978	인생의 향연	
50	자서전 일생일기	송만순 편	금방울사	1978	종교란 자기	
51	행복－이 행복한 순간을 위하여	정기수 편역	을유문화사	1978	행복은 오장육부에 달려 있다	
52	죽음에 대하여 －죽음을 관조한 동서의 명수상33편	강석관 편역	을지출판사	1979	생자필멸	
53	세계수필선	이환 외역	삼성출판사	1979	인생의 이상과 도교	
54	현대명수필선집5－길모퉁이의 바람한 점	허세욱 · 윤영춘 외역	청조사	1979	양복의 비인간성; 내가 좋아하는 중국인의 유머	주쯔칭,위다푸, 쉬즈모(徐志摩)의 글 몇 편과 함께 수록
55	세계명수필선 －영원을 향한 조용한 목소리	헤르만 헤세 외 저	시인사	1979	知足論; 유우머론; 브리지드 바르도의 頭發; 물건을 사는 일에 대하여	루쉰의 글과 함께 수록

㉠ 원서의 제명의 의미는 일종의 생활철학으로 인생 육십 짧은 생애를 어떻게 살아나가야 가장 행복스럽게 인생을 마칠 수 있겠는가에 대한 저자의 독특한 견해를 중국의 원전에서 그 인용을 끌어내면서 설명한 것이 아닌가 하고 생각된다. 쉽게 말하자면 인본주의적인 현실주의와 사물의 중용선中庸線 견지堅持가 그 이상理想으로 되어 있다고 보면 큰 차이가 없겠다. (…중략…) 세계인적 교양을 체득하고 있으면서 어디까지나 중국인 특유의 관능적·이교도적 거점을 잃지 않은 채 서구적 사유의 철벽에 도전하는 모습은 참으로 통쾌하다.

(…중략…) 이 책은 고전이 되어 언제까지나 읽혀지리라. (…중략…) 물론 오늘날의 중국과 원서가 쓰여지던 때의 중국과의 사이에는 커다란 시대의 차이가 있겠지만 그러한 것은 문제가 아니다. 이 책은 무슨 시사문제를 다룬 것도 아니고 또 시사성을 띈 것도 아니다. 사천 년 동안을 거쳐 내려온 중국민족이 살아온 정신을 예리하게 분석하고 파고들어가 그 이질적인 정신인 서구정신에 도전한 책이기 때문이다. 럿셀이 자기서양철학사 책을 wisdom of the west라고 하였거니와 본서야말로 wisdom of the east라고 해서 조금도 손색이 될 것이 없다. 인정과 인간성이라고 하는 것이 어떠한 시대 어떠한 민족에도 공통된 것인 이상 이러한 책은 불동不動의 가치를 가지고 있는 책이라고 믿어진다. 참된 명저란 늘 시대와 거리를 초월하는 것이기 때문이다.「역자서문」, 김병철 역, 을유문화사, 1963.

㉡ 그의 저서를 읽어보면 그의 체내에 흐르고 있는 중국적 전통은 조금

도 서구적 교양에 의해서 흐려지지 않은 것을 알 수 있다. 서구적 교양은 오로지 그의 동양적 예지를 보다 빛나게 하는 데 하나의 재량으로서 쓰여지고 있는 듯싶다. 조조살로 조조를 쏜다는 고사처럼 서구적 논리로써 서구적인 것을 비판하고 동양적인 것을 내세우고 있다는 말이다. 그에게 유머는 인간적이라는 말의 대명사다. 선우휘 서언 「나의 젊은 시절을 매혹시킨 임어당」, 안동민 역, 문예출판사, 1968.

㉢ 그것은 합리주의가 지배해 온 근대서구철학이 'Academism'이니 'Scientific'이니 하는 이름 아래 너무나 형식적인 논리에서 벗어나지 못한 채, 인간의 모든 생활양식에까지도 공식화 내지 획일화를 요구하고 있는데 대한 동양인으로서 어쩔 수 없이 의식했던 이질적인 느낌에서 비롯된 것일 수도 있다. 따라서 그는 이러한 직업적인 철학에 반기를 드는 것은 용기가 필요하다고 느끼며 이러한 용기야말로 서구의 모든 근대 철학자들에게서 가장 찾아보기 힘든 미덕이라고 보고 있다.

(…중략…) 이야말로 그가 스승으로 섬기고 사귀어 왔던 장자나 도원명의 인생관과 철학이 그러했던 것과 조금도 다를 바가 없는 것이다. 바로 여기에 우리는 그와 매우 가까운 호흡을 느끼며 또한 그의 철학에 한없는 매력과 멋에 끌려 심취되는 것이다. 그것은 소위 서구인들이 이 책을 대할 때 느끼는 호기심과는 본질적으로 다른 것이다. 「역자후기」, 박재경 역, 문음사, 1968.

㉣ 시간과 장소의 한계를 초월해서 영원성과 보편성을 지닌 불멸의 교양서이다. (…중략…) 도합 14장으로 엮어진 이 책은 중용철학에 근거를 두고 인생의 향락을 누릴 수 있는 방안을 제시했다. 인생의 근본적인 문제

를 다룬 이 책은 동양의 고전으로 우리의 생활을 입증해 주고 앞으로 살아가는 데의 지침서가 될 것이다.「역자의 말」, 윤영춘 역, 휘문출판사, 1968.

ⓜ 생활의 지혜가 성공한 것은 그가 서구를 비판함에 있어서 매우 단순한 문제에서 출발하였기 때문이다. 그런데 이 단순한 시점이야말로 서구 문명 앞에 항복하는 자세로는 결코 얻어질 수 없는 것이다. 임어당은 이런 자세를 취하지 않고 동양의 전통을 조금도 부끄럽지 않게 생각지 않을 뿐 아니라 도리어 동양의 지혜를 앞세워 서구 문명을 비판하고 있는 것이다. 이 임어당의 자세는 당시로서는 경탄할 만한 일이다. 임어당이 입각한 "단순한 시점"이란 무엇인가? 행복의 문제다. 한마디로 『생활의 지혜』는 "행복론"이다.

(…중략…) 이 지상 생활 즉 인생은 눈물의 골짜기요 고난의 행로라고 생각하며 지상의 생활을 도외시하는 서구를 향해 인간의 행복이 딴 곳에 있는 것이 아니라 바로 이곳 이 지상 생활에 있는 것이라고 타이르는 것이다.

(…중략…)역자는 『생활의 지혜』를 최근에 번역하면서 동양인의 긍지를 새삼스레 느낄 수 있었고 근대화를 줄달음치는 오늘날 임어당의 『생활의 지혜』는 우리나라 독자에게 반성해야 할 여러 가지 문제점을 제시하리라는 확신을 가질 수가 있었으며 이 책을 번역하는 보람을 느끼는 바이다. 「해설」, 김광주 역, 동화, 1970.

ⓑ 이 책에 서술된 고대의 동양철학이나 또 그가 존경해 마지않은 성현들이나 고인들의 사상은 어디까지나 학문적인 이론을 개진開陳하는 데 의의가 있지 않고, 이 책의 이름과 조금도 다름없이 "인생의 중요성"을 부각

심화시키는 목적으로 진실된 인간의 호흡을 인류에게 불어 넣어 주고 있는 것이다. 한 마디로 이 책의 주류를 이루고 있는 것은 역시 대자연에 동화된 한 분신으로서 유유자적하는 동양정신이라 하겠으나 그 정신은 그 자체에 머물기 위한 것이 아님을 거듭 여기서 밝혀 두고자 한다. (…중략…) 그는 (…중략…) 중국인 특유의 관능적 이교도적인 거점을 벗어나지 않고 서구적인 사고에 도전해 가면서, 예지에 넘치는 풍부한 유머를 곁들이기도 한다. 따라서 이대문명理代文明의 생활권 속에서 허덕이는 지성인들에게 오히려 많이 시사되는 바가 있을 것으로 믿어진다. 이 책은 때와 장소를 초월하는 인생의 고전이요, 생활의 명감明鑑이기 때문이다.「후기」, 홍순범 역, 보경출판사, 1974.

㉦ 『생활의 발견』이니 『생활의 예술』이라 번역되어 있는 *The Importance of Living*이란 제목이 말해주듯이 인간의 일상생활 속에서 서양적인 관념론이나 논리의 필연적인 입장이 얼마나 그릇된 것인가를 중국의 현실주의 또는 인본주의적인 입장에서 비판하게 된 것이다. 그러므로 이 책에서는 인생관·생활관을 비롯하여 인간에 대한 반성·행복론·사회생활에 대한 반성·자연과 인간·취미와 교양·종교 등 인간생활과 관계되는 중요한 문제들이 광범하게 다루어지고 있다.

(…중략…) 『생활의 발견』은 언제 다시 읽어도 우리 생활에 값진 교훈을 안겨 주는 명저임을 느끼게 한다. 그는 특히 날로 전문화되어 한편으로 치우치기 쉬운 현대 지식인들에게 더욱 많은 반성의 기회를 줄 것이다. 그리고 모든 사람에게 각박해져 가기만 하는 세상을 여유 있게 살아가는 방법을 가르쳐 줄 것이다. 그는 서구문명의 허점 또는 현대인의 생활상의 고

민을 해결해 주기 위하여 자주 중국의 고유사상이나 현철賢哲들의 언동을 인용하고 있다. 이것은 서양 사람들에게 중국 문화의 우수성을 선전하려던 저의도 있었겠지만 실은 동양인인 우리에게도 값진 교훈을 안겨 준다. (…중략…) 한국 사회는 지나치게 자기 것은 모두 버리고 남의 것만 배우려다 자기만 잃고 남도 제대로 못 배우는 경향이 심한 것 같다. 임어당의 이 책으로 올바른 생활철학을 이룩하는 데 도움이 될 것은 말할 것도 없고 잃어버린 우리 자신을 되찾을 반성의 기회도 얻기 바란다. 김학주 해설 「임어당의 생애와 사상」, 이성호 역, 범조사, 1975.

ⓞ 이처럼 저자는 생활의 현장에서 조그마한 행복을 발견하라고 중국인에게 종용했던 것이다. (…중략…) 하지만 저자의 이러한 종용과 호소는 중국사람들에게만 들려준 이야기는 절대로 아니다. 『생활의 발견』에 담긴 저자의 체험 하나하나는 동서고금을 막론하고 교통이 될 수 있는 독창적 판단의 지침들이다. (…중략…) 저자의 이러한 해학 세계는 정통 철학보다 한결 부드럽게 현대인의 의식세계를 어루만져 준다. 또한 저자는 "인간의 교양이란 본질적으로 한가의 산물이다. 그러므로 교양의 법은 한가의 법이다"라고 했다. 즉 한적閑適을 사랑하는 현자賢者가 가장 교양이 높다는 결론이 나온다. 「해설」, 문상득 역, 상서각, 1976.

ⓩ 인생을 즐기는 동양의 예지는 백화제방百花齊放의 성관盛觀을 이 책의 각 장과 절에 담았다. 이 예지에서 나오는 근저根底적 정신이야말로 동양인적 교양의 최고 이상으로, 저자는 이것을 대관大觀-Ditachment(달관達觀-Detachment－인용자)의 정신 내지 광회曠懷의 정신이라 이름을 붙인다. (…중략…) 대관

의 정신에 서서 한적한 생활을 즐겨보자.「해설」, 박익충 역, 동서문화사, 1977.

ⓩ 읽으면 읽을수록 인생과 사물을 꿰뚫을 수 있는 새로운 심안心眼이 열렸고, 그의 해박한 지식과 유우머 정신에 바탕을 둔 휴머니즘에서 인생의 새로운 해석과 이해를 깨닫게도 되었다. (…중략…) 언제 어디에서 읽어도 새 맛이요, 인생의 체험이 쌓여가면서 그로부터 느껴지는 인생의 맛은 더욱 깊고 새롭기만 했다. (…중략…) 이 책을 읽지 않고 인생을 다 아는 것처럼 논한다는 것은 한낱 공염불에 불과할 뿐이다.

소설가이자 철학자이면서 또한 문명비평가인 현대아카데미즘의 태두 임어당의 철학입문서, 옵티미즘에서 기인하는 격조 높은 유우머와 아이러니는 버어나드 쇼우를 압도하였고, 동양적 현거閑居에 근거한 유현幽玄한 삶의 자세는 오히려 노장의 초탈을 취사하기에 이르렀으며, 갖은 질곡으로 점철된 현세에 대한 통렬한 비판은 동서 어느 석학의 필설筆舌보다 더욱 절실하였으니 『생활의 발견』 일편一篇은 이러한 그의 모든 사상과 정신의 결집結集이라 할 것이다.「역자서문」; 속표지 해설, 장백일 역, 계원출판사, 1978.

부록 4_1980년대부터 현재까지 단독으로 출판된 린위탕 작품 번역본 목록*

번호	제목	역자	출판사	출판연도
1	임어당수상록-본 대로 들은 대로	성의제	을유문화사	1980
2	처세론	이정기	양지당	1980
2-1	처세론	이정기	중앙도서	1982
3	생활의 발견	안동민	문예출판사	1980·1983·1989·1999·2003·2012
4	생활의 예술·孔子와 衛侯夫人	윤영춘·차주환	휘문출판사	1980·1981·1983
5	임어당의 생애와 사상	윤영춘	박영사	1980
6	공자의 사상	민병산	현암사	1980
7	임어당의 웃음	전정옥	오른사	1980
7-1	임어당의 유모어	박정호	효종출판사	1982
7-2	인생을 읽어라-임어당의 웃음	권문영	대우출판공사	1983
8	나의 조국·나의 국민	배한림	아카데미	1980
9	임어당	김학수	예문당	1981
10	생활의 발견	박재경	유림당	1981
11	생활의 발견	문상득	상서각	1981·1982·1984·1985
11-1	생활의 발견	문상득	민성사	1999
12	생활의 발견	이성호	범조사	1982·1985
13	동양의 석학 임어당의 풍자와 해학 임어당의 유모어	박정호	효종출판사	1982
14	임어당전집(전8권)	조영기	대호출판사	1981
14-1	임어당전집(전8권)	조영기	성한출판사	1984·1985
15	임어당 신작에세이집	윤영춘	서문당	1981
16	생활의 지혜	박익충	시사영어사	1981
16-1	생활의 발견	박익충	문공사	1982
16-2	생활의 발견	박익충	학원출판공사	1983·1993·1997
16-3	생활의 발견	박익충	범한출판사	1982
16-4	임어당 에세이집-깨우침	박익충	자유문학사	1987

* 번호에 밑줄 표시가 있는 서적은 이미 출판된 바 있는 역본이다. 제목, 역자, 출판사가 다른 경우에도 동일한 역본으로 확인된 경우 한 종으로 정리했다.

번호	제목	역자	출판사	출판연도
17	임어당인생론	김동사	내외신서	1982 · 1983 · 1985 · 1988
18	왜 사느냐고 묻는다면	주요섭	휘문출판사	1982 · 1988
19	임어당 수상록-인생을 읽어라	권문영	대우출판사	1982 · 1983
20	임어당명문선	정범진	박영사	1983
21	생활의 발견	노태준	서한사	1983
21-1	임어당 인생론	노태준	임마누엘	1985
21-2	인생을 위하여 행복을 위하여	노태준	진화당	1986
22	생활의 발견	이재헌	삼중당	1984 · 1987
23	임어당 에세이 젊은이들에게 주는 글	왕준현	효종출판사	1984
24	생활의 발견	김병철	을유문화사	1982 · 1983
24-1	생활의 발견	김병철	범우사	1985 · 1987 · 1991 · 1995 · 1999
25	생활의 발견	박병진	육문사	1985 · 1990 · 1995 · 2007 · 2017 · 2020
26	임어당 수상록-참사랑 참인생 참예술	이성계	음성출판사	1985
27	(임어당 최후의 에스쁘리)얼굴이란 무엇인가	다나번역실	다나	1985
28	생활의 발견	권오현	일신서적공사	1986 · 1988 · 1992 · 1994
29	북경호일	이성계	음성출판사	1986
30	생활의 발견	장백일	문장	1986
31	붉은 수염의 야망	김광렬	토판	1986
32	임어당 대표 인생론 -인생을 어떻게 살것인가	박춘식	백양 출판사	1987
33	소동파 평전-그는 누구인가	진영희	지식산업사	1987 · 1990 · 1993
33-1	소동파 평전-쾌활한 천재	진영희	지식산업사	2001 · 2012
34	(임어당)철학강좌 -그 심오한 대륙저변의 의식	이길호	대우출판공사	1987
35	생활의 발견	지경자	홍신문화사	1987 · 1997 · 2001 · 2007 · 2017
35-1	생활의 발견	지경자	선영사	1991
36	생활의 발견	홍윤기	학원사	1987
37	임어당 인생론-생활의 발견	백기동	동천사	1987
38	생활인의 철학	이문희	금성출판사	1987 · 1989 · 1993 · 1994

번호	제목	역자	출판사	출판연도
39	생활의 발견	유성규	어문각	1987
40	웃음으로 사는 세상	이평길	선영사	1987
40-1	임어당의 웃음	이평길	선영사	1998 · 2009 · 2013
41	마른 잎은 굴러도 대지는 살아 있다	김종석	삼한출판	1988
42	이교도에서 기독교도로	김학주	명문당	1988
42-1	동서양의 사상과 종교를 찾아서	김학주	명문당	1998
42-2	이교도에서 기독교도가 되기까지	김학주	명문당	2016
42-3	이교도(異教徒)에서 기독교도로 –동서양의 사상과 종교를 찾아서	김학주	신아사	2000
43	생활의 발견	박준홍	동일문화사	1988
44	임어당전집(전5권)	윤영춘 외	휘문출판사	1989
45	진실한 삶을 위한 생활에세이	조양제	덕성문화사	1990
46	중국인이 본 중국인의 의식구조 –만만디 만만디	조양제	덕성문화사	1991
47	생활의 발견	강송구	고려문화사	1990
48	생활의 발견	전희직	혜원출판사	1990 · 1994 · 2006
49	여걸 측천무후	조영기	예문당	1991 · 1995 · 1996
50	생활의 발견	조영기	예문당	1991
51	대륙의 하늘을 바라보며	신인봉	인경사	1991
52	처세론	김기덕	집문당; 광음사	1991 · 1993
52-1	처세론–생활의 발견	김기덕	집문당	1994 · 2015
52-2	생활의 발견	김기덕	집문당	2020
53	생활의 발견	은부기	안산미디어	1993
54	여성에게 보내는 고언	한아름	한아름	1993
55	중국, 중국인	신해진	장락	1995
56	생활의 발견	류해인	하서	1995 · 1996 · 2001
57	내가 건넌 다리는 너희들이 걸어온 길보다 길다	임연	서원	1997
58	나에게 가장 소중한 것들	이상각	문일	1998
59	장자가 노자를 이야기하다	장순용	자작나무	1999
60	장자의 눈으로 노자를 보다	장순용	학고방	2017
61	베이징 이야기	김정희	이산	2001
62	중국미술이론	최승규	한명출판	2002
63	여인의 향기	김영수	아이필드	2003

번호	제목	역자	출판사	출판연도
64	유머와 인생	김영수	아이필드	2003
65	공자의 유머	김영수	아이필드	2010
66	이교도에서 기독교인으로	홍종락	포이에마	2014
67	붉은 대문	윤해연 · 윤성룡	깊은샘	2018

참고문헌

1. 기본자료

1) 신문

『가정신문』, 『경남매일신문』, 『경향신문』, 『국민보』, 『國民新報』, 『국회보』, 『남조선민보』, 『대동신문』, 『대한일보』, 『동아일보』, 『매일경제』, 『매일신보』, 『연합신문』, 『영남일보』, 『자유신문』, 『조선일보』, 『조선중앙일보』, 『중앙일보』, 『평화일보』

2) 잡지

『경찰고시』, 『교육평론』, 『금융조합』, 『대조』, 『독서생활』, 『사상계』, 『삼천리』, 『새벽』, 『세대』, 『신천지』, 『신태양』, 『시사』, 『인문평론』, 『자유공론』, 『정경연구』, 『한글』

3) 전집류

린위탕, 윤영춘 외역, 『임어당전집』(1~5), 휘문출판사, 1968.

_____, 김병철 외역, 『임어당문집』(1~4), 을유문화사, 1971.

_____, 조영기 역, 『임어당전집』(1~8), 우리들사, 1976.

林語堂, 『京華煙雲』(『林語堂全集』 1~2), 東北師範大學出版社, 1994.

_____, 『風聲鶴唳』(『林語堂全集』 3), 東北師範大學出版社, 1994.

_____, 『朱門』(『林語堂全集』 5), 東北師範大學出版社, 1994.

_____, 『中國傳奇』(『林語堂全集』 6), 東北師範大學出版社, 1994.

_____, 『剪拂集大荒集』(『林語堂名著全集』 13), 東北師範大學出版社, 1994.

_____, 『披荊集』(『林語堂名著全集』 14), 東北師範大學出版社, 1994.

_____, 『諷頌集』(『林語堂全集』 15), 東北師範大學出版社, 1994.

_____, 『無所不談合集』(『林語堂全集』 16), 東北師範大學出版社, 1994.

_____, 『拾遺集』(『林語堂全集』 18), 東北師範大學出版社, 1994.

_____, 『吾國與吾民』(『林語堂名著全集』 20), 東北師範大學出版社, 1994.

_____, 『生活的藝術』(『林語堂名著全集』 21), 東北師範大學出版社, 1994.

_____, 『生活的藝術』(中英雙語獨家珍藏版), 湖南文藝出版社, 2017.

_____, 『啼笑皆非』(『林語堂名著全集』 23), 東北師範大學出版社, 1994.

2. 단행본

국제 P.E.N.한국본부 편, 『동서문학의 해－제37차 세계작가대회 회의록(1970.6.28~7.3)』, 국제 P.E.N. 한국본부, 1970.

국회도서관 입법조사국 편, 『大統領年頭敎書 및 各黨의 基調政策演說集 1964-1965』, 국회도서관 입법조사국, 1965.

__________________ 편, 『大統領年頭敎書 및 各黨의 基調政策演說集 1966연도』, 국회도서관 입법조사국, 1966.

권보드래 외, 『아프레걸 思想界를 읽다－1950년대 문화의 자유와 통제』, 동국대 출판부, 2009.

________ 외, 『1970 박정희 모더니즘』, 천년의상상, 2015.
________ · 천정환, 『1960년을 묻다』, 천년의사상, 2012.
김경일 외, 『한국현대 생활문화사-1970년대』, 창비, 2016.
김광주 · 이용규 역, 『노신단편소설집』(제1집), 서울출판사, 1946.
김병철, 『한국현대번역문학사연구』, 을유문화사, 1998.
김시준 · 이충양, 『중국현대문학론』, 한국방송통신대학교, 1987.
김시준, 『중국현대문학사』, 지식산업사, 1992.
김정한 외, 『한국현대 생활문화사-1980년대』, 창비, 2016.
김준엽, 『중국공산당사』, 사상계사, 1958.
김하림 · 유중하 · 이주로, 『중국 현대문학의 이해』, 한길사, 1991.
김학재 외, 『한국현대 생활문화사-1950년대』, 창비, 2016.
김학주 · 정범진, 『중국문학사』, 범학도서, 1975;1981.
노영기 외, 『1960년대 한국의 근대화와 지식인』, 선인, 2004.
루쉰, 김광주 · 이용규 역, 『노신단편소설집』(제1집), 서울출판사, 1946.
박정희, 『박정희 대통령 결재문서』 273, 대통령비서실, 1968.
박진영, 『번역가의 탄생과 동아시아 세계문학』, 소명출판, 2019.
반찬기 외, 『수용미학』, 고려원, 1992.
서중석, 『(사진과 그림으로 보는) 한국 현대사 개정증보판』, 웅진지식하우스 : 웅진씽크빅, 2013.
선우휘, 『선우휘 단편선-불꽃』, 문학과지성사, 2006.
오무라 마스오, 심원섭 역, 『사랑하는 대륙이여-시인 김용제 연구』, 소명출판, 2016.
오제연 외, 『한국현대 생활문화사-1960년대』, 창비, 2016.
윤영춘, 『현대중국시선』, 청년사, 1947.
______, 『현대중국문학사』, 계림사, 1949.
______, 『중국문학사』, 백영사, 1954.
______, 『중국문학사』, 백영사, 1965.
______, 『윤영춘 수상집-내일은 어디 있는가』, 문예출판사, 1969.
______, 『아름다운 인간상』, 서문당, 1973.
______, 『현대중국문학사』, 서문당, 1974.
______, 『윤영춘 수필집-나 혼자만이라도』, 일지사, 1976.
이경희, 『봄시장』, 금연제, 1977.
이병주, 『李炳注 世界紀行文-바람소리 발소리 목소리 』, 한진출판사, 1979.
임춘식, 『소통과 창조-미원조영식의 삶과 철학』, 동아일보사, 2009.
장기천, 『黃昏에 쓴 落書』, 문왕사, 1969.
전태국, 『지식사회학』, 한울 아카데미, 2013.
차상원 · 장기근 · 차주환, 『중국문학사』, 동국문화사, 1958.
한국문인협회 편, 『해방문학 20년』, 정음사, 1966.
홍석률, 『분단의 히스테리』, 창비, 2012.
高鴻, 『跨文化的中國敘事-以賽珍珠, 林語堂, 湯亭亭爲中心的討論』, 上海三聯書店, 2005.
魯迅, 『南腔北調集』, (『魯迅全集』 4), 人民文學出版社, 2005.
____, 『花邊文學』(『魯迅全集』 5), 人民文學出版社, 2005.

賴勤芳, 『中國經典的現代重構－林語堂"對外講中"寫作研究』, 人民出版社, 2013.
劉心皇, 『現代中國文學史話』, 正中書局, 1971.
李勇, 『本真的自由－林語堂評傳』, 南京師範大學出版社, 2005.
林明昌 編, 『閑情悠悠－林語堂的心靈世界』, 遠景出版事業有限公司, 2005.
林語堂, 『中國文化精神』, 朱澄之 譯, 國風書店, 1941.
______, 郝志東 · 沈益洪 譯, 『中國人』, 浙江人民出版社, 1988.
______, 『中國印度之智慧 : 中國的智慧』, 湖南文藝出版社, 2012.
林語堂故居 編, 『跨越與前進－從林語堂研究看文化的相融/相涵國際學術研討會論文集』, 林語堂故居, 2007.
夏志清, 『中國現代小說史』, 浙江人民出版社, 2016.
沙作洪 外 編, 『中國現代文學史』上, 福建教育出版社, 1985.
施建偉, 『林語堂在大陸』, 北京十月文藝出版社, 1991.
______, 『林語堂在海外』, 百花文藝出版社, 1992.
萬平近, 『林語堂論』, 陝西人民出版社, 1987.
______ 編, 『林語堂論中西文化』, 上海社會科學院出版社, 1989.
伍蠡甫, 『西方文論選』下卷, 上海譯文出版社, 1988.
殷國明, 『中國現代文學流派發展史』, 廣東高等教育出版社, 1989,
周質平, 『胡適與林語堂－自由的火種』, 允晨文化, 2018
正中書局 編, 『回顧林語堂－林語堂先生百年紀念文集』, 1994.
鄭錦懷, 『林語堂學術年譜』, 廈門大學出版社, 2018.
子通 編, 『林語堂評說70年』, 中國華僑出版社, 2003.
陳煜斕 编, 『林語堂研究論文集』, 河南人民出版社, 2006.
______, 『走近幽默大師』, 中國社會科學出版社, 2008.
______, 『語堂智慧 智慧語堂』, 福建教育出版社, 2016.
陳平原, 『在東西文化碰撞中』, 浙江文藝出版社, 1987.
______, 『漫卷詩書 陳平原書話』, 浙江人民出版社, 1997.
陳子展, 『孔子與戲劇』, 太平洋書店, 1930.
錢理群 · 吳福輝 編, 『中國現代文學編年史－以文學廣告爲中心 : 1928-1937』, 北京大學出版社, 2013.
錢鎖橋, 『林語堂傳』, 廣西師範大學出版社, 2019.
馮羽, 『林語堂與世界文化』, 江蘇文藝出版社, 2005.
馮智強, 『中國智慧的跨文化傳播－林語堂英文著譯研究』, 中國海洋大學出版社, 2011.
黃偉嘉 · 敖群 編著, 『漢字知識與漢字問題』, 商務印書館, 2009.
洪俊彦, 『近鄉情悅 · 幽默大師林語堂的臺灣歲月』, 蔚藍文化, 2015.
林語堂, 阪本勝 譯, 『生活の發見』, 創元社, 1938.
______, 阪本勝 譯, 『續生活の發見』, 創元社, 1938.
______, 阪本勝 譯, 『生活の発見』, 創元社, 1952 · 1953.
______, 阪本勝 譯, 『生活の発見 : 東洋の叡智』(改訂), 創元社, 1957.
______, 阪本勝 譯, 『人生をいかに生きるか』, 講談社, 1979.
______, 喜入虎太郎 譯, 『支那の知性』, 創元社, 1940.
______, 小田嶽夫 · 莊野滿雄 共譯, 『北京好日』(제1부), 東京 : 四季書房, 1940.
______, 鶴田知也 譯, 『北京の日』, 東京 : 今日の問題社, 1940.

______, 藤原邦夫 譯, 『北京歷日』, 東京 : 明窓社, 1940.
______, 竹內好 譯, 『嵐の中の木の葉』, 三笠書房, 1951.
______, 佐藤亮一 譯, 『北京好日』 제1권, 河出書房, 1951.
______, 佐藤亮一 譯, 『朱ぬりの門』, 新潮社, 1954.
竹內好, 『竹內好全集』 3, 築摩書房, 1981.
International Association of University Presidents, *History Of The IAUP : The First 30 Years*, Guadalajara, Jalisco, México : IAUP, 1996.
Lin Yutang, *The Vigil of a Nation*, New York : John Day, 1945.
Qian Suoqiao, *Liberal cosmopolitan : Lin Yutang and Middling Chinese modernity*, Leiden · Boston : Brill, 2011.
Theuk Sung Choue 외편, *The International Association of University Presidents Second Conference*, Kyung Hee University, 1968.

3. 논문

권보드래, 「베스트셀러, 20세기 한국 사회의 축도」, 『근대서지』 10, 근대서지학회, 2014.
______, 「林語堂, '동양'과 '지혜'의 정치성－1960년대의 林語堂 열풍과 자유주의 노선」, 『한국학논집』 51, 계명대 한국학연구원, 2013.
______, 「저개발의 멜로, 저개발의 숭고－이광수, 『흙』과 『사랑』의 1960년대의 1960년대」, 『상허학보』 37, 상허학회, 2013.
김경민, 「1960~70년대 독서국민운동과 마을문고 연구」, 성균관대 석사논문, 2012.
김미란, 「문화 냉전기 한국 펜과 국제 문화 교류」, 『상허학보』 41, 상허학회, 2014.
김미정, 「주작인(周作人) · 임어당(林語堂)의 심미관(審美觀)과 1930년대의 소품문(小品文)운동」, 『중국문학』 24, 한국중국어문학회, 1995.
______, 「林語堂의 가족문화관－그의 문화사상의 특징에 대해」, 『중국문학』 38, 한국중국어문학회, 2002.
______, 「林語堂의 東西文化論에 대한 일고찰」, 『문예비교연구』 2, 서울대 인문대학 대학원 협동과정 비교문학 전공, 2002.
김예림, 「냉전기 아시아 상상과 반공 정체성의 위상학」, 『상허학보』 20, 상허학회, 2007.
김종성 · 이흔영, 「林語堂作品在韓國譯介和硏究情況述評」, 『중어중문학』 56, 한국중어중문학회, 2013.
김주현, 「1960년대 '한국적인 것'의 담론 지형과 신세대 의식」, 『상허학보』 16, 상허학회, 2006.
김혜준, 「한글판 중국 현대문학 작품 목록」, 『중국학논총』 27, 고려대 중국학연구소, 2010.
김회준, 「중국현대문학과 우리 말 번역」, 『중국어문논역총간』 6, 중국어문논역학회, 2000.
뉴린제(牛林傑) · 장이톈(張懿田), 「林語堂在韓國的譯介及其特點」, 『한중인문학연구』 40, 한중인문학회, 2013.
박연희, 「제29차 도쿄 국제펜대회(1957)와 냉전문화사적 의미와 지평」, 『한국학연구』 49, 인하대 한국학연구소, 2018.
______, 「1950년대 한국 펜클럽과 아시아재단의 문화원조」, 『한국학연구』 40, 인하대 한국학연구소, 2016.
박영자, 「북한의 민족주의와 여성」, 『국제정치논총』 45(1), 한국국제정치학회, 2005.
박지영, 「1950년대 번역가의 의식과 문화정치적 위치」, 『상허학보』 30, 상허학회, 2010.
Xiao, Luting, 「중 · 일 · 한 3국에서의 린위탕(林語堂) 번역 및 수용에 관한 연구－*My Country and My*

*People*을 중심으로」, 고려대 석사논문, 2016.
송은영, 「1960년대 여가 또는 레저 문화의 정치」, 『한국학논집』 51, 계명대 한국학연구원, 2013.
_____, 「1970년대 여가문화와 대중소비의 정치」, 『현대문학의 연구』 50, 한국문학연구학회, 2013.
왕캉닝, 「한국에서의 장아이링 문학에 대한 수용·번역 양상 연구」, 고려대 석사논문, 2015.
_____, 「린위탕 한국에 오다, '동양·중국 지식'의 월경적 유통의 내면－린위탕의 1968년 내한 연설을 중심으로」, 『사이間SAI』 27, 국제한국문학문화학회, 2019.
_____, 「'유머대사' 린위탕 한국에 오다－제37차 서울 국제펜대회 연설과 '유머'속의 정치학」, 『민족문학사연구』 71, 민족문학사연구소, 2019.
_____, 「1950년대 한국의 린위탕(林語堂) 문학 번역·수용 연구－수필/소품문을 중심으로」, 『국제어문』 86, 국제어문학회, 2020.
_____, 「1950년대 한국의 린위탕(林語堂) 문학의 번역 수용 연구－소설 작품을 중심으로」, 『상허학보』 60, 상허학회, 2020.
_____, 「욕망·전유·균열, 1960~70년대 출판·독서계 '린위탕 열풍'의 이면－*The Importance of Living*을 중심으로」, 『구보학보』 26, 구보학회, 2020.
윤영현, 「1950년대 『사상계』의 '중국' 표상 및 담론 연구」, 『동방학지』 182, 연세대 국학연구원, 2018.
이봉범, 「1950년대 문화 재편과 검열」, 『한국문학연구』 34, 한국문학연구소, 2008.
_____, 「잡지 『신천지』의 매체 전략과 문학」, 『한국문학연구』 39, 한국문학연구소, 2010.
_____, 「1960년대 권력과 지식인 그리고 학술의 공공성－적극적 현실정치참여 지식인의 동향을 중심으로」, 『비교문학』 61, 한국비교문학회, 2013.
_____, 「냉전과 두 개의 중국, 1950~60년대 중국 인식과 중국문학의 수용」, 『한국학연구』 52, 인하대학교 한국학연구소, 2019.
이상경, 「제37차 국제펜서울대회와 번역의 정치성」, 『외국문학연구』 62, 한국외대 외국문학연구소, 2016.
이상록, 「1970년대 소비억제정책과 소비문화의 일상정치학」, 『역사문제연구』 17, 역사문제연구소, 2013.
이용희, 「한국 현대 독서문화의 형성－1950~60년대 외국 서적의 수용과 '베스트셀러'라는 장치」, 성균관대 박사논문, 2018.
이종호, 「1960년대 한국문학전집의 발간과 문학 정전의 실험 혹은 출판이라는 투기」, 『상허학보』 32, 상허학회, 2011.
_____, 「1970년대 한국근현대소설의 영어번역과 세계문학을 향한 열망」, 『구보학보』 19, 구보학회, 2018.
장세진, 「전후 아메리카와의 조우와 '전통'의 전유」, 『현대문학의 연구』 26, 한국문학연구학회, 2005.
전병숙, 「임어당 수필집에 나타난 사상성과 해학성」, 『한국어문학연구』 5, 한국어문학연구, 1964.
정문상, 「'중공'과 '중국' 사이에서」, 『동북아역사논총』 33, 동북아역사재단, 2011.
정종현, 「루쉰(魯迅)의 초상－1960~70년대 냉전문화의 중국 심상지리」, 『사이』 14, 국제한국문학문화학회, 2013.
최진석, 「근대/중국/여성의 자기서사와 1940~1960년대 한국의 중국 이해－셰빙잉(謝冰瑩) 자서전의 수용사를 중심으로」, 『한국근대문학연구』 18, 한국근대문학회, 2017.
최진호, 「한국의 루쉰 수용과 현대중국의 상상」, 성균관대 박사논문, 2016.
황병주, 「박정희 체제의 지배 담론－근대화 담론을 중심으로」, 한양대 박사논문, 2008.
呂若涵, 「"論語體"－"合法主義"反抗與話語空間：20世紀30年代論語派刊物新論之一」, 『文學評論叢刊』 1, 2003.

李立平, 「林語堂的認同危機與文化選擇」, 南京大學 博士學位論文, 2012.
李英姿, 「傳統與現代的變奏－『論語』半月刊及其眼中的民國」, 首都師範大學 博士學位論文, 2008.
林緋璠, 「林語堂的教育思想研究」, 閩南師範大學 碩士學位論文, 2020
馬瑜, 「論林語堂小說中的戰爭書寫」, 四川師範大學 碩士學位論文, 2013.
卜杭賓, 「林語堂『瞬息京華』譯本考」, 『華文文學』 143, 2017.
沈晨, 「試論中國"幽默文學"的建構(1932-1937)」, 山東大學 碩士學位論文, 2018.
施建偉, 「林語堂幽默觀的發展軌跡」, 『文藝研究』 6, 1989.
施萍, 「林語堂－文化轉型的人格符號」, 華東師範大學 博士學位論文, 2004.
邢以丹, 「林語堂在日本的譯介與接受」, 閩南師範大學 碩士學位論文, 2018.
______, 「『京華煙雲』在日本的翻譯－以二戰時的三譯本爲對象」, 『閩南師範大學學報』 1, 2017.
楊名, 「林語堂小說*Moment in Peking*在韓國的譯介研究」, 南京大學 碩士學位論文, 2019.
王德威, 「歷史, 記憶, 與大學之道－四則薪傳者的故事」, 『臺大中文學報』 26, 2007.
王艳麗, 「中國近現代小說在韓國的譯介情況考察」, 『學術探索』 2, 2016.
王娟, 「論林語堂小說三部曲的文化意蘊」, 鄭州大學 碩士學位論文, 2007.
萬平近, 「談京華煙雲中譯本」, 『新文學史料』 2, 1990.
俞王毛, 「論語派研究述評」, 『南京師範大學文學院學報』 2, 2012,
詹聲斌, 「改寫理論視域下林語堂『英譯重編傳奇小說』探究」, 『安徽工業大學學報』 5, 2019.
張蕾, 「版本行旅與文體定格－『京華煙雲』中譯本研究」, 『河北學刊』 32(1), 2012.
張元卿・趙莉, 『韓國對中國現代文學的譯介(1945~1949)』, 『東疆學刊』 26(1), 2009.
張懿田, 「林語堂在韓國的譯介及其影響」, 山東大學 碩士學位論文, 2013.
張佩佩, 「林語堂主要爭議事件的梳理與反思」, 閩南師範大學 碩士學位論文, 2017.
周質平, 「張弛在自由與威權之間－胡適, 林語堂與蔣介石」, 『魯迅研究月刊』 12, 2016.
______, 「"以文爲史" 與"文史兼融": 論胡適與林語堂的傳記文學」, 『荊楚理工學院學報』 4, 2011.
______, 「林語堂的抗爭精神」, 『魯迅研究月刊』 4, 2012.
______, 「胡適與林語堂」, 『魯迅研究月刊』 8, 2010.
鄭月娣, 「論林語堂的幽默觀」, 福建師範大學 碩士學位論文, 2012.
蔡元唯, 「林語堂研究－從政府的批判者到幽默的獨立作家(1923~1936)」, 中國文化大學 碩士學位論文, 2005.
________, 「林語堂政治態度研究(1895~1945)」, 中國文化大學 博士學位論文, 2015.
蔡江雲, 「林語堂小說三部曲 : 中華民族共同體形塑與文化記憶展演」, 『東吳學術』 5, 2019.
陳曉燕, 「林語堂研究百年評說」, 閩南師範大學 碩士學位論文, 2017.
陳平原, 「林語堂的審美觀與東西文化」, 『文藝研究』 3, 1986.
潘國華, 「林語堂演講及演講辭創作研究」, 山東師範大學 碩士學位論文, 2012.
洪俊彦, 「近鄉與盡情－論林語堂在台灣的啟蒙之道」, 國立中央大學 碩士學位論文, 2011.

간행사_동아시아 심포지아 · 메모리아 총서를 펴내며

'동아시아 심포지아'와 '동아시아 메모리아'는 한국연구원과 성균관대학교 비교문화연구소가 공동으로 기획하여 출간하는 총서다. 향연을 뜻하는 라틴어에서 딴 심포지아는 플라톤의 『심포지온』에서 비롯되었으며, 오늘날 학술토론회를 뜻하는 심포지엄의 어원이자 복수형이기도 하다. 메모리아는 과거의 것을 기억하고 기념하기 위해 현재의 기록으로 남겨 미래에 물려주어야 할 값진 자원을 의미한다. 한국연구원과 성균관대학교 비교문화연구소는 지금까지 축적된 한국학의 역량을 바탕으로 새로운 동아시아 인문학의 제창에 뜻을 함께하며, 참신하고 도전적인 문제의식으로 학계를 선도하고 있는 신예 연구자의 저술을 적극적으로 지원하기 위해 학술총서 '동아시아 심포지아'와 자료총서 '동아시아 메모리아'를 펴낸다.

한국연구원은 학술의 불모 상태나 다름없는 1950년대에 최초의 한국학 도서관이자 인문사회 연구 기관으로 출범하여 기초 학문의 토대를 닦는 데 기여해 왔다. 급속도로 달라지고 있는 학술 환경 속에서 신진 학자와 미래 세대에 대한 후원에 공을 들이고 있는 한국연구원은 한국학의 질적인 쇄신과 도약을 향한 교두보로 성장했다. 성균관대학교 비교문화연구소는 2000년대 들어 인문학 연구의 일국적 경계와 폐쇄적인 분과 체제를 극복하기 위해 분투해 왔다. 제도화된 시각과 방법론의 틀을 벗어나기 위해서는 서로 다른 영역이 끊임없이 대화하고 소통하면서 실천적인 동력을 찾아내야 한다는 것이 성균관대학교 비교문화연구소가 지닌 문제의식이자 지향점이다. 대학의 안과 밖에서 선구적인 학술 풍토를 개척해 온

두 기관이 힘을 모음으로써 새로운 학문적 지평을 여는 뜻깊은 계기가 마련되리라 믿는다.

최근 들어 한국학을 비롯한 인문학 전반에 심각한 위기의식이 엄습했지만 마땅한 타개책을 찾지 못하고 있다. 한편으로는 낡은 대학 제도가 의욕과 재량이 넘치는 후속 세대를 감당하지 못한 채 활력을 고갈시킨 데에서 비롯되었고, 또 다른 한편으로는 시대의 변화를 선도하는 학문 정신과 기틀을 모색하지 못했기 때문이라는 것이 우리의 진단이자 자기반성이다. 의자 빼앗기나 다름없는 경쟁 체제, 정부 주도의 학술 지원 사업, 계량화된 관리와 통제 시스템이 학문 생태계를 피폐화시킨 주범임이 분명하지만 무엇보다 학계가 투철한 사명감으로 대응하지 못했을 뿐 아니라 오히려 자발적으로 길들여져 온 것이 엄연한 현실이다.

지금 우리에게 절실한 과제는 새로운 학문적 상상력과 성찰을 통해 자유롭고 혁신적인 학술 모델을 창출해 내는 일이다. 이를 위해서는 다음 시대의 학문을 고민하는 젊은 연구자에게 지원을 망설이지 않아야 하며, 한국학의 내포와 외연을 과감하게 넓혀 동아시아 인문학의 네트워크 속으로 뛰어들기를 두려워하지 말아야 한다. 그 첫걸음을 '동아시아 심포지아'와 '동아시아 메모리아'가 기꺼이 떠맡고자 한다. 우리가 함께 내놓는 학문적 실험에 아낌없는 지지와 성원, 그리고 따끔한 비판과 충고를 기다린다.

한국연구원 · 성균관대학교 비교문화연구소
동아시아 총서 기획위원회